我们的箱根驿传

俺たちの箱根駅伝

[日] 池井户润 著　李思园 译

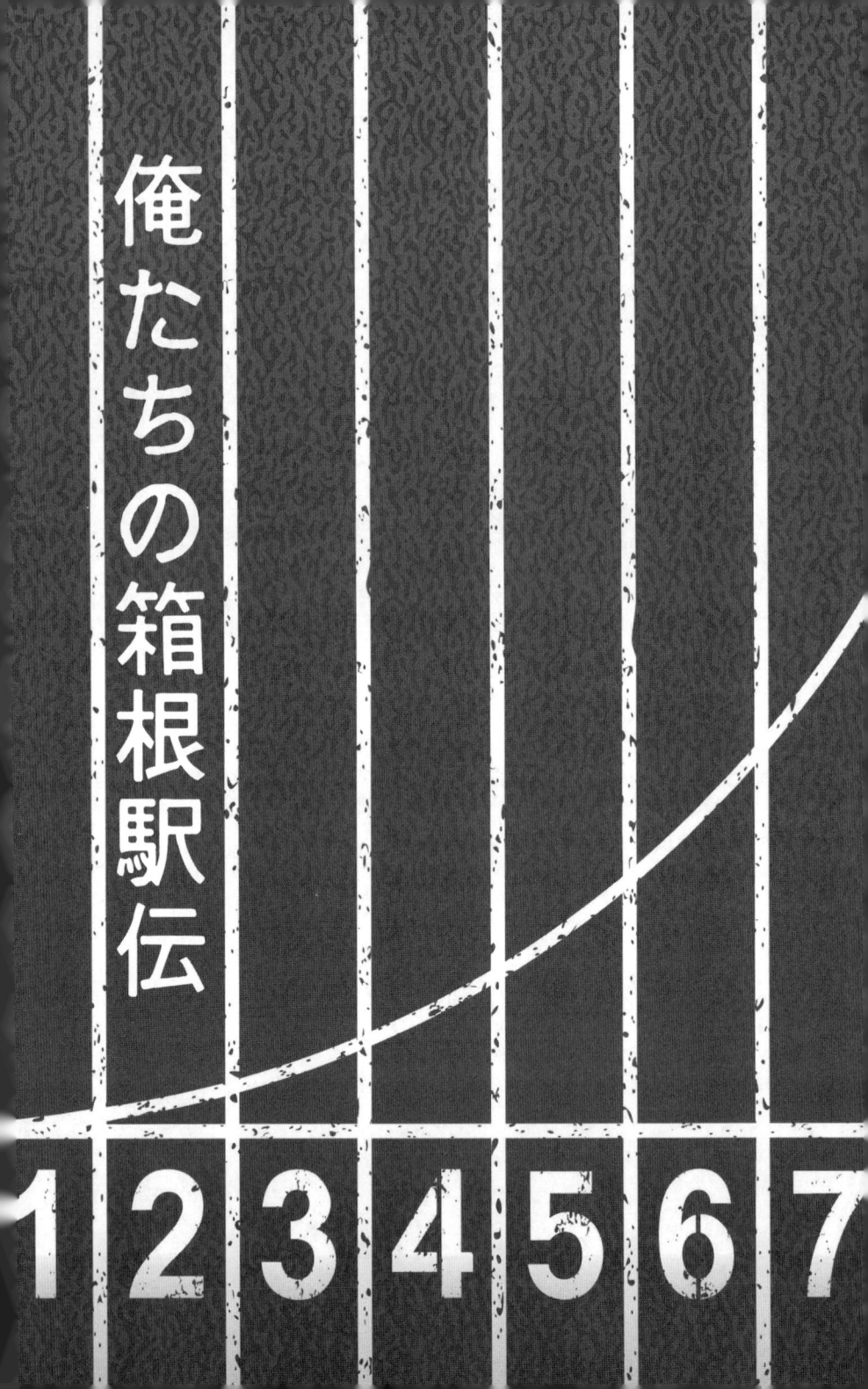

目录

主要登场人物 —————————— 001

第一部
决战前夜

第一章　预选赛 —————————— 002

第二章　台内政治 ———————— 043

第三章　总主播 ————————— 066

第四章　学联队启动 ——————— 094

第五章　通往箱根之路 —————— 124

第六章　各自的主张 ——————— 150

第七章　队伍裂痕 ———————— 171

第八章　大赛前夜 ———————— 193

第九章　剑拔弩张 ———————— 213

第二部

东京箱根间
往复大学驿传竞走

第一章　大手町起跑线 ——————— 248

第二章　高墙险峻 ——————————— 277

第三章　人形火车头 ————————— 297

第四章　点与线 ——————————— 310

第五章　中场休息 —————————— 335

第六章　天堂与地狱 ————————— 345

第七章	才能与尺度	364
第八章	天赋	379
第九章	杂草的荣光	400
第十章	我们的箱根驿传	427
最终章	片尾字幕	468

主要登场人物

甲斐真人 ………… 明诚学院大学　田径队教练

诸矢久繁 ………… 同上　田径队前教练

青叶隼斗 ………… 同上　四年级学生

前岛友介 ………… 同上　四年级学生

矢野计图 ………… 同上　三年级学生

德重亮 …………… 大日电视台　《箱根驿传》节目总制片人

宫本菜月 ………… 同上　《箱根驿传》节目总导演

北村义男 ………… 同上　体育部主任

辛岛文三 ………… 同上　主持人

黑石武 …………… 同上　节目编排总监

[关东学生联合队]

桐岛兵吾 ……… 关东学生田径联盟干事

大沼清治郎 ……… 东邦经济大学教练 / 学联队助理教练

北野公一 ……… 清和国际大学教练 / 学联队助理教练

谏山天马 ……… 品川工业大学　　四年级学生

猪又丈 ……… 武藏野农业大学　二年级学生

仓科弹 ……… 山王大学　　　　二年级学生

咲山巧 ……… 关东中央大学　　四年级学生

佐和田晴 ……… 调布大学　　　　四年级学生

富冈周人 ……… 目黑教育大学　　四年级学生

乃木圭介 ……… 京成大学　　　　一年级学生

内藤星也 ……… 关东文化大学　　二年级学生

松木浩太 ……… 清和国际大学　　四年级学生

峰岸莲 ……… 多摩塾大学　　　四年级学生

村井大地 ……… 东邦经济大学　　三年级学生

桃山遥 ……… 东洋商科大学　　二年级学生

第一部 决战前夜

第一章　预选赛

1

比赛即将迎来艰难赛段。

赛程一开始，外国留学生选手就率先发力，形成了第一集团①，现在他们的背影已经遥不可见。

宝石蓝的上衣搭配同色的短裤，胸前是醒目的白色校名。身穿明诚学院大学传统队服的青叶隼斗，正跑在主要由日本顶尖选手组成的第二集团的中央位置附近。在隼斗的右后方，队友前岛友介紧紧跟随。友介在一年级时参加过正赛，是队内唯一拥有箱根驿传②实战经验的队员。

这场预选赛关系到能否获得箱根驿传正赛的参赛资格。共有四十六所学校参与角逐，选手总数超过五百人。

---

① 集团在此指比赛中因配速接近形成的选手群体。——编者（如无特别说明，本书脚注均为编者注）
② 正式名称为东京箱根间往复大学驿传竞走，是一项大学生长跑接力赛，每年一月二日和三日举行。有来自日本关东地区的二十一支大学队伍参与角逐，包括上年度的前十名（即种子队）、十月预选赛的前十名和关东联合学生队（从预选赛淘汰的大学队中遴选优异选手组成）。

明诚学院大学田径队曾是一支蝉联箱根驿传冠军的强队。

然而那已经成为过去。隼斗大一那年,明诚学院大学虽然也参加了箱根驿传,最终却只获得了第十七名。

箱根驿传的前十名作为种子队,不用参加预选赛,可以直接获得第二年的参赛资格。而没能进入前十的队伍,则必须从激烈的预选赛中杀出重围。

隼斗大二那年,明诚学院大学在预选赛中以第十五名惨败。当时,经验丰富、速度最快的大四学生纷纷离校,而队里又没有培养出能接替他们的选手,这是队伍失利的主要原因。彼时成长速度显著的隼斗,被看好一定能参加预选赛,却因赛前受伤,连比赛都无法参加,只能在场下为队友们加油。

到了大三,隼斗总算伤病痊愈,却在越野赛中意外摔倒扭伤,再度无缘箱根预选赛。太不争气了。当年队伍也以第十三名的成绩出局。虽然近年的成绩有愧于明诚学院大学"传统强校"的称号,但他们也只能接受现实。

如今隼斗已是大学四年级学生了。他的伤病已然痊愈,也恢复了原有的状态。因为与生俱来的责任感,隼斗被推选为队长。对隼斗来说,这次预选赛也是他最后一次出战箱根驿传的机会。

预选赛的赛程起点在陆上自卫队立川驻地的机场跑道,选手们需在驻地内环绕三周,随后穿越立川市市区,最终抵达终点国营昭和纪念公园,全程约21公里。

每支队伍最多可派十二名选手出场,比赛根据每支队伍前十名选手的个人用时总和来确定各队的排名。

预选赛前十名的队伍能够获得在新年伊始——一月二日和三日举办的箱根驿传正赛的出场资格,登上这个梦想的舞台。

一战决胜负的计时赛有着与普通比赛不同的难点。

在常规比赛中，只需与眼前其他学校的选手一争高下就行了，若对方放慢速度，自己可以跟着放缓节奏，采取保存体力的战术。

然而计时赛并非如此。由于不知道队友能跑出怎样的成绩，为了团队，哪怕只能比预期快一秒，也要奋力争取。每位选手都需预先设定目标成绩，然后尽己所能去接近甚至超越这一目标。

这需要冷静的判断力与正确的长跑技术。

比赛当天，教练诸矢久繁制定了战术，根据十二名出场选手各自的速度、个性和状态，给他们分配了不同的任务。

根据预想，比赛时选手们将会形成几个集团：以留学生选手为主的第一集团，由日本顶尖选手组成的第二集团，以及由其余选手组成的第三集团。

队中实力最强的隼斗、友介两人并肩作战，在第二集团中与其他大学的王牌选手展开比拼。其余选手则以公认擅长长跑技术和时间管理的大三学生持田研吾为中心，尽可能在第三集团中保持"抱团跑"。通过将队友们聚在一起"抱团跑"相互激励，进而提升整体成绩，是这个战术的目标。毕竟，就算领头的队员冲在前面，若后面的选手拖了后腿，也无法取得好成绩。

隼斗和友介两人按照既定战术，一直将位置保持在由日本顶尖选手构成的第二集团的中央，不知不觉已跑到12公里附近。

到目前为止，他们的配速比计划的更快。雨下到清晨就停了，此刻是阴天，也没有风。这样的好天气仿佛箱根之神赐予的礼物，让选手们在前半程跑出了相当出色的成绩。然而，真正的较量才刚要开始。

赛程开始时，陆上自卫队立川驻地内的道路平坦，如同田径场内的长跑赛道，比拼的是速度。进入立川市市区后，选手们在沿街观众的加油声中，可以放松地奔跑。当下正处于这种状态，不过，这种平稳的状态很快就会宣告结束。

此后，从普通道路到终点国营昭和纪念公园，选手将面临连续起伏路段的考验。尤其是终点前5公里处的上坡路段，堪称鬼门关，出现什么状况都不令人惊讶。

当国营昭和纪念公园的入口出现在眼前时，引领第二集团的顺天堂大学的王牌选手森本把速度提了起来。

要一决胜负了。

隼斗紧紧咬住森本，也将速度提了起来。可是——

一阵剧痛从侧腹袭来，隼斗不禁皱紧了眉头。

10公里过后他就开始感到侧腹疼痛，起初觉得并无大碍，但这疼痛不但没有消失，反而随着奔跑变得愈发剧烈，阵痛的频率越来越高，疼痛变得更加尖锐，渐渐到了无法置之不理的程度。

身体的异常状况让隼斗难以保持平常心。巨大的压力之下心率过快，导致他无法进一步加速。

并排跑在身旁的友介将目光投向隼斗。

仿佛在问："不去追森本吗？"

面对友介疑问的眼神，隼斗只能紧皱眉头作为回应。或许是立刻察觉到了隼斗的异常，友介随即加快节奏，紧紧咬住了森本。

友介的背影在视野中渐渐远去，从后方追上来的选手围在了隼斗四周。

两名中央大学的选手从隼斗两侧超了过去。从他们的气势就能看出，去年丢掉箱根驿传种子队资格的中央大学，准备一雪耻辱。

紧接着，城西大学的三名选手相互鼓励着，肩并肩地追向前去。

——可恶。

隼斗拼尽全力，但公园的上坡在他眼中犹如断崖绝壁。

他立刻感到身体发出哀诉，侧腹部像被刺中一般，疼痛直抵头顶。与市区相比，赛道变窄了，竖在两旁的各大学的旗帜在视野中变得模糊，人群一重又一重的欢呼声在耳内轰然作响。

选手们一个接一个从他身旁超过。可以说，谁都能一眼看出，隼斗的身体出现了异常状况。

我这个队长怎么能掉链子。

这份责任感沉甸甸地压在心头,让他的痛苦陡然加剧。

这时隼斗已经落到第二集团的末尾,眼见就要被集团甩下,陷入单独落后的局面。

就在这时,一个小小的奇迹发生了。

在欢呼声骤然停歇的瞬间,他听到了自己干燥跑鞋踏上地面的声音,那是奔跑的节奏。

这声音拯救了隼斗。

——冷静,冷静。

集中精神,只专注于这一个声音。

侧腹部的疼痛暂时缓和,也算是不幸中的万幸。他心想:大概疼痛也是有起伏的吧。渐渐地,他恢复了往日的冷静。

他试着稍稍加快步伐。

迈开步子,向前奔跑。

——我能行。

在余下的3公里坡道赛段,隼斗心无旁骛地奋力奔跑。

争取目标成绩的念头早已消失。

到了这一刻,靠的不再是技术,也不是战术,而是坚忍的意志。

虽然第二集团的领头者森本和友介的身影已经远去,但周围也有一些选手在爬坡路段体力不支,速度明显下降。

他超越了一名选手。

——把这势头保持住,全力冲向终点。

接着,又超越了一名。

隼斗不顾一切地奋起直追,仿佛化身鬼神,全然不顾跑姿。沿路的观赛者为他加油助威。

在视线前方,他看到友介冲过了终点线。

——等着,我马上就追上来。

隼斗集中意念,眼中只有终点线。

他向着终点飞奔而去。

按下左腕上跑步手表按钮的那一瞬间,隼斗失去了意识。等他缓过神来,发现自己正躺在草地上,仰面朝天。

映入眼帘的,是友介担忧的面容,以及乌云散去露出的青蓝色天空。

隼斗看了一眼手表上的时间。

一小时三分二十四秒。

比预想的时间慢了三十秒以上。对隼斗来说,这个成绩过于一般。

本不该是这样的。但已经无法再来一次。

隼斗仰望天空,一股强烈的悔恨涌上心头。作为队长,他本应成为表率,提高全队总成绩。

我应该一马当先,带领大家跑进"箱根"的啊——

这个念头止不住地在他胸口翻搅,就在他快要被自责的念头压垮之时,他听到"研吾来了"。

随着友介的这一声喊,他看到持田研吾冲过了终点线。

大约十秒后,明诚学院大学的两名选手相继抵达终点。各校应援部的加油声此起彼伏,太鼓声震天响,余下的选手也接连冲过了终点。

"还剩最后一个人!"

小森大树站在隼斗身旁,手拿秒表,记录着每一位队员的完赛时间。大树是大四学生,原本是能以出色成绩代表队伍出战的选手,却因为受伤转为幕后支持。

正在此时,队伍的第十名选手出现在了他们的视野中。那身着宝石蓝队服的身影。

"阳介,阳介!"

友介呼喊着二年级队友三泽阳介的名字。隼斗也喊起来。阳介露出痛苦的表情，想必体力已经耗尽，他大幅摆动着身体，发起了最后冲刺。

阳介在撞线的同时倒了下去，医疗救助员赶忙上前将他扶起。

站在大树身旁的队伍经理，三年级的矢野计图把成绩输入手机，计算出总用时。

"给我看看。"隼斗凑上前，屏住呼吸，看向手机屏幕。队伍的自行计时与主办方关东学生田径联盟①的正式成绩多少会存在一些误差。但是——

毫无疑问，这是一场苦战。

2

在宣布成绩的会场里，队友们等待着结果，他们从刚才起就在互相打趣，开着一些无聊的玩笑。

他们实在难以平静下来。

单看十名选手的排名也能知道，以靠前的名次出线的可能性微乎其微。

第八名或第九名。不，以第十名的成绩勉强通过预选赛的可能性很大。

不，要是真能这样还算好的。

萦绕在隼斗心头的，是对预选赛失利的深深恐惧。

与去年相比，选手们的个人实力确实提高了。万米的个人纪录比起箱根驿传正赛的出场选手也并不逊色。只要大家都能正常发挥，应该能通过预选赛……

然而，前提是所有队员都能按预期顺利完赛。从这个角度来说，最

---

① 下文简称"关东学联"。

让人失望的，正是隼斗本人。

速度大幅下降的选手留下的漏洞之所以无法填补，是因为队伍的后继力量单薄。

离箱根驿传的出线资格越远的队伍，愿意加入其中的优秀选手就越少。这就是弱队越来越弱的失败者困境。

教练诸矢站在选手们中间，脸上毫无笑容，双眼紧紧盯着台上尚未揭晓名次的排名计分板。

诸矢今年六十五岁。

在长跑界，诸矢曾以执教严厉而闻名，但据校友们说，他现在已经温和许多了。在隼斗的印象中，特别是从去年开始，那种斯巴达式的强硬带队作风已经不见了，取而代之的是一种更尊重选手自主性的执教方式。

这天赛后，他没有斥责成绩与赛前目标相差甚远的隼斗，只对他说了一句："辛苦了，这就是比赛。"

"要开始宣布成绩了。"

听到计图的话，隼斗将视线投向台上，一位身着西装的学生正走上台。那是主办方关东学联的秘书长。原本喧闹的会场随即安静了下来，紧张的情绪如潮水般蔓延，让人感觉喉咙被紧紧扼住。

"现在开始宣布结果。"

声音通过麦克风传遍全场。

从第一名开始宣布。

——第一名……

经过一段漫长的停顿，排名计分板上的第一块挡板被移除。

——顺天堂大学。

会场的某个角落瞬间爆发出欢呼声和掌声。今年顺天堂大学以箱根驿传正赛第十一名的成绩进入预选赛，这一结果可以说与他们的实力相符。

——第二名……中央大学。

"中央大学竟然要参加预选赛,这原本就匪夷所思。"

人群中传来一阵低声议论。隼斗也是这么想的。中央大学队原本是今年箱根驿传冠军的有力争夺者,没想到他们竟然会丢掉种子队资格。但这恰恰体现了箱根驿传赛事的残酷。

——第三名,城西大学。

会场里,欢呼声和叹息声交织在一起。

第四名,神奈川大学。第五名,国士馆大学。第六名,日本体育大学。

宣布到这里,那些尚未听到自己学校名字的队伍,近乎祈祷的急切心情几乎要决堤。

"求求了!"

在隼斗身边,另一位四年级学生宗方通将双手紧握在胸前。

——第七名……

——山梨学院大学。

欢呼声、叹息声,以及不安。队友们脸上的笑容消失了,他们有的仰面望向天空,有的凝视着脚下的草地。

就在这时,众人听到一声"还没结束!"。

诸矢以近乎可怖的表情注视着前方,向队员们喊道。这一声喊让几乎快被焦虑和压力击垮的队员们精神一振。

——第八名……

队员们自然地站成一排,彼此搭着肩膀,祈祷着。

明诚学院大学。他们会被叫到的。一定会的……

——法政大学。

仿佛全身的血液都被抽走了,隼斗一时间竟说不出话来。

友介的眼睛已经红了,他紧咬着嘴唇。

——第九名……

隼斗能感觉到友介抓着自己队服的手指在用力。

——拓殖大学。

旁边队伍的选手们顿时欢呼雀跃。隼斗和队友们只能默默地看着。只剩最后一个名额了。

——第十名……

"明诚、明诚、明诚！"友介压着声音喊道，"——明诚！"

——专修大学。

原本肩并肩的队形瞬间瓦解，有几个人瘫倒在地。

仿佛脚下的地面裂开，把人吸入了深渊。友介双手捂脸哭了起来。

——都是我的错。

这个念头在脑海中盘旋着，隼斗抬头望向天空，此刻晴朗的天空反而更让人恼火。泪水涌出，他跌入了失落的谷底，一种无法控制的自我厌恶在他的胸口膨胀起来。

队员们已经那么拼命，那么努力了……

就在此时。

——第十一名。

泪眼婆娑的明诚学院大学的选手们，不约而同地抬起了头。

——明诚学院大学。

成绩公布的那一刻，会场一片哗然。

十小时三十八分十二秒。

他们的成绩与第十名的专修大学竟仅差十秒。

正是这十秒，阻断了明诚学院大学的复活之路。

友介双膝跪地，用拳头猛击地面。

他的拳头，仿佛就是冲着隼斗而来。

如果隼斗当时拿出平时的实力，明诚学院大学就能晋级箱根驿传正赛了。

然而，比赛中没有"如果"。

011

"对不起,"隼斗大声说道,"对不起,各位。是我的错。对不起。"

话音刚落,他的泪珠就掉了下来,渗入脚下的草地。

隼斗始终低着头。

"已经尽力了。这也是无可奈何的事。"教练诸矢在一旁对他说。

"大家都过来,肩并肩围成一个圈。"

在教练的指令下,队员们围成了一个圈。

"这一年,你们拼尽了一切去努力。做得很好。"

出乎意料的是,诸矢也流下了眼泪。在此之前,队里还没有人见过教练落泪。

外表凶狠、意志坚强的诸矢现在竟然哭了。

"我也数不清,究竟有多少次,被你们的努力深深打动,为之钦佩不已。你们朝着梦想,朝着目标,日复一日地奔跑,从未有一天停下脚步。那段日子里,你们光芒夺目。我永远不会忘记你们努力的身影,想必你们也永远不会忘记那些刻苦训练的日子。梦想没有实现固然令人遗憾,但这并不意味着你们过去一年付出的努力就失去了价值。正因为有了不起的失败者,成功者才会如此闪耀。不要忘记这一点。今天的失败者会是明天的胜者。失败比胜利更能让人成长。相信明天,挺起胸膛。你们是我的骄傲,谢谢你们!"

在圆阵里,队员们又哭了起来。

隼斗也哭了。诸矢也克制不住流下了眼泪。

至此,明诚学院大学向箱根驿传发起的挑战画上了句号。

3

大巴抵达相模原宿舍,众人仿佛经历了一场虚无的梦境,车内弥漫着浓浓的怅惘。

"隼斗，你过来一下。"诸矢叫住了他。

队伍解散，有的队员低垂着头回了房间，有的队员为宣泄心中的不甘，径直奔向操场，开始奔跑。隼斗望着队员们的背影，跟在诸矢身后走进了教练办公室。

"对不起，教练。"

一进门，隼斗就立正道歉。

他没能回应那些为"箱根梦"而努力奋斗的队友，也辜负了教练的一片苦心。随着时间的流逝，这份失责的内疚在他心中愈发沉重。

诸矢沉沉地坐在椅子上，抬眼望向站在自己面前的隼斗。

"失败有没有价值，要看未来你能否把它转化成力量。"

顿了顿，他接着说："无论是作为一名长跑选手，还是今后从事其他工作，都要从这次经历中吸取教训。"

隼斗只能咬着嘴唇，强忍着内心翻涌的情绪。

"这就是人生。"诸矢补上一句，随后话锋一转，"话说回来……"

隼斗轻轻地深呼吸，等待着诸矢开口。

本以为他要讨论明年的队长人选，但诸矢接下来的话完全出乎他的意料。

"我要请辞了。"

隼斗不知所措，直直地盯着"指挥官"的脸。

这实在是太让人意想不到了。

"我已经尽力了。"诸矢又补充道。他叹了口气，像是卸下了身上的重负，靠回椅背上。

令隼斗惊讶的是，从诸矢的神情中，他竟然捕捉到了一种从未见过的疲惫。仿佛身为教练一直紧绷着的那根弦，此刻终于断裂，卸下了防备，袒露出了脆弱的一面。

"教练，我们四年级的学生快要毕业了，或许影响不大。但我们的后辈该如何是好？大家都是敬仰教练您才来到明诚学院大学的。您离开了,下一届箱根驿传怎么办?"

"即使我不在,他们也不会有问题。"诸矢的语调沉稳,"这两年我都看在眼里。放手发挥你们的自主性,就算没有我,你们也能好好训练,不断进步,没有迷失目标。放心吧,你们一定能行。"

"教练,您能不能再坚持三年?坚持到现在这届大一学生毕业。拜托了!"

看着低头恳求的隼斗,诸矢叹了口气,用无力的声音说道:"我已经力不从心了,隼斗。你们这一届堪称近几年来的最强阵容,我都没能把你们送进箱根驿传。我早就决定,这次预选赛没出线就辞职卸任。"

诸矢以田径教练的身份度过了将近四十年的岁月。

他获得过许多荣誉,也经历了数不清的失败。历经无数的毁誉褒贬,需要何等强大的精神力量,才能始终如一地激励选手并带领他们取得佳绩啊!

然而,现在的诸矢似乎已经失去了往日的能量,变成了一个老人。内心的力量竟然可以给一个人带来如此大的改变,隼斗不禁感到惊讶。或许正因为自己是一名始终挑战体能极限的跑者,才对这种变化感触更深。

"从现在开始,我会把事情交给新教练。"

听到诸矢的话,隼斗不禁发出一声"诶"。

"新教练——"

"人选已经定好了。"

听到诸矢斩钉截铁的回答,隼斗再次看向他。究竟从何时起,他就已经下定决心辞职了呢?

"来接任的教练是谁?"他小心翼翼地问。

"甲斐真人。"

一个意想不到的名字。

"甲斐先生……是那位甲斐先生吗？"

当年，在明诚学院大学田径队的巅峰时期，有一位传奇选手，从大一起便作为正式队员连续四年参加箱根驿传。

他就是甲斐。

他连续四年出战二区[①]，三次获得区间奖，还获得了一个"明诚特快"的别称。

但他为什么会成为"传奇"？

原因是甲斐大学毕业后去了一家普通公司工作，彻底告别了田径界。

在一年一度田径队毕业生聚会上见到的甲斐，看上去是个性格沉稳淡然的人。与那些热衷于对田径队的组织运营指指点点的校友不同，甲斐从未发表过任何意见。要么是他不感兴趣，要么是他本来就没有意见。印象中，他是一个让人捉摸不透的人。

"甲斐前辈现在在做什么呢？"

"在丸菱当课长。"

丸菱是一家综合商社，甲斐大概三十五岁，应该是公司的中层骨干，正是拼事业的年纪。

"甲斐一直在钢铁行业工作，最近刚从澳大利亚调回日本。工作还算一帆风顺，但他心里也在纠结，总觉得不能一直这样下去。他想从事与人打交道的工作，而不是与钢铁打交道。我完全理解他的感受。"

"甲斐前辈要从丸菱辞职吗？"隼斗问道。

丸菱可是毕业生就职人气排行榜上位居前列的一流企业。他竟然要辞掉这样的工作，去投身他之前一直与之保持距离的田径运动吗？

"停职一年，来我们队里。"

[①] 箱根驿传的二区是从鹤见中继站到户冢中继站，是距离最长、最能展现跑者实力的赛段，各校都把王牌选手安排在这一区。

"一年……"

这是什么打算——隼斗哑然,说不出话来。要组建一支团队,一年的时间太短了。这一点,诸矢应该很清楚才对。

"已经跟甲斐说好了,让他从明年起过来帮忙。要是预选赛失利,届时就进行教练交接。"诸矢接着说道,"丸菱似乎有个社会贡献制度,鼓励员工利用一年时间去做志愿者。而担任我们队伍的教练这件事,也作为该制度的一部分,得到了公司的批准。"

"原来是做志愿者啊。"隼斗心里有些硌硬,不禁微微皱了皱鼻子。

说到底,甲斐并没有做出什么牺牲,只是来担任一个临时的职位。

况且,就算甲斐作为选手时成绩不错,他也没有任何作为教练的成绩。在毕业生中,有些前辈只要有时间就会出现在训练场边,送些慰问品,偶尔还会摆出一副教练的架势。相比之下,隼斗怎么也想不起来甲斐为明诚学院大学田径队做过什么。

"为什么偏偏是甲斐前辈呢?"

隼斗心中涌起一股不信任感,语气也不自觉地加重了几分。

然而,诸矢毫不迟疑地回答道:"因为他是最合适的人选。这支队伍需要甲斐的力量,当我打算把教练的位置让出来时,除了甲斐,我没有考虑过其他人选。"

隼斗对诸矢的话半信半疑,只能勉强接受。"甲斐前辈什么时候过来呢?"

"明天或者后天他就会过来露个面。事到如今,时间已经很紧迫了。从今天起,队伍就要以明年的箱根驿传为目标努力了。不过你呢,隼斗——"

诸矢抬眼看向仍然有些沮丧的隼斗,说出了一句令他惊讶的话:"你要去参加学联队。"

什么?隼斗惊愕地看向诸矢。学联队,正式名称是关东学生联合队。

他一时说不出话来。队伍失利的阴影仍在脑海中盘旋，他根本没有余力去考虑自己的事情。

"队内个人成绩排第一的是友介，但他大一时就跑过箱根驿传了。"

按照规定，曾经参加过箱根驿传正赛的选手不能再次进入学联队。诸矢接着说："我从关东学联那边了解到，你今天的成绩在未能获得参赛资格的队伍的日本选手中排名第十四。"

"如果我真的入选，学联队的教练会是谁呢？"隼斗忍不住问道。

关东学生联合队的教练人选，按照惯例需"与选手所属大学中综合成绩最好的队伍的教练协商决定"。如果隼斗入选，教练原本应该是诸矢。

"如果学联那边邀请我担任教练，我会接受，"诸矢说道，"但我不会亲自去，而是让甲斐去。我已经和关东学联那边沟通过了，他们回复说没有问题。"

"甲斐前辈……"

看着隼斗难以置信的表情，诸矢神情认真地说道："参加学联队，争取进入十人名单，替那些没有机会出场的队友们去跑箱根驿传吧。"

4

"怎么样，拍到满意的画面了吗？"

德重亮走进剪辑室，向菜月问道。她轻轻倚靠着椅子，手托着脸颊。

"还算可以吧。"菜月回答。

德重拉过菜月身旁的椅子坐下，也把目光投向屏幕。

今年，德重终于如愿以偿，担任了梦寐以求的《箱根驿传》的总制片人。而在总导演这个节目制作的关键职位上，德重选择了进入电视台刚满十年的宫本菜月。

这一决定在电视台内部引起了不小的轰动。

《箱根驿传》是大日电视台每年新年期间播出的人气体育节目，其总导演堪称台里的顶梁柱。

由女性担任此职位尚属首次，更何况，菜月是在竞争中胜过了前辈才获此任命。从这个角度来说，这一人事任命着实是台里的一大"事件"。

菜月正在剪辑用于晚间体育新闻报道的预选赛视频。预选赛当天，德重也去了现场。

预选赛没有出现什么大的意外，结果可以说是在意料之中。从菜月略显不满的表情中可以看出，比赛似乎有些缺乏亮点。

的确，顺天堂、中央、城西，还有日体大——对箱根驿传赛事的爱好者来说，这些常客顺利晋级本赛，一切似乎都在情理之中。

"戏剧性的大逆转没有出现，"菜月说，"这么看来有些平庸。"

"大逆转哪里是那么容易出现的。"德重说道。他盯着屏幕看了一会儿，微微点头，对画面选取的精准度、解说和音效恰到好处的编排等感到满意。即使不看完，也知道成品质量很有保证。在德重看来，论平衡感和编排能力，菜月出色的能力在电视台中无人能及。这也是他任命她为总导演的最大原因。

"确实没有什么大的波澜，但肯定有一些戏剧性的情节。"

菜月也确实捕捉到了这些情节。

明诚学院大学的选手们泪流满面。他们围成一个圈，听着教练诸矢的训话，流下了眼泪。

"明诚太遗憾了。我还以为他们今年能出线呢。"德重低声自语。

回顾自己的人生轨迹，德重从未离开过体育领域。少年时期他在足球场上奔跑，大学时则成了撑竿跳高选手。他对田径比赛的精神面、困难点，以及闪光之处了如指掌，在报道箱根驿传的一线已经二十多年，对自己判断各校代表队水平的能力也很有信心。

明诚很有希望。

正因为他抱有如此高的期望,才会对当天的结果感到意外,甚至有些失落。他自嘲"我还是不行啊",同时也再次感慨体育赛事中的一个真理。

——胜负较量,神鬼难测。

明诚学院大学的落败验证了这句话。按照德重的预测,他们就算无法取得前几名,至少也能取得第七名的成绩。

"传统强队复活",如果真如预想,这将会成为新闻标题。然而事实上,镜头记录下的是年轻的选手们"箱根梦"破灭的样子。

"话说回来,诸矢教练要退休了。"

听到菜月的话,德重惊讶地问道:"听谁说的?"

"预选赛负责明诚学院大学的记者在赛后听诸矢本人亲口说的。"

"他做教练多少年了?"

至少从德重还是一名普通职员,刚开始参与箱根驿传报道的时候起,诸矢就已经是明诚学院大学的教练了。

"据说有三十八年了。他今年已经六十五岁了,似乎是想就此引退。"

这是突如其来的辞职。

"今年队伍被寄予厚望,或许是一时冲动的发言,"德重一边摩挲着下巴一边说道,"也许明天又宣布回来继续执教了呢。"

"可是听说继任者已经确定了。"菜月的消息令人意外。

"继任者……是谁?"

"甲斐真人,德重先生您应该知道吧?"

"甲斐?他要回来做教练吗?"

如果消息属实,他除了惊讶,完全没有别的感觉。"他已经从田径界退出了呀。"

大学时代成绩优秀的选手的毕业去向总是引人瞩目。然而甲斐就职的综合商社没有田径队，这也就意味着他彻底告别了田径。实际上，毕业之后，便再也没在田径赛场听说过甲斐的名字。

甲斐真人虽然在赛场上留下了纪录，却从人们的记忆里消失了。

"那么，诸矢先生会去做学联队的教练？"

"听说连这个职位也交给了甲斐先生。"

听到这话，德重着实惊愕不已。

"听说他说自己出任教练也没有意义，把位置让给甲斐先生，可以为下一年积累经验，这也是为了队伍着想。"

"他是认真的啊。"德重终于领悟到诸矢引退的决心，重重地叹了口气。

虽然箱根驿传不是职业竞技，但是毕竟肩负着大学的荣誉。为了让队伍从多年的低谷走出来，诸矢率先革了自己的职。

"估计不久就会正式宣布。唉，反正是学联队，谁当教练都一样吧。"

"可别看不起学联队，宫本。"

虽然是真心话，德重却是以开玩笑的方式说的。

"特邀参加"的关东学生联合队，成绩不会被正式记录。他们近来的成绩总是排在最后一名。

说起来，"最后一名"这种说法本身就有误。特邀参加的学联队根本就没有名次。

学联队是预选赛之后临时集结的杂牌军。

虽说召集了预选赛中个人成绩排名靠前的选手，但即使他们再努力，这些成绩也不会被认定为正式纪录。队伍既没有凝聚力，也没有目标，这种情况下怎么能让队员保持积极性呢？

相比之下，以夺冠为目标的队伍，对箱根驿传投入了难以置信的信念和热情。

他们肩负着学校的荣誉，承载着未能上场队员的期盼，以及对远道而来给予支持的家人的感激——代代传承的队服，那连接着历史与热情、象征着精神传承的肩带……

箱根驿传使用的接力带并非由主办方统一发放，而是由各参赛大学的代表队自行准备。

这些接力带平时都得到妥善保管，只在箱根驿传比赛当天使用，有些队伍的接力带甚至是宿舍管理员阿姨亲手缝制的。它们传承着队伍的精神血脉，经过岁月的洗礼而熠熠生辉，其沉甸甸的分量正配得上这大赛的舞台。

而学联队的接力带就显得没那么有分量。

选手们只是临时被挑选出来，去跑指定的赛段。抱着如此简单的想法就想在箱根驿传的赛场上争夺胜利，绝非易事。

谁来担任教练，都无法改变这一状况吧。

更何况，一个远离田径赛场多年的人，能改变什么呢？

"话说回来，德重先生。节目到底怎么安排？"

菜月话题一转，说起了自从德重被任命为《箱根驿传》的总制片人后，就一直困扰着他的事情。

"我还在考虑。"

"与黑石先生商量了吗？"

"还没有。"

菜月微微皱了皱眉头，看了德重一眼，没有再多说什么。

黑石武是大日电视台的节目编排总监。他在综艺领域崭露头角，一步步走上制作部门的关键岗位，是个令人敬畏的厉害角色。如果再补充一点的话，可以说，黑石还是个野心家。

黑石向德重提出了一个要求。

那就是改变《箱根驿传》长久以来的"模式"。

其他电视台的情况不清楚，但在大日电视台，节目编排总监亲自对节目做出指点,即使是以内部建议的形式,也是闻所未闻的事情。

但黑石这个人,从某种意义上来讲,正是以规则破坏者的身份,沿着晋升的阶梯爬上来的,在大日电视台可谓特立独行。

"真的要改吗?我不赞同。"对于黑石的要求,宫本菜月态度鲜明。

"为什么呢?"

"因为没有必要改。《节目手册》的完成度是公认的呀。"

《节目手册》指的是大日电视台《箱根驿传》的制片脚本,正式名称是《箱根驿传节目手册》。"黑石先生只是想改变点什么,给自己留下业绩吧。我看他并非为节目考虑。"

不知是不是错觉,菜月的语气里似乎夹杂着轻蔑。

"不会的,老爷子自然有他对节目的考量。"

对年长他五岁的黑石,德重以"老爷子"相称。这称呼一半带着亲切,剩下的一半也有那么一丁点轻蔑的意思。"他对体育转播一无所知,产生了误解。当面跟他讲清楚,他就不会再插手了吧。明天我就去找他谈谈。"德重说着,像刚才走进剪辑室时一样,脚步轻快地走出了房间。

德重回到体育部的办公桌前,只见各种文件资料从桌上一直堆到了脚边。德重从中抽出了《节目手册》。

这是大日电视台第一次直播箱根驿传比赛时的脚本,在历代报道团队的手中代代相传,被奉为"圣经"。

每年一月二日、三日,《箱根驿传》独占电视荧屏,直播时长超过半天,平均收视率在百分之三十左右,可谓"怪物"节目。如今被誉为"正月风物诗"的《箱根驿传》,当年为了实现全程电视直播,经历了难以想象的艰辛困苦。

节目策划者是体育转播界的传奇制作人坂田信久。而在坂田身后,撰写那部《箱根驿传节目手册》并亲自负责节目编排的,是被称为"天才导演"的田中晃。

如果没有这两位电视人的努力,也就不会有如今的箱根驿传实况转播。

5

从东京大手町①出发,一路穿过市中心,沿着旧时的东海道②,途经风光旖旎的海岸线抵达小田原③,随后踏上通往箱根④的陡峭山路。

这项全程217.1公里的接力赛,每年一月举行,为期两天。它始于一九二〇年,即第一次世界大战结束两年后。"日本马拉松之父"金栗四三为箱根驿传的创立鞠躬尽瘁。此后,除了第二次世界大战前后的五届比赛停办以外,箱根驿传绵延至今,已发展成为一项重要的体育赛事。

为箱根驿传的魅力所倾倒,一心想要实现其电视实况转播的,正是前文提到的坂田。

箱根驿传是青春的舞台。学生们满怀热忱,为传递接力带,为团队荣誉,竭尽全力地奔跑。队伍团结一心追逐梦想,夺冠时热血沸腾,失败时流下纯真的泪水。凡是看过箱根驿传的人,都会不由自主地为他们纯粹的运动员精神,以学生为中心进行运营的业余体育精神,和一心向前毫无杂念的挑战精神所打动。

为了能够直播这场伟大的赛事,坂田做了周密的准备。

然而,他信心满满地提交的企划书却被驳回了。

当然,电视台高层或许未能理解箱根驿传的精彩之处,但坂田并不

---

① 位于东京都千代田区。因位于江户城的大手门附近而得名。
② 在江户时代是由日本桥经西方沿海诸国至京都的街道。
③ 位于神奈川县。
④ 位于相模湾西北,属神奈川县。

认为这是唯一原因。他觉得是自己还没能赢得足够的信任，不能让人放心地委以重任，是自身能力不足。

换作一般人，到这一步也就放弃了，然而坂田的字典里没有"放弃"二字。

既然如此，那就先提升自己在台里的口碑，再去争取更多话语权。秉持积极的心态，坂田交出了"全国高中足球锦标赛"的节目策划。

从十二月下旬到一月上旬，全国高中足球锦标赛这场决出日本高中足球冠军的赛事直播获得了台里高层的批准，收获了预期的高收视率，节目就此步入正轨。

随着节目的价值逐年攀升，坂田作为制作人在业内的评价也逐渐提高了。

经过数年的精心筹备，坂田再次满怀信心地提交了直播箱根驿传的方案。在激烈讨论后，这份方案最终获批，他的宏伟目标终于触手可及。

坂田选择了锐意进取、势头正盛的导演田中晃作为工作搭档。

坂田在自己认定的道路上奋勇前行，对台内外的种种舆论毫不在意。而田中则擅长细致入微地考量各方，精于洞察人心，在公司内人缘很好。乍看之下，两人性格截然相反，但在对体育转播的理解乃至其美学理念上，他们却出奇地一致，可谓志同道合。

根据他们的理念，实况转播就是要将体育运动的卓越、趣味、难度，以及背后的人文故事原汁原味地呈现给观众，一分不多，一分不少。

简单来说，就是不邀请人气明星担任嘉宾，将严肃正统的风格贯彻始终。

节目方案顺利获批后，坂田的一个举动成了笑谈。他在台内张贴传单，公开招募《箱根驿传》节目组的成员。

完全没有与人事部沟通，就由制片人自己在公司内部招兵买马，这种前卫的做法充分体现了坂田的风格，却也令人事部颇为恼火。

德重进入大日电视台时，《箱根驿传》已经步入正轨，成长为新年期间的招牌栏目，获得了很高的收视率。

德重本志在进入体育节目部，却不知为何被分配到了综艺部。"这工作我干不下去"，无奈之下，他直接找坂田面谈，希望加入《箱根驿传》的直播团队。

德重的积极性得到了坂田的赏识，坂田立即找到人事部，几乎是强行将德重调到了体育部。从那以后，对德重来说，坂田信久既是体育转播领域的前辈，更是恩人，是一生的恩师。

在坂田手下工作之后，德重才了解到《箱根驿传》首次播出时经历的种种艰难与奇迹。

而如今——

德重坐在座位上，再次翻看着田中编写的《箱根驿传节目手册》，然后抬起头，一脸愁容地凝视着空旷的大办公区。

"到底要怎么改啊？"他不禁自言自语道。

根本没法改。

田中在这份脚本里，定下了几条直播规则：

必须捕捉到接力带交接和名次交替的瞬间。

细致地采访每一个队伍和选手，介绍他们的家乡，以此将箱根驿传这项仅限关东地区学校参加的比赛推广到全国。

当赛况出现停滞或需要填补空白时段时，会穿插名为"今昔物语"的短片，讲述箱根驿传的历史。

这个环节经过了反复打磨，做得十分出色。

虽说这是三十五年前编写的脚本，但除了根据时代变化对赛道等进行细微的调整外，绝大部分内容至今仍然适用。

尽管如此，黑石仍不满意。

"他到底在想什么？"德重再次低声自语，"真是搞不懂做综艺节目的那些人的想法。"

每家电视台都是如此，综艺、体育、新闻、电视剧各部门相互较劲，大日电视台也不例外。

"说到底，就是看我们做的事不顺眼吧。"

这么一想就说得通了。当然，黑石毕竟是黑石，他可能有什么出人意料的点子，但至少德重得出的结论是，《箱根驿传节目手册》不该修改。

但黑石会就此罢休吗？

然而，作为总制作人，德重的工作正是协调各方关系。

节目编排总监黑石看到德重进来，默默起身，在办公桌旁简易接待区的沙发上坐了下来。

德重这次来访没有提前打招呼，他想要是黑石不在办公桌这儿，他就直接回去。

德重在对面的椅子上坐下，开门见山地说："关于《箱根驿传》，我打算沿用以往的架构。"

黑石没有回应。

黑石头发斑白，剪得很短。他身材矮胖，懒洋洋地坐在沙发上，衬衫的腹部扣子看起来随时都会崩开。他左手搭在肚子上，右手握着折叠起来的老花镜，神经质地上下晃动着。

他那副略显滑稽的模样让人联想到苏格兰折耳猫，但他的眼中又透着一种多年来掌控工作现场的自信和强硬。

黑石终于简短地吐出一句："再回去好好想想。"

"不，但是——"

"总是一成不变，你觉得观众能增加吗？"他打断德重，毫不掩饰自己的恼怒，"如果想提高收视率，就必须有新的框架。"

"关于新的框架，可以增加摩托车摄影机，这样就能捕捉到以前拍不到的战术细节——"

"不行。"话还没听完，黑石就立即摇头，"这样做完全没有冲击力。要用更容易理解的方式吸引观众。"

德重已经猜到了黑石想说什么,暗暗做好了应对准备。

"把演播室的嘉宾阵容丰富起来。"

黑石的话果然不出他所料。

"您的意思是让我邀请偶像来当嘉宾吗?"德重直截了当地问。

实际上,很多体育节目都是这么做的,排球、高尔夫这类大型赛事经常会邀请偶像和艺人担任特别嘉宾。

"那样做会流失忠实观众。"德重反驳道,"《箱根驿传》应该是一档正统严肃的体育节目。我们所坚守的不正是体育节目的传统吗?一味模仿其他电视台,岂不是忘了自己的本分?"

黑石默默地听着,然后吃力地站起身,拿起桌上的字条走了过来。他没有说话,只是把字条递给德重。

字条上写着当红谐星畑山一平的名字和电话号码。

"您的意思是要我用畑山?"

畑山在各类节目中担任评论员,最近还成了新闻节目的常驻嘉宾,正从搞笑谐星向知性艺人转型。

"他在女性群体中人气很高,可以吸引新的收视群体。他的新年档期已经空出来了。你去给他打个电话。"

"等一下,黑石先生,"德重慌了,"新年档期空出来了,这是什么意思?"

"就是字面的意思。我跟田健提了这事,他反应很积极,说'箱根驿传,不错嘛'。"

田健指的是演艺界的大佬、一家著名艺能事务所的社长田村健一郎。包括畑山一平在内的许多艺人都是他一手捧红的。在演艺界,他可是举足轻重的人物。

"别开玩笑了!"德重大声说道,周围瞬间安静下来。"凭什么擅自做主!"

"还不是因为你毫无行动。我替你做了决定,你不该感谢我吗?"

"黑石先生,《箱根驿传》不是那种节目。"

"那是什么节目?"黑石用冰冷的目光看着德重,"正统严肃的体育节目吗?什么叫正统严肃?找来与驿传和马拉松有关的人,让他们谈论自己人,这就叫正统严肃了吗?找艺人做嘉宾就是媚俗吗?你们抱着这些陈旧观念,让节目越来越无趣,自己却毫无察觉。"

"找明星来就能提高收视率,这种想法才是陈旧观念。"德重正面反驳,"找艺人当嘉宾,观众就会买账吗?别把这和低俗的综艺节目混为一谈。"

话一出口,德重就意识到说得太过分了,可已经太晚了。

黑石暗藏着怒气的目光像箭一样射向德重,紧接着脸上的表情消失了。"私下告诉你,柏木董事赞成我的意见。"

德重惊讶地屏住了呼吸。

柏木正臣是统管节目制作的高管,掌握着大日电视台节目制作的实权。

高层领导支持黑石的方案,这意味着德重已毫无转圜的余地。

可这是为什么呢?

柏木出身新闻报道部门,曾是一名出色的记者,比起综艺,他应该更偏向体育部。

"总之,事情就是这样,"黑石说完,双手"啪"地拍了下膝盖,"你回去好好考虑一下吧。"

6

"教练找你说了什么?下一任队长的人选吗?"

晚上,隼斗走进休息室,友介正拿着塑料瓶喝茶,语气慵懒地问道。

"不，是别的事情。"

隼斗回答道，没有将当天傍晚诸矢表露的辞职意向，以及新教练甲斐的事情告诉友介。

或许诸矢希望通过隼斗来传达此事，但这种事理应由教练亲自向队员们说明。

此外，对于新教练甲斐的任命，隼斗内心仍未完全认可。在整理好自己的情绪之前告诉队友，或许会给他们带来不必要的不安。

"这样啊。"友介没有怀疑隼斗的话，接着问道，"那下一任队长怎么安排？"

今年的"箱根梦"已经破灭，眼下首先要做的就是选出下一任队长，将队伍交接给后辈。以明年的箱根驿传为目标，选出新的领导者，迎接新的挑战。

隼斗心中已经有了人选，那就是三年级学生持田研吾。当天，研吾负责在第三集团的阵型中把控配速。他性格开朗，责任心强。虽说跑步能力并非最为顶尖，但要是论担任队长一职，除他之外再无更合适的人选。

隼斗说出心里的想法后，友介毫不犹豫地表示赞同。

"我也认为研吾最合适。"他回答说，"教练也没有意见吧？"

"应该吧。"隼斗简短地答道。

诸矢应该也会赞成吧。然而，新教练甲斐的态度尚不明朗。如果只看成绩，队里还有比研吾更出色的选手。

按照诸矢的说法，甲斐明天或后天就会来队里露面。隼斗心想，要尽量在他来之前把队伍的新班子确定下来。在诸矢的见证下确定下来的事，日后应该也不会被挑出什么毛病了。

"明天早上十点召开队会，确定新队长的人选，怎么样？"隼斗果断提议。

友介也同意了，队会相关事宜就此敲定。

第二天早上，队员们按时集合，脸上不见往日的笑容。

他们面无表情地坐着，还没能从预选赛失利的打击中缓过神来。隼斗非常理解他们在想什么。

——对我们来说，"箱根"是痴人说梦。

队员们失去了自信，陷入迷茫，仍在为失败的苦涩而痛心。

诸矢走进房间，队会开始，隼斗担任主持。

"昨天的结果真的非常令人遗憾，但我们必须调整心态。我们四年级学生就要毕业退队了，希望三年级及以下的队员能以明年的箱根驿传为目标，继续努力。一定要雪洗今年的耻辱。为了实现这个目标，队伍需要搭建新的班子。"

听到隼斗的话，有几位队员抬起了头。

"我们在这里选出新队长，朝着明年迈出第一步。首先，有没有人毛遂自荐？想担任队长的请举手。"

全场一片寂静，偶尔响起几声低笑，有些队员环顾四周。但没有人举手。

在最前排的座位上，诸矢双手交叉抱在胸前，静静观察着这一切。

"看来没有人自荐。那么大家一起商量决定吧。首先我要告诉你们，队长这个工作比外表看上去更难。无论最后谁被选上，都希望全体队员能够在他身旁支持他。"

有人忍不住发出笑声，隼斗感到气氛渐渐缓和了。

"我想推荐一个人。"二年级的岸本举起了手，"大一和大二的队员们商量过了，一致认为研吾前辈最合适。大家觉得呢？"

被点到名字的研吾夸张地露出吃惊的表情，但众多队员纷纷点头表示赞同。一切正如预想的那样。

"研吾，怎么样？要是有不愿意担任的理由，不妨直说。"

听到隼斗这样问，研吾显得有些犹豫。

研吾会怎么回答呢？

正当大家等待研吾开口的时候，意想不到的事情发生了。

有人打开会议室的后门，漫不经心地走了进来。

竟然是甲斐。

隼斗惊讶地望向诸矢，看到教练脸上浮现出悠然的神色，突然明白了。把甲斐叫来的正是诸矢。

队员们纷纷转头看向进来的那个人，露出困惑的神情。

"全体起立。"

隼斗低声发出指示，队员们纷纷站了起来。

"是甲斐真人前辈。"

会议室中泛起了一阵小小的骚动。

虽说有些队员没见过甲斐本人，但没有人不知道这个名字。

他三十来岁，身材高挑。看起来像是刚从办公室直接赶过来，一身灰色的西装，还系着领带，站在一群穿着运动服的队员中间，显得格格不入。

被全体队员直勾勾地盯着，甲斐有些局促，赶忙说道："啊，对不起，打扰大家了。请继续。"

队员们都坐下后，他拉过旁边的一把椅子，坐了下来。

诸矢把甲斐叫到这儿，让他见证新队长的任命，到底在打什么主意呢？

——只要他不是来捣乱的就好。

隼斗强压下内心的不安，说道："那么我们继续。"

他再次问研吾："怎么样，研吾？队长的事。"

听到"队长"这两个字，甲斐的目光也随着隼斗的视线，落到了研吾身上。

他怎么想呢？

如果甲斐已经有接任教练的意向，那他应该对选手的情况有所了解。只要看了计时赛的结果就能知道队员们的成绩如何。

031

只看排名，研吾在队里不算靠前，成绩并不起眼。

或许正因如此，甲斐双手抱在胸前，脸上带着意味深长的神情，静静地旁观着大家推选队长。

大三的西村浩辉举起了手。"研吾，就是你了。除了你没别人了。"

西村一如既往的大阪方言，为现场增添了几分轻松的气氛，研吾却收起脸上的笑容，突然变得严肃起来。

"拜托了。"浩辉又补充了一句，会场里响起了掌声。

大一、大二的学生跟着鼓起掌来，友介等大四学生也拍起手。

"研吾，怎么样？"

等待掌声暂告一段落，隼斗再次问道。研吾低下头开始沉思，或许在进行心理斗争。

"研吾！研吾！"浩辉拍起手，有节奏地带头喊起研吾的名字。而研吾神色略显苦涩，表情严肃地抬起头，挥手示意队友们停下呼喊，对大家说："我来做队长，真的没问题吗？"

会议室的寂静被一阵格外响亮的掌声打破，鼓掌的人竟然是甲斐。

甲斐站了起来，向研吾送去掌声，轻轻点着头。

这意外的场面让隼斗悬着的心终于放了下来。

原以为甲斐可能会提出异议，没想到他率先表示赞同。队员们受到带动，也纷纷起立鼓掌。

看到队员们的认可，昨晚就已经决定推荐研吾的友介等几位大四学生，脸上也露出了如释重负的表情。

"祝贺你成为新队长，研吾，"隼斗接着说道，"那么下面就交给你了。"说着，把主持的位置让给了研吾。

之后大家用了将近一小时，围绕新一年目标，把队伍的新班子确定了下来。

研吾沉稳地主持着队会，隼斗看着，虽然感到安心，但仍惦记着一个尚未解决的问题。

不是别的，正是教练人选的事。

为什么甲斐会出现在这个场合，队员们还不明白。除了诸矢，没人能解释清楚。

可诸矢时而面露笑容，时而双手抱胸，闭着眼睛，倾听队员们的讨论。

终于，新一届队伍的分工确定之后，研吾转向一旁的诸矢，问道："教练，我们讨论完了，您看怎么样？"

"嗯，不错不错。谢谢大家。"

诸矢点头称是，站起身来，目光扫视着面前的队员们。

隼斗从他的目光中看到了慈祥，或许是因为已经知道诸矢准备辞去教练一职。

"昨天我们输了。从今天开始，我们要重整旗鼓，迈出新的一步。在新的征程上，我们依然会面临像昨天一样的胜负较量，迎来胜利或失败的结果。当年，我二十七岁，从公司辞职回到母校明诚学院大学，担任田径部教练。当时，学校把教练这个重任托付给我，可我没有任何执教经验，有的只是作为选手和队长的经历。"

诸矢用沉稳的语气讲述着自己的往事。这样的语气很少见，队员们也听得格外认真。

"但是做教练与当选手不同，起初我屡屡碰壁。作为教练，应该如何和队员相处，如何让队伍取得胜利，我怎么都找不到答案。于是我只能一股脑地往前冲。凭着年轻，不怕吃苦，把教练这份工作干了下来。但是谁能想到，那一年明诚学院大学田径队不仅突破了预选赛，还在箱根驿传正赛中获得了种子队资格。第二年也是如此。那段传奇已经成了过往，但明诚学院大学队的黄金时代正是从那时开启的。然而，或许正因如此，我对自己的方法过于自信了。对那些不听话的队员，我严加斥责，甚至挥舞拳头，一心想让他们服从，还误以为那就是自己的执教风格。但那一套已经行不通了。箱根驿传连续出场的纪录中断，队伍陷入低迷，说实话，我已经搞不懂现在的队员的想法了。归根结底，是我的做法太过陈旧了。不知不觉中，我已经被时代淘汰了。"

隼斗前方的友介目不转睛地盯着诸矢。教练对他们敞开心扉，这还是第一次。过去他始终站在核心位置，用不容动摇的态度统领着队伍，从不表露自己的内心世界。而现在，他却在讲述往事，反省自己。

坐在队员们身后的甲斐静静地闭着眼睛，侧耳聆听着恩师的话语。

"迄今为止，三十八年，年复一年，我全力争胜。像今天一样，见证新队伍的诞生，通过努力去创造成绩。但在漫长的岁月里，我执着于贯彻自己的方式，直到最近才察觉，自己忘记了重要的一点。那就是认真聆听你们每一个人的声音。你们在思考什么，怀揣着什么目标，追求着什么。每个选手有各自的特点，可我却一直予以否定，强行把你们塞进我理想的框架里，这是错误的。两年前，我意识到了这一点，因为我的方法渐渐失去了效用，无法取得我期望的成绩。"

隼斗也注意到了这一点。事实上，正是从那时起，诸矢改变了他斯巴达式的执教风格。隼斗一年级时诸矢所表现出的凶悍作风已逐渐消失，转而采用重视队员自主性的指导方式。

这一变化在毕业生中也引发了不少讨论。

"世界瞬息万变，年轻人也在改变。不仅如此，训练的方法也在不断革新。要我去吸收这些变化，带领队伍朝正确的方向前进，几乎已经不可能了。我已经六十五岁了，是个难以摆脱旧有模式的老人了。让一个上了年纪的人率领队伍，很难取得令人满意的成绩。正如昨天的结果，失败的责任全都在我。我决定就此辞去教练一职。"

教练的一番话完全出乎队员们的预料，他们惊讶万分。他们的反应，诸矢都看在眼里。会议室里一片死寂，空气仿佛凝固了一般。诸矢平静地继续说道："我从你们身上收获了很多感动的瞬间，这已经足够了。我从今天起卸任，将队伍交给新任教练。"

会议室中，有人惊讶地站起身来。队员们面面相觑，有人甚至双手捂住脸，快要哭出来了。也有人满脸愤懑，鼓着腮帮子，友介就是其中之一。

队员们信任着诸矢，与他在这宿舍里同吃同住，共同追求箱根驿传这一目标。

如今"指挥官"却突然宣布辞职，就好像脚下的梯子突然被抽走了一样，队员们的心情，隼斗非常理解。

他们情绪混乱，还没来得及整理思路，就被迫接受了眼前的现实。

"新教练甲斐真人。"

诸矢叫到甲斐的名字，队员们惊讶地转头向房间后方望去，将视线集中到甲斐身上。

直到这时，大家才明白为什么甲斐会出现在这里。

甲斐缓缓地站起来，走到诸矢身前，伸出了右手："您真的辛苦了。"

"交给你了，甲斐。拜托了。"说这话时，诸矢用双手握住甲斐的手，甲斐也予以回应。看到诸矢的嘴唇微微颤抖，隼斗心潮澎湃，同时又有一种复杂的情绪涌上心头。

甲斐无言地点头，再次把目光投向队员们。他的目光里蕴含着诸矢所没有的力量。

那是一种年轻、坚韧且充满知性气息的力量。

"承蒙诸矢教练提名，我得以就任光荣的明诚学院大学田径部教练一职，我叫甲斐。"

事情来得太过突然，队员们还没来得及消化这一事实。

甲斐缓缓说道："毕业后的十二年间，我在丸菱工作，过着与田径完全无关的日子。想必有人会疑惑，为什么会把这样一个人叫回来做教练呢？在综合商社，每天被忙碌的工作追着跑，生活虽然安稳，但就这样再过十年、二十年上班族的生活，能留下什么呢？正当我这样问自己的时候，诸矢教练联系上了我。于是，我决定回归原点。"

甲斐继续说："相信自己、相信队友，保持永不放弃的精神，以及无论胜利还是失败都能坦然接受并将经验运用到未来——这些都是在田径队以箱根驿传为目标去努力的日子教会我的。我意识到，那正是自己现在所需要的。我想回到原点，再次向箱根驿传发起挑战。这次挑战，正是为了寻回我曾经失去的东西。这是一次重新审视自我、实现自我成长的挑战。明年，大家一起去箱根驿传吧！"

甲斐的声音坚定有力："我们会让明诚学院大学恢复强校之名。不是只有传统强校之名，而是要成为被称作箱根驿传常客的队伍，让我们大家一起为了这个目标而努力。相信自己的潜力，一起以箱根驿传为目标吧！"

说着，他向身旁的新队长伸出了右手。研吾怯怯地伸手回应。

在这样的氛围带动下，会场里响起了掌声。

虽然任命很突然，但至少在隼斗看来，甲斐这个新教练似乎已经得到了全体队员的认可，赢得了大家的祝贺。

7

"隼斗，你怎么想？"

晚饭后，隼斗正在休息室心不在焉地看着电视，友介走过来问道。刚刚当选新队长的研吾也来了。

看到研吾一脸阴沉，隼斗心想"出什么事了吗"，正了正姿势，回答道："什么怎么想？"

"甲斐的事情啊。这样做真的好吗？"

察觉到友介的语气里隐隐流露出对甲斐的不信任，隼斗放下交叉在脑后的双手，把旁边的椅子拉过来，与友介面对面坐下。

"你指的是什么？"

"说实话,我有点纳闷,就向米山前辈打听了一下。"

米山空也是田径队的毕业生。他在东京的一家制造企业工作,一有闲暇就回到母校,到田径场上指导练习,很照顾后辈,对队员而言如同兄长一般。

"甲斐利用公司的社会贡献制度,离职一年来做教练。这岂不是把我们这里当成临时的落脚点吗?"

参加箱根驿传的队伍,教练大多长年执教一支队伍,有的教练让自己的妻子做宿舍后勤,和选手们生活在同一个屋檐下,连私生活也会悉心指导。由于妻子有自己的工作,诸矢平时住在宿舍,周末才回家。即使生活上多有不便,也周而复始地将这样的生活坚持了三十八年。

"甲斐前辈也算是赌上了自己的人生。"

站在甲斐的立场上,放弃安定的工作的确不是轻易能做出的决定。但是隼斗也对教练的人事安排心存疑惑,这让他的语气显得有些底气不足。

"只做一年是不可能的。这一点甲斐前辈应该也明白。"

友介十分愤慨,这令隼斗感到有些惊讶。"话说回来,为什么是甲斐呢?隼斗,你知道些什么吗?"

"不知道。"隼斗轻轻摇头,脑中浮现出被告知下一任教练由甲斐担任时诸矢说的话:"除了甲斐,我没有考虑过其他人选。"

隼斗实在不理解,为什么诸矢会这么想。

明诚学院大学田径部历史悠久,热心支持母校的毕业生不在少数。其中包括许多在大企业的田径队创造过佳绩的知名选手。

尽管如此,为什么非甲斐不可呢?

"米山前辈说,丸菱很重视社会贡献,做完教练回公司有利于晋升。也就是说我们被甲斐利用了,成了他职场晋升的垫脚石。是吧,研吾?"

友介向研吾征求赞同意见。"嗯,对。"研吾含糊地低声回答。

"这种情况下让人把队伍团结起来,研吾也太不容易了。这样下去,真的能进军箱根驿传吗?"

隼斗无言以对。他的内心怀有同样的疑问。不光是研吾,其他三年级及以下的队员们恐怕也无法接受。

"其他队员也是这么想的吗?"隼斗问友介。

"大家都在问,到底为什么选甲斐呢?虽然他发表就职感言的时候大家都鼓了掌,但怎么说呢,心里总觉得硌硬……"

隼斗虽然是向友介发问,可这话一部分也是在问自己:"诸矢教练还能收回决定、重新考虑吗?事到如今,已经不可能跟甲斐前辈说,这件事就算了,对吧?"

友介和研吾都没有回答。

"友介的心情,我也理解。"隼斗接着说,"要是来当教练,肯定不能只干一年。打造一支团队需要充分的时间,这既是大家所期望的,也是必不可少的。说他把教练一职当作职场晋升的工具,这也只是咱们的猜测罢了。甲斐前辈离开长跑界已经很久了,能否弥补这段时间的差距,或许用一年时间就能检验出来。如果第一年进展顺利,说不定他就会继续当教练呢。这还说不准吧。"

"既然这样,隼斗,就应该让诸矢教练把这些话跟我们讲清楚。"友介说道。

"要是研吾去问,一旦让甲斐知道了,以后相处起来就尴尬了。还是你去最合适,大家都想问个明白。"

"我知道了。"隼斗一边站起身,一边回答道,"明天我就直截了当地去问问。这样就行了吧,研吾?"

"拜托了。真是对不住,隼斗前辈。"

研吾道着歉,连忙鞠了一躬,走出了休息室。等研吾的身影消失,友介的视线又转回到隼斗身上。

"隼斗,换教练的事你事先知道吗?"

实在没法再敷衍过去。"其实，昨天预选赛结束回来之后我听教练说了。"

友介轻轻咋舌，眼神变得冰冷："那你为什么不说出来？"他小声嘟囔着，像是自言自语。

"对不住。我想教练辞职的事，应该他亲自来讲。"

"什么呀。"友介背过身去，随后又转过身来，"那甲斐来接任你也已经知道了吧。任期一年的事情，诸矢教练没做任何解释吗？"

"公司的社会贡献制度，我也听说了。"

"那你怎么不阻止？"友介诘问道，"若你坚决反对，或许事情就不会发展到这一步了。"

"对不住。"隼斗条件反射地道了歉，可事实上他同样对新教练有所不满。然而，能否让诸矢改变心意，他并没有信心。

诸矢似乎很早就决定，如果这次箱根驿传预选未能出线，就辞去教练一职。

"那时顾不上去思考新教练的问题，满脑子都是诸矢教练辞职的事。毕竟预选赛刚结束。"

"教练没说别的？"

友介的眼神似乎带着几分怀疑，隼斗有些困惑。四年寝食与共，相互激励支持的伙伴，竟向他投来未曾见过的冰冷目光。

"没说别的。"

"真的？"

友介歪着头，审视着隼斗。"没提到关东学生联合队的事吗？"

"啊，这个嘛——"

被直接点破，隼斗赶忙想要解释，但已经太迟了。

"原来如此，果然也说了啊。你被选上了吧？"

"听说是有这么回事。但还没有正式通知。"

"那真是恭喜你了，隼斗。"友介站了起来，脸上带着一丝讽刺的笑容，"替我们去箱根驿传好好努力，大家会给你加油的。"

友介挥挥手，隼斗只能目送他离开。

第二天，隼斗接到了关东学联选拔他加入学联队的正式通知。

8

隼斗来到教练办公室，发现地板上堆满了纸箱，诸矢正在把个人物品往箱子里装。办公室的门敞着，他正在忙着搬东西。

"教练——"

听到隼斗的声音，诸矢头也不回地答道："哦，怎么了？"

"有些话想跟您说。"

隼斗把挡着门的纸箱挪开，关上了门。诸矢正站在办公桌前，打开抽屉，翻检着里面的文件。

"其实，新教练甲斐的事情，队员们心里有很多疑惑。"

诸矢回头，抬起视线，从老花镜上方的间隙里望向隼斗。隼斗迎着教练的目光，继续说道："听说丸菱很重视社会贡献制度，在我们队做完教练，回公司有利于晋升。"

"所以呢？"原来是想说这些。诸矢又把注意力放回到手头的事情上。

"有些队员在想，队伍是不是被他当作晋升的工具了。"

"这是听谁说的？"诸矢一边将抽屉中的文件拿出来放在桌面上一边问道。

"友介听米山前辈说的。"

"哦。"诸矢停下了手上的动作，再次抬起头，"如果这么简单就能出人头地，那大家岂不都不用辛苦了？你们这些毛头小子懂什么。"

隼斗心里暗自腹诽，教练自己都没多少社会阅历，又怎会深谙职场的门道，只是这话终究没说出口。

"不过，至少甲斐前辈没有担任田径队教练的经验。这一点，大家都很担心。"

"无论是谁，起初都没有经验，这不是理所当然的吗？"

"这样能进入箱根驿传正赛吗？"

隼斗把心中萦绕的疑问直接抛了出来。箱根驿传的正赛。

"那要看你们如何努力了。"诸矢漫不经心地说，"事先说清楚，跑步的不是教练，是选手。"

"这话听起来像是与您无关。"隼斗带着些许不满的语气说道，"就真的没有别的合适人选当教练了吗？"

"没有。"诸矢毫不迟疑地答道。"甲斐接任，我才肯从教练位置上退下来。"

"那么一年之后您会回来吗？"

"不会，"诸矢缓缓摇了摇头，神色间透着几分落寞，"我会彻底退休，之后的事情都交给甲斐。"

隼斗茫然地站在那里。诸矢从桌上分好类的文件中拿起一摞，递给他："放到门边的箱子里。"

"教练，不能再慎重考虑考虑吗？"隼斗接过文件问道。

"我心意已决。"

看到诸矢的表情变得严肃起来，隼斗明白再说下去也没用。"我知道了。"他接过文件，默默地放进箱子里，然后重新看了看凌乱的办公室。

"我来帮您搬吧。"

"不用，"诸矢摇了摇头，"你要作为学联队的一员去跑箱根驿传。有这闲工夫，不如去训练。"

"我明白了。对不起，打扰您了。"隼斗鞠了一躬，转身准备离开。

"哎，隼斗。"诸矢叫住了他。隼斗回头，看到教练脸上露出犹豫的表情。

"我有件事要跟你说。"

诸矢很快就把办公室腾空,正式辞去教练职务,离开了宿舍。作为一位带领队伍长达三十八年的名将,他的离别显得太过匆忙。

第二章　台内政治

1

德重陷入了苦恼之中。

他的身体深深陷在体育部办公室的沙发里，双脚搭在茶几上，用令人胆寒的目光死死盯着天花板。仿佛身体里的零件都要被怒火冲散，愤怒的火焰随时可能从头顶蹿出。从他身边经过的人，看到他这副模样都会吓一跳，但没有人敢上前搭话，都装作没看见，默默走开。

只有菜月例外。"怎么了，表情这么吓人？"她带着惊讶的口吻问道。

她腋下夹着文件，像是正要去开会，用满是好奇的目光看着德重。

"让我用畑山一平。"

听到德重没头没尾的一句话，菜月皱了皱眉头，问道："黑石先生找您谈话了吗？"她果然直觉敏锐。

"他说档期已经空出来了。"

"真的要用畑山吗？"

听出菜月语气带着质问，德重面露难色，沉默不语。这正是他此刻苦恼的事。

如果请畑山担任嘉宾，这将是《箱根驿传》历史上第一次起用搞笑艺人。但是另一方面，这也意味着代代相承的硬派严肃体育节目的传统就此中断。

"明天我去找田健面谈，到时候再商量吧。在那之前，先让我好好想想。"

菜月没有立即回答，她用认真的眼神注视着德重。"我明白了。拜托您了。"说完，神色凝重地走了。

德重深深叹了一口气，拿起桌上的节目进程表，翻看起来。

从几点几分开始，切换哪一台摄像机的画面，播放什么内容。节目进程表是一部按时间顺序排列的计划书，相当于交响乐的总谱。如今还在沿用以手写加注进行详细指示的方式，这是自箱根驿传实况转播开启之初便坚守的传统模式。

德重的内心深处，始终萦绕着节目最初的策划者兼首任制片人坂田信久对箱根驿传的满腔热忱。

调动到体育部之后，德重回看了一九八七年箱根驿传首次直播的录像。彼时的种种感触，仿佛就发生在昨日，至今仍历历在目。

当时，由于存在技术上难以攻克的难关，箱根驿传的现场直播被视作一项不可能完成的任务。

这个难关便是被称为"天下之险"的陡峭的箱根山。因被重重险峻的山脉阻挡，电波信号难以抵达。

在那之前，从NHK[①]到各大主要电视台，都对箱根驿传这个选题敬而远之，主要原因正在于此。

平坦的路段到四区为止，被群山围绕的五区对直播来说是个大难题，只能穿插录像画面。

---

① 全称为日本放送协会，日本全国性公共广播电视机构，在国际传媒界都有重要地位。

若不是实况转播,就没有意义。执着于"直播"的坂田,将这个难题交给了技术出众的技术导演大西一孝。

该怎么办呢?

大西给出的方案是在久野林道的山顶,一个可以无遮挡俯瞰箱根赛道的制高点设置信号中转站。这是此前无人设想过的高难度挑战。转播车接收电波后,向东京和各地方频道传送信号。于是,节目组向工作人员下达任务,要他们徒步走到山顶,设置信号中转设备。

工作人员背着沉重的设备,攀爬未铺装的山路,将设备器材搬运到山顶。原计划天黑后下山,但因路况艰险,最终不得不在寒风呼啸中露宿一晚。尽管过程异常艰辛,但德重清晰地记得,讲述这一经历的前辈脸上满是满足感和成就感。

坂田费尽心力,目标是制作一个能够专注于选手和比赛本身、充分展现箱根驿传魅力的节目。

节目的主人公是选手,电视台的制作人员和解说员都是配角,不应该喧宾夺主。聚焦比赛的细节,将其全面而准确地传达给观众。也从来没有邀请过艺人做嘉宾。

如果邀请畑山担任嘉宾,将打破这一惯例,改变节目的整体风格。

德重心里明白,正如黑石所主张的,确实有不少粉丝是冲着畑山才关注电视节目的。但正因如此,也有可能导致核心观众流失。

如何取舍,是摆在德重面前的问题,也是对节目宗旨的根本性追问。

直播箱根驿传的宗旨是弘扬体育精神,还是仅仅为了获得高收视率?

第二天,德重将与"田健娱乐"艺能事务所的社长田村健一郎会面。

2

"你就是黑石说的《箱根驿传》的总制片？我们畑山就多拜托了啊。"

田村坐在茶几对面，一见到德重，便语气轻快地开了口。他一身黑色系穿搭非常入时，让人看不出他已年近八十。

这里是位于六本木①的"田健娱乐"的会客间。不愧是被称作"业界大佬"的人物，房间里满是豪华的摆设。仅仅坐在设计时尚的米白色沙发上，就让德重浑身不自在。

"是一月二日、三日这两天吧？畑山的积极性很高，一定能做出一个好节目。"

也不知黑石究竟和他谈了些什么，田村没等德重回应，就兴致勃勃地自顾自地说了起来。

"后续事宜你跟经纪人对接就行，具体的事情都交给她了。"

德重意识到，再不说话，恐怕就没有机会提出自己的想法了。

"田村先生，畑山的事，我不知道您和黑石先生是怎么谈的，但我们目前并没有邀请他参与节目的打算。"

田村脸上的笑容消失了。德重接着说："黑石先生那边我也沟通过了。《箱根驿传》是一档严肃的体育节目，解说和嘉宾向来只邀请田径相关人士，今年也会按这个既定方针来。"

这是德重经过深思熟虑后得出的结论。

没有回应。

田村跷起二郎腿，双手交叉放在肚子上，目光锐利地盯着德重。一阵令人不安的沉默悄然弥漫，不知过了多久，他问道："你想好了吗？"

---

① 位于东京都港区。

"节目的方针不容改变。这次黑石先生擅自行动,给您添麻烦了,向您深表歉意。"说着,德重低下了头。

"档期都给空出来了,这样很让人为难啊。黑石已经同意了?"

"虽然黑石先生是电视台节目编排总监,但节目制作这一块由我全权负责。还请您多多理解。"

"当初可是你们求上门来的,"田村难掩怒色,"到头来又变卦了。"

"实在万分抱歉。这份人情,日后我们一定会想办法还上。"德重站起来,深深地鞠了一躬,但田村没有任何反应。

"这次真的给您添麻烦——"

"得了吧,"田村没等德重把话说完,就站起身打断道,"那就当这事没发生过。你们可别后悔。"

这场简短的会面就这样结束了。

"怎么回事啊,德重?你给我解释清楚。"

仿佛算准了时间,德重刚回到电视台,黑石的电话就打了过来。

这显然不是用一个电话就能了结的事情。德重来到节目编排中心,与黑石当面谈判。怒气之下,黑石壮硕的身躯仿佛膨胀了一圈。

"田健先生勃然大怒。不仅是畑山,以后想请他们事务所的其他艺人上节目恐怕都难了。这个责任你担得起吗?"黑石用手掌重重地拍着大腿,难以抑制心中的怒火。

看来,想要平息这场风波不太容易,那不如把自己的主张和盘托出。

"启用畑山的事情我认真考虑过了,我认为他并不适合这个节目。还是按照往年的形式来吧。"

"你这是要和柏木董事对着干吗?"

柏木是主管节目制作的董事,黑石讲出他的名字,就像亮出一方玉玺。

德重越想越气，不知道黑石究竟用什么手段说服了柏木。

他心直口快，性格直率，毫不掩饰地表达了自己的愤怒："如果方向正确，我会服从的。但这次的决定显然不对。这不仅辜负了观众的期待，也与我们《箱根驿传》节目长期坚守的宗旨背道而驰。要是邀请畑山参加，《箱根驿传》将变得和其他电视台那些浮躁的体育节目没什么两样。您真的觉得这样合适吗？"

黑石靠在椅子上，用深不见底的晦暗眼神望着德重。

"如果要拒绝，事先和我商量一下不行吗？为什么擅自做决定？这难道不是个大问题吗？"

"如果我事先征求您的意见，您会同意吗，黑石先生？"德重反驳道，"恕我直言，节目编排中心直接干预节目是不对的。这种事情，请通过北村先生来沟通。"

北村义男是德重的上司，也是体育部主任。尽管他没有直接参与过箱根驿传的直播，但一直深耕体育领域，在节目制作理念上，应当与德重一致。此外，值得一提的是，北村和黑石是同期入职的竞争对手。果然，提到北村的名字后，黑石的神情似乎动摇了一下。然而——

"你以为我会越过北村行事吗？这怎么可能！"

黑石的话出人意料。

德重一时难以置信，目不转睛地看着黑石。

北村竟然同意了……？这不可能。

"因为你的擅自行动，其他部门都要受牵连。"黑石继续说道，"去向田健先生道歉。这事可不是开玩笑的。"

"节目负责人是我，黑石先生。"德重彻底急了，回怼道，"您背地里究竟在搞什么？"

黑石没有回应德重的反驳，站起身说道："《箱根驿传》不是你一个人的，是大日电视台的财产。你难道不想把它打造成一档收视率超过

《红白歌会战》①的节目吗？"

德重一时语塞，说不出话来。

将《箱根驿传》与《红白歌会战》相提并论，可以说是节目编排中心特有的思考方式，体育部的人绝不会这样想。

或许黑石只是在虚张声势。如果真是这样，那他的目的已经达到了。没有给德重整理思路的时间，黑石站起身，径直离开了。

3

"这下事情可麻烦了。"

体育部主任北村听完，抚了抚唇边浓密的胡子，目光投向空中。

当德重找到北村时，他正坐在办公桌前阅读着文件，这对以腿脚勤快著称的北村来说，实属罕见。升任体育部的负责人后，他依然如担任制片人时那般，多数时间在外面跑业务，关键时刻经常不在办公室，让人颇为头疼。

听完德重的话，北村一言不发地站了起来，示意德重在旁边的沙发上坐下。

"突然跑上门去回绝，可能不太妥当。"北村双臂交叉抱在胸前，思考了一会儿，接着说道。

"老义，畑山的事情，你应该事先听说了吧。"面对德重质疑的目光，北村把视线躲开，装糊涂道："这个嘛，有人说过这回事吗？"

北村就是这么一个人。

在体育节目制作方面是一流人才，但在台内政治方面却是个十足的墙头草，见风使舵，顺势而为。

想必是黑石告知了他柏木赞同启用畑山一事。北村的能力毋庸置

---

① NHK一年一度的音乐节目，在每年十二月三十一日晚进行现场直播。

疑,但凡是碰到没有胜算的事情,绝不肯轻易参与,这是他一贯的行事风格。

"尝试做出一些新的改变,敢于试错,也不是什么坏事嘛。"

北村轻描淡写地抛出一句,其中究竟是秉持机会主义的考量,还是有意调侃,着实难以分辨,可这话却深深地刺激到了德重。

"现在是试错的时候吗?《箱根驿传》是什么分量的节目,老义你应该很清楚。怎么能说出这种话!"

德重身体前倾,凑近北村,压低声音质问道:"当初听到这个提议的时候,你为何不表示反对呢?"

"也是无奈啊。毕竟柏木都同意了。"

果然如此。

"难道要放弃体育直播节目的原则吗?"

"放弃原则?我可没说过这种话。"

"不是一个意思吗?拜托你多考虑考虑吧!"德重的声音满是愤懑。

"我说德重,你也应该稍微考虑一下台内政治。"北村用略带怜悯的眼神看着他,"柏木接任社长一职几乎已成定局,你难道真要与他公然作对吗?"

"这是同一回事吗?"

大日电视台社长的人事任命有两种方式,一种是由母公司大日新闻下派,另一种是从大日电视台内部提拔。按惯例,两种方式交替进行。现任社长竹芝秀彦是大日新闻出身,他的任期即将结束,下一任社长最有希望的候选人正是柏木。而柏木的对手则是历经营销、财务、法务等管理部门的磨砺,一路攀升上来的户越建。无论何时都喜欢把"成本"二字挂在嘴边的户越,对制作部门来说,无疑是个相当棘手的人物。

柏木心里也在盘算着,让《箱根驿传》成为自己在社长职位争夺战中的加分项。

"我坚决反对！"德重怒火中烧，斩钉截铁地说道，"启用搞笑艺人当《箱根驿传》的嘉宾合适吗？我们台的体育直播节目什么时候变得这么轻浮了？"

"闭嘴，德重。这种事情我自有分寸，还轮不到你来告诉我。"北村终于发怒了，目光变得锐利起来，"我们台里，柏木点了头的事情，下面的人只能服从。可这样一来，体育部的颜面将荡然无存。为避免这种局面，我们只能把自己的路线贯彻到底。至于该怎么做，用你那榆木脑袋好好想想吧。"

"田健那边我已经回绝了。"

"我指的不是这个。"北村摇了摇头，"我只能点到这里。制片人可是你啊，难道就没有一点全局意识？电视节目究竟是怎么做出来的？"

北村点到了根本性的问题，德重瞬间领悟到了其中深意，猛地抬起头来。他明白了北村想说什么。

北村继续道："上面的指示我们不得不服从，但你的使命只有一个，那便是和往年一样把箱根驿传的直播做好，仅此而已。如果做不到，就赶快把这个总制片的位置让出来，到街上捡狗屎去吧。"北村最后一句毒舌损人，倒也符合他一贯的行事风格。

"北村怎么说？"

德重回到自己的办公桌前，菜月立刻迎上来问道，看她的样子，似乎在此等候多时。

"听说你回绝了畑山那边，这消息是刚才电视剧部门的同期告诉我的。"

大日电视台里，这类消息总是传得飞快。德重冷冷地哼了一声。

"北村叫我不要和柏木对着干。"

"那岂不是只能启用畑山了？"菜月的语气中，隐隐带着几分埋怨。

"不，"德重摇了摇头，"不用。"

"这不矛盾吗？你打算怎么办呢？"

德重没有回答，而是拿出手机，给同期的柄本功治打了个电话。

"你这家伙，到底在搞什么？"还没等德重开口，柄本便先发问道，"现在外面传得沸沸扬扬的。"

德重对这话不予理会，直截了当地说道："有点事想请你帮忙，你肯不肯？"

"找我帮忙？"电话那头沉默了一会儿，柄本带着几分怀疑问道："不会是什么麻烦事吧？"

"确实是件麻烦事。但是，只有你能帮我。"

德重听见对方在电话那头似乎咽下了什么话，随后传来一句："你说吧。"

"你愿意听我说吗？"

"我现在在办公室。"

"马上来。"德重答道。

菜月不解地问道："您要去哪里？"

"广告部。"德重一边站起身，一边答道，随后快步离开了办公室。菜月愣在原地，一时说不出话来。

4

星期一上午八点半，大日电视台的董事会会议在总部会议室召开。

首先是近期财务状况报告，随后按照重要程度依次讨论各项议题。这次体育部提交的议题被列入最后的"其他议题"，德重估计要等很久才能轮到。他在隔壁房间等候，不出所料，被叫到时已是上午十一点多。

不知此前做了何种说明，德重走进会议室，面对的是全场犀利的目光。

"现在请《箱根驿传》的总制片人亲自进行说明。失去'田健娱乐'的信任，对我们公司的电视剧和综艺部门来说是一个严重打击，甚至可能会给今后的栏目制作带来阻碍。那么，德重，请在这里说明一下事情的经过吧。"

发言的是主管节目制作的董事柏木正臣。黑石坐在他身后靠墙的位置，脸上挂着意味深长又略带讽刺的笑容。坐在黑石旁边的北村则始终侧着脸，连看都没看德重一眼。

曾在报道部一线工作多年的柏木，相貌儒雅，乍一看像个学者。

但实际上，他是个以强悍著称的记者，与执政党政治家关系密切，手段极为了得。坐上领导的位置之后，在台内通过权谋术数，一步步爬到了如今的高位，是一个精于算计的策略家。

他的话听起来平和，但锐利的目光透露出内心的些许不满。

柏木有着冷血无情的一面，凡是阻碍自己晋升的事情，都会毫不留情地予以铲除。现在，他的矛头指向的不是别人，正是德重。

"那么，下面就由我来进行说明。"

德重坐在椭圆形会议桌的末席，身姿笔挺，目光径直望向社长竹芝。

"上星期，黑石总监向我提议，让'田健娱乐'的艺人畑山一平担任《箱根驿传》的嘉宾。但那时他已经和田村社长达成了约定。众所周知，《箱根驿传》是一档风格严肃的体育节目，并凭借此特色赢得了广大观众的喜爱。比赛的紧张氛围、选手间的激烈角逐、沿途观众热情的应援，以及令人感动的接力瞬间。要解说这些精彩场面，参与直播的工作人员必须发自内心地热爱箱根驿传。正因为热爱，方能以赤诚之心对待比赛。虽然是电视报道，但直播现场也是真刀真枪的较量。然而，畑山一平的风格与《箱根驿传》的节目调性完全不符。"

德重的发言斩钉截铁，黑石紧紧地盯着他。德重继续说道："《箱根驿传》这档节目需要经验丰富的评论，以及基于对比赛深刻理解的真知灼见。《箱根驿传》能有今天的成就，靠的是观众的支持。在这种情况下，若让一个既没有比赛经验，又对这项运动的热情存疑的外行发声，观众会立即失去兴趣。作为总制片人，我绝不可能制作这样的节目。考虑到这一点，我才去'田健娱乐'，郑重拒绝了这个提议。"

"也就是说，德重，我们是否可以将此视为你个人的独断专行呢？"柏木用沉稳的语气问道，"你的行动很可能使节目制作陷入危机，董事会对这一严峻局面深感担忧。你此番所作所为，已然犯下了严重过错。"

"犯错误的是我吗？"

德重这话一出口，柏木身后的总监黑石顿时怒目圆睁。德重假装没有看到，继续说道："若说存在过错，那便是在未征求节目制作一线人员意见的情况下，便擅自确定了嘉宾人选。除此之外，我实在不认为有什么过错。"

竹芝社长闭着眼睛，双臂环抱在胸前，一动不动。

柏木紧紧盯着德重，旋即回头，向身后的黑石问道："黑石，你的意见呢？"

终于得到发言机会的黑石，迎来了这场决战的时刻。"之所以会闹成现在这样，是因为拒绝的方式欠妥。现在却把责任推到节目编排中心头上，我认为这种做法极为不妥。"

"无论我们以多么慎重的态度去拒绝，田健都不会轻易接受。他就是那样一个人。"德重回答道。果不其然，听闻此言，一直沉默不语的董事会成员中，有几个人微微点头。

"擅自拒绝是你一个人的独断行为吧。"黑石声音激动地说道，"我和柏木先生皆表示赞成，这一点你很清楚。服从上级的指示，是管理的基本原则。你的行为已经失控了。"

"我的行为并没有失控。我已经做好了心理准备,如果非要我服从的话,我会再次登门拜访'田健娱乐',恳求畑山来参加节目。但是,我真的做不到。"

听了德重的回答,黑石低声追问道:"为什么做不到?"

"日本啤酒公司和中部汽车公司均已明确表态,对于这样的节目编排,他们绝不认可。"

话音刚落,会场瞬间一片哗然。

这两家企业是大日电视台的主要赞助商,尤其是日本啤酒,自箱根驿传首次直播起,便一直大力支持这档节目。这两家企业给电视台投了巨额广告费,电视台不可能违背它们的意愿。

"赞助商希望我们的节目延续往年的编排模式,不允许出现邀请艺人担任嘉宾或主持这类的变更。黑石先生或许——"

德重将目光投向黑石。"或许认为赞助商会赞成这种变更吧。但事实并非如此。不仅是参赛选手和节目制作人员,赞助商同样对节目饱含热情。这才是真正的箱根驿传。"

"难道赞助商的意见,我们就要照单全收吗?"

黑石刚抛出一句反驳,竹芝社长就用沉稳的声音打断了他:"好了,就到这里吧。这次的事情,是节目编排中心过于急切了。"

此言一出,黑石低下头,双唇紧咬,面露愤愤之色。

"确实,田村社长那个人,一旦约定好的事情被撤回,定然不会轻易善罢甘休。今后我们仍需要和'田健娱乐'保持良好的关系。所以,黑石……"竹芝社长转头,看向坐在座位上低头不语的黑石,说道,"事态发展到这一步,你应该担起责任,收拾残局。明白吗?"

"……明白了。"黑石恭敬地答道。

竹芝听了点点头,随后将视线转向德重。"辛苦了。希望你继续努力,把节目做好。"

德重心中暗自松了一口气,抬头望向天花板。他终于成功摆脱了眼前的困境。

德重鞠了一躬，走出会议室，关上门的瞬间，如释重负。

5

甲斐真人正式上任，是在前任教练诸矢搬离宿舍的几天之后。

诸矢担任教练一职多年，他的卸任，既宣告了一个时代的落幕，也意味着一个新时代的开始。

"黑暗的时代拉开了帷幕。"这话出自一位四年级队员之口。他和友介一样，对新教练甲斐并不认可。

不仅如此，毕业生之间也出现了反对甲斐接任的声音。

诸矢在教练岗位上长达三十八年，其功绩不容置疑，但有人诟病他在教练的人事安排上独断专行，甚至断言他选错了接班人，一时间，议论纷纷。

正当队内被这些声音搅乱的时候，隼斗的处境却因另一件事变得很微妙——他入选了"关东学生联合队"。

由预选赛淘汰选手组成的学联队，首次在箱根驿传亮相是二〇〇三年。

那一年，箱根驿传的参赛队伍从十五支扩充到二十支。为了让更多选手有机会踏上箱根驿传的赛场，赛事方从预选赛落败队伍中选拔成绩优异者，组建了第二十一支参赛队伍。

说实话，接到关东学联的通知，得知自己入选学联队的时候，隼斗心里满是纠结：到底该不该去呢？

参加学联队并非强制义务。预选赛中自己发挥欠佳，导致队伍被淘汰，这件事像一块巨石，沉甸甸地压在隼斗心头。

或许他一生都无法从后悔中走出来。

把队友们抛下，一个人去参加箱根驿传正赛，真的好吗？这样的想法始终在隼斗心底挥之不去。

当下他的心情依然如此。

经过一番又一番的犹豫和权衡，隼斗最终决定接受学联的邀请。如果真的拒绝了，或许日后会更加懊悔。

箱根驿传，是他多年来的梦想。

——我想跑箱根驿传。不，我必须跑。

隼斗有他的理由。

隼斗年幼时父亲因病离世，他跟随外公外婆住在埼玉县羽生市，由两位老人一手带大。母亲在市内一家小型税务师事务所上班，工作很忙，隼斗基本上由外公外婆代为照顾。

外公繁是箱根驿传的忠实爱好者，是他引导隼斗踏上了田径竞技之路。

进入高中的田径队后，箱根驿传自然而然成了隼斗的目标。

然而，大学入学金和学费[①]却成了他实现梦想的障碍，以他自己的能力难以逾越。

青叶家的生活全靠母亲的工资支撑，要凑齐学费谈何容易。那时的隼斗，实力还不足以获得体育特长生的资格来减免学费。

就在他几乎要放弃的时候，是外公外婆慷慨解囊，从自己的养老钱里挤出了学费。对他们来说，那是养老的保障，可为了隼斗的梦想，他们还是咬咬牙拿了出来。

为了报答他们的恩情，大学四年里，隼斗始终全力以赴，一刻都不敢松懈。

他盼着能让家人看到自己在箱根赛道上奔跑的样子。

怀着这样的信念，隼斗答应参加学联队。而现在……

---

① 日本大学学费通常由入学金和学费两部分构成。入学金相当于注册费，用于学籍注册，需在第一学年一次性缴纳；学费则按年度支付。

他在队内有些被孤立。

——为什么只有他？

隼斗隐隐察觉到，队友们似乎对他有所质疑。

是自己想多了吗？

不，这绝非无端的猜测。

尤其是同年级队友那冷漠的神情和冷冰冰的目光，让他真切地感受到了这种异样。关于继任教练人选的争议，让队内弥漫着疏离感，本就处境微妙的隼斗，这下处境更加尴尬了。

当初从诸矢那里得知新教练人选时，隼斗不仅没反对，还对队友隐瞒了此事，这让友介他们很不满。

在部分队员眼里，身为队长的隼斗全然不顾队伍的未来，一心只想着自己出人头地。

田径队的成员，包括选手和经理在内，约有一百名。作为一个集体，很难说规模算大还是算小，但队内存在种种猜测、观点的分歧，各种情绪交织也不足为怪。

队伍本应该团结一致，可往往因为一点小事就失去凝聚力，变成一盘散沙。

如果是别的事情，隼斗或许还能出面调解，化解矛盾。但这次，他自己就深陷争议的旋涡，完全不知道该怎么办。

隼斗被矛盾的情绪左右，陷入苦闷，难以排解。

这时，会议室的门开了，甲斐走了进来。

新队长研吾一声招呼，队员们陆续站起身来。他们动作迟缓，仿佛正反映出此刻内心的状态。

"现在给大家发放训练任务，"甲斐直截了当地说，"接下来两个月进行自主训练，希望大家利用好这段时间，多下功夫。寒假结束后，队伍开始正式的集体训练。届时，让我看看大家是如何消化训练任务的，看看你们的成果。计图。"

甲斐把"主务",也就是负责统筹各年级经理的矢野计图叫了过来。矢野计图今年三年级,当初作为经理被推荐入学。不愧是专业人士,待人接物滴水不漏,这种技能在参加工作之后也一定能派上用场。

令隼斗惊讶的是,甲斐为三年级及以下的约七十位队员每人都准备了训练任务。而且,内容各不相同。有的简单罗列训练项目,有的则详细写明训练距离和目标用时。

想必甲斐从诸矢那里接手了队员的各项数据,掌握了每位队员的情况,思考他们的弱点及克服方法后制定了这些。

队员之间传来一阵低语。

"这仅仅是我给出的'可以试试这样做'的建议。"甲斐补充道,"也许还存在效果更好的训练任务,或是更具吸引力的训练方式。希望你们自己去思考。作为跑者,必须拥有创造力。要敢于质疑现状,思考如何才能做得更出色,是否存在其他更佳的方法——希望大家能始终思考这些问题。"

全体队员都竖着耳朵,认真聆听新教练甲斐的话。

"为什么要大家思考这些问题呢?"甲斐继续说道,"只有具备了思考能力,才能获得突破困境的力量。箱根驿传赛程中的单人赛程超过20公里,这比其他任何驿传比赛的单人赛程都要长。去程的二区、回程的九区是最长的,长达23.1公里。最短的五区和六区也有20.8公里,并且是极为独特的山路赛道。无论赛前制定了多么周全的战略,比赛过程往往不能完全符合预先的计划,大家务必做好心理准备,比赛中必然会出现或大或小的意外状况。当赛前计划被打乱时,在何处节省体力、在何处发力冲刺,这种精准的判断是决定胜负的关键。这需要创造力与思考能力。不具备思考能力的跑者一定不会成功,只有速度快是远远不够的。这正是箱根驿传的难点。"

甲斐提出的要求颇具挑战性。

倘若仅仅是为了提升跑步能力,那么只要加大训练量便可达成目的。前任教练诸矢的要求也仅止于此,并未对队员的思考能力提出明确要求。

思考能力与每位队员的个性息息相关。正因如此,队员们内心的困惑,真切地传递到了隼斗这里。

或许甲斐也察觉到了队员们的这种情绪变化,在传达完一些事务性的联络事项后,便准备结束此次讲话。

"最后,向大家宣布一件事。"甲斐说道,"隼斗入选了今年箱根驿传的学联队……祝贺你,隼斗。"

瞬间,所有人的目光都投向隼斗,他站起身来,微微欠身,鞠了一躬。其实,入选学联队这件事,队员们早已知晓,然而在被正式宣布出来的那一刻,隼斗还是感到了一丝不自在。

"计图,学联队的经理就拜托你了。"矢野计图被点到名字后,轻轻点了点头。

"另外,学联队的教练由我担任。"

队员们一时之间不知该作何反应,只能直直地注视着甲斐。

在研吾的带头下,会场中响起了略显勉强的掌声。不可否认,现场气氛十分冷淡。

"既然接到了任务,就要全力以赴。虽说这只是学联队,但这次比赛的经验一定会对明年起到积极的作用。希望大家为我们加油。"

当天晚上。

"就算叫我们给他们加油,也……"晚饭之后,正回自己房间的隼斗,路过休息室,听到里面传来的声音,便停住了脚步。

是友介的声音。

"到头来,还是把队伍给扔下不管了。"是聪的声音。他在三年级队员中实力数一数二,深受队员信赖。虽说研吾当上了队长,但要是聪当队长,以其实力也并不奇怪。

"把训练计划抛过来,然后叫我们自己去思考,根本提不起劲头啊。你想想办法呀,友介前辈。"这冷冷的一句,想必是二年级的拓郎说的。

"别跟我说这些,该找隼斗说才是。"听到友介的回答,隼斗推门走进了房间。

休息室的桌子旁围坐着五六个人。他们一看到隼斗,顿时都沉默了下来。

隼斗拉过友介旁边的椅子,说道:"刚刚我恰好听到你们说话了。"

听到这话,拓郎有些尴尬地移开了视线。

"甲斐这人太我行我素了,"友介毫不避讳地说道,"想让我们支持,也要讲个先后顺序吧。"

"顺序?"听出友介话中带刺,隼斗问道。

"首先得赢得队伍的信任吧。你觉得现在甲斐和队伍之间存在信任关系吗?"

没等隼斗回答,友介接着说道:"第一,作为教练,他的能力还是个未知数。想让我们信任他,可一点依据都没有。"

确实如此,隼斗无法反驳。接下来友介的一句话,更像是往他的心口戳了一刀。

"你倒是好,可以去跑箱根驿传。"

友介站了起来,椅子与地面摩擦,发出尖锐刺耳的声响。他把沉默不语的隼斗留在原地。

"就是这么个情况。我们就守在暖桌旁看箱根驿传比赛了。加油吧,隼斗。"

友介用右手拍了一下他的肩膀,走出了房间。

"那我们先走了。"低年级的学生们见状,也赶忙跟着离开了。

隼斗咬住嘴唇,紧盯着桌子,一个人孤零零地站在原地。他叹了一口气,抬头望向天花板。

队伍本应团结一致，如今却出现了裂痕。该如何去修复，隼斗还没有答案。

难道，队友之间的关系，终究就只是这种程度吗？我们之间的信任，也不过如此？

甲斐会如何看待这种微妙的状况呢？不管怎么说，照这样下去，想要以箱根驿传为目标展开行动，简直是痴人说梦。

隼斗心绪难平，没有回自己的房间，而是朝着相反方向的教练室走去。

刚才路过时，他看到甲斐在房间里。

"教练，我有些话想和您说。"

教练室的门开着，隼斗敲了敲门，对甲斐说道。正在看文件的甲斐抬起头，瞧了瞧隼斗，说道："啊，好的。请坐。"

甲斐示意隼斗在办公桌前的沙发上坐下。看到隼斗的神情，他想必察觉到出了什么事。

"大多数队员都不太服气。"

事已至此，再藏着掖着也不是办法。隼斗心一横，直截了当地说了出来。

"首先，大家都在怀疑，甲斐教练您是不是利用公司的社会贡献制度，只来做一年教练。只用一年时间，真能带领队伍闯进箱根驿传吗？"

"能不能闯进箱根驿传我不清楚，至少我理想中的队伍，需要更多时间来组建。"

与焦急不安的隼斗不同，甲斐的语调沉稳。

"那么，至少在这段时间里，您得一直担任教练。"

"我当然也有这个考虑。"

这是真心话吗？隼斗盯着甲斐的眼睛，试图寻找答案，却一无所获。

"丸菱确实有这么一项制度,这一年的工资也由公司来出,为什么不利用起来呢?你觉得呢?这样就能把教练的人事费用用到队伍训练上。"

"道理或许是这样,"隼斗内心焦灼,却不知如何将自己的危机感表达出来,"这些事情要是不说清楚,队员们不会理解的。"

"这我做不到。"甲斐语气平淡,摇了摇头,"我是丸菱的员工,利用社会贡献制度在这一年里做教练,这是事实,但现阶段我无法向你们承诺会跟公司辞职。"

"为什么?"

"因为这项制度的初衷并非如此。"

甲斐解释起来。"这项制度的宗旨是通过参与社会贡献活动,积累在公司内部无法获得的经验,然后再回到公司,将这些经验和人脉运用到工作中。不回公司而继续担任教练,这显然与制度的原则背道而驰。"

"也就是说,一年后您是否留任,我们只能单方面地相信了。"

让队员们心服口服,想必很难。

"信与不信,选择权在你们。但问题在于,要是队员们对我的执教能力存疑,又怎会听从我的指挥?在讨论我能担任多久教练之前,获得队员们的认可才是当务之急,对不对?"

"确实如此。但究竟要怎么做才能获得大家的认可呢?"

"箱根驿传。"甲斐说道,"通过学联队在箱根驿传的表现,让队员们了解我的执教方式。倘若失败,我就卸任,立即确定新教练,把教练的位子让出来。"他的语气笃定,没有丝毫犹豫。

"换作是我,对一个没有教练经验的'空降兵'来当教练也会觉得不安。质疑我的能力,也是理所当然。但空口无凭,必须用业绩说话。"

"业绩……"隼斗暗自思忖,不愧是职场人士。

"唯有凭借业绩，才能获得队员的认可。把这届箱根驿传当作证明的机会，在此之前，就让他们说去吧。你也一样，隼斗，"坐在对面的甲斐向隼斗投来锐利的目光，"跑出让人心服口服的成绩，就没人说长道短了。"

"这个……"隼斗着实吃了一惊，"大家怎么看我……这个问题……"

"不是全体队员，顶多是一部分人的意见罢了。但对你来说，没有区别。你呀，就是太希望得到每个人的认可。"

甲斐一语道破。

"那我该怎么做呢？"隼斗不由得问道，"还是应该拒绝吧。"

"拒绝这个机会会伤害那些对你指指点点的人。"

"伤害他们？"

这回答令人意外。

"因为自己，让别人放弃参加箱根驿传的机会——你想让他们这样后悔吗？"

隼斗愣了一下，望向甲斐。

面对友介冰冷的眼神时，那份曾经深信不疑的队友情谊仿佛瞬间崩塌，隼斗满心焦急与困惑，一时不知所措。

但与此同时，友介是否其实也同样感到迷茫呢？

甲斐的一句话，让隼斗终于找到了与对方心意相通的微妙距离，内心的隔阂悄然消弭。

"比起后悔，愤怒要轻松得多——你明白我的意思吗？"

隼斗点了点头。若是因在意友介他们的目光，拒绝参加学联队，或许友介会因为自己的态度引发的后果而后悔。

"'那个家伙只顾自己，一个人去跑箱根驿传。'这样想，对他们来说或许轻松得多。"

隼斗的视野陡然开阔起来。作为队长，这一年来他历经种种人际关系的波折，也有不少的烦恼，可从没想过会让别人因自己的行为而后悔。

"如果能让他们为你参加箱根驿传正赛而感到骄傲，就更好了。"

这番话无疑是一种激励。

"下星期，学联的选手们就要进行集训了。你要做的，就是在竞争中获胜。以你的能力，只要正常发挥，并非难事。"

甲斐语气平淡，却充满力量，让隼斗原本低落的情绪逐渐高涨起来。

"作为教练，我是否合格，就看这次箱根驿传的结果了。"甲斐语气果断，目光坚定，"而你，要用你的奔跑，赢得全队的认可。其他的闲言碎语，一概不必理会，那些议论等箱根驿传结束后再去听也不迟。怎么样，隼斗，你能做到吗？"

该如何回答呢？

在隼斗听来，甲斐的问题是在问他作为一个跑者的觉悟。

这个问题中蕴含着强大的意志力，倘若随意作答，只怕会后悔一生。仿佛被这股意志推着——

"我能做到。"

等隼斗回过神来，话已经说出口了。他感到胸腔深处涌起一股炽热的情感，并逐渐膨胀开来。不可思议的是，对这位毫无执教经验的甲斐，隼斗心中竟悄然生出一丝信任。

如果是和甲斐一起，或许胸中的这股热情就不会冷却吧。隼斗不由自主地这样想着。

第三章　总主播

1

"德重先生。"在内部会议结束，德重回到自己的座位时，菜月正在那里等着他。

瞧她眉头紧锁，不用问也知道一定出了什么事。

《箱根驿传》是个大型节目，大日电视台、其旗下的地方电视台，以及相关公司等，总共投入了约九百五十名工作人员，所以出现问题是常有的事。

预选赛结束、正赛出场队伍确定之后，准备工作进一步加速推进，现在制作组正忙着采访各支队伍。

大日电视台通过《箱根驿传》展现的正是青春本色。

节目里，不仅会提及各大学的校名，还会尽可能喊出每位选手的名字，因为每个选手身上都有故事。精心地将这些故事描绘出来，将一场普通的接力比赛升华为一曲青春的赞歌，正是这个节目的独特魅力所在。

采访的质量直接决定了节目的成败。

因此，节目组全体人员都必须对长跑接力这项运动怀有充分的敬意。任何一个人的疏忽都可能给整个节目带来无法挽回的损害。即使万分小心，也难以完全避免差错和意外的出现。应对这些状况，正是德重的工作。然而……

菜月带来的消息，完全出乎他的意料。

"前田主播紧急住院了。"

德重平常处事不惊，听到这个消息，还是不由得站了起来。

"他怎么了？"

"之前体检时查出了恶性肿瘤。接下来要进行癌症化疗，这段时间得反复住院出院。肯定没法参与箱根驿传的直播了。"

"这可怎么办……"

参与箱根驿传直播的主持人，算上转播车和中继站的工作人员，超过二十人。其中，体育频道的王牌主播前田久志，多年来一直稳坐中央演播室，担任节目总主播。

从夏季开始，他便围绕种子校展开了细致入微的采访。他凭借多年来积累的丰富知识，以及精准到位的主持风格广受好评。万一前田上不了节目，想要找到合适的人填补这个关键位置，谈何容易。

好不容易才解决了嘉宾的问题……

德重神色凝重，掏出手机，拨通了前田的电话。

"喂，你没事吧？"

恶性淋巴肿瘤怎么可能"没事"，可德重还是不自觉地用了平日里的口吻。

"这个当口，真是抱歉，德重先生。"

前田这个人，声望很高，却从不摆架子。身为台里的当家主播，他从来不张扬，对后辈也格外关照，因此在台里人缘很好。他道歉的语气相当沉重，声音里透着颤抖。

"一起吃个午饭吧。能吃得下吗？"

"没事，谢谢。"

067

德重在洽谈工作时常去的附近一家酒店预订了日式料理。因为他是常客，只要避开高峰时段，应该能安排到半包间。

下午一点，到了约好的时间，德重抵达餐厅，前田已经在那里等候了。

"身体情况怎么样？"德重问道。前田露出了从未见过的严肃表情。

"从自我感觉来说，目前症状不太明显，我自己也说不清楚……"

恶性淋巴瘤三期。听了前田对病情的描述，德重说不出话来。虽然他对这个病知之甚少，但也明白第三期意味着病情已经相当严重。

德重唏嘘不已，一时想不出安慰的话。

"接下来要使用抗癌药物进行化学治疗。看来新年得在医院里过了。真的非常抱歉，德重先生。"前田两手撑在桌子上，低下头说。

"说什么呢，身体才是最重要的。等你康复了，我们再一起做节目。"

原本还算冷静的前田，嘴唇开始颤抖起来，他努力克制着内心翻涌的情绪。德重看在眼里，也险些落下泪来。

"我一直盼着能和德重先生一起做《箱根驿传》。实在太不甘心了。"前田依然低着头，肩膀止不住地微微颤抖。

"治好了不就行了嘛。"

"谢……谢……"

前田受到的打击比想象中更大。听到他竭力挤出的声音，德重只能微微点头回应。

——怎么会变成这样？

德重满心愤怒，却只能憋在心里。

——难道是箱根之神在故意捉弄人？

"总而言之，现在先把工作的事情忘掉，专心治疗。"

沉默良久，仿佛在与内心的懊恼抗争，前田终于开口说道："我明白了。"

德重内心一声叹息。大日电视台的主持人不少，但能和前田相提并论的屈指可数。失去前田，将是节目组的一大损失。德重真心期望他的病情好转，能重回主播台。

"德重先生，接替我的人选，您考虑了吗？"前田率先开口，直接点明了问题。

他是个责任感很强的人，自然担心自己留下的空缺由谁来填补。

"我之后会好好考虑，要找到和你能力相当的人才太难了，大概率会从年轻一代里选拔。希望能有让人惊喜的苗子冒出来。"

"要是选拔年轻人，得给他们更多的准备时间。这么仓促地交接，对他们太不公平了。"

前田说得没错，然而——

"我有一个人选想要推荐。"

"哦？是谁？"正准备伸手拿小碟子的德重放下筷子，饶有兴致地等着前田说下去。

"是辛岛先生。"

然而，从前田口中道出的这个名字，大大出乎德重意料。他一时说不出话来。

辛岛文三是主持人中的老资历，独特的个性无人不晓。

他的脾气古怪，不好相处。但论主持能力，台内无人能及。

"辛岛先生吗……"德重面露难色，低声说道。如果真的启用辛岛，其他工作人员恐怕不会乐意吧。"为什么推荐他呢？"

"辛岛先生一直是我追赶的目标，虽然我和他还有很大差距。"

前田与辛岛，两个人性格截然相反，这个答案着实让人意外。"先不提这个，我推荐他最主要的理由是，他在高尔夫赛事直播解说领域堪称专家。"

"高尔夫直播啊。"

这回答乍一听很意外，却有其道理所在。

箱根驿传和高尔夫赛事的共通之处在于，赛事过程中，各种情况都是同时并行发生的。

在箱根驿传中，不仅要关注领先集团、第二集团及之后队伍的名次变动，还有选手接力的瞬间，这些随时切入的画面都得及时应对。像这类需要分散注意力的赛事直播，对主持人的悟性和技术有着很高的要求。这和棒球、足球等比赛截然不同，后者的场上局面主要由一个球控制，主持人只需向观众传达球的动向即可。

"他以前也有过箱根驿传的直播经验，应该懂得其中的要领。"

确实，大约十年前，辛岛曾担任过转播车上的主持人。

"没有其他人选了吗？"

前田摇了摇头。

"拜托您去请辛岛先生吧，这样我才能安心治疗。这是我的采访笔记，复印了一份给您参考。"

前田从放在身旁椅子上的手提包里，拿出一个厚达一厘米的文件夹，递给德重。

里面汇总了对各大学教练和选手的采访内容。

上面详尽记录了选手的数据，还有他们的兴趣爱好、喜欢吃的食物、家庭构成，以及将来的目标等，读了这些内容，就仿佛能看到一个个鲜活的人物形象。

除了十所种子院校，前田还走访了几所有望进入正赛的大学，其中有些队伍虽然接受了采访，却在预选赛中失利，没能进入箱根正赛。这些采访看似白费了力气，但要是这些队伍明年能参加箱根驿传，这些素材就能派上用场。在笔记末尾的采访计划里，明诚学院大学的名字赫然在列。

"诸矢教练要退休了吧。"德重忽然想起这件事。与其说是在对前田说，倒更像是在自言自语。

"我给诸矢教练打过电话，他说几天前已经把位子让给甲斐先生了。"

前田果然已经打探过了。

"学联队的教练也由甲斐先生来担任。"

与菜月所言一致。

正式宣布估计还要再等几天，不过学联队的十六名选手和教练人选已经内定下来。

学联队的教练，按照惯例由"选手所属大学中综合成绩最好的队伍的教练"担任，但在预选赛结束后才走马上任还没有先例。

"但是诸矢教练拒绝接受采访。如果能听他讲讲，一定能挖到不少故事。"

的确，一位将三十八年的岁月都奉献给箱根驿传的教练，绝对有采访的价值。暂且不论能不能在节目中播出，德重个人对此也很感兴趣。

"诸矢教练那边我再去问问看。"

"那就拜托了。"

"这是我分内之事。"

前田的资料中，连诸矢的电话号码和邮箱地址都有，十分齐全。

"总而言之，好好休养，尽快康复，等你回来。"

吃完午饭，道别之际，德重由衷地说道："事到如今，才明白前田的伟大之处。"

这种平时不常说的话竟脱口而出。这也是他的心里话。

前田露出不好意思的笑容，轻轻鞠了一躬，离开了。

辛岛先生吗……难道没有其他更合适的人选了吗？

德重在心里问自己，脑海中却没有浮现出任何一张清晰的面孔。

2

"让平井来担任总主播怎么样？"菜月提议道。进入电视台第十年的平井健二郎近来开始崭露头角，未来可期，日后很有可能成为大日电视台的顶梁柱。

"平井啊，"德重歪了下头。对《箱根驿传》的主持工作来说，他还是太年轻了。这不仅仅是年龄的问题，更在于经验的不足。"他擅长轻松活泼的风格，但显得有些轻浮。还得再沉稳一些。"

"确实……"

又提了几个名字，可讨论来讨论去，每个主播都各有优缺点，却没有一个能让人毫不犹豫地确定下来。

"辛岛怎么样？"

德重终于说出了这个名字，但他没有透露辛岛是前田推荐的人选。原本想等菜月说出辛岛的名字，结果还是自己主动提了出来。

菜月的眼睛瞪圆了，笑容里带着困惑。"说实话，完全没有考虑过。德重先生，您应付得了辛岛那个人吗？我觉得他有点难伺候。"

"要说他的性格，我也不好招架。但是他高尔夫直播做得很出色，高尔夫直播和箱根驿传直播有很多相似之处，他很擅长解说那种多画面切换的比赛。"

"确实，他的专业实力无可挑剔。"

菜月表示同意，但随即又带着一丝顾虑问道："只是，真的能应付得来吗？"

"其实，推荐辛岛的人是前田。"

菜月一下子沉默了，思考了起来。或许是在想象辛岛文三坐镇中央演播室，自己听他指示的情景。

过了许久，她终于长吐一口气："请辛岛来，真的没问题吗？"

问题又丢回给了德重。"说实话，我也不知道。"德重说，"但我也想过了，辛岛的性格只有我们身边这些人知道。他说话条理清晰、反应敏捷，其实并不会令人反感。"

"听起来不像是夸奖。"菜月回应道。

"当然是夸奖。他虽然有不好伺候的一面，但只要我们多忍耐一点，应该能把节目做好，至少不会出现因经验不足而导致的问题。"菜月无法反驳。

"你能和他一起做节目吗？"

"我能跟他相处好。"菜月回应，她接着反问，"不要问我，关键不还是您吗？"

"先去问问辛岛本人的意愿吧。"

"既然前田都这么说了，我就相信他的眼光。先不说信不信任辛岛，我相信前田有看人的眼光。"

辛岛正在转播高尔夫比赛，不在台里，于是第二天德重特意飞到松山去见他。

3

女子职业高尔夫松山锦标赛在爱媛县松山乡村俱乐部举办，从松山机场乘出租车前往大约需要二十分钟。

电视转播安排在星期六和星期日两天进行。星期四，赛场正在举行面向赞助商的职业业余混编赛。辛岛提前抵达现场进行采访工作。

"我找辛岛先生有点事，请问他在哪里？"

德重向一位不太熟悉的后辈制片人打听，对方立刻帮他拨通了辛岛的电话。

"他在第十八号洞的果岭[①]附近。"

[①] 果岭为球洞所处区域，专为推杆而设置。

"我知道了。"

德重坐上一辆载着工作人员的高尔夫球车,来到了指定地点,在空荡荡的看台上发现了辛岛的身影。

辛岛应该已经看到德重爬上台阶朝他走过来,但没打招呼,仍然望着发球区。

"能跟您聊两句吗?"

德重打了声招呼,在他旁边坐下,也将视线投向发球区。现在,包括女子职业选手在内共有四人,正在准备打第一杆。

发球台距离果岭约有48.8米。虽是下坡球洞,但果岭像薯片一样起伏,面前还有一个池塘,当天的旗杆插在果岭中央。

一位看起来像是赞助商的男球手挥杆击球,球离谱地往右飞,最终落入了池塘。他夸张地抱头,做出懊悔的动作,笑声在水面上回荡,就连德重这边都能听见。

第二位选手击出的球稳稳落在果岭上,不过还剩下大约5米的下坡推杆。听到球落地那清脆的撞击声,想必这是个快速果岭。

"决赛那天,旗杆要插在这个池塘旁边。这一杆是胜负的关键。"辛岛突然说道。"你找我什么事?"

"有件事想拜托您。"

辛岛仍然注视着发球区。德重看着他的侧脸,接着说:"想请您来主持《箱根驿传》。"

辛岛没有回应。

德重忍着情绪说道:"前田住院了。"

辛岛听了,终于开口:"那家伙没事吧?"

"听说是恶性淋巴瘤三期。"

辛岛沉默了。

"希望您能来接任。我已经和宫本商量过了,实在找不到比您更合适的人选了。"

"这是场面话吧？"辛岛耸了耸肩，终于转过头来，用一种略带调侃的眼神看着德重。"让年轻人去干吧。他们也需要机会。"

"也许您说得有道理。不过，如果让新人主持，需要给他们足够的准备时间。"德重直接照搬了前田的话，"现在时间太紧迫了，所以希望您能答应。"

"我不喜欢这种青春活力型的体育节目。"辛岛说道，"你不是也反抗过吗？事到如今，我也不认为自己做错了。他们那种做法，我实在看不下去。"

辛岛指的是约十年前参加箱根驿传转播时的事情。

节目播出后，关于选手介绍的方式问题，他和当时的节目总制片人、如今的体育部主任北村大吵了一架。

节目中，辛岛坐在转播车上，没有按照北村的指示完整朗读选手的简历，而是故意跳过了一部分。

"这种玩意只是骗人眼泪的廉价戏码。"辛岛这么说有他的理由。

"在北村眼里，这不过是一个枯燥无聊的跑步比赛吧。但即便如此，也不能硬把家人的不幸和选手当天的表现扯在一起，说什么'天上的父亲在为你加油'，这未免太荒唐了。选手好不容易走出悲伤，努力地生活，为什么要被外人以这种方式揭开伤疤？我完全无法认同。"

北村的节目风格确实有些过于煽情，但这种风格能提高收视率，让他在历代《箱根驿传》制片人中脱颖而出。

电视节目究竟应该传达什么呢……

电视从业者一直在不断摸索，追寻这个根本性问题的答案，辛岛也不例外。

虽然辛岛性格固执，但他对选手的尊重以及作为体育主持人的职业操守是不容置疑的。

意识到这一点后，德重终于明白了前田的话。

——辛岛先生一直是我追赶的目标，虽然我和他还有很大差距。

原来如此，辛岛是个为信念而战的主播。

"不要拒绝了，辛岛先生，我们一起来做节目吧。"

德重劝说道。但辛岛的侧脸显得冷漠而坚定，嘴唇紧闭，脸颊线条透着一股傲气。

终于，他开口道："我不感兴趣。"说着缓缓起身，"别来找我了，还是去选拔年轻人吧。"

丢下这句话，他径直走下看台，身影很快就消失了。

4

预选赛结束一星期后的某天，一个身形瘦长的人出现在明诚学院大学位于相模原的宿舍。

单从外表看，就能感觉到他是个严谨细致的人，他的举止也确实十分得体，甚至给人一种略为守旧的印象，这便是隼斗对桐岛兵吾的第一印象。就连他的名字都透着一股年代感，让人觉得有些老派。兵吾在关东学联担任干事，是武藏中央大学的四年级学生。箱根驿传学联队的经理，由学联干事和学联队教练所在大学——也就是明诚学院大学田径队的经理共同担任。

兵吾开始自我介绍。他高中时怀揣着参加长跑接力的梦想加入了田径队。进入武藏中央大学后，以参加箱根驿传为目标努力训练，却因脚伤无奈中断了梦想。在教练的推荐下，他开始在关东学联帮忙，后来成为学联的正式成员。这便是他的履历。

"可能是训练太刻苦，练习过度了吧。"

这么一板一眼的人，想必对自己的要求也格外严苛。听了他的话，隼斗这样想着。

兵吾腰杆挺得笔直，端正地坐在椅子上，和休息室轻松随意的气氛格格不入，但他本人却并不在意。

"矢野你兼任选手和经理吗？"

面对兵吾的询问，计图答道："不，我专职做经理。我是以经理身份被推荐入学的。"

计图也简单地进行了自我介绍。

他毕业于神奈川县名校湘南第一高中，起初是田径队的选手，但意识到自身能力有限，同时看到前辈经理工作的样子，深受触动，于是立志成为一名队伍经理。他享受着这份工作带来的乐趣和充实感，作为幕后人员支持着选手们。他所在的队伍在高中全国大赛中取得了优异的成绩，凭借这一成果，他获得了明诚学院大学的推荐入学资格，现在是大学三年级学生。这就是计图的履历。

"这次队伍没能去箱根驿传，全都怪我。"计图低下头说道。

"不，计图你已经做得很好了。"隼斗由衷地说。要让队伍顺利地运转，作为经理，计图的工作非常繁杂。隼斗作为队长带领队员，计图则在幕后事无巨细地做好各项准备。在这一年里，隼斗也记不清得到过计图多少帮助。

"武藏中央大学这次真是太可惜了。"隼斗感慨道。曾经获得过种子队资格的队伍，却在今年的预选赛中以第十五名的成绩被淘汰。算起来，距离他们上一次进入箱根正赛，恐怕已有七八年了。

"我们的成绩离出线资格越来越远，我很担心，队员们会认为箱根驿传变得遥不可及了。"听到兵吾说出这番忧虑，隼斗和计图沉默不语，因为明诚学院大学的情况亦是如此。

无法参加箱根驿传正赛，队伍的经验值就会下降，实力也会变得越来越弱。

"这次我主动要求担任经理，就是想把在这里见识到的东西带回去，传授给后辈们。"

兵吾的眼眶微微湿润了。他不仅是个硬汉，更怀揣着一腔热血。

隼斗很欣赏桐岛兵吾。和这样的人并肩作战，一定不会有错。这次的学联队，将由兵吾和计图两人共同担任经理，为队伍提供有力支持。

"把选手输送到学联队的学校都希望他能从中积累有益经验。为了达成这个目标，我也想和矢野一起，把这支队伍带好。"

"好的经验会成为他们今后的宝贵财富。"计图表示赞同，隼斗也深以为然。

不过，究竟什么是"好的经验"，还需要进一步思考。规则变更后，学生联合队只能以"特邀"的身份参加比赛，比赛成绩并非正式纪录，仅仅作为参考。

或许正因如此，学生联合队近几年来总是排名垫底。

这是一支临时拼凑的队伍，而且准备仓促。选手们穿着各自大学的队服参加箱根驿传，主要目的是积累经验，成绩反而成了次要的。这样的参赛方式，真的算得上是好的经验吗？听说，近来一些经常参加正赛的学校，甚至提出要废止学生联合队。

"尽量让更多的选手拥有箱根驿传的经验，这是关东学联的理念。我们要最大限度地利用这个机会，能够作为队伍经理参与其中，我感到非常自豪。一起加油吧，矢野。"兵吾伸出了右手。

"嗯，请多多关照。"计图像是被兵吾的热忱所感染，握住了他的手，"在管理方面，我们绝不能输给其他任何队伍。"

这时，背后忽然传来一声："对不起，我来晚了。"刚刚结束校内会议的甲斐走进了休息室。

身着西装的甲斐径直走到兵吾身旁，先做了自我介绍，然后在他旁边坐下。

"我已经通知了各个学校，这个星期六，学生联合队的选手将进行首次集会。我拟订了一份到正赛前的训练计划，原则上每个星期六、日都安排训练。"

甲斐将日程表放在桌上，兵吾看了，不由得吃了一惊。

"要进行这么密集的合练吗？"

十一月和十二月,包括周末在内,共计五次合练。十二月最后一星期进入寒假,还安排了为期五天的集训。

"往年的学联队一般集训几次?"隼斗问道。

"听说顶多两三次。"兵吾回答道。这么看来,他感到惊讶也在情理之中。紧接着,兵吾又追问道:"不过,其他队伍的教练认可这个训练日程吗?"

"所有教练都已经同意了。"甲斐早已行动起来了。

"居然没有反对意见吗?"兵吾露出惊讶的表情。

"反对意见当然是有的。他们觉得这样安排是不是太夸张了。"甲斐爽快地承认,"不过,东邦经济大学的大沼教练答应担任助理教练,可帮了我一个大忙。是他出面说服了那些表示反对的教练,我才最终得到了他们的许可。"

大沼清治郎今年七十岁,是长跑界赫赫有名的资深教练,拥有极高的威望。四年前,他接手东邦经济大学的田径部,在此之前,他长期执教东西大学,东西大学校队也是箱根驿传正赛的常客。在他的带领下,东邦经济大学新成立的田径队迅速成长,在今年的预选赛中获得了第十二名的好成绩,令人刮目相看。

兵吾惊讶地抬起了头。"竟然是大沼教练去说服的?难以置信。"

"为什么这么说呢?"隼斗问。

"其实,他一开始拒绝了担任教练的邀请。"这个答案让人意外。

"预选赛结束后,关东学联曾邀请他担任助理教练,他当时回答说对学联队没有任何兴趣。后来关东学联会长亲自出面劝说,他才勉强答应……"

本是勉强接受助理教练一职的大沼教练,不仅认可了这个前所未有的训练计划,还亲自出面去说服其他大学的教练。这确实让人难以想象,连隼斗听了都大为震惊。

甲斐却一脸轻松地说道:"只要是有意思的事情,老先生就非常乐意帮忙。他就是这么个人。"

"有意思的事情……"兵吾歪着头,一脸不解,直截了当地问道,"抱歉,我不明白,其中有什么有意思的事情呢?"

"我想,应该是我制定的目标很有意思吧。"

"目标?"

隼斗将视线投向甲斐。"什么目标呢?"

"我的目标是让学联队去争夺前几名。"

"啊?"计图忍不住惊呼出声。

难以置信。他目瞪口呆地看着甲斐。隼斗也一样感到震惊。

众人皆知,学联队一直都在排名末尾挣扎。

让他们去争夺前几名吗?

隼斗凝视着甲斐。他是认真的吗?

"北野教练怎么说?"兵吾指的是北野公一,预选赛位列第十三名的清和国际大学的教练,他将以第二助理教练的身份加入学联队。

清和国际大学也是一支相对较新的队伍,北野毕业于箱根驿传的传统强校,大学时代曾三次参加箱根驿传,毕业后进入实业团[①],也是知名选手。退役后,他成了清和国际大学的教练,至今已有四年。在他的带领下,这支原本默默无闻的队伍逐步发展壮大,他出色的指导能力备受赞誉。

对各位教练针对队伍方针发表的意见,兵吾怀着一半好奇、一半认真的态度追根问底。对经理而言,这些也是有必要了解的情况。计图也拿出笔记本开始记录。

"北野教练说,他只是以志愿者身份参与,"甲斐语气平淡,透露了北野的消极态度,"不过,他愿意配合训练,这已经很难得了。"

"那我这就联系各位选手,通知他们集合。"

---

① 由企业组建、以推广企业体育文化和提升企业形象为目的的体育团体。

计图立刻行动起来。

"那就拜托你了。"甲斐说道。学生联合队终于正式启动。

这个开端比隼斗想象中的更热血。他们正朝着一个看似遥不可及的目标迈出第一步。

5

谈判的地点选在浅草桥的一家老字号猪排店。

跟店主提前吩咐好了,先按合适的顺序上刺身、炖菜等菜肴,炸猪排最后再端上桌。

这是一家德重常去的饭馆,由一对老夫妻经营,店面不大。一进门,右手边是一排大概六个座位的吧台,熟客大多坐在这里。再往里走,有三张小桌子。这座有着半个多世纪历史的建筑里,有一个小庭院,庭院对面是一间和室,里面仅能容纳一桌客人。

辛岛坐在和室靠墙的位置,一脸不耐烦,正用玻璃杯喝着手取川[①]牌清酒。

他旁边的上座上,体育部主任北村喝着威士忌苏打,同样一脸不耐烦。

是德重硬把辛岛请来,并请求北村帮忙说服他。其实北村也并不情愿,但德重对此只字不提,自作主张安排了这场酒席。

德重知道两人之间有矛盾,他盼着借这次机会消除隔阂,或许辛岛会改变心意。

德重刚落座时就赔着笑说:"两位和好吧,别跟小孩子似的。"可两人只是冷冷地应付,这让他十分无奈。

"北村先生,今天这顿饭是我们专门请辛岛先生的,无论如何都要

---

① 手取川是日本北陆地区的一条重要河流。

081

让他答应来做总主播。"

北村听后，眼神变得阴沉而强硬，愤愤地说："一般人应该都不会拒绝吧。他以为自己是谁？"

"说真的，没想到你们的关系这么不好，都跟小孩子一样。"菜月满脸惊讶，毫不避讳地说道。说来也怪，菜月这么说，辛岛倒没生气，只是面无表情地回应一句："对不住了。"

"辛岛先生，《箱根驿传》节目正面临危机，这等同于大日电视台的危机啊。拜托了。"德重试图说服辛岛，但辛岛只是闷头喝酒，一声不吭。

这样下去不行。德重原本指望北村能帮上忙，但他却摆出一副事不关己的态度。真是没用的上司，真不知道为什么要请他来。

酒过三巡，北村终于开口了。

"你之前觉得我的执导风格夸张，还跳过了部分内容。但我拿下了收视率。观众是诚实的。也就是说，我的风格正合他们的心意。"

"这种思考方式就是错误的。"辛岛反驳道，"不能只看收视率，那种风格太轻浮，背离了体育节目的本质。"

"轻浮是什么意思？"

"就是不正经。"

北村一听，气得脸色发青。

"都是十年前的事情了，你们两位也该放下过去了。"菜月赶忙打圆场。

"我就是看不惯动不动就拿青春的汗水、泪水说事。"辛岛冷冷地说，"大学生的青春不是几句漂亮话那么简单的。所谓纯粹的汗水、泪水之类的东西，只是电视强加的滤镜，这种手法太老套了。我不是说这么做不好，毕竟有人靠这个拿高收视率，观众也看得开心，只不过那不是我的风格。我想把体育原原本本地呈现出来，像一张白纸，不带任何先入为主的观念。故意煽情的解说？别开玩笑了。"

原来，是北村违背了辛岛的职业美学。

两个人的意见像两条永不相交的平行线，中间横亘着无法逾越的鸿沟。看来今晚这场饭局，有的磨了。

6

"辛岛竟然拒绝了？"

帝国酒店大堂的酒吧内，黑石圆滚滚的身躯陷在沙发里，他用手摩挲着下巴，将视线投向灯光昏暗的空间。深谙权术的他，此刻正在思考如何施展自己的手段。

"他和北村本来关系就不好。"丸太真二为了配合酒吧的安静氛围，刻意压低了声音，没想到声音传得格外清晰。

丸太曾是体育主播，凭借伶俐的口齿、丰富多变的表达，以及夸张的语言风格，他收获了不少观众的喜爱，之后转型进军综艺节目领域。如今他连歌唱节目都能轻松驾驭，已然是大日电视台的当家主播之一。

"这样啊。"

"他们两人因为《箱根驿传》的节目编排产生过争执，不过那都是差不多十年前的事了。"

"十年了啊。"黑石惊讶之余，嘴角泛起一丝轻笑，"看来这两位都是很记仇的人。"

"北村总想搞些夸张的噱头，辛岛却是个坚定的现实至上主义者。在辛岛看来，事实就是事实，存在就是存在，不存在就是不存在。而北村相反，他觉得存在之外还有存在。"

这番话听起来像在打禅机。黑石沉默地听完，接着说："丸太啊，你不来偶尔做一回体育直播吗？"他将原本有些游离的目光聚焦在丸太身上。

丸太没有立即回答。

黑石指的显然是《箱根驿传》总主播的位置。几天前，邀请搞笑艺人畑山一平担任嘉宾的提案，在一番争议后被董事会否决，这事在台里已是尽人皆知。据说事后为了和"田健娱乐"协商解决此事，黑石被灌了不少酒，吃了不少苦头。

"你来做的话，肯定能让人眼前一亮。我觉得这是个不错的提议。"

然而丸太却婉言拒绝道："做《箱根驿传》需要大量时间去做前期采访，现在已经来不及了，况且我手头还有其他节目。"

虽说丸太如今已是涉足综艺领域的明星主播，但毕竟他是体育主播出身，心里十分清楚《箱根驿传》直播现场的要求有多严苛。

"采访可以让其他人去做，你只要坐镇演播室就行。你来主持，《箱根驿传》肯定能呈现出全新的面貌。"

黑石脑海中似乎已经浮现出了画面，语气中满是笃定。

"不是那么简单的，黑石先生……"丸太踟躇道，"那不是一般的节目。"

还是新人的时候，丸太曾参与过箱根驿传的报道工作，对其中采访工作的细致程度有着深刻体会。第一代总制作人坂田信久秉持刚健的理念，坚守传统体育直播节目的形式美，认为"电视不能改变《箱根驿传》"。

坂田离开大日电视台已经很久了，可他的理念却传承了下来，至今仍深深影响着后辈，从未被动摇过。

不过，要是自己真去担任这个主播，会怎样呢？

在选手竞争胶着的时刻，他肯定能运用足球和拳击的直播经验，用滔滔不绝的解说把气氛炒热，牢牢抓住观众。这确实是丸太的拿手好戏，可他又觉得那不符合《箱根驿传》的节目风格。要是把自己的这些本事都藏起来，那主持这个节目也就毫无意义了。

"就照你往常的风格来。我想看看丸太式的《箱根驿传》。"

似乎看穿了丸太的心思，黑石说道。

"但是他们没有来找我。德重和宫本都没把我当成体育主播。"

"这不是正好嘛。"黑石身体向前倾了倾,轻轻将酒杯推到一边。"说实话,我认为现在的《箱根驿传》缺少一些亮点。投入了那么多人力,做出来的节目却平淡无奇。我们应该充分利用大日电视台的资源。"

他向来热衷于尝试新事物,质疑并打破常规,正是凭借这种行事风格,他才取得了如今的成绩。

他是一个彻头彻尾的综艺人,这就是他的行事准则。他想用这套准则彻底改变《箱根驿传》这个节目。

"但是,这不等于改变了《箱根驿传》原本的样子了吗?"丸太心存顾虑地问道。

他明白黑石的野心,可不知为何,自己身上仍然保留着大日电视台体育主播的那股劲儿,所以才会犹豫。《箱根驿传》可是体育部最重要的赛事直播,以他现在艺人型主播的身份去插手,并不合适,这也是他一直没被邀请的原因。

"会不会太高估电视的影响力了?"

黑石身体靠回沙发靠背上,反问道:"认为电视能有那么大能耐,只不过是电视人的一厢情愿罢了。"

丸太把反驳的话语咽了下去。

不知道该如何表达,但无论说什么,黑石都不会理解的吧。他不会明白那种热情,付出无数努力,经历无数挑战和纠葛,只为了将事实原原本本地传达出来。

丸太用力地咬住嘴唇,看着空荡荡的酒吧的昏暗空间。

说实话,他不想答应。

虽然不想答应,但是把丸太提拔成王牌节目的主持人,一步步走到今天位置的人正是黑石。黑石相邀,他实在不好拒绝。

仍带着几分不情愿,丸太回答:"我明白了。"

7

"辛岛太顽固了。"

在体育部自己的座位上，德重双手抱胸，叹了口气，脸上满是愁容。

前天，在浅草桥的猪排店劝说辛岛，结果因为北村态度强硬，气氛一直僵持着，毫无转圜余地。

"北村那个人一旦闹起别扭，就绝不肯让步。"菜月站在德重的办公桌前，也是一脸无奈。

只能起用新人了吗……

这个想法不由自主地浮现在脑海，菜月应该也在思考同样的事情，只是没说出口。内心的不安没能消除，多少还是有些犹豫。

"能不能请前田在箱根驿传当天回来呢？"

"这恐怕不可能。"

事实上，德重之前已经和正在养病的前田讨论过这个可能性。但综合医生的意见，考虑到抗癌药物治疗可能带来的影响，最终的结论是，参加为期两天、每天超过五小时的现场直播不太现实。这也在情理之中。

这时，菜月不经意地将目光投向办公区，突然轻轻"啊"了一声。德重顺着她的视线看去，也看到了那个魁梧的身影。

黑石一脸不悦，却又勉强挤出笑容，快步朝德重他们走来。

然后，他一开口就问："喂，《箱根驿传》的总主播，后来定得怎么样了？"

"还在商议中。"

"这样下去来得及吗？"

想必他听说了辛岛拒绝接受主播一职的消息，不过看他特意上门来询问情况，一定是在盘算着什么。

"如果还没决定，我有个想要推荐的人选。"

果不其然。

"该不会是要把哪个明星找来充数吧？"德重疑心重重。

"丸太怎么样？"黑石说道。

菜月一脸惊讶，望向德重。

像是在说：这可真是个被忽略的人选。

以新颖的体育解说风格获得瞩目，在综艺界大放光彩的明星主播。在德重眼里，丸太是这样一个主持人。菜月对丸太应该也是同样的印象。之前绞尽脑汁都没想到他，但他出身于体育栏目是事实。

"丸太吗……"然而，德重却面露难色，"他的实力我承认。"

出众的表现力，精准的反应。毫无疑问，作为主持人，丸太具有一流的才能。

然而，他的讲话方式更适合综艺节目，与《箱根驿传》的风格不符。

"没有人比丸太更合适了，我把他的档期空出来了啊。"看样子，黑石已经和丸太那边商量过了。

"好吧，我考虑一下。"

"你知道现在都几月份了吗？"听了德重的回答，黑石不满地鼓起双颊，"让丸太上节目，气氛也能热闹起来。"

"是吗？"德重面露疑色。

"没时间了！"黑石提高音量，双手撑在桌子上，身体向前倾，几乎要把脸凑到德重面前，"交给丸太一定没问题。要是随便找个新人来，我可不同意。"

说完，黑石便转身快步离开了。

这简直就是在威胁。

德重叹了口气。菜月则焦急地问道："现在该怎么办呢？"

"这也不行，那也不行，真是让人头疼。"德重站起身，"看来只能再去劝劝辛岛了。"

8

"又怎么了，找我有什么事？"

德重来到主播间找辛岛，辛岛一副不耐烦的样子，轻轻叹了口气。

"《箱根驿传》，请您再考虑考虑。"

"已经说过了，有悖我的原则。"

德重拉过旁边的空椅子，坐到辛岛身边，低声说道："黑石先生在推荐丸太来主持。"

德重环顾四周，确认丸太不在附近后，又压低了声音："丸太的实力我也认可，但《箱根驿传》还是得您来，他不合适。"

"这次是打算捧杀我。"

辛岛脸上连一丝笑容都没有，开始收拾办公桌上的东西。从外表或许很难看出他是个爱整洁的人。其他主持人的桌子上文件堆得乱七八糟，只有辛岛的桌子收拾得井井有条。

"是真心话。"德重认真地说。

"说得好听。丸太不是挺好的吗？"辛岛不为所动。

"辛岛先生，您此话当真吗？"德重问道，"用丸太的话，会让《箱根驿传》的面貌彻底改变。"

"因为他是综艺节目那边的人，你才这么说？"辛岛问道，不等德重回答，又接着说道，"丸太没有那么笨。让他配合《箱根驿传》的路子，他应该做得来。那种浮夸的风格正是他的拿手好戏吧。"

"我还是想请辛岛先生来做。前田也指名希望您来接手。真的拜托了。"

"我和《箱根驿传》气场不合啊。"

着实是个顽固的人。

怎样才能说服他呢？德重绞尽脑汁也束手无策。此时，他忽然发觉身旁站着一个人，惊得呼吸一滞。

是丸太。也不知道他是什么时候出现在了这里。

"哟，丸太。听说你要主持《箱根驿传》了？"辛岛率先开口，"挺不错的嘛。加油啊。"

说着，他拍了拍站在跟前的丸太的肘部以示鼓励。

身材瘦高的丸太穿着一套带亮片的华丽西装，打着领结，应该是为综艺节目做的准备。然而——

"那个，辛岛先生……"此时，丸太一脸庄重而恭敬地看着辛岛，"能不能请您来主持《箱根驿传》？"

突如其来的一句话令德重也感到震惊。

"喂，丸太，等等。"德重急忙问道，"黑石先生不是请你接手这事吗？"

"确实请我了。"丸太淡淡地回答道，"但是我真心希望辛岛先生来主持。我清楚黑石先生找我，是看中了我的综艺能力，但《箱根驿传》不是那种风格的节目，我非常明白。"

"丸太……"

事情如此发展，实在出乎德重意料，他盯着丸太。

丸太主持黑石制作的节目，二人在综艺部门是黄金搭档，堪称盟友。

接着，丸太不好意思地说："我也曾经是个体育主播。刚做这一行的时候，我有幸参加过《箱根驿传》的相关工作，深知这个节目的伟大之处。的确，或许和辛岛先生的美学理念不相容，但只有辛岛先生能原汁原味地展现《箱根驿传》的魅力。我并不合适。我绝不想把《箱根驿传》做成一档综艺式的轻浮节目。事实就是事实，原原本本地把它传达出来，不多也不少——还是新人的时候，辛岛先生的教诲，是我主持生涯的起点。我知道您曾经和北村先生就节目风格问题有过争执，但我真的渴望看到您主持的《箱根驿传》。辛岛文三，大日电视台的骄傲，他诠释的《箱根驿传》有多么精彩。我想，不光是我，台里所有的主持人都盼着见识一番。"

丸太郑重地低下头:"至少今年,拜托了。哪怕就这一次。"

德重回过神来,发现主播室一片寂静。

在场的人都察觉到了德重、辛岛和丸太的对话,纷纷竖起了耳朵,还有人站起来,观察着事态的发展。

"拜托了,辛岛先生。"这时,负责《箱根驿传》一号转播车的主持人横尾征二也开口请求道。

"拜托了!"

"辛岛先生!"

恳求之声此起彼伏。辛岛终于坚持不住了,举起双手站了起来。

"等等,你们这些家伙,别擅自做决定!"

辛岛扫视了一眼盯着自己的众人,本以为他要说什么,结果他只留下一句"我去吃饭",便离开了。

众人神色黯然,目光紧紧追随着他离去的背影,待他身影消失后,又纷纷将视线放回德重身上。意识到视线中带着责备,德重站起来,大声说道:"别怪我呀,我也努力了。"接着,他轻轻拍了拍丸太的肩膀:"丸太,谢谢你。"

说完,德重也快步离开了主播室。

9

"德重对你说什么了吗?"

下午六点多,丸太录完节目,从演播室乘电梯回办公室,恰好与黑石同乘。

"没有。虽然还没正式确定,但辛岛应该会去主持《箱根驿传》。"

看到黑石惊讶地瞪大了眼睛,丸太继续道:"很遗憾,看来没有我出场的机会了。"

"我可是说了让你来做的。"和预料的一样,黑石压抑着怒气说道。他就是容不得事情不按自己的想法发展,坚信自己在综艺节目中积累的那套做法处处行得通。

"这也是没办法的事。"丸太耸耸肩膀,看了看一脸不满的黑石,"也要看缘分。"

黑石用咂舌声代替了回答。

电梯几乎每层都停,每次开门都有人进进出出。丸太被挤到电梯角落,他能感觉到黑石那饱含怒气的目光一直落在自己侧脸。终于到达了丸太要去的楼层,他对身旁的黑石说了声"失礼了",便从人群中挤出来,下了电梯。电梯门在他身后关上,载着黑石继续向上。丸太看着荧光屏上跳动的数字,重重地叹了口气。

"这种事也常有。"天生性格乐观的丸太安慰自己后,头也不回地向前走去,"电视台主持人真难当啊。"

当天晚上。

九点过后,办公室清静起来,菜月独自坐在自己的工位上沉思。

白天为了说服辛岛,德重去了主播室,结果只待了片刻,就空着手回来了。

虽说在主播室跟辛岛谈了话,但德重没有透露具体说了些什么。看样子是没谈拢。

前田的病情出乎预料,而总主播的人选迟迟无法确定,无疑是紧急事态。

入职十年,凭借实力得到认可,终于被提拔为梦寐以求的《箱根驿传》总导演。可菜月做梦也没想到,自己会陷入如今这般困境。简直就是一场噩梦。

她想不通,是自己运气太差,还是说"应对这种状况也是实力的一部分"。又或者,要是自己能力足够强,是不是就能代替德重,成功说服辛岛了呢？

从刚才起，那种翻来覆去、毫无头绪的思索，就在菜月的脑海中盘旋。

无论如何，当务之急是把总主播的人选确定下来。菜月的结论是，除了提拔新人主播，别无他法。

她暗下决心，明天就把这个想法告诉德重。德重可能不会轻易同意，但说服他正是她这位总导演的职责。

正想着，菜月望着空荡荡的办公室，冷不丁瞥见一个身影出现，不由得站了起来。

是辛岛。

他站在门口左右张望，随后慢悠悠地在办公桌间穿行而来，就像在散步一样。

"喂，宫本，今年的手册，你手里有吗？"

辛岛突然冒出这么一句，菜月一下没反应过来，愣在原地。

"我问你手里有没有《箱根驿传》的《节目手册》，没听见吗？"

"有。"回过神来，菜月在堆满桌面的资料里翻找，抽出一本崭新的《箱根驿传节目手册》，递给辛岛。

手册封面是大手町起点处，挂着"东京箱根间往复大学驿传竞走"横幅的照片。

标题是《箱根驿传节目手册》。正是《箱根驿传》电视直播的"圣经"。标题下方写着这样一段话：

年轻人的热血，拉开新年的帷幕。

他们用奔跑的身姿，将感动播撒全国，赋予人们勇气，吹响新年的号角。

用目光去见证吧！年轻人战斗的身姿，灵魂跃动的步伐。

那里，蕴藏着日本的未来。

全力以赴去拼搏，燃尽最后一分能量。无论是谁看到那身姿，都会唤起对青春的记忆。

沐浴着新春的阳光，去奔跑吧！光辉的赛道，正在等待着你们。

辛岛捧着《箱根驿传节目手册》，目光逐行扫过上面的文字。

"这是德重先生写的。"

"他还是老样子，铺垫很多，写得很煽情。我拿走了——"

"辛岛先生，等等！"菜月急忙叫住正要转身离去的辛岛，"您是答应了吗？答应来做总主播？"

辛岛没有给出明确答复。

"明天把节目流程表给我送来。"辛岛说，"现在不方便拿。"

菜月说不出话来，愣愣地站在原地，目送辛岛离开。

"说什么写得煽情，"菜月笑着，不知为何，眼中却泛起泪花，"明明他自己才是最会煽情的那个。但是——"

谢谢。

菜月朝着辛岛离去的方向，深深地鞠了一躬。

第四章　学联队启动

1

甲斐将学联队首次集合地点定在了东邦经济大学的多摩校舍。两位助理教练之一的大沼清治郎是东邦经济大学田径队的教练。正是他向校方争取，才让学联队得以使用这里的设施。

东邦经济大学重金聘请大沼，完善硬件设施，一心冲击箱根驿传正赛。最快明年，最迟几年内，这所大学必将跻身箱根驿传的强队行列。

起初，甲斐计划星期六、星期日进行走训式合练，但在确定能借到这处设施后，改为两天一夜的短期合宿。

对东邦经济大学而言，成为学联队的训练基地能为引以为豪的设施做宣传，这种互利共赢的局面正是合作达成的主要原因。

这里不仅有可以进行力量训练的器械健身房、大中小三个会议室，还有宽敞的食堂、休息室等休闲区域，虽然目前是田径队专用设施，但未来也可作为多功能体育中心。隼斗刚刚也看到了，这里甚至还有一间约三十叠[①]、能打地铺的房间，对这种短期合宿来说，再合适不过。不用说，宿舍旁的空地上，还有标准的田径赛道。

学联队初次碰面的地方，是一间大约能容纳三十人的小型会议室。

房间以米白色为基调，给人干净整洁的感觉。座椅配有可折叠的写字板，可以用来记笔记。

"不愧是有财力的大学。早知道我就考到这里了。"京成大学一年级的乃木圭介说道，他一进门就好奇地打量着四周。

京成大学在预选赛中排名第十四。虽说参加箱根驿传正赛的次数不多，但隼斗也听说过"乃木圭介"这个名字。他直来直去，天真烂漫，是个天才选手。虽然才一年级，万米成绩却能跑进二十八分，是京成大学的王牌选手。要是京成大学能集齐和乃木实力相当的选手，一定能参加正赛，可惜的是，高年级选手实力欠佳。

"从某种角度而言，这也是一种压力啊。"

用一句妙语回应乃木感慨的，是东邦经济大学的村井大地。村井今年大三，从一年级起就担任校队队长，想必他对明年的箱根驿传也志在必得。

"你看，这个体育中心不是田径队专用的。要是不能按强化计划出成绩，马上就要腾出来让给其他的项目。"

村井直到高中还是足球队的一员，他拥有超过一米八的高挑身材，个人成绩在学联队中位居前列。村井是由有"伯乐"之称的大沼教练亲自发掘的人才，实力不俗，从村井的态度中也能看出他自信满满。

这时，一个人大声嚷嚷着："我迷路了！本来想第一个过来的，却搞砸了。"随后匆匆忙忙走进了房间。

这人身材十分矮小，瘦得厉害，明明是冬季，脸却晒得黝黑。身高

---

① 日本房间的面积常用叠（榻榻米的数量）来衡量，一叠约合1.62平方米，日本各地一叠的大小略有不同。

估计也就一米六多，看起来像个调皮的小学生。

看到隼斗等人，他爽朗地笑着，站直身体说道："大家好！我是山王大学的仓科弹！"他摘下帽子，充满活力地自报家门。

包括隼斗在内，先到场的选手们纷纷自报姓名，互相打了招呼。

山王大学在预选赛中表现不佳，只排第十七，但仓科弹的事隼斗也有所耳闻。去年仓科弹还是一年级新生，他在10000米比赛中的表现给隼斗留下了深刻印象。比赛临近尾声，仓科突然发力冲刺，把其他选手甩在身后。隼斗当时就想，这人可真厉害，身材矮小，耐力却深不可测。

随后，选手们陆陆续续都到齐了。

有人像仓科一样，精神饱满地自我介绍，也有人只是轻轻点头问候，就匆匆坐下。还有些人来了之后，不参与任何对话，只是默默闭目养神，或者一直低头玩手机，各式各样的表现都有。

这也从侧面反映出选手们对学联队的态度千差万别。听经理兵吾说，今天来的人里，有好几个一开始都不太愿意参加学联队。隼斗自己也犹豫过，所以很能理解他们的心情。

此刻聚集在此的选手们怀着各自的心思，如同一盘散沙，和同心协力、团结一致这些词毫无关联。

——这样的状态，如何迎战呢？

隼斗心中掠过一丝不安。

2

上午九点，甲斐准时走进会议室。兵吾立刻起立，像是事先约定好的一样，其余的人也跟着他站了起来。

甲斐首先简单地进行了自我介绍，接着向十六位队员介绍了与他一同前来的两位助理教练。

其中一位是隼斗颇为熟悉的田径界泰斗——大沼清治郎。"大沼教练与校方协商，为我们争取到了这个体育中心的使用许可，非常感谢。"甲斐鼓起掌来。

大沼神采奕奕，比起田径界的一员，更像是橄榄球选手。他一头银发，目光炯炯。

"让我们一起跑一场有趣的比赛吧。"大沼说道，这话里满是雄心壮志。"有趣的比赛"指的是什么，在场的选手多数还不清楚，但大沼起初婉拒学联队的邀请，后来却改变了态度，正是因为这一点。

不仅如此，他之所以尽力促成设施的借用，完全是因为十分认同甲斐的想法。

接下来介绍的另一位教练是清和国际大学的北野公一。北野当年是甲斐赛场上的对手之一；大学毕业后活跃于实业团；四年前开始执教清和国际大学，是位年轻教练。他以发挥稳定著称，实力不俗。此刻站在选手面前的北野，果然和传闻中一样，看上去十分严肃。

"我是北野。希望这次大家能把有益的经验带回各支队伍。"

他的发言也如教科书一般。

接着，入选学联队的十六名选手依次进行自我介绍。从最右边开始，轮到隼斗时，他站起来，报上名字："我是明诚学院大学的青叶隼斗。

"我不想把学联队的出场机会仅仅当作一次体验。其他队伍都以获胜为目标，我希望我们也能作为一支真正的队伍，与对手展开真正的较量，向着前几名的目标全力进发。"

在明诚学院大学，自己的立场很微妙。在这样的状况下，得到机会进入这支队伍，隼斗的脑海中各种各样的想法交织在一起。他暂时压下这些思绪，坦率地说出了当下心中的真实想法。

不知道有多少人能够接受隼斗以进入前几名为目标的这番话。

有人脸上挂着笑容，盯着隼斗；有人一脸严肃，神情凝重。选手们的反应各异。

这也不奇怪,学联队常常在比赛中处于垫底的位置。

隼斗认为,这与比赛规则不无关系。

在被称作"学联选拔队"的时期,队伍的成绩曾被列入官方纪录。不仅有官方成绩,还会确定队伍的名次。

然而,从二〇一五年的第九十一届比赛起,规则发生了变更,学联队变成以"特邀"形式参赛。此后,无论选手们多么努力,都无法留下官方纪录,成绩仅作为参考。

箱根驿传是每位选手都要跑20公里以上的长距离比赛,对选手耐力是极大的考验。在这样的比赛中,既没有对纪录发起挑战的机会,也没有承载着厚重期望的接力带。在这种情况下,选手们很难始终保持高昂的斗志。

在场的每个选手都很清楚这一点,所以北野教练那四平八稳的话很有说服力。

或许北野根本就没想过要以一支队伍的姿态去战斗,更不用说以进入前几名为目标了。

"为了进这个队,我尽了自己的努力。"此时,仓科弹站起来说道。

他的话让陷入沉思的隼斗回过神来。

仓科的脸上没了刚才的灿烂笑容,取而代之的是认真的表情。"我们学校校队是一支弱队,不可能争取到箱根驿传正赛的出场资格。但是我真的想跑箱根驿传。所以能被选入学联队,我真的高兴极了。正如刚才青叶所说,我也希望我们能认真比赛,争取进入前几名。"

和听了隼斗发言后一样,选手们之间再次出现了微妙的分歧。方向和动力并不相同。

只经过一轮自我介绍,这支队伍固有的根本问题就浮现了出来。

——为什么跑箱根驿传?

只是为了体验,还是为了胜利……两种目标意识之间存在着巨大的鸿沟。

自我介绍的环节结束后,所有人的目光又回到甲斐身上。

"刚才的自我介绍之中,大家提出了各种意见。"甲斐也看清了选手之间的温差。

"我们这支学联队是为什么而奔跑?我们又是为了什么参加箱根驿传正赛?我觉得我们首先要明确这些问题。在此,我想为队伍制定一个目标。我们向着这个目标准备,为实现目标尽最大的努力。"

甲斐环视选手们,他接下来说出的话,恐怕是在场的人都没想到的。

"我的目标是——前三名。"

现场顿时安静下来。

片刻之后,气氛变得躁动起来,空气中弥漫着各种复杂的情绪。

"大家都知道,学联队以特邀的身份参赛,不会有官方成绩。就算我们得了冠军,也不会被承认。我所说的前三名,用'相当于前三名'来表达更为准确。即便如此,我依然希望树立这个目标,理由有两个。"甲斐继续道,"第一,不尽全力迎战,就无法从比赛中获得任何东西。只想感觉一下氛围的话,沿街挥小旗就行了。相反,拿出全力去挑战箱根正赛,收获将不可估量。不仅能把箱根的氛围和比赛的情报带回队伍,还一定会给你们今后的人生留下一些明确而有益的东西。全力以赴去挑战,自会有好运降临。"

全体队员都在认真听甲斐说话,同时也在琢磨他到底是个怎样的人。

"另一个理由就更简单了。在接到带领学联队的任务后,我查看了大家的成绩。十六位队员中,有十个人万米成绩在二十八分钟左右,其余六人也很接近。这次聚集在这里的十六个人,可以说是箱根之神的安排。虽说这是巧合,但学联队能聚集这么多优秀选手,还是头一次,堪称奇迹的十六人。只要大家齐心协力,在正赛中与种子校抗衡,甚至战胜他们,都不是天方夜谭。能否达成目标,就看赛前的准备和策略,还有精神层面的较量了。"

——哦，我们有这么出色吗？

几位选手脸上露出了这样的表情。

当然，参赛学校中也有几所强校有万米二十八分钟左右的选手。但如果把策略和精神层面的因素考虑进来，学联队或许真的有机会。甲斐表达的正是这个意思。

不知是源于他参加箱根驿传的经验，还是得益于在丸菱的工作经历，甲斐的话语中有一种强大的感染力，能够自然而然地吸引听众。

"近几年，学联队总是在倒数几名徘徊。估计今年也不行吧，全国的箱根驿传爱好者或许都这么想。难道就按他们预想的那样，甘心做一只败犬吗？不要开玩笑了！要让世人明白，我们才不是这样的队伍，得给他们点颜色瞧瞧。大家一起来挑战吧！"

房间里再度安静下来。这时候——

"尽管放马过来！大家一起加油吧！"

率先大声回应的并不是队员，而是经理兵吾。

他用力鼓掌，脸上闪烁着光芒。正如隼斗所料，他是个满腔热血的人。看到兵吾如此卖力，有些人忍不住笑了，表情似乎在说"真是服了他"。

然而就在此刻，隼斗感觉所有人的眼神都变了。连他自己都感到惊讶的是，他竟不由自主地为甲斐所表明的决心鼓起掌来。

受隼斗的带动，会议室各处都响起了掌声。

原本零散的队伍，开始朝着同一个方向前进——这真切的感受，让隼斗心中涌起一股暖流。

"好了，趁现在，给大家介绍一下适时为我们鼓劲的经理。"

甲斐这话引发一阵笑声。"首先是来自关东学联的桐岛兵吾。如大家所见，是个热血男儿。"

兵吾站了起来，深深地鞠了一躬。

"接下来是明诚学院大学队的经理,矢野计图。"

计图双颊泛红,激动地站起身,点了点头。

"二位要是有什么想法,不妨讲给大家听听?"甲斐说道。兵吾与计图对视一眼,彼此点头。

看起来,他们事先商量过。

"那我来说两句。"计图向前一步,环视着包括隼斗在内的队员们。"为了让在场各位拧成一股绳,成为一支真正的队伍,我们经理定会倾尽全力,但首先我有个提议。"计图竖起右手食指,停顿了一下。一如既往,他的发言总是很有技巧。"大家以后就直呼彼此名字吧。不要叫我矢野,叫计图就可以了。我也称呼桐岛前辈为兵吾前辈。怎么样,隼斗前辈?"

"当然没问题。"

冷不丁被点到,隼斗笑着点了点头:"我认为这个提议很好。还有别的吗?"

"有。"这回是兵吾向前一步。他皱起眉头,露出为难的神色,说道:"不好意思,能不能先把队长定下来?不然我们的工作不太好开展。"

众人本以为他要说什么大事,一听这话,都忍不住笑了。其实就算兵吾不提出,确定队长人选也是迟早的事。不过经他这么一提,大家自然而然地就和和气气地讨论起来,不得不说,兵吾和计图这两位经理,在引导氛围这方面,还真是有一手。

"被你抢先了。"甲斐苦笑着,再次将目光投向在场的队员。"有没有人想自告奋勇当队长?"

学联队队长责任重大。更何况要带领队伍实现甲斐提出的目标,想必会很辛苦。

甲斐的目光落在隼斗身上,似在无声询问。

"我来。"隼斗举起右手应道。再无其他人报名,于是在众人的掌声中，隼斗成为队长一事就此敲定。

毫无疑问，隼斗内心的澎湃远超在场众人。面对甲斐这个"司令官"立下的挑战目标，有人深受触动，紧紧追随，也有人依然半信半疑。即便如此，这艘承载着众人的"船"已经扬帆起航。

训练的日程表一发下来便引来一片惊呼："要练这么多？"

的确，甲斐制订的训练计划可以说是史无前例的。除了每个周末，还安排了为期五天的集训。

"那个……每届学联队都练这么多吗？"

提问的是北野教练带领的清和国际大学大四学生松木浩太。恐怕其他人也抱着同样的疑问。

"不是的，往年最多也就两三次合练。"甲斐回答道，"但我们的对手每天都在一起训练。相比之下，这些训练量算少的了。"

浩太大概是心里不满，目光直直地盯着日程表，不过没再多说什么。

"还有问题吗？"最后甲斐问道，确认无人再提问后，合上了手中摊开的文件。

"三十分钟后，在跑道集合。"

3

疲劳即将达到极点。

上午两小时的训练相对轻松，午饭后经过充分休息，下午的训练强度陡然提升。

训练任务表的最后一项是10000米跑，甲斐要求的不仅仅是时间。最初的3000米为集体跑，由隼斗领跑。接下来的3000米，选手们两两一组，与身旁的伙伴进行一对一较量。最后的4000米则模拟实战直至冲刺。甲斐这么做，是想让大家牢牢记住正式比赛的感觉，尝试在训练中再现各种实战战术模式。

甲斐对选手的指示也非常细致:"莲,注意节奏!""晴,视线放低一些。"……

在这次小集训开始之前,甲斐与各个队伍的教练进行了面谈,似乎已经提前详细了解了每一位选手的个性、特长和缺点。据协助面谈的计图说,甲斐的问题甚至包括选手的饮食喜好、家庭环境等方面。

甲斐想要了解选手的方方面面,包括他们成长的环境、性格特点、未来目标,以及当下状态。

这些乍看之下与比赛没有关系的内容,甲斐都一一记在心里。这恰恰体现出他作为十六名选手统帅的决心。

虽说大家都是田径队的成员,但各大学训练环境不同,教练的执教理念各异,选手自身积累的经验也参差不齐,不能一概而论。

不存在统一的标准。聚集于此的选手们带着各自独特的成长背景,踏上了同一段征程。

还剩最后500米,隼斗暂居第三。

跑在最前面的是东邦经济大学的村井大地。在十六名选手中,他的预选赛成绩排名第一,即便到了最后阶段,他的速度也没有减慢。在大地和隼斗之间的,是京成大学的乃木圭介,他步伐精准,如同节拍器般节奏丝毫不乱。

"到决胜的时刻了!"

甲斐的声音响彻操场,隼斗暗自掂量着剩余的距离和自己的体力。

该从哪里开始加速冲刺呢?

就在隼斗绞尽脑汁判断时机的时候,一个小小的身影闯入他的视野。只见那身影身姿前倾,迈着轻快且富有韵律的步伐,瞬间超过了隼斗。

是仓科弹。

这家伙太厉害了。

仓科弹的速度超乎想象，他的字典里仿佛根本没有"疲惫"二字。

——他难道不知疲倦吗？

隼斗想要勉强跟上，但仓科弹乘胜追击，不断向前，很快便要追上跑在第二位的圭介。

隼斗奋力追赶，奈何双腿已经跟不上了。

但还没有结束。

正当他奋力追赶弹的背影时，突然又出现了两个身影。其中一人是东洋商科大学的大二学生桃山遥，另一人是品川工业大学四年级的谏山天马。

这对隼斗来说，无疑是出其不意的一击。

——可恶。

隼斗不肯服输，加快步伐，朝着眼前的天马追去。

但身体已经发出抗议。

在随着步伐晃动的视野中，他努力判断着剩余赛程的局势。

他追上天马，紧贴在他身后，然后与他并排，接着超了过去。借着这股势头，他努力去追跑在前方数米远的遥。

还剩200米。遥眼看就要追上前面的圭介。再往前，能看到仓科弹，以及独自领跑的大地。

这场近乎实战演练的激烈较量，让隼斗的肾上腺素飙升。

——超过去。

就凭着这一股信念，他拼尽最后一丝力气，加快节奏，试图追上遥。

然而已经力不从心。

冲过终点的隼斗，脚步虚浮地跨出赛道，双腿一软，仰面倒在草地上。

紧随其后的选手陆续抵达终点。

"判断得太迟了，隼斗。"

隼斗正仰望天空，甲斐突然出现在视野里。

"在冲刺时机的选择上，你犹豫了吧。"

他立即明白，甲斐指的正是冲刺的关键时刻。

确实如此，那时他心中确实闪过一瞬的犹豫。而这，没有逃过甲斐的眼睛。

甲斐就这样逐一给队员进行了细致的指点。内容涵盖基本跑步技巧，也涉及心态调整。有的人听了他的话后露出惊讶的神情，有的人则默默陷入思索。毋庸置疑，通过这次练习，甲斐已经能精准把握每位队员的状态。

对隼斗来说，第一天的训练非常充实。同时，他也明确地感觉到，队伍作为一个整体，已然迈出了第一步。"我们应该能行。"

然而，他的想法可能有点过于乐观了。

4

"隼斗，待会儿到我办公室来。"

晚饭后，甲斐把他叫了过去。隼斗按时赶去，发现经理兵吾和计图也在，两人神色颇为凝重，似乎正在商量着什么。

"出什么事了吗？"隼斗问道。

"是调查问卷的结果。"兵吾立刻回答道，他坐得笔直，后背没有依靠椅背，双手放在膝盖上。

"有好几个选手反馈的情况不太妙。"计图补充道，说着，从摊在众人围坐的桌子上的调查问卷里抽出几张，递给隼斗。

这是训练结束后的团队会议上发放的调查问卷。

问题共有四个：一、自身存在的问题是什么，为了解决问题，尝试了哪些方法；二、对教练提出的学联队的目标有什么看法；三、在学联队的合练中，希望收获什么；四、箱根驿传想跑哪个赛段。

问题看似简单,但回答起来并不容易。事实上,隼斗整整花了一个小时才写完。

拖到最后一刻才交卷的是多摩塾大学的峰岸莲、调布大学的佐和田晴,以及关东中央大学的咲山巧。

不过,计图递给他的却是另外三人的问卷——分别来自清和国际大学的松木浩太、关东文化大学的内藤星也,以及目黑教育大学的富冈周人。

隼斗留意到他们对学联队目标的看法。

浩太写道:"从现实角度看,这根本无法实现。"星也则表示:"只要能跑出自己满意的成绩就行。"周人更是直言:"反正留不下纪录,设定目标也没用。"

在最后一项万米训练中,这三个人几乎是最后抵达终点的,或许正是因为他们对目标的消极态度,才导致了这样的结果。

"实际上,他们三人的万米个人最好成绩都在二十八分左右,以他们的实力,在今天的训练中跑进前几名也并非难事。"甲斐神色若有所思,语气平静地说道。

"要不我和这三个人谈谈?"计图主动请缨,甲斐沉思片刻后,摇了摇头。

"暂时先观察观察吧。他们也有自己的考量。尽量让他们在队员间的交流互动中解决问题,这也是团队建设至关重要的一环。"

这一点毋庸置疑,集训的意义之一便在于此。隼斗点点头,但心里还有一个问题。

"北野教练怎么想呢?"

北野是清和国际大学田径队的教练,也是松木浩太的指导老师。与当天在训练场上激情昂扬、大声鼓舞队员的大沼教练截然不同,北野情绪低落,让人有些在意。

"各人有各人的想法。"甲斐回答道,没再多说。

关于队伍的管理与训练，教练团队中想必也存在不同意见。甲斐和大沼是积极派，北野是消极派吗？

"队伍今天才刚刚建立起来，"甲斐接着说道，"还有时间解决问题。不光是这三个人，每位队员都有自己的想法。我们只能一步一步地向前走。队长先了解一下情况。"

"话说回来，教练，各区间的人选确定了吗？"兵吾问道，这也是隼斗一直关心的问题。

"我和大沼教练他们商量一下，明天的训练结束后宣布名单。"甲斐说道。

"最好尽早把各区间的选手确定下来，有利于大家研究赛道。"

话是这么说，但参加集训的十六位队员，不可能都在正赛中出场。

这里既是表现自己的舞台，更是决定箱根驿传正赛出场名额的淘汰赛战场。

5

"新闻通稿出来了，怎么处理呢？"

助理导演户山递过来的是学联队发来的新闻通稿。内容提到此次集训比往年更早开始，还附上了今后的训练日程，以及作为集训地点的东邦经济大学多摩校区的地图。

安原康介瞥了一眼，不屑地哼了一声，然后抬起头。安原是负责在箱根驿传正赛时，于摩托车上进行赛事转播解说的主持人。灵活地在赛道上移动，以最贴近选手的视角带来真实画面与现场解说，是转播的关键所在。然而，他却不以为然地说道："学联队按他们一贯的样子来不就行了吗？"

接着又轻蔑地补充一句："这种事根本算不上新闻，反正他们向来是在倒数几名徘徊。啊，德重先生！"他叫住刚好经过的德重，随后问道:"您怎么看?"

安原不是在问要不要去采访,而是想探讨学联队大费周章发布新闻通稿的意图。

"学联队这么努力啊。"德重坦率地说出自己的感想,"话虽如此,还是得去露个面吧。"

安原本来期待德重与自己意见一致,此时便不满地皱起鼻子:"要我去吗?预选赛被淘汰的队伍,我们也都采访过了,选手的个人资料和简短感言都已经拿到了。"

"那倒也是。"德重盯着新闻通稿的内容看了一会儿,抬起头说,"但换个角度想,这说不定是一次新的尝试呢。我觉得还不错。"

"这样啊。"安原歪着头回应。

"学联队也是要交接接力带的,安原。不论第几名,镜头都会拍到。"德重话里的意思是,交接接力带的场面必定会出现在电视镜头里。

自首次实况转播箱根驿传起就有一项传统,一定会用镜头记录下交接接力带的场面,即便出现接力带交接失败、队伍按照规定提前出发的情况,也不例外。

"好吧好吧。我去行了吧。"

安原无可奈何,轻轻地叹了口气。

"不行啊,甲斐。宣传没有效果啊。"

甲斐正注视着跑道上的选手们,大沼走到他身旁说道。大沼穿着带有东邦经济大学校徽的运动衫,神情略显懊恼。

他指的是新闻通稿的事情。

"昨天才刚发出去呢。"甲斐从容地说道。他向环绕操场的围栏外侧望去,除了偶尔路过的学生,很少有人在此停下脚步。

如果能吸引到一些关注,也能提升选手们的士气。凡是能想到的方法,甲斐都去尝试了。此次发布新闻通稿,便是其中之一。

在教练、助理教练和经理参加的队务会议上,甲斐提出这个想法,大沼立即表示赞同:"还有这招呀。"

大沼虽看起来让人敬畏,但实际交谈后会发现,他是个直爽且诙谐有趣的老爷子。

北野提出异议:"还是别太张扬为好。"

大沼的一句话却让他沉默了:"有什么不好的,试试看嘛。"说来也怪,大沼与甲斐十分合拍。

此时,北野一副事不关己的样子,正站在操场边给选手们提意见。

大沼建议道:"要不,我叫几个认识的记者过来?一个人影也见不到,气氛也热不起来啊。"

听了大沼的话,甲斐不禁苦笑起来。但紧接着,他脸上的笑容陡然消失,因为他看到围栏对面出现了一个身影。那人身材高瘦,一身灰色西装,外面披着运动外套。

"不需要特意去请了,教练。"

甲斐从未见过此人,但凭直觉就知道是媒体人。

两人视线交汇,轻轻点头示意之后,那人绕过围栏,快步朝甲斐他们走来。

"大沼教练,好久不见。"

那人没有先和甲斐打招呼,而是首先向大沼问好。毕竟大沼是田径界的泰斗,在圈内无人不识。

"哦,是你啊。怎么这么晚才来?"大沼开玩笑道。见对方露出抱歉的神情,便接着介绍:"这位就是明诚学院大学的甲斐教练。"

对方递来的名片上印着"大日电视台主播 安原康介"。看上去比甲斐还要年轻一些,大概三十岁。

"怎么样,甲斐教练,箱根正赛有把握吗?"交换完名片,安原问道。

"今年学联队汇聚了不少优秀选手,我相信能取得令人满意的成绩。"

"在您看来，有哪些选手值得关注呢？"

"大沼教练带出的东邦经济大学的村井选手就很出色，还有京成大学的乃木圭介、山王大学的仓科弹，他们都个性十足，是很有看点的选手。希望您能多关注、多采访。"

"这样啊。希望你们一切顺利。"

安原似乎话中有话，语气带着委婉的讽刺，透露出"这样一个队伍，能成功才奇怪呢"的想法。他不过是拿到新闻通稿，象征性地来露个面而已。

"话说回来，大沼教练，东邦经济大学的硬件设施真不错啊。"

不出预料，安原的兴趣很快就从选手身上转移开了。

"没错。明年等着瞧，我们一定能行。"

"非常期待。"安原应和着，难得脸上露出灿烂笑容，接着突然转向甲斐，换上严肃的口吻问道："话说回来，甲斐教练，明诚学院大学一直到预选赛都是诸矢教练带队，为何学联队突然让您接手，是不是有什么原因？"

"接管队伍的事情，其实诸矢教练很早就和我提过。"甲斐回答道，目光仍停留在正在操场上训练的队员们身上。

"他说把学联队教练的位置让给我，因为这是个积累经验的难得机会。"

"算上过去被称作'学联选拔队'的时期，从学联队开启教练职业生涯，您还是头一位呢，"安原显然做过功课，"甲斐教练的能力很受瞩目啊。"

"还请您多多关注。"甲斐将视线从跑道移向安原，"我一定会让大家看到一场有趣的比赛。"

"那可真让人期待。不过，您作为教练率领队伍还是头一回吧？而且队员来自各校，让他们团结起来想必很不容易吧？"

安原的语气很客气，但话里话外透着质疑：一个毫无经验的人，真的能胜任教练一职吗?"

"当然很不容易。"甲斐回答道,"但像我这样的新手教练,做任何事都充满新鲜感,也没必要惧怕失败,这挑战本身就很有意义。我希望能给大家打造出一支前所未有的学联队。"

"但愿您能成功。"看样子,安原把甲斐的话当成了大话。他不置可否,语气有些拿腔拿调,甚至带着一丝轻蔑。

恰好在这时,上午的训练告一段落,进入较长时间的休息时段。安原朝甲斐和大沼微微点头示意,随后便走向从跑道上走下来的选手们,开始询问他们的想法。

"那家伙,分明是瞧不起我们。"大沼远远地望着安原,低声说道。

"有什么关系呢。"甲斐心平气和地答道,"有些人愿意那么去想,就任他们去。"

"这样反倒更令人期待了呢。"大沼的唇角浮出一抹戏谑的笑容,不经意间流露出他好胜的一面,"走着瞧吧,可恶的家伙。"

6

"隼斗前辈,大日电视台的采访都问了什么?"

一走进宿舍的食堂,先抵达的弹立即问道。

"问了队伍的目标和迎战箱根的决心之类的。"隼斗答道。

"啊?队伍的目标你已经讲出去了?"

在他身后,清和国际大学的松木浩太惊讶地问道。浩太这个人,言谈举止间总有种不太自然的劲儿。

"对方是什么反应?"

"瞬间露出了惊讶的表情,仅此而已。"

"估计是觉得咱们在吹牛,直接无视了吧。别难过。"

浩太轻轻拍了拍隼斗的肩膀,便迅速走开了。弹呆呆地望着他离去的背影。

"已经有几家体育报纸来询问咱们的集训日程了,我觉得之后会越来越受关注。"计图在一旁说道。

"那就好。"隼斗叹着气回应道,接着走到一张已摆好餐食的桌子前坐下。

"隼斗前辈,你想跑几区?"

猪又丈在隼斗对面坐下问道。他是武藏野农业大学二年级学生,在田径队里算是身材高大、体格壮实的。人如其名,他跑起来也是气势十足的类型,是训练中最善于把握节奏,缓急分明的选手。

"犹豫之后,我写了四区和七区。"隼斗如实说出了他写下的第一和第二志愿,"虽说一直向往二区,但以我的能力,在那里很难和对手竞争。九区作为反向区间也很难。上坡的五区和下坡的六区我也应付不来。四区和七区是往返的同一区间,有不少小起伏,难度比平坦赛道高,应该比较适合我。你呢,丈?"

"五区和六区。"

这个答案让隼斗非常意外。或许是因为他一直觉得擅长跑这两个区赛道的,大多是身材小巧的选手。五区是"爬坡赛段",从海平面附近一口气攀升至海拔870米左右,爬到顶后,紧接着便是一路下坡,直到芦之湖①。六区给人的印象也是全程下坡,但实际上,在那之前得先闯过一段陡峭的爬坡路段。

"我不擅长平坦的赛道。不过更准确地说,可能是太擅长跑坡路了。"

真是奇妙的发言。"我是长崎人,从港口往内陆走一点,就会看到住宅沿着极其陡峭的坡面,像紧紧贴附上去一样建造着。我家就住在山顶附近,高中的时候每天都在那里跑上跑下,所以如果要我跑,非坡路不可。"

---

① 由箱根山火山活动形成的破火山口湖,是箱根的著名景点。

"原来如此。"

隼斗曾去长崎参加过一次比赛，听丈这么一说，莫名就理解了。每天在那样的坡路上跑，肯定能练出与平坦赛道截然不同的能力。

田径比赛通常在平坦赛道进行，因此并不能完全衡量驿传选手的实力。

丈万米的个人成绩为二十九分多钟，看起来并不是速度很快的选手。然而，这并不意味着在箱根驿传正赛中他就没有竞争力，这正是箱根驿传的有趣之处。五区和六区这样的山路赛道完全是未知领域，田径场上的纪录能有多大参考价值还很难说。

"哟，你们在讨论跑几区的事情？"

品川工业大学四年级的谏山天马也加入了对话。天马身上有种洒脱随性的气质，总是笑眯眯的，人缘不错。

"天马，你报了哪个区？"隼斗问道。

"一区和三区。"又是一个令人意外的答案。

天马道出他的理由："一区肯定能上电视，被镜头拍到的时间长一些，父母看了高兴，也可以向朋友炫耀一下。"

"这也算理由？"

坐在一旁的京成大学学生乃木圭介听了，忍不住笑了起来。论实力，他可是顶尖的，是二区强有力的竞争者。

"这当然很重要。"天马理所当然地说道，接着补充道，"今年是我的最后一次机会了。我想让一直以来为我加油的人看到我跑步的样子。也算是给自己一个完美的收官。"

"报三区的理由呢？"丈代替隼斗问道。

"当然是因为风景好啊。"

"这个理由啊！"

听到天马的理由，圭介又仰头大笑起来，他是个爱笑的人。

113

三区是从户冢中继站到平冢中继站的区间，左手边是相模湾①，天气晴朗时，还能在前方看到富士山雄伟的身姿，堪称与新年氛围相得益彰的绝美风景。

"回程的八区怎么样？"圭介问道。天马左右晃动食指，说道："不行不行，回程的时候背对着富士山，什么都看不到。"

"真是任性。"丈的语气中带着无奈。

这时，坐在稍远处的目黑教育大学四年级学生富冈周人，带着一丝讽刺说道："要是有闲情欣赏风景，倒也能跑得不错。"

虽然他的话里带着些玩笑，眼睛却没在笑。他身材瘦削，一副弱不禁风的浪人模样，是个难以捉摸的人。昨天的问卷里，他对甲斐提出的目标表示了否定。

"三区啊，那可是相当有难度的区间。"周人继续道，"前半程是缓下坡，一到沿海路段，海风就会迎面吹来。温差也很大，稍不注意，速度就可能受影响。要是光顾着欣赏富士山，结果身体不听使唤，跑着跑着掉了链子，那可就糟了。"

天马脸上的笑容消失了。

"周人，你选了几区呢？"天马反问道。

"我写了随便几区都行。"周人轻描淡写地答道。隼斗也知道这事。在问卷上，对"对队伍目标的看法"这一问题，周人写的是"反正留不下纪录，设定目标也没用"；而在"希望跑哪个赛区"一栏，他的回答是"没有"。周人浑身透着一种游离于群体之外的气质，或许会和浩太一起，成为队伍里最大的不稳定因素。

---

① 位于神奈川县南部的一个海湾。

7

前田留下的采访笔记上，记录着诸矢的邮箱和电话号码。

前天，德重给诸矢发了一封邮件，希望能采访他，但至今仍未收到回音。

此前，诸矢曾拒绝过前田的采访邀请。

队伍在预选赛中被淘汰后，他恐怕更不愿多谈了。诸矢的性格本来就比较刚硬，不喜欢拐弯抹角。

然而，诸矢是长期执掌明诚学院大学田径队的资深教练。他们在预选赛中排第十一名，仅一步之遥便与箱根正赛失之交臂。如果这位为箱根驿传奉献了几十年的老教练心中还有未吐之言，不让他说出来就太可惜了。

媒体采访纷纷涌向被视为冠军候补的热门强校，从电视台到全国性报纸、体育报，乃至各种杂志，各种视频和文字报道随处可见。

这体现了公众对箱根驿传的高度关注，但德重认为，作为一项业余体育赛事，聚光灯不应该仅仅集中在胜利者身上。

相反，更应该把目光投向那些失败者。

那些将青春赌在挑战上的年轻人，他们落败离去的身影中，蕴含着人类的悲喜剧。这，才是《箱根驿传》这档节目的核心所在。

从这个意义上讲，德重想听诸矢说一说，不，是必须听一听。德重在自己座位上轻轻点头，下定决心，拨打了前田留下的那个号码。

电话嘟嘟响了很久，就在快要转入语音留言时，一个简短的声音传来。

"喂。"

"请问是诸矢教练吗？我是大日电视台的德重。"

短暂的沉默后，一个含糊的声音应道："哦。"

"我们台的前田之前曾向您发出采访邀请——"

"我已经拒绝了。"诸矢打断德重,说道,"就这样吧,我很忙。"

"教练,请您再考虑一下。"

眼见电话要被挂断,德重再次恳求道。

"我已经不是教练了,如果有什么想要问的,可以去找继任的甲斐。"

诸矢的语气顽固而坚定。一旦话从他口中说出,便难再更改,这是他一贯的风格。

"我是想采访诸矢教练您。"德重加强了语气,"明诚学院大学田径队相关事宜,自会去请教甲斐教练。但是,诸矢教练几十年来为箱根鞠躬尽瘁,还望能有幸聆听您的感悟与见解。"

其实德重过去采访过诸矢几次,诸矢应该还记得他。但是这一点德重没有提。

此次采访应该是对诸矢的教练生涯的总结回顾,因此德重不希望摆出理所当然的姿态,去争取诸矢接受采访。

诸矢虽执拗,但绝非刻意刁难之人。德重觉得,只要秉持诚意相邀,他理应会答应。

"对不住,现在我不想说什么。"

与德重的预期相反,诸矢给出了否定的答复。

"箱根驿传的爱好者们应该很想听一听长年奋战在赛场边的诸矢教练的话。拜托您了。"德重再次恳求。

"请谅解,对不住了。"

"那个——"

德重还想再说几句,电话随着一句"对不起"被挂断了。

德重紧紧握着手机,愣在原地,迟疑许久,歪着头轻轻地叹了口气。

出了什么事吗?这样的猜测在他脑海中浮现,可具体缘由却不得而知。

一个将人生奉献给箱根驿传的人,在退休之际却选择缄默,应该有什么理由。

"喂，安原。"恰在此时，主持人安原从旁边路过，德重叫住了他。

"你去明诚学院大学采访过吧。了解到诸矢辞职的原因了吗？"

"辞职的原因吗？"安原一脸困惑，"没有特别提到。"

"不是提前决定好的吧。明诚学院大学的校方有没有透露什么？"

"没有什么……"

安原思索了片刻，反问德重："出什么事了吗？"

德重便把诸矢拒绝采访的事情告诉了他，并说出了自己的推测："会不会是和校方在什么问题上起了争执？"

"这么说，突然辞职是人事方面的原因吗？"安原压低了声音，"要是真是这样，这应该会成为周刊杂志关注的焦点。"

仔细想想这件事，确实有些蹊跷。

一位功勋卓著的著名教练竟突然宣布辞职，还安排毫无执教经验的甲斐接任。

明诚学院大学队虽然错失了箱根驿传的正式比赛资格，但在预选赛中也取得了第十一名的成绩。

照此态势，明年闯入箱根驿传正赛的可能性很高，在这个节骨眼上，把教练的位置交给甲斐，真的妥当吗？德重不禁心生疑窦。

倘若这背后是内部纷争引发的人事变动，倒也不难理解。"说不定明诚学院大学内部对田径队的评价有所改变，毕竟近些年来，队伍连续在预选赛中被淘汰。"安原的这番分析也有道理。

一旦队伍的扶持政策被撤销，预算削减，势必会对教练的人事安排造成影响。如此，拿着较高薪资的诸矢被解雇，新人甲斐走马上任，也并非没有可能。甲斐出身丸菱，精通经营管理，或许正打算以田径队教练一职为跳板，为日后进入大学管理层铺路。

不对、不对——

德重暗自摇了摇头。

无端凭空臆想可不行。胡乱猜测简单，但真相只有一个，唯有采访相关人士才能弄清楚。

"话说回来，德重先生。那个新教练甲斐，您怎么看？"

安原似乎话里有话。这天，安原应该是刚采访了学联队。

"你听到什么了吗？"

"今天去看了学联队的合练，在那边听说他们把队伍目标定在了箱根正赛的前三名。"

"什么？"德重听了，惊讶得一时说不出话。

"好像是甲斐教练提出来的，这目标也太高了，根本不切实际。虽说他大学时是明星选手，但离开田径界太久了，怎么说呢，完全是外行人的感觉。"

"也许他觉得志向高点总归不是坏事。"

德重嘴上虽然这样说，但也不得不承认，这个目标不切实际。说他是外行在痴人说梦也有道理。

"说实话，我感觉他就是新官上任三把火，在虚张声势。选手们的简要采访我也做完了，学联队这边应该就足够了。"

"嗯，可能吧。"

得到德重的认同后，安原像是松了口气，随后便离开了。

与此同时，大日电视台负责箱根驿传的节目组的主持人和工作人员正分头前往各高校，采访选手、开展问卷调查，收集各类信息。

其中，采访尤其详尽的对象，包括以蝉联冠军为目标的青山学院大学，以及东洋、驹泽、东西、早稻田等强校。采访内容不仅涵盖迎战箱根驿传的决心与目标这类与体育竞技相关的方面，还深入到选手的家庭构成、兴趣爱好、喜爱的食物、箱根赛事结束后想做什么、毕业后的规划等。他们将采访工作做得细致入微，提前做好充分准备，以便无论比赛出现何种状况，哪些选手展开激烈角逐，都能即刻应对。

"充分准备",这是第一任导演田中晃的座右铭。提前做好充足准备,其内涵可以理解为:"凡是需要关注的方面,都必须在直播开始前逐一解决。"

此刻,德重心里惦记的是诸矢的事。

"去问问明诚学院大学的毕业生吧。"德重喃喃自语道。他抬头看了眼挂钟,发现开会时间已到,便站起身来。

8

下午训练时,隼斗察觉到空气中弥漫着一股别样的紧张感。

训练内容几乎与昨天相同,最后的万米跑模拟实战,选手们全力以赴地展开较量,这无疑也是他们为进军正赛而展示自身实力的机会。

训练结束后,队员们冲了个澡,于下午六点左右再次齐聚会议室,对为期两天的集训进行总结。

队会开始前,弹感慨道:"在这个队伍里,真的好开心啊。"

弹是队里个子最小的队员,他性格开朗,与谁都能轻松熟络,已然成为活跃队内气氛的重要人物。

"一开始听说每周都要集训,我着实吃了一惊,不过现在已经开始期待下周的训练了。"乃木圭介也跟着说道。这两人性格活泼,成功带动了现场气氛,大家纷纷点头,脸上浮现出笑容,有的加入他们毫无拘束的交谈中,有的则在一旁静静聆听。

然而,在这融洽的氛围背后,隐隐弥漫着一丝难以言喻的紧张感。因为每个人都清楚,接下来的队会至关重要。

主教练甲斐和助理教练大沼、北野三人走进房间,谈笑声戛然而止,会议室瞬间安静下来。

"各位,这两天辛苦了。感觉如何?"甲斐站在十六位队员面前发问,这个问题并非针对某个人。

"感觉很好。很受触动。"立即回答的是猪又丈，他也是一个性格开朗的人。

然而，与此同时，也有像富冈周人这样的选手，看也不看甲斐，环抱双臂，看着天花板。

"其他人呢？觉得这次小集训不错的人请举手。"

听到甲斐的问题，包括隼斗在内，多数队员都举起了手。但周人、松木浩太、内藤星也这三个人，没有举手。

甲斐看在眼里，并未加以责备，只是说："对第一次合练而言，算是不错。"

他接着说："接下来我会努力做出调整，争取下次能让所有人都觉得集训有所收获。当然，也同样欢迎大家提出不同意见。那么——咱们进入正题吧。"

说着，甲斐打开手中的文件夹，取出资料。

终于，要确定每个人的候选区间了。

"昨天在问卷上，我让大家写下了期望跑的区间。基于此，我和大沼教练、北野教练商量后，确定了各位的候选区间。"甲斐接着说道，"综合考量大家的实力与各自特点，先给每人分配两个候选区间。"

这一方针出乎所有人的意料。"啊？""两个……"队员们难掩惊讶，低声惊呼。

"最终将从这两个区间里确定参加正式比赛的赛段，截止日期是十二月二十九日，也就是赛段报名截止日。到时候，你们要么跑分配到的其中一个赛段，要么担任替补。我也希望所有队员都有出场机会，可现实不允许。希望大家相互切磋，通过队内竞争争取参赛资格。那么，我们从队长开始——隼斗。"

首先被叫到名字的隼斗，连紧张的时间都没有。

"你的候选赛区是四区和十区。"

四区是自己志愿的区间。但是十区，着实出人意料。

"队长，说一句加油打气的话吧。"

没等隼斗多想，兵吾便开口说道。隼斗赶忙站起身。

"被分配到十区很意外。但四区是我一直想跑的赛段，谢谢。"

稀稀落落的掌声响起，甲斐继续宣布。

"下一位，晴。"

佐和田晴被点名。他是调布大学四年级学生，是个实力不俗的跑者。

"你的候选区间是三区和七区。"

晴站起身，简短回应："我会努力。"

"接下来，巧。"

这次被叫到的是关东中央大学的咲山巧。他万米成绩在二十八分左右，在队中数一数二。

"你的候选区间是二区和七区。"

与晴的候选区间重叠，出现了竞争情况。

甲斐继续宣布。

"浩太。"

听到松木浩太的名字，隼斗忍不住偷瞄了一眼他的侧脸。

浩太在问卷上直言甲斐的目标不切实际，但他确实是一位优秀的选手。

"一区和九区。"

要是浩太跑九区，隼斗跑十区，那么隼斗将从浩太手中接过接力带。然而浩太面无表情，只是微微点了点头，也没起身表明决心。

但甲斐并不在意，继续宣布。

"天马。"

谏山天马像是等了很久，立刻抬起了头。"一区，另一个是——三区。"

正如天马所愿。他满面笑容，喊道："多谢您嘞！"这一语引来全场的笑声。

"周人。"

富冈周人在问卷里写着"反正留不下纪录,设定目标也没用"。此刻,他向甲斐露出了挑衅的眼神。

"你负责三区和七区。"

周人神色不改,似乎不为所动。正如意料,他也没有发言。

名单继续公布。

"大地。"

这个队内速度首屈一指的选手,静静地抬起了头,眼中充满自信。

"二区和九区。"

"噢!"有人忍不住出声。

有"花之二区"之称的二区,以及回程中与之对应的九区,无论名气还是实际难度,都与村井大地的实力相符。

四年级和三年级队员的安排宣布完毕,接下来轮到人才济济的二年级队员。

"弹。"

话音刚落,"到!"仓科弹清脆地应道,同时站起身来。

"五区和六区。"

是往返赛程中同一路段的两个区间。

"谢啦!"弹用响亮的声音回应,一屁股坐回椅子,还比了个加油的手势。

"接下来,丈。"

"噢!"猪又丈豪气地应了一声,逗得大家直笑。

"你也是五区和六区。"

这正是他希望的区间。他猛地起身,椅子被弄得嘎吱响,接着大声应道:"是!"恭恭敬敬地行了个礼,脸上满是满足的笑容。

"星也。"

关于队伍的目标,内藤星也在问卷中淡淡地表示:"只要能跑出自己满意的成绩就行。"这两天的训练中,他总觉得自己并没有拿出与实力相符的劲头来,对此有些在意。

"你负责四区和九区。"

——也是四区……

隼斗的竞争者出现了。

"圭介。"

接着,一年级的乃木圭介被点到了。

"二区和八区。"

他一脸兴奋地站了起来,说道:"争取出场!"同一区间候补选手之间的竞争,已经拉开了帷幕。

"大家尽快去实地走走各自负责的区间。"甲斐接着说,"不过要注意,不要进行赛前跑步练习。大家要仔细观察赛道,感受沿途的氛围,留意路面状况,把几公里处有哪些建筑物都记在脑子里。如果碰到看起来不错的食堂或餐厅,就进去吃顿饭。汉堡也无妨,什么都可以。还要留意哪里有怎样的弯道,风向如何,路面有无起伏。太阳从哪个方向照射,气温大概多少,这些都要考虑。然后,希望诸位能根据自己的判断制订比赛计划,想想哪里是决胜点。对赛段是否熟悉,对比赛中的发挥非常关键。计图——"

在甲斐的示意下,计图给每一位队员发了一个茶色信封。

"这是去年和前年比赛的视频。各位要反复观看自己负责的赛区的录像,参考比赛进程、解说,以及沿途情况。想象自己在沿途观众的欢呼声中奔跑的情景,琢磨自己该怎么跑,在哪里加速,多在脑海里模拟。只设想一种情况是不够的,要想出几种不同的方案,总之要多加思考。"

——思考。

在宣布就任明诚学院大学田径队教练的队会上,甲斐就强调过这一点。此刻,他用同样的两个字,为学联队的第一次集训画上了句号。

第五章　通往箱根之路

1

"节目组成员全到齐了。"

在制片人、导演、主持人齐聚一堂的节目组会议上，德重宣布道。

"担任总主播的是辛岛先生。"

辛岛微微点头示意，会议室中顿时响起掌声，其中主持人们的掌声尤为热烈。

作为主播，辛岛始终秉持"如实传达事实"的信念。这一信念，不仅是主持工作的准则，更是体育直播的真谛。

即便主持人不发言，电视画面也会传递信息。

而体育节目真正需要报道的，恰恰是画面背后的真实状况。

事实，从来都不只是眼前所见这般简单。

选手的表情和动作，谁都看得见。然而，其中隐藏的真正含义却往往难以察觉。

当一名选手以出人意料的速度超越其他选手时，如果只说"把其他选手甩在身后"或"速度很快"，那只是对表象的简单描述。复述观众一眼就能从画面中看到的东西，是重复的信息。

真正需要探究的是，这种超乎预料的速度，对选手而言，是超常发挥，还是配速过快？是否已经出现了疲劳或损伤？还有多少余力？这究竟是既定战术，还是当下的一念之决？是成功的前兆，还是失败的伏笔？

关注画面中的各种细节，准确解读并将其传达给观众，这才是"如实传达事实"的真正含义。

要做到这一点，需要对竞技项目进行深入钻研，有透彻的理解。这并非一朝一夕就能获得，也不是他人能够给予的。无论是对主播，还是对像德重这样的制片人来说，皆是如此。

在德重看来，辛岛能够做到这一点，不仅因为他通晓各类竞技项目，还源于他对选手怀有尊重和深厚的感情。

即便辛岛有时性格古怪、不太好相处，但听闻辛岛将担任《箱根驿传》的总主播，有几个人特意联系德重，表示"决定启用辛岛先生，真是厉害啊"。

他们口中的"厉害"二字似乎带着讽刺，很难从肯定的角度去理解，但德重更愿意从积极的角度去看待。

——那位辛岛先生，将成为这届《箱根驿传》的主播。

在大日电视台，启用一名主持人能引发如此大的话题，这是很少见的。另一方面，电视台节目编排总监黑石的不满也传到了德重耳朵里，但他假装不知道，坚持推进自己的想法。

"每年都反复强调，希望大家各自检查自己负责的部分，确保准备工作毫无疏漏。"德重向围坐在会议桌旁的成员们着重叮嘱道。

德重心中记着从初代制片人坂田那里听闻的，首次直播准备期间发生的一件事。

那一年，包括从地方电视台召集来的工作人员，他们组成了史无前例的七百人大阵容，来进行准备工作，可在九月的一天，竟发现没确定工作人员的住宿地点。

这是谁也没有想到的疏忽。

大家一心只顾着转播准备，却忘了确保自身住宿这一最基本的准备工作。

从小田原到箱根的五区和六区，负责最难路段的工作人员，当年共有三百人。

得知此事后，德重等年轻人分头去询问箱根附近的旅馆，然而，春节期间箱根的温泉旅馆早已被预订一空，根本没有空房。

就在德重等人心急如焚之际，箱根町观光课的一寸木丰雄挺身而出。

起初，一寸木也被团队庞大的规模吓了一跳。但他凭借自身一贯的干劲和人脉，逐一联系了当时箱根的两百多家旅馆，可依旧难以找到住处。

就在大家几乎要放弃的时候，有一家旅馆表示，如果愿意在大厅将就，他们可以接待。

这家旅馆就是箱根小涌园。

更令人宽慰的是，旅馆虽然无法提供饮食，但能让大家免费泡温泉。

不用说，以坂田为首的全体工作人员都松了一口气。

直播当天，节目播报选手经过的大部分地点时都采用地名，唯有选手途经箱根小涌园前，会特意称作"小涌园前"，通过反复提及旅馆名字来表达感激之情。

大日电视台至今都未忘记这份恩情，在《箱根驿传》的直播中，仍和当年一样，称呼此地为"小涌园前"。要是当时小涌园没有提供大厅，《箱根驿传》这个节目可能就不存在了，可以说小涌园是救了节目。

"一点小疏忽都可能带来致命后果。大家务必万分小心，做好准备。"德重最后这样总结道，随后将话语权交给了担任总导演的菜月。

从这里开始，会议内容就不再单单局限于事务性工作，而是涉及摄像机设置地点、导播、技术等多个方面。

例如，在极易受天气影响的直播过程中，如何顺利完成转播工作。

大家需要预想各种可能出现的情况，并反复确认各项准备工作，确保无论遭遇何种天气与比赛状况，都能从容应对。

"还有其他问题吗？"菜月问道。这时，有个人举起手来，是年轻导演牧野。

"六乡桥①那栋设有固定摄像机的公寓，今天上午联系我们说，今年不让把摄像机放在那里了。"

"哎呀，怎么到现在才说？"一直静静听着的德重忍不住开口道，"之前不是说好了吗？"

"是呀，上星期通知了公寓的住户。据说有一位住户抱怨新年期间被噪声打扰，提出了反对意见。其实刚才我已经和本人当面交涉了，可对方态度相当强硬，甚至威胁说，如果今年再这么做，就把我们告上法庭。公寓的理事会也说，既然有这种意见，他们就无法批准了，以免引起住户之间的纠纷。"

"真让人头疼啊。"菜月和德重对视了一眼，忍不住叹了口气。

六乡桥附近公寓的屋顶，是几处固定摄像机的设置点之一。

这里之所以重要，是因为它是一区最大的看点。

离二区的交接地点鹤见中继站还有3.7公里。

选手们从读卖新闻②东京本社出发，跑完约17公里的平坦路段后，前方就会出现横跨多摩川③的六乡桥的陡坡。

选手们会在此选择加速冲刺，或是继续集体跑。

---

① 位于东京都与神奈川县的分界处。
② 《读卖新闻》是日本发行量最大的报纸。
③ 主流总长138公里，是东京都和神奈川县的界河。

在选手们展开激烈角逐的这个关键地点，除了移动转播车的摄像机，设置在公寓楼顶的俯瞰镜头也不可或缺。

"我再去和他们谈一谈。"菜月表情凝重地说道，"要是不行，再另想办法。"

2

从大日电视台总部出发，车子缓缓驶入六乡桥附近的计时停车场。

天空被厚重的云彩遮蔽，车门一打开，晚秋的风迎面而来，带来了几分冬季的气息。寒风拂过脖颈，冷得人下意识地缩起肩膀。

"走，去试试看吧。"德重说着，迈出了步伐。

他们的目的地是离停车场仅有几分钟步行路程的一栋十层的旧公寓。

德重和菜月与管理员打了声招呼。由于事先已经告知了来访一事，公寓管理会的理事长很快走了出来。

"大日电视台的朋友，实在不好意思啊。"

这位看上去七十多岁的理事长一边说着"快请坐"，一边请德重和菜月在大厅的沙发上坐下。

"是这样的，有位去年刚搬到我们公寓的住户，因为怕吵闹而想要拒绝你们。确实，说到底，我们也没有义务把这里借给大日电视台。对我们来说，理事会里大部分人也觉得，因为这事让住户之间闹矛盾不太好。"

"给您添麻烦了，实在过意不去。"

菜月低头致歉，把带来的点心礼盒递给理事长。"我们想着，也得跟那位住户当面道个歉。"

"真野口女士在吗？"理事长向女管理员问道，"要是在的话，请告诉她大日电视台的人来拜访了。"

那位女管理员去了趟管理室,很快便回来了。

"好像在家。我和她说等会儿过去拜访,可以吗?"

"麻烦您了。"德重说着,也跟着低头行礼。

随后,两人一同前往六楼,朝那位女士的房间走去。

"如果她能改变心意就好了。"在上行的电梯里,德重抱着一丝希望说道。

再找其他地方的话,也不确定能不能找到合适的设置点。毕竟这栋公寓的楼顶位置已经使用了这么多年,设备的安装也相对轻松。

然而——

"你们这帮人,到底想做什么啊?"

实际见到真野口后,她一开口便情绪激动地大声质问,完全没有商量的余地。她大概五十岁。拉开窗帘的窗户本应能俯瞰六乡桥的景致,然而被带到和室房间的德重和菜月跪坐着,视野里唯有压抑的阴天。

好不容易从真野口的数落中脱身时,已然过去一个多小时了。

"这样下去可不行。"德重叹了口气。菜月冲他点点头,同时环顾四周的建筑群。

说服工作以失败告终,意味着现在得重新寻觅能设置固定摄像机的高楼。

离开公寓之后,两人开始一个个查看周围的建筑物。

"每栋楼都不太理想。不是被看板遮挡,就是高度不够,再不然就是角度不好……"

菜月的脑海中已经描绘出了理想的拍摄画面。

"我需要一个能俯瞰整个六乡桥,镜头拉远时还能将多摩川左右的街区放进画面的位置。如果用无人机,或许可以拍出想要的效果。"

"无人机……"

用无人机拍摄的话不仅画面质量存在问题,还严重受制于风雨等天气条件。局部使用尚可,但关键位置肯定不适用。不用说,菜月自然明白这些。

"要不,去桥上实地看看?"

德重点点头,菜月率先迈步向前走去。横跨多摩川的六乡桥全长约444米,桥的中段正是东京都与神奈川县的分界线。

微风拂过多摩川,水面泛起无数小小的三角形波浪。比赛当天,这样的风也会成为左右比赛的关键因素。

"啊!"菜月站在桥边的人行道上,不由得发出一声惊呼。

"德重先生,那栋公寓以前就在这里吗?"

顺着菜月手指的方向望去,是一栋茶色的公寓楼,德重也有些不确定。

"我不记得有这栋楼。是新建的公寓吧。"

这里是房地产开发的热门地区。一年时间,旧的建筑被推倒,新的办公楼或公寓拔地而起,并不是新鲜事。

"要是能租用那栋楼的屋顶就好了,那个位置应该正合适。"

德重回到六乡桥附近,抬头望向那栋公寓,一边想象着镜头角度,一边转身回望。

应该不错,不,是非常好。

"去问问看吧。"

他们来到那栋公寓,透过管理员室的窗户向内张望。

"大日电视台?《箱根驿传》?哦。"

管理员一脸惊讶,看看德重递上的名片,又瞧瞧他们二人,说道:"稍等一下,我去问问理事长。刚才还瞧见他了,估计这会儿在屋里呢。"说着,便当场拨通了电话。

不一会儿,七十岁上下、身材微胖的理事长出现在门厅。这位名叫太田的男士看起来性格敦厚,身上透着沉稳的气质。他听德重说明来意后,说道:"《箱根驿传》,不错啊。"

太田的反应非常积极。"其实我搬到这栋公寓的时候就想,能在家看箱根驿传，简直是特等席啊。我可是箱根驿传的粉丝。"

德重身旁的菜月原本满脸忧虑，听到这句话，顿时松了口气。

虽说对方态度友善，但位置合不合适才是关键。拍摄角度真能如预期般理想吗？

"能不能让我们看看屋顶的景色？"

菜月小心翼翼地请求道。

"没问题。"

太田毫不迟疑地同意了。他们一同上了屋顶。

"我们的公寓屋顶平时是禁止上来的，毕竟比较危险。"

听着这一番说明，菜月站在公寓屋顶，向六乡桥方向眺望，欣喜道："真是太棒了！"

这栋公寓位于多摩川上游，站在屋顶，六乡桥几乎就在正下方。悠然流向东京湾的多摩川、两岸的都市风光，以及毫无遮挡的壮丽天空，尽收眼底，这里是纵览景色的绝佳地点。

"竟然有这么好的地方！"德重不禁赞叹。

"拜托您了。"在屋顶的强风之中，德重和菜月两人深深鞠躬，"请无论如何帮我们《箱根驿传》节目这个忙。"

"我当然也想立即答应你们，可在这之前，必须先和理事会商议。"太田解释道，"我也会尽力去争取，不过毕竟是新年，可能会有人以噪声为由反对。而且外部的人进进出出，安全方面的问题也不能忽视。能否获得许可，暂时等我的联系吧。"

"请问，大概什么时候能给我们回复呢？"菜月小心翼翼地问。

虽然不忍心催促，但他们实在没有时间等待了。

"我们有个邮件理事会，紧急的事情可以以这个形式讨论。"

"那就拜托了！"菜月说着，低头致谢。

"请您一定帮我们拿到住户的许可。"德重也深深地鞠了一躬。

接下来只有抱着希望，等待消息了。

两天后，从太田那里传来喜讯："已经得到理事会的认可了，你们尽管使用屋顶吧。"

"理事会的成员都是箱根驿传的爱好者。能从咱们公寓拍出转播画面，大家都觉得很骄傲，公寓的价值也能得到提升。期待你们拍出精彩的画面。加油，《箱根驿传》！"太田的邮件中鼓励的话语比想象中更加热情。

3

"隼斗前辈，能跟你说两句吗？"

小集训结束后的星期一，隼斗被计图叫住。那天隼斗没有课，下午空闲时间在宿舍的休息室里打发时光。他回头，看到计图一脸少见的愁容，便应道："嗯，过来坐。"说着，指了指旁边的椅子。

"昨天辛苦了。其实集训结束后，浩太前辈他们邀请我一起去吃饭。"

"浩太他们？"

"还有周人前辈和星也。说是车站附近有家不错的定食屋①。"

可以说，这三个人正是问题的核心人物。隼斗把手上的田径杂志放在茶几上，神情认真地望向计图。恐怕不是什么令人开心的话题。

"他们几个说什么了？"

面对低自己一个年级的队伍经理计图，吃饭时，浩太他们想必会直截了当地说出心里话。而且他们肯定也清楚，这些意见会传到隼斗的耳朵里。

"他们似乎相当不满。"计图压低声音说道。

"我也想到了。"

---

① 提供固定套餐的日料店。

从三人填写的调查问卷以及在集训中表现出的态度，就能看出端倪。

浩太在休息时间几乎不与队友交流，仿佛在自己与队友之间筑起了一堵墙，似乎刻意保持距离。周人和星也二人，对学生联合队，也丝毫不掩饰自己与他人不同的看法。

"归根结底，他们三个人认为，无法留下正式纪录的比赛没有意义，从一开始就不信任甲斐教练。"

虽然在意料之中，但真的听到这些话，隼斗的心情还是变得沉重起来。他叹了一口气。

"令人担心的是，北野教练似乎也持同样意见。"

浩太是清和国际大学的王牌选手，深受该校带队的北野教练的熏陶。北野教练对学生联合队的态度，很可能原封不动地反映在了浩太身上。

要是教练层意见不一致，那么这个问题恐怕比预想的还要棘手。

"北野教练给人的感觉相当冷淡，或者说，与甲斐教练和大沼教练的风格截然不同，感觉他有意和大家保持着距离。"

在集训的两天里，计图作为经理对队内状况有了比较深入的了解，这应该是他观察后得出的结论。"浩太前辈虽然没有明确说，但我觉得北野教练对甲斐教练相当不认可。"

对长久远离田径赛场，仅凭诸矢的提名就担任教练的甲斐，北野一直冷眼相待。

"但他毕竟接受了助理教练一职，现在这种态度，不太合适吧。"

隼斗把内心的想法说了出来。

既然接受了这个工作，就应该支持甲斐，帮助他打造队伍。然而，他却在暗地里将自己的意见灌输给弟子浩太，实在不是光明磊落的做法。

"据说北野教练原本拒绝了助理教练的邀请，是大沼老师硬把他拉来，他才勉强答应的。"

若是田径界的泰斗大沼教练开口相邀，北野确实很难拒绝。

133

看来，得在本周末的小集训时，和浩太他们好好谈一谈，隼斗心想。

"哎呀，学联队在开秘密会议呀。"友介突然走了进来，脸上挂着一抹似笑非笑的表情说道，"出什么事了？"

"没什么，只是随便聊聊。"计图答道。

"是嘛，反正我是局外人。"

得到的依旧是冷言冷语。友介大概刚跑完步，穿着一身运动服。他走到饮水机旁，用纸杯接了水，畅快地一饮而尽。接着，他瞥了眼计图放在一旁的资料，说道："哟，跑的区间都定好啦。"

友介睁圆了眼睛，似乎感到很意外。那些资料是选手报名区间的汇总表。

"给我看看，隼斗——这是什么情况？"友介皱起眉头。

"每人给了两个候选区间。"隼斗解释道。

"我被分到四区和十区。"

"四区啊。"友介的神情变得有些落寞，想必是想起了自己大一跑四区的经历。

本以为友介还会说些什么，但他只是留下一句"好吧，你尽量加油啊"，像是要抛开在之前正赛中不愉快的回忆一般，便离开了房间。

"友介前辈其实很不甘心吧。"望着他渐渐远去的背影，计图叹了一口气。

隼斗非常理解友介的不甘，因为他自己也一样，胸口仿佛被什么堵住一般。但是队伍没有进入箱根正赛，已经是不容改变的事实。

"计图，明天陪我去四区走走吧。"隼斗请求道。

"乐意奉陪。"计图似乎心中早有时间表，立刻回应道，"最好在十一点前抵达。"

四区的起点是平冢中继站，领先的队伍从起跑开始大约三小时九分后会在此交接接力带。箱根驿传的起跑时间是早上八点，也就是说，大约十一点零九分，领先队伍会经过此地。隼斗希望在同样的时间段，实地走一走这段赛道。

4

从离宿舍最近的车站出发，搭乘JR①横滨线抵达町田站，在那儿换乘小田急线。到藤泽站后，再换乘东海道线，此时距离目的地平冢站仅有十几分钟车程。从平冢站前往平冢中继站，步行大概需要三十分钟。

"就是那里。"计图指了指唐原十字路口的标志。不愧是本地人，计图对这附近非常熟悉。

沿着湘南海岸延伸的松树林，唯独在这儿中断，形成了一个通往防波堤的广场。明媚的阳光洒在这个见证过无数悲欢离合的地方。

"走吧。"隼斗率先迈开脚步。道路左侧没有人行道，只有一条狭窄的路肩。对面车道一侧是住宅区和人行道。这段赛道是一条双向双车道的公路。一月正式比赛时，人行道上肯定会挤满前来助威的观众。

他们一路走着，左边便是松树林。或许得益于防风林的庇护，他们并未感觉到强烈的海风。这一天风和日丽，老鹰在空中盘旋。仔细观察便会发现，靠海一侧的松树林，因海风的吹拂，都朝着同一个方向倾斜生长。

"防风林中断的地方，估计海风吹得特别猛。"计图提高音量，试图盖过往来车辆的嘈杂声。

他们前行了差不多500米，拐进一条侧道，随后右转，朝着大矶②站的方向走去。紧接着，在站前向左转弯。从中继站出发大约2公里，到了鸭立泽十字路口附近，第一个坡道便出现在眼前。

---

① 即日本铁路公司（Japan Railways），是日本的大型铁路集团。
② 位于神奈川县南部的海滨城镇，有许多政要的别墅。

"相当陡啊！"看到坡道的坡度，隼斗不由得感叹。道路两旁是民宅、便利店和其他商店，但湘南特有的开阔感让街区显得格外明朗。

登上坡顶，那片闻名遐迩的松树林便赫然出现在眼前。

这里还留着以前东海道干道的影子，是箱根驿传赛程中人们十分熟悉的地方。隼斗小时候就跟外公在电视上看过这里，印象深刻。

道路靠海一侧，曾是陆奥宗光[①]、大隈重信[②]、伊藤博文[③]和西园寺公望[④]等人的旧别墅所在地，如今已成为观光景点。

晌午时分，在计图推荐的荞麦面馆吃完饭后，他们便再度踏上行程。没走多久，赛道就变成了一条缓缓向下延伸的坡路。

虽然从道路上看不到，但左手边就是大矶绵延的海岸线。这里的赛道是一条长约2公里的平坦直道。

大约在距离起点6公里的地方，出现了起伏路段。尽管上下坡的坡度都相对平缓，但在赛程渐入白热化阶段时，这些坡道或许会成为胜负的关键。

赛程行至将近中点，选手们始终沿着一条笔直的街道奔跑。待跑到浅间神社入口附近时，相模湾的绝美风光便赫然映入眼帘。此处距起点约10公里，仿佛是个信号，自这之后，赛道的面貌开始丰富多样起来。

首先出现的是一段段平缓的上下坡交替路段，这样的坡道反复出现，在正式比赛中无疑是对选手体力的巨大考验。

"这附近会是决定胜负的关键地段。"计图说。

这个赛段的配速很难把握。

要是前半程用力过猛，后半程可能就会体力不支。选手们不仅要应

---

① 日本明治年间外交官。
② 佐贺藩士出身，日本政治家。
③ 日本近代政治家，他积极参与明治维新，号称明治九老之一。
④ 日本近现代史上最著名的政治家之一，他的一生经历了日本孝明、明治、大正，以及昭和四朝。

对上下坡的挑战，还要将海风的因素考虑在内。

然而，不到比赛当天，谁也无法预测天气状况。晴天固然好，但要是气温过高，同样不利于比赛。如果赶上漫天飞雪的严寒天气，选手们就得做好迎接北风洗礼的准备。毫无疑问，比赛的进程在很大程度上会受到当天气候条件的影响。

不过，在驿传、马拉松、铁人三项等体育项目中，天气本就是影响比赛结果的重要因素之一。这也是仅凭田径比赛纪录，无法准确预测比赛结果的原因。

正前方，他们已经可以看到目标——箱根山了。

距离起点15公里，快要到酒香桥时，一阵强劲的海风猛地吹了过来。

朝着小田原方向开始下坡，穿过小田原市的街道，这里传统建筑错落，别具风情。

还剩2公里左右时，右手边小田原城已隐约可见，赛程进入了最终阶段。比赛当天，怕是不会有欣赏风景的闲情。

道路从并排的东海道铁路与箱根登山铁道的高架桥下穿过，接下来穿过新干线的高架桥，往小田原中继站的路，是一段缓慢且持续的上坡路。

"比赛最后阶段的这段路会非常难跑吧。"计图表情严肃。

无论此前竞争多么激烈，要是没有足够的体力爬上最后的这段坡路，就没法顺利将接力带传递下去。

抵达小田原中继站时，离出发已经过去了近五小时。

再次回顾自己走过的赛道，隼斗感受到一种近乎战栗的兴奋。

"真是一段艰难的赛道。"这是他的肺腑之言。

路面持续起伏，海风也来添乱。穿过温暖的湘南海岸，抵达小田原中继站时，气温在这一赛段内骤然下降。

与此同时，隼斗似乎明白了甲斐所说"要思考"的真正含义。

在权衡剩余体力的同时，还得根据不断变化的比赛形势调整策略。

这个赛段需要选手具备的，恰恰是边跑边思考的能力。

意识到这一点后，一个强烈的愿望涌上隼斗心头。

——我想跑这个赛段！

隼斗再次坚定了这个想法。他觉得这个赛段特别适合自己。

虽说隼斗万米的最好成绩不算顶尖，但他擅长思考。在这个赛段，他有信心能与对手一决高下。

那么，该如何备战呢？

在乘坐箱根登山铁道从风祭站返回小田原的路上，隼斗已经开始思索对策了。

5

"不愧是东西大学，气势与实力都格外出众，谁都能感受到。总觉得教练和队伍之间的一体感，和别的队伍不一样。"

说这话的是年轻主播谷藤亚希，她是负责中央演播室的副主播。

"话说回来，之前和平川教练聊的时候，他说了件有意思的事。我问他关注哪些队伍，没想到他提到了学联队。"

负责在一号车上进行解说工作的主持人横尾征二这话一出，会议现场响起一阵类似失笑的声音。平川庄介是东西大学田径队的教练。学生时代，他便是东西大学的王牌选手，从大二起，连续三年负责跑二区。后来他进入实业团，在马拉松等赛事中也有精彩表现，可惜因伤病无奈退役。四年前，他回到母校，开始率队征战驿传赛事。

"为什么是学联队呢？"菜月问道，她身旁的德重也竖起耳朵听。

"因为平川教练和学联队的甲斐教练在学生时代就是劲敌吧。"

横尾给出的理由很容易理解。

"当年，明诚学院大学可是夺冠热门之一。平川教练和甲斐教练在二区有过三次对决，三次都以甲斐的胜利告终。照东西大学一位毕业生的说法,甲斐教练是平川教练命中注定的对手。平川教练是不是想借此机会向这位宿敌复仇呢?"

会议室的桌子摆成U字形,辛岛坐在德重的正对面。

他闭着眼,一直双手抱胸,一动不动。德重听说,辛岛在确定担任《箱根驿传》的总主播后,便马不停蹄地对各校展开采访。虽说接下任务前有诸多考量,但只要答应下来,就会全力以赴,这就是辛岛这个人的行事风格。

"关注学联队,恐怕不是真心话。"安原用一种看透一切的口吻说道。前些天,他刚去采访过学联队的集训。

"他大概是想捧捧当年的老对手吧。东西大学应该不会把学联队放在眼里啊。"

"一定不会放在眼里,毕竟学联队的成绩压根不会留下正式纪录。只是对平川教练的心思,我还是持怀疑态度。"

横尾如此说道,开始分析起来:"毕竟学生时代,平川教练一次都没有赢过甲斐教练。比起奉承,我觉得他更想强调自己作为教练的优势。这才讲得通。"

"确实,平川教练说不定就这么想的,他本就是自我主张比较强烈的那种人。"亚希也表示赞同。

"在直播里,这种说法还是尽量别用。"菜月总结道,"个人恩怨和良性的竞争关系,毕竟不是一回事。"

德重也点头表示认同。

"如果是职业摔跤比赛,倒可以故意渲染渲染。"安原开玩笑道。

"顺带一提,听说学联队把目标定在前三名。"这话明显是想逗大家乐一乐,而他也成功引得众人发笑。

唯有坐在对面的辛岛,仿佛什么都没听见,不为所动。

此刻,箱根驿传的种种场景在他脑海中预演。各种状况与场面纷至沓来,他思索着该关注什么、传达什么——一场模拟直播正在他脑海中热烈进行。

"话说回来,德重先生,您采访到明诚学院大学队的前任教练诸矢了吗?"菜月问道。

"采访被拒绝了。"德重面色凝重地答道。在场的人听了,都露出惊讶的表情。

"这件事,我打算再深入调查一下。"

他已经和一位熟知明诚学院大学田径部内情的人约好了采访。也许这背后不过是一场普通的内部纷争,但他依然对此兴趣浓厚。

第二天下午,德重来到新丸大厦的一家咖啡厅,他和采访对象约在此处见面。

距离约定时间还有几分钟,一个熟悉的身影出现在咖啡厅门口。

这个人是明诚学院大学田径队的毕业生米山空也。

米山环顾店内,看到德重在店铺深处的四人桌旁,便面带笑容地朝他走去。

"抱歉啊,在您这么忙的时候来打扰。"德重起身,恭敬地鞠了一躬。

"采访很忙吧,距离箱根驿传时间也不多了。"米山一副很懂行的样子。

米山点了杯拿铁咖啡,还没等德重开口,就自顾自地滔滔不绝分析起这届箱根驿传的形势来。

他是个爱说话的人。

在明诚学院大学田径队风光无限之时,米山是队里的明星选手之一,与德重是旧相识。不过,上次见面还是明诚学院大学队丢掉种子队资格,在箱根正赛前进行采访的时候,算起来,已经是三年前了。

然而,再次见到米山,丝毫没有久别重逢的生疏感。他态度热络,就像昨天才见过的朋友。

他就职于新日本重工,这是一家总部位于丸之内的大型制造业企业。工作之余,他偶尔会回母校义务担任教练指导训练,对队伍情况了如指掌。德重对此早有耳闻。

米山对后辈关照有加,德重甚至曾猜测,诸矢之后,接任教练的会是米山。打听教练去留的事,找他再合适不过。

"其实前些天,我向诸矢教练提出采访申请,被他拒绝了。"几句寒暄之后,德重直奔正题,"有什么原因吗?我本以为他会欣然接受的。"

"原因吗?"米山表情变得阴沉起来,"这我也不太清楚。"

"不清楚吗?"

"他突然辞去教练一事就挺让人费解,新教练的任命又这么独断。"

"您指的是任命甲斐先生做教练这事吧?"

德重问道。他观察着对方的神色,试图从中探寻背后复杂的隐情。

"突然提出让甲斐接手。"米山的语气中隐约透出不满,"还没有等我们发表意见,他就已经和甲斐商量好了。我们这些毕业生都很吃惊。"

"难道就没有反对的声音?"

"这种话有些难以启齿……我们也是等校内调整结束后才知道,无可奈何。"

虽说如今明诚学院大学距离获得箱根驿传正赛资格越来越远,但它毕竟是传统名校,田径队校友们的活动相当活跃。通常情况下,教练人事任命前,与毕业生的沟通必不可少。然而,诸矢却全然跳过这一环节,独断地决定启用甲斐。

"关于教练人选,您和诸矢教练谈过吗?"

"打过电话。他提到,要想让现在的明诚学院大学田径队重整旗鼓,甲斐的创新思维不可或缺,大概就是这类意思。"

米山是比甲斐高几届的前辈。从他的态度能明显感觉到,他本人对甲斐接任教练这件事并不赞成。

"确实,学生时代的甲斐展现了卓越的领导能力。我想,诸矢教练在三十八年的教练生涯中见过无数队长,或许甲斐在他眼中格外优秀。但不管怎么看,甲斐根本没有教练经验。下一届'箱根'我们很有出线的希望,在这样的关键时刻,让一个完全是未知数的人来接手,太冒险了。"

"难不成,就因为这件事,校友会和诸矢教练闹翻了?"

要是真这样,诸矢保持沉默倒也不难理解。然而米山只是皱了皱眉,旋即否定道:"没到那个地步。也就是几位资历深的毕业生委婉地表示,应该事先和大家商量商量,就这么点意见。毕竟对方可是大名鼎鼎的诸矢教练。"

"明诚学院大学理事会那边反应如何?"

"不清楚。"

米山思索片刻,摇了摇头。"明诚学院大学一直有体育队自主管理的传统,理事会不会过多干涉。教练任命的决定权在诸矢教练手中,只要正式提出申请,且程序上没有问题,就能获批。"

如果是这样,往后甲斐怕是不好开展工作。德重不禁暗自担忧。

校友们对甲斐的态度不一,队伍可能没法像从前那样得到校友会的支持。虽说诸矢教练有决定权,但校友的支持全凭自愿,都是义务帮忙,所以事前沟通才这么重要。

甲斐这算是在逆境中启航,首先就得直面这一考验。

"诸矢教练现在在做什么呢?"

"如果是在普通企业,他这个年纪早该退休了。"米山回答道,"大概在家里过清闲日子吧。"看样子,卸任之后他并没有和诸矢联系过。

德重深深地鞠了一躬,说道:"诸矢教练对箱根驿传做出过巨大贡献，要是您有机会见到他，请一定转达，大日电视台的德重希望能有机会向他讨教一二。拜托了。"

"当然，如果有机会一定转达。"

米山面露困惑，叹了口气说："若不是以这种方式卸任，本应给诸矢教练办一场盛大的送别会。"

"没有送别会吗？"德重惊讶道。

"私下问过，被他严词拒绝了，说是预选赛都输了，没必要搞这些。"米山一脸无奈。德重心想，这很符合诸矢的行事风格。一旦做了决定就不更改，真不知道该说他顽固还是洒脱，很有昭和①老将的风范。

这一次没能交出好成绩，他似乎已经精疲力尽了。

"您和甲斐教练聊过了吗？"德重小心地问道。

"没有。"这回答让他有些意外。

"经历了这些波折，问他能不能来校友会露个面，结果他说担任学联队教练太忙，得等明年箱根正赛结束再说。"

米山一脸无奈："真不知道他怎么想的。但愿他比赛顺利吧。"

6

"要是您有兴趣，我可以给您介绍一位甲斐的同事。"

与米山交谈后的次日，德重又获得了一个采访机会。一位毕业于明诚学院大学的大日电视台职员，凭借私人关系，联系到丸菱的一位员工，她是甲斐的后辈，比甲斐小两岁。那位职员事先征得了她的同意，希望她能讲讲甲斐的为人。由于并非通过公关部门的正式渠道，对方提出条件，要求不能公开此次接受采访的事，德重答应了。

---

① 日本天皇裕仁在位时使用的年号，使用时间为一九二六到一九八九年。

前几天从米山那里听到的内容，只能算片面的采访。

要是能从甲斐一方得到更确切的信息，采访的视角就会更全面。

出于尽量不引人注意的考虑，他们避开了丸菱总部所在的丸之内地区，将采访地点选在了品川站前的一家酒店的大堂。

"是德重先生吗？"

德重提前五分钟来到约定地点，发现对方到得更早，还主动跟他打了招呼。

眼前是一位三十多岁、气质干练的女性。

"我是和久田。"

递过来的名片上印着"和久田玲"，所属部门是丸菱的钢铁部。

"感谢您在百忙之中抽出时间。"郑重道谢后，德重直奔主题，"甲斐先生曾经在这个部门工作吗？"他从最基本的问题问起。

"准确地讲，甲斐目前依然算是部门的一员。他申请了公司的社会贡献项目，去明诚学院大学担任一年教练。"

原来如此，德重点点头。这个信息很重要，不能轻易放过。

仅靠一年时间，想要打造出一支队伍，难度实在太大，甚至可以断言根本不可能。

更何况，这还是明诚学院大学这样的传统强校。以临时教练的身份，且任期仅一年，肯定难以在队内获得充分的认可。倘若真是如此，诸矢想必不会把教练之位交给他。

"这么说，一年后甲斐先生就会卸任教练一职？"德重将心中的疑问如实道出。和久田的反应果然不出他所料。她目光微微一闪，显得有些犹豫。

"我不知道甲斐心里怎么想，但至少公司是以这个前提，才批准他去做教练的。"

要是甲斐真是个有责任心的人，想必不会认为仅一年的"过渡"就够了。若真心想扛起责任打造队伍，肯定得有长期的计划。

甲斐究竟是怎样一个人呢？

"我自入职以来，就一直和甲斐共事。"

听她讲述甲斐的职场经历，完全就是典型精英商务人士的样子，称得上是优秀前辈的典范。

在同期员工里，他的业绩始终名列前茅。他经手的那些项目，就算像德重这样的外行听了，也不禁热血沸腾。

"没想到，他竟然负责过这么多国际性大项目。"

说出内心感想之后，德重心中却浮现出另一个疑问。

这样一个人，为什么会来做田径队的教练呢？

对活跃在商界一线的甲斐来说，哪怕仅仅离开岗位一年，都得下极大的决心。

况且，甲斐远离田径界多年。

在这个决定的背后，到底有着怎样的原因呢？

听到这个问题，和久田玲沉默了半晌，才回答道："这些话我只和您讲，请不要外传。"

叮嘱完，她直视着德重，接着说："我想，甲斐希望找回一些值得相信的东西。"

然后，她讲了一件事情。

"大概三年前，甲斐以项目经理的身份参与了巴西一座矿山的收购。这笔并购案的来龙去脉，当时新闻大幅报道过，可能很多人都有所耳闻。但去年却曝出了环境破坏问题，公司为此支付了巨额赔偿金，导致出现巨额赤字。对丸菱来说，面对如此严峻的局面，公司内部难免对当初收购项目的方式产生了质疑。"

"也就是说，这算是甲斐先生的决策失误？"

玲轻轻地叹了一口气，说道："甲斐是项目的负责人没错，然而收购这事是公司高层拍的板，是社长的决定。甲斐从一开始就不太赞成收购，但是被指派为项目经理，也只能接下来。没想到对方故意隐瞒事实……到头来,被问责的却是甲斐。"

德重对商界的事情并不在行,但也觉得这事太不近情理了。

"甲斐感到相当失望。他本以为上司会替他说话,没想到却被上司丢在一边不管,这使他深受打击。"

"上司是为了明哲保身吗?"德重问道。

"不,大概是出于嫉妒。"这个回答有些出乎德重意料。

"在我看来,是嫉妒甲斐的能力。"

德重不由得叹息,不知道说什么才好。看他露出困惑的表情,对方继续道:"结果,社长亲自发文在公司内对甲斐进行了批评。好在没查出违规行为,所以最终没受重罚。那时,甲斐跟我说:'这世上,难道真没有值得相信的东西吗?要是有,我想去找找看。'您明白他这话的意思吗?"

"也就是说,这是他来做教练的理由。"

玲点了点头。"箱根驿传的选手们进行的是一场毫无弄虚作假的挑战。对甲斐而言,那或许才是真正值得去相信的东西吧。当然,我没有直接问过甲斐,所以我的猜测可能是错的。"

德重轻轻叹了一声,低声说道:"原来……是这样啊。"

"甲斐打算当多久教练,我不清楚。但我知道,甲斐在寻找一个没有背叛、能让他全身心投入的世界。如果真的找到了,我想他一定会留在那里吧。"

一个与德重预想中截然不同的甲斐真人的形象,浮现在他的脑海之中。

7

沿着站前大道向南步行五分钟左右,道路两旁满是公寓和商店,箱根驿传的鹤见中继站就在这里。

从最近的京滨急行线鹤见市场站步行过来，连五分钟都用不了。正值中午，隼斗和计图便在站前简单吃了顿午饭。

"十区的起点就在这附近。"

计图确认了市场附近警察岗亭前方十字路口转角处的加油站位置，又留意了附近的过街天桥所在，然后站在路边，双手比画着模拟出发线的位置。

在箱根驿传正赛当日，这条毫不起眼的街道两旁将挤满挥着小旗为选手加油的观众。欢呼声此起彼伏，赛会管理车里教练的指示声交织其中，将这里化作激烈角逐的赛场。

在学联队中，隼斗被分配到的候选赛区是四区和十区。前天，他走了一遍四区，今天则来实地考察另一个候选区间——十区。不言而喻，这是箱根驿传的最后一个赛段。

他仰头望向斜洒而下的冬日暖阳，随后踏上了第一京滨公路的赛道。此时，手表的指针指向十二点十分。

这个时间点，大约正是第一名的队伍在十区的交接时刻。微风吹拂，太阳低悬于南方天际。若是箱根驿传比赛当天也碰上这样的好天气，太阳应该会从同样的角度照射在选手们的身上。

这里是准工业区，沿途是林立的建筑物。第一京滨公路从横滨贯穿川崎直至东京，宛如一条连接产业集聚地的交通大动脉，车流量极大，大型车辆往来不断。

如果说四区是仰望箱根山脉的梦之赛段，那么十区就是从梦境中醒来，通往现实的23公里赛程，是为这场激战画上句号的决胜路段。

步行约3公里，便到了六乡桥。跨过桥后，就进入了东京都地界。

蒲田、梅屋敷、大森[①]……沿途的景象既杂乱又富有生活气息。道路与京滨急行线的高架桥并行延伸，在快到10公里处时，从高架桥下方

---

① 蒲田、梅屋敷、大森均位于东京都大田区，是东京南部的重要生活和商业区。

穿过。

　　沿路有开发中的空地、小型公寓、民房、便利店和汽车经销店。从这里到北品川①，路边的景色不断变化。许多地方的人行道距离赛道很近，想必观众的加油声会直接传到选手耳中。

　　"一路都很平坦。"

　　就像计图说的，过了横跨神奈川县边境线的六乡桥后，赛道平坦无起伏，给人一种一马平川的感觉。

　　隼斗心中不禁泛起疑问：为什么会被分配到十区呢？四区应该更适合我吧？

　　隼斗问道："计图，你怎么看？"

　　计图思索片刻，答道："应该是对你的沉着表现寄予厚望吧。"

　　"接力带从前九人手中一路传来，要确保稳稳抵达终点，我猜他们看中的正是你这份稳健。"

　　"这压力可不小啊。"隼斗切实感受到一股无形的重压。

　　"不过，隼斗前辈想必能胜任。毕竟每个赛段都有压力，而十区是最后一棒。我想甲斐教练大概是认可你承受重压的精神力。"

　　"我可没那么厉害。"

　　平坦的直线赛道在目黑川②附近出现些许起伏。随后，在北品川附近的新八山桥处开始爬坡，接着朝着品川站方向转为下坡。

　　经过品川站前的大型酒店，望见东京塔后，沿途氛围陡然变化，街景也从大田区和品川区的日常模样，转变成颇具都市气息的景象。

　　跑到距离出发点约14公里处时，左手边是品川王子大酒店，再往前1公里处的泉岳寺十字路口是最后一个补给点。比赛接近尾声，即将迎来最后的冲刺阶段。

---

① 位于东京都品川区北部。
② 东京都的一条河流，是东京知名的赏樱景点。

148

途经田町站，穿过芝公园、御成门①这些熟悉的地方，在皇居②前的马场先门③右转，至京桥④再左转。前方从日本桥⑤到大手町的终点路段，究竟该在哪儿发起最后的冲刺呢？

"隼斗前辈，这里就是终点了。"计图指着嵌在读卖新闻东京本社前路面上刻有"箱根驿传终点线"的标志牌说道。这里既是全长23公里的十区的终点，也是箱根驿传正赛的终点。

"要是能跑四区就好了。"隼斗不禁说出了内心的真实想法。

地势起伏的四区十分考验选手的判断力和技术。就算对手来自强校，隼斗也有信心与他们一决高下。可十区全程地势平坦，反倒让人难以把握节奏。

"要是被安排跑十区，你打算怎么办？"在前往地铁站的途中，计图半开玩笑地发问。隼斗不由得停下脚步。冬日的阳光从摩天大楼的窗户反射过来，照在他的侧脸上。

"那当然得跑啊，"隼斗虽略有迟疑，但回答得十分坚决，"没有不跑这一说。不管哪个赛段，我肯定都会全力以赴。"

两天之后，他们迎来了队伍的第二次小集训。

---

① 田町、芝公园、御成门均位于东京都港区，地处东京核心地带。芝公园是东京最古老的公园之一，临近东京塔等著名地标建筑。御成门地名源自江户时代增上寺的御成门（贵族参拜专用入口）。

② 日本天皇的居所，现在的皇居位于东京都千代田区，即原江户城，范围较原始的江户城小。

③ 位于东京千代田区，是皇居众多门中的一个。

④ 位于东京都中央区南部，北连日本桥。

⑤ 位于东京都中央区北部，横跨日本桥川。

第六章　各自的主张

1

"隼斗，去看过四区的赛道了？"

发问的是东京中央大学四年级的渡濑拓。拓被分配到的候选赛段是四区和八区，是与隼斗竞争四区的对手。

这是学联队第二次小集训的首日。上午的训练结束后，在宿舍的食堂里，拓端着午餐托盘走过来，放到隼斗对面的位置。他晒得黝黑的脸上挂着笑容，目光炯炯，令人印象深刻。

"星期二去看过了。你呢？"

"我昨天去了。赛道虽然有起伏，但感觉还比较容易把握节奏。"

隼斗也觉得确实如此。路面的起伏虽然会消耗体力，但优点在于跑起来相对容易控制节奏，也更容易把握加速的时间点。

"但是，风特别大。你去的那天怎么样？"

"我去的时候正好是中午，风倒不是很大。虽然是个难度不小的赛段，但值得挑战。"

"跑松树林那段路是我的梦想。"拓说着，目光忽然飘向远处，随后扭头看向刚好在旁边的内藤星也，"对了，星也，你也被分配到四区。你去看过赛道了吗？"

这个问题隼斗想问却没有问出口，拓倒是毫无顾忌，语气十分自然。拓并不知道星也、浩太和周人几个人对这支学联队的不满。

"没有，我没有时间，"星也冷冷地回了一句，一副漫不经心的样子，"什么时候有空了再说……"

隼斗心想，他到底有没有去实地考察的打算呢？星也放下筷子，望着空荡荡的食堂，不耐烦地叹了口气，似乎对回答这个问题颇感厌烦。

他的态度让拓的表情阴沉下来。

队伍里的不和谐之音、意识上的分歧，以及大家热情程度的差异，正逐渐被选手们所察觉。

浩太比大家晚一些来食堂，只见他端着盛有饭菜的托盘环视四周，随后走向靠墙的一张桌子。他戴着耳机，像是有意与旁人拉开距离。

周人正坐在靠墙的座位上，浩太将托盘放在他对面，这才摘下耳机。两人开始低声交谈。虽然听不到他们在说什么，但他们的举动似乎在队员之间筑起了一道无形的墙。

"其实在哪里吃都行，但他们不希望把队伍气氛搞好吗？"

谏山天马和隼斗一样，留意着他俩的举动，忍不住低声嘟囔。往日里他脸上那明朗的神情，此刻已消失不见。浩太和周人刻意与队友拉开距离，选择在角落里吃午饭，两个人的样子在其他选手眼中显得颇为扎眼。

"我去跟他们聊聊。"

就在隼斗刚要起身时，有人抢先喊道："喂，那边的两位，过来这边吃啊！"

是经理兵吾。

"这边的座位空着，和大家一起吃吧。"

浩太二人对视了一眼。

"在哪里吃饭不都一样,何况现在是休息时间。"周人对浩太说道,不满之情显而易见。

"浩太、周人,你们两个都过来吧。"这一次隼斗接过兵吾的话茬,对两人说道,"这边有空座位,过来一起吃吧。"

浩太不情愿地端起托盘站了起来,嘴里嘟囔着:"吃个饭还要规定地方,真是……"这时,计图倒了茶,给他和周人端了过去。

"我们正聊到去实地考察赛道的事情。浩太,你去看过没?"隼斗主动开口问道。

"没去。反正大概情况都了解了。"浩太如此回应。他的候选赛段是一区和九区。

一区和隼斗的候选赛段十区大致相仿,只是十区过了马场先门后途经日本桥,距离稍长一些。

"你跑过这个赛段吗?"

"没有。踩点这种事,比赛前去看一眼不就行了吗?"浩太的态度冷淡至极。

"周人呢?"拓问道。

"没去。"周人也冷冷地回答道。

"为什么?"隼斗问道。

"我啊,只要能跑就行。"周人一语让气氛尴尬了起来。

"应该能有很多发现,也能学到不少东西。还是去看看吧。"隼斗特意拿出明快的语调,"就像四区,那里有大矶长滩,还有明治时期伟人们的别墅区,跑步的时候就从这些地方旁边经过。哪里是上坡,下坡长度如何,诸如此类都得了解。要是对赛道不熟悉,肯定无法取胜。"

"取胜?"周人嘴角浮现出一抹带着讽刺的微笑,"我们根本留不下正式纪录,从一开始就不存在什么比赛,不是吗?"

坐在两人身旁的兵吾和计图,脸上的表情一下子消失了。

"不,是有比赛的。"隼斗还来不及整理心中所想,就脱口反驳道。他本也可以当作没听见,轻易敷衍过去,但不知为何,就是忍不住要反驳。

"跑在同一个赛道,就算留不下纪录,在观众面前,也会排出名次的吧。我认为这也是堂堂正正的胜负较量。"

几位选手神情严肃,点头表示赞同。但不知道周人是否听进去了。

"积极一点吧!"兵吾提高音量,试图活跃气氛,"大家朝着同一个目标努力,这是多棒的事情啊!说不定我们还能改写箱根驿传的历史呢。"

"不是已经说过了嘛,正如周人所说,我们留不下历史。"浩太露出不耐烦的表情。兵吾听了,沉默不语。此后,没有人再去反驳浩太和周人,但眼神中流露出对二人态度的不满。

隼斗认为,队员们对学联队的方针有自己的看法很正常,但在队伍需要团结之际,给队友泼冷水、态度冷漠,是不可取的。

令人难熬的沉默持续了片刻。

"哎呀,这个宿舍,连伙食都这么好。"

仓科弹姗姗来迟,用一句充满朝气的话拯救了众人。僵持的气氛一下子缓和下来,之前交流时那些别别扭扭的感觉,还有才冒头的人际关系小矛盾,都悄然消散,队员们像是什么都没发生过一样,又开始三三两两轻松地聊起天来。

隼斗不知道该怎么办才好。带着烦恼,集训的第一天就这样结束了。

这样下去可不行。

得找个机会,大家冷静地坐下来聊一聊才行。就在他这么想的时候,压抑许久的不满意外爆发了。事情发生在星期日,也就是集训第二天的下午。

当天训练的最后一个项目是甲斐安排的半程马拉松。

并非单纯在跑道上绕圈,而是要在跑道绕行十周后,跑出东邦经济大学校区，继而穿过自然公园的林地。虽说严格来讲，这或许称不上真正的半程马拉松，但考虑到正式比赛中各赛段要跑约20公里，如此练习与实战颇为接近。实际上，这座自然公园极为广阔，一直延伸至多摩川河岸，且地势起伏不平，足以模拟箱根驿传的正式赛道。

刚开始的5公里，选手们保持集体跑的状态。到了10公里附近，队伍渐渐拉长，隼斗环顾左右，发现周人已经掉队，早早地落在了后面。

跑在最前面的是乃木圭介和村井大地，稍微落后一些，排在第三的是一如既往耐力超群的仓科弹。隼斗紧跟在他们身后。

离开公园，再度回到校园，路线依校舍布局蜿蜒。隼斗将视线扫向身后的队伍，看到周人在队伍末尾，正与浩太、星也一同跑着。

论实力，浩太和星也本应跑在前列，甚至可以说，他们就该排在前几位。可此刻，他俩却一脸轻松地跑在队尾，隼斗见状，不禁怒上心头。

后半程，隼斗超过了弹，以微乎其微的差距第三名撞线。他把双手撑在膝盖上，注视着接连抵达终点的选手们。

十三位队员冲过终点后，仍然在跑道上的，只剩下那三个人。

甲斐紧握着秒表，目光紧紧盯着三人。他在想什么呢？从甲斐脸上读不出任何情绪。但无论甲斐如何想，此刻隼斗心底涌起一股冲动，驱使他有所行动。

三人几乎同时抵达终点，隼斗快步迎了上去。

"喂，你们认真一点！"

刚停下脚步的三个人喘着粗气，回头看向隼斗，没有回答。

"用敷衍的态度参加训练，只会给队伍添麻烦。"

浩太利剑一般的目光射向隼斗。周人像是什么都没听到一样，坐在草坪上，转动着脖子。星也则避开视线，侧过脸，表情僵硬。

全体队员都在屏息观察着隼斗和浩太等人的对峙。

"队长，谢谢。"甲斐接过了话茬。他低头看着那三人，说道：

"你们今天的表现，与实际水平相差甚远。浩太，能说说原因吗？"

没有回答。

"周人呢？"

也没有回答。

"星也呢？"

三人沉默不语，甲斐低头注视他们片刻，开口说道："要是抱着应付的态度，倒不如一开始就别来参加训练，这纯粹是浪费时间。"

"等你们踏入社会，会碰到不少不顺心的事情。到那时，难道你们也因为不满就敷衍了事？要是有不满，就去和对方沟通，争取相互理解。不去努力，只在背后抱怨、敷衍，这样真的行得通吗？如此行事，既赢得不了他人的信任，也不会得到尊重。"

没有回应。

"身为运动员该做什么、必须做什么，你们自己好好琢磨琢磨。答案得自己去探寻。"

说罢，甲斐召集全体队员，简单讲评后，宣布训练结束。

"稍等一下。"

甲斐正要从训练场离开，助理教练北野叫住了他。

北野一副欲言又止的模样，等所有选手都结束训练离开场地后，才开口说道："刚才对浩太他们的指导，是不是不太合适？"

松木浩太是北野的学生。他似乎想说，别对自己的学生过多干涉。

"不合适？"

"他们比你想象的要聪明得多。你离开一线时间长了，可能不太了解现在的学生，他们只对现实的东西感兴趣。不像以前的年轻人，会对不切实际、异想天开的事情感兴趣。"

"异想天开的事情？"

听到甲斐的发问，北野轻轻咂了下舌，移开了视线。再次看向甲斐

155

时，脸上明显浮现出怒色。

"就是队伍的目标。"

前三名。

甲斐制定的目标确实不保守。更何况，特邀参赛的学联队不被计入排名，只能留下参考成绩。

"目标很现实。我不认为是异想天开。"

听到甲斐反驳，一旁听着他俩对话的大沼险些笑出声，却强忍住了。

"这可是学联队。明摆着不可能的事情。"北野脸色变得铁青，语气也变得愤怒起来。内心深处隐藏的真实想法，似乎终于压抑不住，宣泄出来。

"为什么还没付诸行动，就妄下判断呢？以他们的潜力，完全具备实现的可能性，所以我才制定了这样的目标。而且当时北野教练也没有反对啊。"

甲斐提出目标的时候，大沼积极地表示赞同，北野则保持沉默。

"我认为这是由主教练决定的事情，我在一旁闭嘴听着而已。"

这个理由实在算不上正当，想来北野保持沉默，是对大沼教练有所顾忌。

"这么一支临时拼凑的队伍，想在箱根驿传中获胜，哪有那么容易。行了，这种外行人的发言就到此为止吧，队员们心里都清楚着呢。"

北野这人敏感内向，可一旦发起火来，就变得十分尖锐。

甲斐冷静地回应道："我认为选手们已经接受了这个目标。"

"简直没法沟通。"北野甩下一句，快步离开了。

"他现在还不明白。"大沼望着北野的背影消失在宿舍中，开口说道，"要我说，他认真得过了头，缺了点野心。太看重经验和常识，不会对既有的东西进行质疑。不过，和你我不同，他当教练，严谨这方面还是值得肯定的。"

大沼毫无保留地对北野一番剖析，接着向甲斐问道："北野那边先别管了。比起他，队员们的问题才是应该解决的。你怎么打算？"

"刚才北野有一句话说得很正确。"与大沼一起回宿舍去的路上，甲斐说道。

"队员们都很聪明。我愿意相信这一点。"

2

"浩太跑来跟我说，希望开一次队会。你看怎么办呢？"

隼斗正在更衣室换衣服，兵吾凑过来，语气里带着些警惕。

"他说想就队伍的发展方向，和大家交流交流看法。"

"大家都在吗？"

"全员都在。有几位队员正准备回去，计图正在通知他们稍等一下。"

"那就开吧。"隼斗毫不犹豫地答应了。

——要是有不满，就去和对方沟通，争取相互理解。

刚刚甲斐对浩太他们说的话，隼斗听进了心里，想必其他队员也是如此。

"我们就在今天早上开会的那个房间集合吧。我已经向校务部门申请了，能用。"兵吾的行动非常迅速。

"明白了，多谢。"

浩太应该是想当面把自己的意见说出来吧。第二次集训，学联队面临着内部的挑战。而作为队长，如何把队伍团结起来，对隼斗而言，考验已然来临。

当隼斗带着几分急切走进房间时，队友们几乎都到齐了。

仓科弹和猪又丈正往回走，半道上被计图叫住了。计图带着他俩走进房间，至此，全体队员都到齐了。

浩太面无表情地站起身，目光扫过围聚在四周、正注视着自己的队

157

友，用随意的口吻说道："提议召开这次队会，是想听听大家对队伍目标的真实想法。"

"这个学联队，说白了就是从各大学临时凑到一块儿的。虽说队员都是从预选赛遭淘汰队伍里挑出的前十六名，可跟箱根驿传正赛上那些一心奔着夺冠去的队伍根本无法相提并论。看万米跑成绩就知道，想冲击前三，根本不现实。各位真的相信那种话吗？圭介，你怎么看？"

被点到名字，乃木圭介愣了愣："啊？问我呀？"

他一脸为难，抬头瞥了眼天花板，说道："说实话，刚听到要冲前三，我挺吃惊的。但既然定了这目标，倒也没什么不好……不好意思。"

"目标只是个摆设而已吗？"浩太尖锐地反问道。

圭介默不作声，他大概也有自己的想法，只不过作为一年级学生，不太敢正面反驳四年级的浩太。

"大地，你怎么看？"

"我认为有可能实现，我对这个队伍目标很满意。"三年级的大地明确表明了自己的立场，"反过来讲，浩太前辈，您认为什么样的目标才合适呢？"

众人闻言，将目光投向浩太。

"问题不在于名次吧？"浩太略显激动地回击道，"学联队是受邀参赛，也就是说，不会有正式排名。这种情况下谈目标名次，不矛盾吗？说实话，我也对此感到不舒服。"

"参考排名也是排名，不是吗？"

发言的是拓。虽然他的语气慢悠悠的，但看向浩太的眼神却很锐利。

浩太见势不妙，把问题抛给观点相近的周人："我认为留不下正式纪录的名次没有意义。周人，你怎么看？"

"我赞成浩太的看法。对运动员而言，成绩就是一切。真心去争前三名，不是傻子吗？你说对不对，星也？"

星也冷不丁被叫到，点头附和："我也这么认为。"

"那浩太，你为什么来参加这支队伍呢？"隼斗问道，"刚才大地也问了，你认为应该设立什么样的目标呢？"

"是啊，"浩太用漫不经心的语气答道，"这次的经历日后能派上用场不就行了吗？我们终究都会回到各自的队伍。大家心底的目标都是让自己的学校闯进箱根正赛。所以，能从这次箱根驿传带回一些经验就可以了。"浩太目光灼灼地环视众人，房间里的选手们都陷入了沉默。

过了半晌。"或许还是有意义的吧。"坐在后排的一个人开了口。

说话的是弹。他旁边的丈也正用认真的目光注视着浩太。

"哪怕参加了箱根驿传正赛，我也不想跑在最后。跑成那个样子，还谈什么把经验带回自己的队伍。若说经历本身便有意义，那我想尽己所能，收获更好的经历。拿出决心，和那些以冠军为目标的队伍一决高下，这样的认真较量才更有意义。"

几位队员纷纷点头，表示赞同。

"赢不了的。"周人低声嘟囔，像是在自言自语。弹似乎有什么想说的，但忍了下去，没有出声。

"为什么这么肯定？"佐和田晴用坚定的语气，代替弹发言道。他是调布大学四年级的学生。"不试试怎么知道？"

晴瞪着周人，目光似燃着怒火。隼斗不禁诧异，晴向来沉稳少言，平日里极少表露情绪。

"是不是傻啊？"周人甩下一句刻薄的话。

"不要用这种词。"兵吾忍不住插话，眼神严肃地盯着周人，"这是大家交流的场合，应在相互尊重的基础上对话。'傻'这种词就别用了。"

"知道了，知道了。"周人回答道，语气中夹杂着一丝不屑。

"晴，你继续说。"

隼斗看出晴似乎意犹未尽便示意他继续。

"觉得临时拼凑的队伍参赛没意义，我认为这都是在逃避。没错，我们来自不同大学，队伍也是受邀参赛，不会留下正式比赛纪录。可那又如何？我觉得这支队伍的方向没错，而且我欣赏这种积极进取的态度。"

"这不是欣不欣赏的问题吧？"

浩太抓住晴的话尾，唇角扯起一丝冷笑。"说实在的，听到'目标是前三名'，实在让人难以苟同。太不现实了。"

"但学联选拔队获得过第四名。"计图指出。许多选手同意地点点头。

二〇〇八年的箱根驿传，当时参赛的队伍还不叫"学联队"，而是被称作"学联选拔队"，这支队伍的最终总成绩排名第四。

自二〇〇三年"学联选拔队"诞生起，直至后来的"学联队"，这一成绩堪称一座耀眼的里程碑，是历年来的最好成绩。

"与那时的队伍相比，我们丝毫不差，甚至实力更强，冲进前三名的可能性极大。"

"可那时的成绩是被官方正式认可的。"星也对计图的观点提出反驳，"我们现在的动力和那时完全不同。"

"而且教练也不一样。"浩太追加了一句，并着重强调，"二〇〇八年那支队伍，是由青山学院大学的原晋教练带队。"显然，他话里话外暗示甲斐缺乏经验。

"要是甲斐教练的指导方针足够令人信服，媒体采访理应更多才对。可过去这两天，几乎没什么媒体关注我们。这支队伍根本没受到重视。就这样的一支队伍还说要争前三？没人会当真的。"

"抱歉，我当真了。"

举手发言的是关东中央大学四年级的咲山巧。"至少如计图所说，并非毫无可能。反倒是从一开始就断言'不可能'的你们，才显得毫无根据。"

"我来把论点整理一下。"隼斗适时插话。

"浩太、周人、星也的观点，总结起来就是认为我们的目标不切实际。真的是这样吗？有多少人认为不现实？"

举手的只有浩太他们三人。

"另一个理由是正式纪录不被认可，所以制定名次目标毫无意义。是这样吧？"

"我觉得没有关系。"大地语气坚定，"即便正式纪录不被承认，排名还是排名。作为我们自己的目标，这不就够了吗？"

"我也认为，以名次为目标没有问题。"圭介举手发表意见，"我认为目标要明确、易懂，且具有客观性。参加比赛本身就有意义，这我承认。但仅仅参与还是不够的，既然去跑，就该有所挑战。"

会议室中响起了一阵掌声。

"设定目标能为努力指引方向。甲斐教练的这种思路，我很赞成。"丈说道，"这次是第二次小集训，甲斐教练给出的建议，我认为极有参考价值。在我看来，青山学院大学的原晋教练与甲斐教练有诸多相似之处。"

几位队员对丈的话产生了浓厚兴趣，转头看向他。

"两位教练都有着丰富的社会阅历，在职场中也都取得过成绩。或许甲斐教练在执教经验上有所欠缺，但相较于那些只熟悉田径场的教练，他具备更强的管理能力。"

"没错，甲斐教练设立的目标十分明确。"天马接过丈的话补充道，"而且他的训练方法也很清晰。每星期以小集训的形式开展合练，这种做法虽无先例，却意外地合理。像今天这样的讨论场合，他也放手让我们自由交流。"

几位队员听了，抬起头来。

"刚才他问，我们聚在一起打算做什么。"天马补充道。

"甲斐教练听了后是这么回答的：'直到你们自己满意之前，尽情讨论吧。'他说这些事应该由我们自己考虑，并得出结论。他不会干涉。"

几个人闻言，下意识地朝房间门口望去。透过门上的玻璃窗，能看到走廊的墙壁，却不见甲斐的踪迹。

"浩太，还有反对意见吗？"

面对隼斗的询问，浩太不再反驳，只是冷着脸保持沉默。

隼斗暗自揣测，如今的局面恐怕与浩太原本设想的不太一样。提出召开队会的浩太，或许并非真心想让选手们畅所欲言，他很可能觉得多数选手会和自己一样，对学联队的目标持怀疑态度。

然而，现实显然并非如此，浩太似乎也已察觉到这一点。

"这是价值观的分歧吧。"

替浩太开口的是周人。他语气冷淡地说道："我们是现实主义者。"

"我们也是现实主义者啊。"话音未落，弹立即反驳道。几个人鼓起了掌。

"如果真是现实主义者，那就该承认不同的意见和可能性同样也是现实的一部分，不是吗？"隼斗委婉地说道，"周人，难道你觉得只有自己经历过、想到的事情才是正确的？可事实并不是这样。那些看似不可能的事情，有时候真的会发生。怀疑一下自己的常识，也很重要，不是吗？"

"大家对这支队伍目标的态度，我算是明白了。"周人恼火又不耐烦地说道，"话虽如此，但我还是觉得这目标不切实际。那些强队历经多年沉淀积累，才有实力在箱根驿传与其他队伍角逐。就拿我们目黑教育大学来说，过去几年，哪一年不是为了冲进箱根正赛拼尽全力，可结果呢？今年预选赛又是惨败，只拿到第十八名。这些年，年年都下定决心冲击正赛，可过去几十年了，始终未能如愿。现在你告诉我，就靠临时拼凑的队伍，仅仅集训两个月，就能冲击前三，这让我怎么信？"

"但至少应该承认可能性是存在的，不是吗？"

对于隼斗的问题，周人没有回答。

"信与不信，自然由你决定，我们也无意强求。"隼斗继续说道，"但我们已经下定决心要全力以赴。所以，希望你在我们面前，别再敷衍，别再像今天这样。这真的会打击大家的士气。"

隼斗静静地凝视着周人的侧脸。

然而周人没有给出任何回应。

隼斗继续说道："比赛当天，沿途必定挤满了前来助威的观众，对吧？即便我们是以受邀的身份参赛，也绝不能在这些热情的观众面前有丝毫懈怠。家人、队友……这些对我们而言至关重要的人，难道我们不想让他们看到我们全力拼搏的模样吗？至于有没有正式纪录，是不是受邀参赛，这些规则层面的条条框框，对为我们呐喊的人们来说，根本无关紧要。箱根驿传，是真刀真枪、一决高下的战场。既然站在了这里，我们就理应全力以赴。所以，我支持队伍当下的方针，也赞同甲斐教练的做法。大家觉得呢？"

话音刚落，会场响起了掌声。晴、弹和圭介起立鼓掌。

这时，隼斗将目光投向神情怏怏的浩太等人，问道："你们呢？浩太、周人，还有星也，你们怎么看？"

三个人依旧沉默，没有回应。

一时间，尴尬的气氛悄然弥漫开来。

"别都一副这样的表情啊，一起努力吧！"兵吾试图打破这沉闷的气氛，他向来积极乐观，只是此刻，他的话似乎未能奏效。浩太依旧不为所动，一副意兴阑珊的样子。周人还是紧绷着脸，一言不发。星也身体前倾，双眼死死地盯着桌面上的一点，一动不动。

"能这样开诚布公地交换意见，我觉得很有意义，至少我们都了解了彼此的想法。"隼斗开始为队会做总结，"通过今天的交流，我深刻地感受到，要把队伍中的想法统一起来，真的很难。但我由衷希望，我们能够一起跨过这道坎。浩太、周人、星也,希望你们回去后也能再好好想想。如果有什么困惑或者想不通的地方,随时可以找队友聊聊。我很乐意倾听,相信在座的每一位也都一样,愿意伸出援手。对吧,大家?"

队员们以掌声回应。

"好,那今天的队会就到这里。大家还有什么想说的吗?"

隼斗缓缓环视了一圈,目光在浩太他们几人身上稍做停留,然后又看向其他队员,然而并没有人举手示意。

"下星期,那三个人会来参加训练吧。"散会之后,计图一边目送队员们走出房间,一边略带不安地小声说道。

兵吾也愁眉苦脸,双手抱在胸前,表情凝重。"应该不至于不来吧。"隼斗暗自思忖,内心掠过一丝不安。

但是,他实在想不出还能做些什么。

"这次队会的情况,我会向甲斐教练汇报。"说罢,隼斗叹了一口气,站了起来。

3

"谈话的结果怎么样?"

北野似乎一直在宿舍等着浩太回来,把他叫到了自己那间兼作教练办公室的房间里。

"原以为大家会赞同我,事实却并非如此。"

"你有没有跟他们讲清楚?"北野带着一丝揶揄,语气中透着隐隐的怒意,"哼"了一声问道。

"讲了,周人和星也也站出来反对了,可其他队员全都赞同队伍的目标……"

"不会连你也同意了吧?"

面对质疑,浩太低下头,视线落在穿着拖鞋的脚上。

"听好了,学生联合队不过是受邀参赛,也就是赠送名额。参考纪录的名次根本算不上名次,纯粹是毫无意义的玩闹。这些你跟他们说了吗?"

面对北野的质问,浩太有些畏缩地点了点头。

当北野尖锐地质问时,不知怎的,他那明亮的茶色眼眸,闪烁着别样的锋芒。北野是个认真的人,作为"指挥官",不喜欢开玩笑。他敏感且重视细节,可一旦事情不能如他所愿,就会立刻发脾气。在清和国际大学的田径队,北野就是个暴君,要求学生们无条件地服从。

"其他人怎么说?"

"他们说——毕竟有来加油的观众,就算是参考纪录也无妨。也有人觉得目标明确易懂挺好的。还有队员认为这目标很现实……"

北野顿时怒目圆睁。"现实"二字刺痛了他的耳朵。

"现实?这算什么现实目标!"他大声驳斥,随后突然压低声音,盯着浩太的眼睛,"甲斐当时在场吗?"

北野大概是怀疑,如果甲斐在场,选手们会有所顾虑,不敢说出心里话。

"不,只有队员们在场。"

北野眯起了眼睛,猜疑之色在眼中悄然浮现。

浩太小心翼翼地问道:"下星期的训练,该怎么办呢?"

"这种事情,你自己决定。"北野厉声答道。"但是如果你不去,我也不去。"

"教练您也不去吗?"

面对北野出乎意料的答案,浩太有些不知所措。

"那当然。自己的学生都不在队里,我去参加还有什么意义?没了我这么一个现实主义的人,甲斐做起来也轻松多了吧。对甲斐和大沼老师来说,说不定求之不得呢。"

说完,北野双手"啪"地拍在膝盖上,站起来道:"行了,你走吧。"

从训练项目、队员选拔到宿舍的时间安排,在清和国际大学驿传部,一切事务都由北野决定。这个会面的结束时间也不例外。

"失礼了。"

浩太鞠了一躬,心中满是未解的纠结,退出了北野的房间。

4

"隼斗前辈,你看这个了吗?"

隼斗结束了10公里左右的慢跑,回到宿舍时,计图递给他一本《月刊田径迷》。

在众多关于跑步的杂志之中,这是一本公认颇具影响力的老牌刊物。

"这是今天刚发售的,里面提到了学联队。"

计图一边说着,一边翻开杂志,展示出一篇长达八页的深度访谈文章。专访的对象是东西大学田径队的教练平川庄介,在今年的箱根驿传赛事中,他所带领的队伍被视作夺冠热门之一。

"在这里。"

计图指着的这段内容,从记者的问题开始:"如果要您指出当前箱根驿传存在的问题,您觉得会是什么呢?"

"我一直主张,箱根驿传应当面向全国。"平川如此答道,接着展开了论述。

"在全国范围内,没有哪项国内田径赛事能像箱根驿传这样备受瞩目。然而,箱根驿传的出场队伍仅从关东学生田径联盟的加盟学校里选拔。也就是说,这是一场局限在关东地区的接力赛。要是把眼光放到全国,会发现有不少实力强劲的高校,却没机会参加箱根驿传。我们不能忘了这一点。在箱根拿了冠军,也不能说就是日本第一。"

"下面这段,下面。"隼斗手指着正读的段落,计图催促道。

"一方面,真正的强队无缘赛场;另一方面,让实力不足的关东学生联合队参赛,我认为也是个问题。关东学联从预选赛落败的队伍中选拔选手,想必是想让更多选手体验箱根驿传。但这支队伍实力太弱。我不明白为什么让他们参赛。再者,一方面允许他们参赛,另一方面成绩却仅仅作为参考,长此以往,选手们的积极性根本难以维系,队伍只会变得越来越弱,没有一点好处。与其把名额分给这么一支队伍——"

"——不如从关东以外的大学中挑选一所强校参赛,这样竞赛会更激烈。真是想到什么说什么啊。"

隼斗叹了一口气。

也只有率领强队的平川,敢公然对关东学联提出批判。想必田径界相关人士会对平川的言论有所关注,这势必会引发一定的舆论反响。

"问题还在后头。"

隼斗立刻明白了计图为何眉头紧锁。

平川继续讲道:"今年的关东学生联合队,由明诚学院大学的甲斐教练率领,这引出了一个此前没有出现过的新问题。"

"明诚学院大学队在预选赛时由诸矢教练领导,诸矢教练突然隐退,甲斐教练被指定为继任者。虽说就现行规定而言并无问题,但实际上,是让一位未参与预选赛的教练来指导关东学生联合队。甲斐教练离开田径界投身商界已久,可以说是个外行。站在各大学的立场想想,怎会轻易将自家的优秀选手托付给这样一位教练?想必没人能爽快答应。听说今年学生联合队的目标是进入前三名,简直令人哭笑不得。他似乎根本没意识到,箱根驿传是一场需要全力以赴的硬仗。把比赛看得太简单了。优秀的选手未必就能成为优秀的教练。"

"教练知道这篇采访吗?"隼斗读完,抬头问道。

"不清楚。"

167

见计图一脸凝重，隼斗也不禁心生忧虑。

"隼斗前辈，该怎么办呢？"

"一会儿找教练聊聊吧。这篇文章恐怕会对学生联合队的运作产生影响。"

与计图分开后，隼斗在回自己房间的路上，心中对这件事的发展愤愤不平。

学生联合队本就面临不少问题，前途一片迷茫。若是再加上外部第三方对甲斐的批判，想必会扰乱选手们的内心。

平川教练向来以直言不讳著称。但在赛前的关键时刻，竟指名道姓地公然批判其他队伍的教练，着实令人费解。若是职业赛事倒也罢了，可这是业余竞技，而且他还身处教育者的立场，如此做法，未免太过欠考虑。

不一会儿，隼斗来到甲斐所在的教练办公室，敲了敲门。

"教练，我有事想跟您说。"

走进办公室，隼斗还在纠结该如何开口。

他来这儿是觉得自己有义务把这些话讲出来。然而，他要说的内容对甲斐而言，恐怕是后者最不愿提及的，弄不好还会惹他不高兴。

身着运动服坐在电脑前的甲斐，"哦"地轻声应了下，抬起头来，从桌子对面向隼斗投来疑问的眼神。

"其实，是关于这个杂志的事。"隼斗把手上的杂志举到胸前，话到嘴边又咽了回去。

因为他发现甲斐的桌子上也放着同一期《月刊田径迷》，上面还贴着便条，应该已经读过了。

"是关于平川教练的事吧？"

正如所料，甲斐很敏锐。

"是的，既然您已经知道，那我也就不多说了……只是，在比赛前对具体的队伍和个人发表攻击性的发言,哪怕他是平川教练,我认为也做得太过分了。是不是该想办法反驳一下呢。"

兵吾和计图为学联队创建了社交媒体账号,要是甲斐同意,完全可以在上面发表反对意见。

然而——

"想说就让他们说去吧。"

甲斐只说了这么一句,看样子并不打算特意去和对方计较。

"话虽如此,但要是不稍微警告一下,说不定还会遭到类似的诋毁。"

"逐一反驳没什么意义。反正,比赛见分晓。"

甲斐非常淡然。"他非常固执,完全不考虑别人的感受和处境,还认为自己的做法是完全正确的。无论说什么,他都听不进去。比起这些,你看过这个吗,隼斗?"

甲斐拿起桌子上的杂志,翻开有便签的一页给隼斗看。

原以为便签标记的是平川教练的采访,结果却是另一则小篇幅的报道。

"富冈和久……"

是一篇对曾经参加过箱根驿传的选手的采访。

迎着隼斗疑惑的眼神,甲斐解释道:"他曾在箱根驿传中崭露头角,之后在实业团也表现出色。看到这篇报道之前我都忘了,他就是周人的父亲。我已经和目黑教育大学的中川教练确认过了。"

"周人的……"

"隼斗,"甲斐向前倾了倾身体,"去和周人谈谈吧。虽然只是我的直觉,但我感觉周人和他父亲之间可能有什么心结。"

"为什么这么说?"

"中川教练不经意间提到,他和父亲之间似乎有过一些不愉快。我在想,这会不会和周人在学联队中的表现有关。"

反正留不下纪录，设定目标也没用——这是第一次集训的调查问卷中周人的回答。几天前选手们开队会时，他的态度也令人在意。

"我明白了。但是，教练，下次训练周人会来参加吗？"

隼斗不禁说出心中的担忧。不止周人，浩太和星也说不定都会退出学生联合队。

"会来的。"

不知道甲斐有什么依据，但他的回答很是乐观。"只要是长跑选手，就一定会来。这支队伍的意义非同一般。"

第七章　队伍裂痕

1

从结果来看，甲斐的判断是正确的。

周末的集训，浩太、周人和星也三人照常露面了。

然而，总觉得有些异样。

大家都小心翼翼，仿佛之前的会议从未发生过，避而不谈，试图像以前一样相处。

但这种如履薄冰的感觉，反而让浩太几人变得更加顽固，让队内那条隐形的裂痕愈发明显。

浩太等人投入训练时的态度依旧没变，这让隼斗不知该如何应对。

是该指出问题，还是装作没有看到呢？

按理说应该是前者。

然而隼斗心里明白，无论自己怎么做，都无法改变浩太他们的态度。

不光是隼斗，其他队友应该也有这样的感觉。

浩太等人的状态无疑会打击队伍士气，削弱大家的专注力。隼斗此刻真切地感受到，队伍内部已然出现了裂痕。

再这样下去，队伍根本无法凝聚。

他希望能找到打破这一局面的契机。

隼斗找到这个契机，是在那天晚上。

集训第一天晚餐后的自由活动时间，隼斗看到周人在宿舍大厅一角的休息区看漫画。

休息区摆着桌椅，可以用来接待访客。但这个时间，宿舍大门已经上锁，四周安静无人，只有周人所在之处被灯光照亮。

"我能坐在这里吗？"

隼斗走过去，隔着小巧的圆桌，指了指周人对面的椅子，得到了无声的应允。

"不去休息室看吗？大家都在那儿。"坐下后，隼斗问道。

周人露出些许不耐烦的神情，轻轻叹了口气。

"电视开着，没法集中精力。"

"原来如此。"隼斗点点头，将手中那本最新一期的《月刊田径迷》放在周人面前的桌上。

隼斗看到周人瞥了一眼封面，目光便迅速移开。他取回杂志，翻到贴着便签的那页。

"这个富冈和久，是你父亲吧？"

周人的表情僵硬了起来。

"是又怎样？"他没好气地回了一句。

"没什么，只是觉得很了不起。父亲是如此优秀的选手，让人羡慕。"

"有什么好羡慕的。"周人语中带刺地回答道，"只有麻烦而已。"

"真的吗？"隼斗试着反驳，"他应该能给你各种各样的建议吧，还可以讲讲箱根驿传的事情呢。"

"他才不会给我什么建议。他根本就不认可我。"从周人的话里，不难听出他与父亲之间有着复杂的关系。

"不认可……为什么呢？"

周人轻叹一声，把正在读的漫画倒扣在桌上，自嘲道："在他眼里，我不过是个平庸的跑者罢了。"

周人平日里总是一副"浪人风"做派，给人一种颓废之感。这是隼斗第一次窥视到他的内心。

"我认为你并不平庸。"

"很平庸，"周人稍显激动地回答道，"像我这样的跑者多了去了。我爸比我强多了，至少他是这么认为的。"

"你父亲确实是出色的跑者。但这是两码事吧。"

"你懂什么。"

周人这毫不留情的一句话，流露出满心苦恼。"从小到大，耳边总有人念叨，要我成为我爸那样的跑者。不管做什么，都被拿去跟他比。我早就烦死了。我一直都想着，无论如何得超过我爸，拿到他没拿过的赛段奖。可结果呢？我们队预选赛就被淘汰了。这么看来，我算是输给我爸了。"

"能代表学联队参赛不就行了吗？去争取拿个区间奖。"

"没有意义。"

周人立即驳回了隼斗的提议。"我爸只承认正式纪录。受邀参赛的参考成绩，根本不在他的考虑范围之内。"

"原来如此。所以你才反对队伍的目标。"

周人没有回答。

但是隼斗想，周人心里肯定也很矛盾。他或许渴望融入这个团队，希望参加比赛。但即使他努力了，也无法得到父亲和周围人的认可。这可能就是周人心中的纠结所在。

"你父亲是你父亲，你是你。就不能分开看吗？"

周人的表情一沉，保持着沉默。隼斗继续道："只有正式纪录才能被认可，那是令尊的想法吧。这么看，你其实也被父亲的这种价值观影响了，觉得这种想法是对的。"

周人紧绷着脸，依然不说话。

"更自由一点不好吗？"

隼斗的这句话让周人僵硬的表情有了一丝变化。

"不要紧绷着，按自己想的去做就好。你不是为了父亲而跑，管别人怎么想，为自己跑，不好吗？"

周人没有反驳，只是目光怔怔地投向暗处，不知究竟望向何方。也不知道他对隼斗的这番话是怎么想的。

"对不起，说了这些多余的话。"隼斗简单道了声歉，拿起杂志，站了起来。

周人仿佛被定在原地，一动不动。隼斗与他道别后便静静地离开了。

"刚才我和周人聊过了。"

回到休息室的隼斗，将对话内容告诉了兵吾和计图。

"父子之间的纠葛啊。话虽如此，就因为这事，没法全身心投入团队训练，到头来吃亏的不还是自己嘛。"兵吾一脸认真，道出心中所想。"话说回来，队长，"他转而看向隼斗，话锋一转，"有件事想跟你说，队里可能出问题了。"

兵吾说的，是队里发生的一件"小事"。

事情发生在下午训练结束后。

弹和丈两人关系不错，他们比其他人稍晚去洗澡，之后在更衣室闲聊起来。

"当时以为没别人在场。"丈后来这样解释。

然而——

"我说啊，浩太前辈他们那种敷衍的态度，实在让人不爽。"

大概是因为面对的是自己信任的人，弹不觉向丈吐露了心声。事实上，对浩太、周人和星也的训练态度感到不满的队员不在少数，大家心里都憋着一股怨气。

"就是说嘛。不想练,就别待在队里。"不出所料,丈也是同样的意见,"之前大家都已经敞开谈过了,态度还是没有一点改变。真不知道之前说那些话有什么意义。甲斐教练不能做点什么吗?"

"教练或许想做点什么,只是碍于北野教练的面子,不好说什么吧。"

"这倒有可能。"

主教练和助理教练的意见不一致,这事队员们也都隐隐约约知道。

"但说真的,浩太前辈他们肯定不会被选上。"弹断言道,"要是那种态度的选手都能被选上,我是不会服气的。甲斐教练应该也清楚这一点。"

"我也这么想,话说……"丈刚要接着说,突然听到更衣室另一侧传来动静。浩太从后面走了过来。原以为更衣室里没有别人的弹和丈安静了下来。

他俩之前说话声音大得在屋里直回响,浩太不可能没听见。也就是说,浩太隔着更衣柜,把他们的对话听了个一清二楚。

浩太什么都没说,表情冷漠地走出了更衣室。

听完兵吾的叙述,隼斗不禁叹了口气。

该如何修复这条裂痕呢?目前还找不到答案。就这样,队伍迎来了集训的第二天。

2

突然出现了转变。

集训的最后一项训练内容是半程马拉松。

跑到15公里左右时,隼斗的目光紧追着前方一名跑者的背影。那人正是浩太。

领跑的依旧是圭介和大地。赛程过半后,他俩开始加速,将对手远远甩开。此前一直处于第三位的隼斗,被一人超越,而这人就是此刻跑在他前方的浩太。

以他之前的训练态度来看,可以说,是一个难以置信的转变。

隼斗试图加速反超,但比想象中的要困难。不仅如此,他与浩太之间的差距正在一点点拉大。浩太正在加快步伐。

从自然公园起伏不断的赛道跑回校园,浩太许是终于感到疲惫,速度瞬间慢了下来,拉开的差距迅速缩小,这给了隼斗一个机会。

就在即将踏上跑道之际,隼斗发力冲刺。

他拼尽全力,一举冲到前面,成功反超浩太。

随后,隼斗保持领先回到跑道,跑完规定圈数,冲过终点。第四名的浩太与他或许仅有一秒之差。虽说只是练习,但这场较量相当精彩。

浩太缓慢减速,一脸懊恼地看向隼斗。

"跑得不错。"隼斗说着,伸出右手。浩太也伸出手,迅速与他握了一下。二人默默表达对彼此的肯定后,浩太难掩不甘之情,一屁股坐到了草坪上。

看到这一幕,甲斐点了点头,向隼斗竖起大拇指。隼斗也以同样的手势回应,可就在这时,他眼角余光瞥见甲斐身旁的北野,只见北野脸上神色冷淡,这让隼斗心里猛地一紧。

北野的目光并未投向隼斗,而是落在浩太身上。

选手们接连抵达终点。

第七个撞线的是周人,紧接着是星也。上次训练中跑在最后的他们,似乎因为浩太出人意料的表现受到了激励。

这样的变化,队内每个人看了都暗自咋舌,包括拓和天马。

某些东西悄然地改变了。

"真是一场不错的比赛。"

看着全体队员冲过终点，大沼评价道。甲斐也表示满意地点了点头。

"这次练习完成得非常不错。"

"对吧，北野？"大沼特意向站在身旁的北野发问，"一开始还有些担心浩太他们几个，不过这次训练，对整个队伍来说，不也起到了很好的刺激作用吗？"

北野先是含糊地应了一声，随后小声地咂了咂舌。

自从上次与甲斐当面起了争执后，北野已经明确表示了他对这支队伍的不满。眼前浩太等人拼尽全力的样子，显然让他感到不快。

"正如你所说，选手们都很聪明。他们会自我纠正，朝着正确的方向前进。我们只要相信他们的自主性，在一旁静观，并耐心守护就好。"大沼神色从容地点点头，"队伍的方向没错，他们的表现就是证明。"

"是吗？"北野表示质疑，"练习时全力以赴，不等于认同队伍的方向吧。说不定心里压根没认可，只不过暂且跟着大家一起罢了。"

不服输还爱讲大道理，大沼听了这番话不由得再次打量这个比自己年轻的教练。

"你真是固执啊。"

"我是现实主义者。梦想之类的东西，我不相信。"

"那可真是遗憾。"大沼的回应带着揶揄。北野似乎因此感到不悦，转身离开了。

望着北野渐行渐远的背影，大沼说道："从某种意义而言，他是个直来直去的人。口是心非的人很多，至少他不是那类人。"

"是啊。"甲斐简单回应道。

北野找到自己的学生浩太，说了些什么。

浩太的表情阴沉起来。

"每个人都有自己的想法和主张，"看到这一幕，大沼说道，"我们必须承认这一点。但是真心认同他人是很难的。因为比起认同他人，否定他人要容易得多。"

"但是，答案终究会出现的。"甲斐如此答道，"至少在田径这项运动中，总会得到答案。不只是北野教练，我们也一样。"

"这是一项残酷的竞技。"

大沼无奈地耸耸肩，随后走向队员们，逐一给予指导，并针对他们存在的问题提出建议。

3

"打扰了。"

浩太走进教练办公室时，北野正靠在扶手椅上，面色阴沉。

"别摆出那种不伦不类的态度。回学校以后，到我办公室来一趟。"半程马拉松练习结束之后，北野对浩太说。

"不伦不类的态度"指的是什么，浩太很清楚。

对于学联队的方针，究竟是反对还是赞成。北野的意思很明确，如果反对，就要抗争到最后。

"你怎么打算？"北野直截了当地向愣愣站在门口的浩太问道，"学联队的事，你打算怎么办？"

浩太迟疑着，不知该如何回答。

对田径选手来说，"纪录"无疑是衡量一切的绝对指标。为了创造纪录而训练、参赛，运动员的价值也由纪录决定。

浩太是在这样的价值观中被培养起来的，也坚信这就是竞技的真谛。

然而，学联队打算做的，却是颠覆这一常识。

向无法留下纪录的东西发起挑战，这等同于对根本性问题重新发问：为什么而跑？

浩太之所以无法认同学联队的理念，是因为这与北野一直以来教导的竞技者心态和思维方式相去甚远。

然而，有一点浩太却判断错了。

他原本以为，参加学联队的选手们内心存疑，只是表面上顺从甲斐的方针。

然而，令他惊讶的是，队员们对那个目标竟是认真的。

正是在自己提议召开的队会上，他意识到了这一点。

那时，尽管他竭力掩饰情绪，但队友们的反应仍让他十分震惊。

与此同时，浩太发觉，自己一直认为正确的世界，实际上非常狭隘。

更自由地去享受吧。

那一刻，他找到了挣脱"纪录至上主义"这一狭隘而死板的枷锁的契机。

"既然参加训练，我想就应该全力以赴。"浩太说道。

北野没有回答，只是投来轻蔑的目光，似乎在质问他，这是不是他的真心话。

前一晚，浩太在更衣室听到弹和丈的对话，他选择了沉默。

听到两位后辈选手在背后对自己说三道四，浩太意识到，再也无法自欺欺人了。

他们正全力以赴地向箱根驿传发起挑战。

质疑队伍的方针，因为自己不满意就在训练中敷衍了事，这种所谓的自我主张，对队友而言只是添麻烦而已。

认真去做，还是放弃，此时的浩太，作为一名选手，更是作为一个人，不得不在两者间做出抉择。

浩太选择了前者。

理智告诉他，这看起来很荒唐。然而，作为一名跑者，即便无法留下纪录，能有机会全力以赴挑战箱根驿传正赛，这种诱惑实在难以抵挡。

然而，就算把这些话告诉北野，也不会得到他的理解。

"这样啊。"北野对着未正面回应的浩太应道，紧接着，抛出一句令人意想不到的话："我打算辞去助理教练一职。"

"什么？"浩太不禁惊道，目不转睛地盯着北野的脸，"您要离开队伍吗？"

"你也走吧。"北野冷冷地说道。浩太无言以对。

"那种训练毫无意义。"北野断言，"现在甲斐已经成了田径界的笑柄。你看过这篇采访了吗？"

北野说着，拿起桌上的一本《月刊田径迷》。

"东西大学的平川教练指名道姓地批评了甲斐。甲斐有多离谱，一目了然。这篇文章里也提到，说到底甲斐根本没资格当这个教练。要是继续留在这个队，我们都得受牵连。"

浩太接过杂志匆匆看完，难掩惊讶，把杂志放回了北野的办公桌。

平川教练的发言很有影响力。当下，学联队的存在本身被质疑，北野在这个时候表示要离开，想必也没有人会怪罪他。

"辞职的事，我打算明天就通知关东学联。你也离开队伍，明白吗？"

北野的语气不容置疑。浩太愣在那里，深吸一口气，沉默不语。

"能否容我考虑一下？"他好不容易开口说道。

"我想和其他持反对意见的选手聊聊。"

北野眼神锐利，仿佛要将他看穿，浩太以为会等来更严厉的质问，结果北野只说了句："行了，走吧。"

浩太正要离开房间，北野追着说道，"那几个和你意见一致的家伙，让他们也退队不就行了？三个人一起离开，怎么样？"

"告辞了。"

浩太鞠躬，没有回应，心中却涌起一阵寒意。

我或许无法参加箱根驿传了——想到这里,他只觉得整件事突然变沉重了,重重地压在他的心口。

4

"百忙之中打扰您了。刚才收到关东学联的通知,您这会儿方便说话吗?"

电话那头的大沼似乎在车站,列车减速入站的刹车声,透过手机隐隐传来。

"啊,没关系。出什么事了?"

甲斐特意打来电话,大沼立即明白一定是发生了什么事。他的直觉很敏锐,甲斐也没绕圈子,直入正题。

"北野教练提出要辞去助理教练一职。"

电话那头,大沼沉默了片刻,身后传来列车启动的铃声。他听到我的话了吗?甲斐正这样担忧着,大沼低沉的声音传来:"然后呢?"

"我们挽留过,但北野教练心意已决,让他回心转意恐怕很难。"

"北野这家伙,真是做得出来啊。"大沼斥责道,语气还是他一贯的风格,"这下估计得引发一阵议论了。"

"我已经有心理准备了。不过,继任人选怎么安排呢?"

"你准备找谁?"

"不,我打算不再设新的助理教练。"

"这挺好的呀。"片刻沉默后,大沼表示同意,"这正合我意。不,甚至可以说,少一个人更好。掌舵的人多了,反而找不到前进的方向。"

"谢谢。那么我就这样回复关东学联。"

和大沼通完电话,甲斐松了一口气,转头看向身旁的隼斗和计图两人。

"大沼老师同意了。下一次集训时,我会向全队说明。问题在于——"

"浩太,是吗?"甲斐刚要开口,隼斗便抢先说道,"浩太也会离开队伍吗?"

"不知道。"甲斐表情变得严肃,摇了摇头,"关于浩太的去留,关东学联那边没有提到。"

要是浩太退出学联队,那队伍可就损失一员大将了。不仅如此,浩太的去留,可能还会影响到周人和星也。

"我给浩太前辈发了消息,但他还没有回复。"计图眉头紧蹙道,"我有种不好的预感。"

"我们在这里发愁也没用。已经发生的事情,无法改变。眼下最重要的是齐心协力渡过这一关。"

甲斐说了一些积极的话,但隼斗心中的不安始终难以驱散。

对队伍运营方面的担心,变成了对北野的不满。

他的辞职会给队伍带来多少打击,会在多大程度上削弱队员们的士气——这些问题,他难道没有考虑过吗?

关东学联的负责人说,北野辞职的理由是在队伍的运营方针问题上存在观点分歧。

从旁观者角度来看,这似乎印证了平川教练在《月刊田径迷》上发表的主张。无论对甲斐还是对学联队,都会带来负面影响。

但愿能经受住这次考验——

然而,隼斗的这份期望很快便破灭了。几天后,他意识到局面远比预想的要严峻。

5

"德重先生，您看过这个了吗？"

台内会议结束，德重返回时，菜月似乎已等候多时。

最先映入德重眼帘的，是笔记本电脑屏幕上的一篇网络新闻报道：《北野教练愤怒辞职：箱根驿传学联队的迷失》。

"这是什么？"只读了标题，德重便抬头问道。

"清和国际大学的北野教练，辞掉了学联队助理教练的职务。这是周刊采访他之后整理成的网络文章。"

德重快速浏览完文章，深深地吸了口气，双臂交叉，陷入沉思。

尤其令他在意的是这样一句："一个既没有率领队伍的资格，又没有教练经验的外行人，试图设定一个荒诞无稽的目标，让学生们去服从。"

"这算是抗议性辞职吧？"

"前些天《月刊田径迷》的采访里，平川教练也发表了类似的意见。"

德重瞥了一眼菜月递过来的杂志，说道："学联队的目标是箱根的前三名，对吧？"

"其实我们也嘲笑过，不是吗？"

几天前的会议上，采访过学联队的安原拿他们的目标打趣，引得众人哄笑。这说明根本没人把学联队当回事。

然而，就连队伍的助理教练都持嘲讽态度，仍然让人惊讶。

"无论学联队设定什么目标，我觉得作为局外人都不应该妄加评论。但是怎么说呢——"

菜月斟酌着用词。"辞去助理教练，还通过采访发表批评，这种行为也让人觉得不妥。不过，说句公道话，他指出的内容也存在一些难以反驳之处，毕竟甲斐教练确实没有亲自带队参加预选赛。"

"没错。"德重赞同地点点头,接着问道:"那你打算怎么处理?要在我们的相关节目里讨论这个问题吗?"

"没有这个打算。不过,有必要知道这些批评的存在。"

听闻此言,德重的脑海里浮现出和久田玲对甲斐的描述。

甲斐来做教练,是为了寻找能够相信的东西。然而,等待着他的却是背叛——从某种意义上讲,着实让人感到讽刺。

德重对北野有所了解,深知他是一个敏感又执拗的指导者,对细节锱铢必较,有时甚至会变成难以控制的"怪物"。德重也知道,一旦不小心触动了某个"情绪按钮",北野的怒火便会逐渐升级,变得看不到周遭。

媒体为了博取点击率、提升杂志销量,夸大了北野的这些主张,故意营造戏剧冲突。这些言论乍听之下振振有词,实际上动机不纯。可以说是媒体制造事件、挑起事端的典型案例。

"真是令人不齿。"德重说道,"即使学联队的目标在北野看来不切实际,但只要队员们坚定地朝着目标努力,就不会有任何问题。然而,这篇文章却没有报道事件最重要的方面,只是片面地刊登了一方的说辞。这分明是媒体为了自身利益误导公众而耍的小聪明。我敢打赌,作者根本没有考虑到学联队的主体是学生,更没意识到他们是业余体育选手。"

网络文章下方有数百条网民评论。其中,赞同德重观点的只占少数,大多数人都赞同北野的观点,纷纷谴责甲斐。

"正如辛岛先生所说,箱根驿传不是所谓的美好青春物语那么简单。"德重叹了口气,把杂志还给菜月。"那我们就如实报道事实吧。真正的戏剧性在比赛之中。又不是职业摔跤,这种场外斗殴有什么价值呢?"

6

明诚学院大学宿舍的休息室里，计图一脸愁苦地走过来。

"隼斗前辈，又来了。"说着，他递过来一份《社会晚报》。这是一份在车站和便利店销售的晚报。

打开体育版，一篇质疑甲斐担任学联队教练的资格、批判队伍运营方针的文章赫然在目。类似的报道，都不知已经看过多少回了。

自《月刊田径迷》相关报道出现后，批判甲斐的声音便不绝于耳，网络上也充斥着各种负面言论。

"这个记者采访时完全没提平川教练那些批判的话，话题全围绕学联队，问的都是些无关紧要的问题，我们还以为他会写一篇正面报道呢。"

结果，发表出来的文章截取甲斐的发言进行拼凑，读起来仿佛是在佐证平川批判的合理性。

"简直是乘人之危。"计图的语调中满是不甘，"为了制造话题，就单方面地批评甲斐教练，这太不公平了。"

想说就让他们说去吧。

甲斐虽然嘴上这么说，但内心不可能毫无波澜。自从平川教练发表批判言论后，此前一直对他们不理不睬的媒体，纷纷联系他们，想要进行采访。

"是不是干脆别再接受采访了？"

"可是……"计图回答道，脸上浮现出困惑的神情。

"我也是这么说的。可教练说，所有申请采访的媒体，全部都接受。其中或许有理解我们的记者，这也是教练分内的工作。"

是否接受采访由甲斐决定，隼斗不好插嘴。话虽如此，他还是忍不住感叹："也太老好人了吧。"说着，抬头望向天花板。

"喂，隼斗。"

听到招呼，隼斗转头看去，只见友介走进了休息室。新队长研吾也一同走了进来。

隼斗轻轻举手示意，看到友介手里拿着《社会晚报》，不禁在心里暗自咂舌。

"我来是有点事想说。计图你也来听一下。"友介说道。

不等隼斗二人回答，友介便拉过休息室内的椅子坐下。面色阴沉的研吾也在他身旁坐下了，隔着桌子与隼斗他们面对面。

果不其然，友介将手里的报纸"啪"的一声重重拍在桌上，说道："我说，甲斐教练快撑不下去了吧？"

"撑不下去？你这话什么意思？"

"都被骂成这样了，已经无处可逃了吧。"

"逃？"隼斗感到他话中带刺，反问道，"教练又没做错什么。面对这些批判性报道，还有社交网络上的那些诽谤中伤，他只是不想回应罢了。"

"我看是没法回应吧。"友介一口咬定。

"不，只是不应该去回应。"隼斗盯着友介，目光锐利，传递着他的坚定态度。

研吾在一旁看着两人的对话，沉默不语，脸上没有任何表情。

"是吗？不管谁看都有问题吧？我们校友会也开始严肃对待这个问题了。隼斗，你还不知道吧？"

见隼斗一脸惊讶，友介眼中闪过一丝得意。

"新年要召开校友大会。听说会上要把教练的人事问题拿出来重新讨论。估计甲斐这个教练是做不下去了。你说对吧，研吾？"

友介向研吾寻求认同。研吾紧张地晃动身体，给出了模棱两可的回应。

看得出，对甲斐就任教练的态度是赞成还是反对，连研吾自己也无法判断。

"友介，我把话放到这儿，身为学联队的教练，甲斐的指导无可挑剔。虽然被你们嘲笑，但我们真心向着甲斐教练设定的目标努力训练，接受了助理教练一职的大沼对此也表示认同。"隼斗反驳道。

"你胡说什么呢。清和国际大学的北野教练不是已经'愤而辞职'了吗？"

"那是——"隼斗正要开口。

"为什么不能多些善意，给我们加油呢？友介前辈。"计图打断了他，用难得一见的锐利目光直视友介和研吾。

"的确，甲斐教练或许没有经验，也没有实绩。但是，请不要不加分辨地全盘接受媒体的片面报道，盲目进行批判。友介前辈，学联队的训练有多么认真，你了解吗？请不要对那样的努力视而不见，别只听媒体煽动就跟着批判。"

"你说什么？"友介眼中怒火闪烁，可计图毫无退缩之意。

"我希望你能去看看事实。友介前辈，难道不该用自己的双眼去观察，自己去判断吗？北野从一开始就瞧不上甲斐教练，最后还单方面抛下队伍不管。既没事先打声招呼，也没考虑到给队伍带来的麻烦。我觉得这样的人根本没资格当教练。"

"计图，别说了。"隼斗举起右手制止了他。

或许是对一向沉着冷静的计图的突然发怒有些吃惊，友介没再出言反驳。

"对不起，隼斗前辈。对不起，计图。"研吾道歉道。友介依旧面无表情。

"在我看来，平川教练的批评只是故意挑衅，像职业摔跤比赛的场外乱斗一样。"隼斗说着，将视线投向眼前的报纸，"这份报纸的内容也是利用话题蹭热点，趁机踩上一脚。摆出一副正义的姿态，其实毫无正义可言。实际上，我们根本没有违反规则。我们只能在这种条件下去迎战。"

隼斗直视着他们。"不强求你们为我们加油。但请不要片面地相信那些批判，跟着煽风点火。"

"是吗？抱歉了啊，说了些多余的话。"友介敷衍了一句，起身离开休息室。

"告辞了。"研吾低头鞠了一躬，追随友介走出了房间。

"对不起，隼斗前辈，"计图目送两人离去，语气中满是叹息。"我把友介前辈给惹恼了。"

"是我没处理好，才让你不得不出面回应。"隼斗说着，双手交叉放在脑后，抬头望向天花板。对于如何修复队内已然僵化的人际关系，他依旧毫无头绪。

——我们难道就这样毕业了吗？

这样的想法掠过脑海。箱根驿传正赛结束，期末考试结束之后，按照惯例，大四学生都要搬出宿舍，各自踏上新的旅程。

留给他的时间不多了。

"信任的崩塌，真是一瞬间的事啊。"隼斗低语，像是对谁说，又仿佛只是低声自语。

7

从横须贺[①]站乘坐巴士，约十五分钟便可抵达这座高地上的建筑物。

极目远眺，港口中停泊着海上自卫队的舰艇，海湾对岸是美军横须贺基地。

"'出云'号在这里停泊有一段时间了。也不知道它会在这里停留

[①] 日本本州东南部港市，属神奈川县，是日本海上自卫队舰队司令部和美国海军第七舰队司令部的驻地。

188

多久。"

诸矢指着一艘特别大的军舰说道，而后把放在旁边小桌上的望远镜递给隼斗。

透过望远镜，可以看到那艘军舰近250米长的甲板。

诸矢又说："今天早上'罗纳德·里根'号还在这儿呢，这会儿不知去哪儿了，也不知道下次什么时候回来。"

"您知道的还真多，教练。"

隼斗放下望远镜，再次环顾这个布置简单、物件也不多的房间。回想起诸矢执教那会儿，教练室杂乱得连个落脚的地儿都没有，再看如今，这里收拾得干干净净，简直让人不敢相信。

屋里有床、沙发和电视。桌上放着隼斗带来的伴手礼——一盒烘焙点心。点心来自明诚学院大学宿舍附近的一家西点店，诸矢执教时就十分喜爱这家店。直至今日，只要说是拿去探望诸矢的，店家都会多给些点心。

"那是自然，每天看着都不会腻。"

"您的身体怎么样？"

虽然语气如常，但今天诸矢的脸看上去隐隐有些浮肿。

"就那样吧。"诸矢依然注视着军港，静静回答，像是在自言自语。

"你呢？"

被这么一问，隼斗低头看了看脚下，又重新望向窗外。

天气晴好，海面平静，但此刻隼斗的内心却波涛汹涌，难以平静。

"发生了一些事……"

或许诸矢已经听说了些什么，但他并未多问，只是捧着茶杯，静静等着隼斗往下说。

"现在有不少批评学联队的声音。"

"总有一些无聊的人，在那儿说三道四。"

诸矢已经知道了。

"实际上,校友中也有人对甲斐前辈担任教练表示异议。听说年初的校友大会要重新讨论这个问题。"

"是吗?"诸矢低声回应,眼中浮现出一抹落寞。

"他们恐怕不会明白吧。"

"教练,"隼斗再次问道,"能告诉我吗?为什么选甲斐前辈接任教练?说到底,大家就是因为不明白原因,才没法接受。"

良久的沉默过后,就在隼斗以为诸矢不会作答时——

"甲斐应该算是明诚学院大学田径队历史上数一数二的选手。"诸矢缓缓开口,"而且,他还是出色的队长。但如果仅仅如此,类似的选手也还有。甲斐之所以特别,是因为他拥有那些人所没有的独特世界观。"

"世界观?"听到诸矢这番出乎意料的话,隼斗不禁追问。

"甲斐眼中的田径世界,与我所看到的截然不同,"诸矢的评价意味深长,"不只是胜负,也不只是纪录。他在田径中看到了更深邃的、我想象不到的乐趣。"

"您为什么这么认为?"隼斗好奇地问。

"有件事让我印象深刻。甲斐二年级时,我们队在出云驿传①中是夺冠热门,最终却只拿了第三。我对结果火冒三丈,把队员们狠狠骂了一顿。然而,跑最后一棒的甲斐却神色淡然,还对我说:'我觉得这是预料范围内的结果。'"

回忆起当时的情景,诸矢脸上泛起一丝无奈的浅笑。

"敢这么说的人,甲斐还是头一个。不过接下来,甲斐还分析了比赛状况。一个二年级的毛头小子竟然能做到这点。"

诸矢语气中透着几分无奈,唇边却噙着笑意。

---

① 正式名称为出云全日本大学选拔驿传竞走,是日本三大大学驿传比赛之一。

"要换作平时，我早就火冒三丈了，但当时我却不得不静静地听甲斐分析。最让我惊叹的是他的观察力。他看得太透彻了，就像能一眼看穿整个战局。我非但没了火气，还打心底里佩服他。这绝对是天赋啊。说实话，这本该是身为教练的我具备的才能，但我总是太在意眼前的输赢，没有那种长远的眼光。不过也正因为这样，我才更清楚地认识到甲斐有多厉害。他能看到我根本看不到的东西，也不知道是因为他站得更高，还是想得更深。对我来说，比赛就是简单的输赢，二维的，但对甲斐来说，却多了一个维度，变成了三维的。而且他点子多，人也灵活，这样的学生，我认识的人里就只有甲斐真人一个。后来我打算辞去教练一职，也考虑过几位有意接任的弟子，却总觉得他们差了点意思。越想越觉得，能当好明诚学院大学田径队教练的，只有甲斐真人。他能把队伍带上一个新台阶。当下，我们正需要他这样的人。"

诸矢的高度评价让同样有过队长经历的隼斗心中不禁泛起一丝嫉妒。

同时，这一个月与甲斐相处下来，隼斗对诸矢话中的深意，也隐隐有了几分领会。

"这些话要是说给校友们听就好了，教练。"

诸矢静静地摇了摇头。"说起来很简单，但他们不会因此信服。"

"那至少和米山前辈说说呢？友介跟我说，米山前辈好像也持反对意见。要是能说服他，校友们大概也会接受吧。"

米山比甲斐高两届，大四时担任过队长。平日里，他积极参与队伍事务，在校友间颇有发言权。然而，诸矢却给出了一个出人意料的回答。

"米山应该很清楚甲斐的才能。"

"那为什么……"

"可能是出于嫉妒吧。"诸矢微微歪着头说道，"甲斐二年级时，米山正是队长。他一定明白甲斐拥有他所没有的特质，但就是没法释怀,毕竟他是个不服输的人。"

"这不过是个人感情作祟吧?"

"隼斗啊,"诸矢以认真的语气说道,"世上凭内心情绪做决定的人太多了。被嫉妒、愤怒、怨恨或是私利私欲驱使,嘴上说着冠冕堂皇的话,把对手逼入绝境。这种人一旦掌权,往往没有好结果。当然,米山还不至于那么糟。"

"那该怎么办呢?"隼斗满心苦恼,向诸矢问道,"再这样下去,学联队和明诚都会分崩离析,必须想想办法。"

"我能做的也很有限。"

诸矢原本望向远处的港口,视线突然转向隼斗。

"隼斗,你觉得对一支队伍来说,最重要的东西是什么?"

是目标?还是团队合作?隼斗脑中闪过这些词时——

"是信任。"

诸矢的话让隼斗怔住了。

"要信任你的队友。"

"信任……"

是啊,现在的隼斗一直试图说服队友,让他们行动起来。

诸矢给出的这个建议,仿佛看穿了隼斗的内心。

信任队友。

这本是理所当然的事,可我真的做到了吗?

诸矢的提醒,让隼斗意识到,自己竟忽视了这份最基本的信任。

第八章　大赛前夜

1

批判甲斐的声浪喧嚣不止，十二月的一个周末就在这样的氛围里到来了。早上八点半的集合时间已过，队员中仍不见浩太的身影。

箱根驿传越来越近了。

"没有浩太的消息吗？"隼斗拦住从刚才起就拿着手机四处打电话的兵吾问道。

"目前还没有。我给浩太打了好几通电话，他都不接。"

隼斗心中涌起一股不祥的预感。

"他不会真的不来吧。"兵吾嘴上虽这么说，眼神却很游移，透着不自信。

隼斗脑海中首先浮现的是上星期集训时浩太积极奔跑的样子。不知当时浩太的心境发生了怎样的变化。但那时，北野教练对此感到不悦，也是可想而知的。

"他怎么就不来了呢？北野教练是不是跟他说了什么？"兵吾也不禁起疑，不过这也只是猜测。

"跟关东学联联系过了吗？"隼斗问。

要是浩太也像北野一样退出学联队,按常理,应向主办方关东学联提出申请。

"没有。"兵吾摇摇头,"北野教练已正式提交辞职申请,但浩太这边没有任何消息。"

"他为什么不来,我能理解。"在一旁听着隼斗和兵吾谈话的周人说道,将冰冷的目光投向了操场外。

那里聚集了十几名前来观摩学联队训练的观众,这般景象可谓前所未有。

实际上,这些所谓的观众都是媒体记者。他们的意图很明显,就是想借东西大学教练平川对甲斐的猛烈炮轰,炮制热点话题。

甲斐和大沼从宿舍并肩来到操场,如往常一样准备开启集训。然而,聚集在场地中央的队员们,表情僵硬而阴沉。

和隼斗一样,过去这一星期,大家在各自的环境中,都不得不面对当前的难题,想必都为此苦恼不已。

舆论对甲斐的批判和对学联队的质疑给队员们带来了多大的精神伤害,只有承受过这些的人才知道。

面对这种不近情理的状况,在场的大多数人还没调整好心态。

"想必大家都已经知道了,北野教练离开了队伍。"

简单问候后,甲斐开门见山地说道。十二月清晨的寒气变得更加刺骨。"原因是对队伍的管理方针有不同意见。首先,我要向大家道歉,在这个必须集中精力的时期,造成了这样的局面。对不起。"

隼斗并不认为甲斐有什么错,估计在场的其他选手也都这么想。

然而,过去的一星期里,队伍的环境发生了翻天覆地的变化。外界因素超出了选手们和甲斐的掌控范围。

"那个——"大地怯生生地举起了手,"浩太前辈也要走吗?"

弹和丈站在离大地稍远一些的位置,垂着头,露出失落的表情。这情形对他们来说,实在罕见。也许他们正在怪自己,上星期集训的时候说了浩太的坏话。

"目前还没收到浩太的消息。"大沼代为答道,"我们能做的,只有等待了。"

选手们困惑地互相看了看。

即便浩太对队伍的想法与大家不同,但上回集训最后阶段他奔跑的身姿,大家想必都印象深刻。

要是浩太真走了,留下的空缺恐怕没那么容易填补。

"虽然处境艰难,但我们还是要集中精力。"

甲斐拍了一下手,示意集体跑照常开始。

虽然训练内容与之前一样,但队伍里的气氛却一去不复返。

队员们不是无精打采,就是注意力不集中。只有时间,仿佛指缝间的沙子匆匆流逝。

隼斗试图通过喊话和主动领跑来让团队打起精神,然而,却只觉徒有一股心气在勉强支撑。

那种全体团结一致朝着目标前进的欣喜和激动,现在回想起来,如同一段遥远的记忆。

显然,队伍已经被逼到了悬崖边。

2

下午的训练结束,隼斗正沿着从操场回宿舍的阶梯拾级而上。

"青叶同学。"

突然,背后传来一声呼喊。

隼斗转身一看,一个四十岁左右,穿着立领大衣,斜挎着背包的男人,面带微笑地走了过来。

"我是《周刊体育》的,可以聊一聊吗?"

对方递来名片,上面写着"稻垣知典",头衔只有"记者"二字。

这时，隼斗才发现，几个媒体记者模样的人像是算好了训练结束的时间一样，正要走进宿舍。大概是想从队伍里获取些回应吧。

"学联队的存在形式已经引发了争议，作为选手，你们对此怎么看？"稻垣根本没有等待隼斗的回答，就直接开口问道。

"这次采访，和队伍经理打过招呼了吗？"

对他无礼的态度，隼斗心生戒备。

"采访学联队一般不用绕那么多弯子。"稻垣露出一丝无奈的笑容，答道，"难不成队里下了封口令？"

"没这回事。"

"那不就行了吗？稍微聊两句就好。"稻垣用自来熟的语气说道。他的脸上虽然挂着笑，眼里却透着一丝不耐烦。

见隼斗还在犹豫，稻垣继续说道："你们这些从事业余体育的选手，有责任诚实地回应社会。"

他的语气陡然严厉起来，甚至带着几分威胁的意味："别太拘谨，不然对你没有什么好处。"

感觉到他话中带刺，隼斗愈发警惕起来。

"喂，够了。"这时，稻垣身后蓦地传来一声喝止，不知何时出现了一名男子，正狠狠瞪着稻垣。

隼斗确信自己从未见过此人，但不知为什么，又觉得这张脸似曾相识。

"不管是不是职业体育，采访都得守规矩。"那个人严厉的眼神似乎要把稻垣射穿。

"辛岛先生……"稻垣语气慌乱，像是被对方的气势压倒了。

——辛岛？

"没经过许可，就带着威胁来采访吗？看来得向关东学联报告啊。"

"您高抬贵手吧。那我就先失陪了。"

稻垣不是对隼斗，而是对辛岛微微鞠了一躬，旋即如落荒而逃般匆匆离去。天色已晚,隼斗望着他的背影渐渐消失在操场那边的黑暗中,这才转过身,向辛岛由衷道谢:"谢谢您。"

"就是这种人败坏了媒体的名声。"

辛岛盯着那个背影远去的方向,气愤地说道。但当他扭头看向隼斗时,脸上已换上柔和的神情,仿佛什么都没发生过。

"初次见面。我是大日电视台的辛岛。"

这时隼斗终于认出来了。这不正是那位知名的主持人嘛。难怪他觉得眼熟,想必是在电视体育赛事转播中见过。

"我是明诚学院大学的青叶隼斗。"

隼斗很自然地做了自我介绍。"如果想采访的话,我可以带您去。"

大日电视台手握箱根驿传的转播权,在箱根驿传相关人士心中有着特殊的地位。

"辛岛先生,您会负责一号转播车吗?"隼斗有些好奇地问道。

在大日电视台对箱根驿传的实况转播里,一号转播车始终聚焦于领先位置的激烈角逐。故而,一号车通常由实力派资深主持人与知名解说员担纲,从选手们的神情、跑姿,到教练的激励、沿街观众的助威,全方位向全国观众传递赛况。辛岛应该是最合适的人选。

然而,辛岛却摇了摇头:"不,我会在演播室。"

也就是说,他将坐镇中央演播室的主播台,可以说是节目的门面。

"请多指教。"

"我才是,请多关照。"

紧接着,隼斗把计图介绍给辛岛。

"承蒙您一直以来的关照。我是队伍经理矢野计图。"计图深深地鞠了一躬。

"很不巧,甲斐教练正在接受其他媒体的采访。"

"看样子来了好些记者啊。"辛岛说道,目光朝宿舍内投去。

"那么,今天我想采访一下队长青叶同学,可以吗?"

197

"当然可以。"

隼斗毫不迟疑地答道，随即将他引至宿舍入口大厅的会客区坐下。

计图端来一杯咖啡，放在辛岛面前，而后自己在稍远处拉过一把椅子坐下，看样子是打算旁听。

话题首先从隼斗的个人经历与家庭展开，包括家庭成员构成以及他投身田径运动的契机，想必是采访每一所参赛学校的选手时都会涉及的内容。

"队伍状态怎么样？磨合得还顺利吗？"一番交谈过后，辛岛抛出一个稍显微妙的问题。

"确实存在一些难题……"

"是指最近发生的事吗？"辛岛轻轻一提，"有些媒体喜欢大肆渲染这类事情，我并不赞同。对业余体育精神，理应多些尊重。"

这一反应让隼斗心里稍感宽慰。至少，辛岛似乎并没有对学联队持批评的态度。

"给您添麻烦了，真是抱歉。"

隼斗连忙道歉，低下了头，放在双膝上的手握紧了拳头。旋即他抬起头，撞上辛岛温和的目光，不知怎的，胸口猛地一震。

因为他从辛岛的神情里，看到了对自己和其他队员的理解和关爱。

他是一个颇为奇妙的人。乍一看，他身上散发着一种难以接近的孤傲之气，但真正面对他时，又有一种说不出的亲切感，仿佛只要向他袒露内心，便能被准确地理解。

"说实话，我很不甘心。"

不知不觉，隼斗已经说出了自己的真实想法。计图被他的坦诚吓了一跳，目不转睛地看着他。辛岛微微点了点头，静静等着隼斗接着说。

"但不管是被批评还是被嘲笑，我们除了全力以赴朝着箱根的目标奋进，别无他法。这一点，队里每个人都清楚。大家会为了这个目标齐心协力。"

说到这儿，突然想起浩太，隼斗不由得顿住了。

"今天下午我看了你们的训练。"辛岛说着，又轻声补充了一句，"没有看到清和国际大学的松木同学。"

"具体情况我不知道，但北野教练已经辞职了……我希望浩太能来，队员们也都在等他回来。因为我们是一支队伍。"

"原来如此。"

辛岛点了点头，若有所思，然后突然问道："你对松木同学了解多少？"

这个问题让隼斗吃了一惊。

"不太了解……"

他只能这样回答。第一次见到浩太是在学联队训练的时候，和其他队友一样，一起参加了几次周末集训。但除此之外，隼斗既没和浩太谈过心，也从未深入了解过他的个人生活。

"那就去听听他的想法吧。"辛岛建议道，"上次集训，他最后的冲刺非常精彩，对吧？"

"您那时也在场吗？"

隼斗惊讶地问道。那时他完全没有注意到辛岛的存在。

"能有那样出色的表现，却缺席后续的集训，怎么看都不太对劲。这只是我的直觉，但或许现在的松木同学正需要有人伸出援手。而这个人，或许就是你，青叶。"

3

结束辛岛的采访后，在征得甲斐同意后，隼斗和计图一起离开了东邦经济大学的宿舍。

乘坐JR南武线到稻田堤，换乘京王相模原线，在调布站下车。三十分钟左右的车程，下车的时候已经过了晚上七点。冬日的北风扫过站前小广场，对面商店街的灯光照亮了公交与私家车往来穿梭的道路。

"啊，来了，是那辆车。"

两人乘坐标着目的地"清和国际大学"的市营巴士，大约二十分钟后，在"运动场前"公交车站下了车。这里位于一片丘陵的半山腰，周围是独栋住宅、公寓和农田，除此之外，只有几家面向学生的小餐馆开门营业，显得有些冷清。

稍远处，依稀可见几栋方形校舍被高大的树木包围。旁边似乎有几个被高大栅栏四面围住的操场，但场地内已经关了灯，不见人影。

因为知道准确的地址，接下来可以依靠手机地图导航步行过去。地图上显示，到达目的地约需十五分钟。在多摩丘陵寒风凛冽的冬夜，隼斗与计图沿着道路前行，不时有几辆公交车轰鸣着疾驰而过。

不久，两人离开公交车行驶的道路，周围的喧嚣顿时消退，四周变得静谧无声。

"就是那里吧。"计图停下脚步，指向前方。

在昏暗的街灯下，一栋古旧的两层公寓式建筑静静矗立着。"清心宿舍"的牌子挂在其中一栋的楼梯旁，看起来是用油漆手写的，颇为简陋。

"这宿舍看起来就像普通的公寓啊。"

计图一边说道，一边查看信箱上的房间号。浩太的房间好像在靠近入口的这栋楼的二层。他们沿着外楼梯上去，按响了右边第二个房间的门铃。等了一会儿，却没有人回应。

当隼斗准备再次按响门铃时，门内传来了些许动静，浩太探出了头。

他大概正听着音乐，耳机挂在脖子上，左手紧攥着手机，右手还握着门把手，面色阴沉地看向隼斗和计图。

"什么事？"浩太冷冷地问道。

"还问什么事！自然是来接你回去。"

浩太没有回答，只是用阴沉的眼神望着隼斗。

"能聊聊吗？"隼斗问道。浩太的眼睛里闪过一丝犹豫，就在隼斗以为他要关上门拒绝时，他却转身走进了房间。隼斗赶忙用左手撑住快要关上的门，和计图一起在玄关脱下了鞋，走了进去。

房间很小。

进门后是一个带小厨房的起居室，后方还有一间卧室，放了一张双层床。现在宿舍里没有别人，但显然这是一间两人合住的房间。

起居室里有一张小桌子，面对面摆着两张圆凳。书架上塞满了与田径相关的杂志，却没有电视。这大概只是一个供人学习或睡觉的地方。

"随便坐。"

浩太示意他们坐到圆凳上，自己则从里面的房间拿出了一把露营用的折叠椅。

"你在这里做饭吗？"隼斗环顾着房间问道。

以参加箱根驿传为目标的队伍，条件各不相同。若将学联队所在的东邦经济大学的宿舍视作顶尖配置的代表，那清和国际大学的宿舍，便尽显传统集体宿舍的风貌。当然，并不是说哪个才是正确的。

"饭是教练的夫人做的，去楼下吃。一楼有一个房间，既是食堂也是会议室。怎么，破旧得好笑吗？"

"不，"隼斗摇了摇头，直接切入正题，"今天你为什么没来训练？"

浩太没有回答。他面无表情，低着头，盯着桌子的某一点。

"浩太，大家都盼着你回去呢。回来吧。"隼斗说，"还是说有什么不能说出来的理由呢？难道已经放弃箱根驿传了吗？"

"没有。"浩太猛地抬起头来。虽然语气很坚定，但是再次沉默下来。

"能解释一下是怎么回事吗？到底发生了什么？是不是北野教练对你说了什么？"

浩太低下头，活像个被训斥的孩子，全然没了集训时展现出的顽强模样，此刻竟似换了个人。

他看起来很固执，却又隐隐透着几分寂寞和挣扎。隼斗看得出，他在为某事苦恼煎熬着。

"他说了什么，浩太？"

"跟你说也没用。"浩太情绪低落地说。

"怎么会没用呢？我是来帮你的。计图也是。队里的每个人都希望能帮到你。"

浩太没有反应，双手伸直撑在膝盖上，头垂在双肩之间，整个人看起来毫无斗志。

"这可不像你啊。总之，有什么话都可以跟我们说。"

他们沉默地坐着，时间悄然流逝。狭小的房间里，压抑的气氛几乎让空气凝固。终于，浩太缓缓开口："这个宿舍是北野教练自费置备的。"

浩太抬起头，双眼空洞地盯着房间的某一点，仿佛要将那里看穿一样。

"清和国际大学的历史很短，也没有什么名气。箱根驿传对学校来说，只是个遥不可及的梦。但当时的理事长却觉得，如果能在箱根驿传中取得好成绩，会对学校的宣传大有帮助。于是，他们辞退了原来的教练，特意请来了北野教练，目标自然是参加箱根驿传。北野教练上任后，为组建队伍，走遍全国，亲自邀请有潜力的学生加入。他找到了我。虽说学校决意借田径队提升声誉，但实际上既无修建宿舍的打算，也未为队伍提供足够的支持。于是，北野教练自掏腰包，甚至背负债务，买下这栋公寓，把它改造成了宿舍。他还与学校交涉，促成了奖学金制度的设立。他承诺，只要加入清和国际大学，学费全免，生活方面也会得到照料。我家根本没有足够的钱供我上大学，而且，我的成绩也不够好，无法获得箱根传统强校的推荐。所以，北野教练的邀请，对我来说，真的是雪中送炭。实际上，住在这里的学生，情况都和我差不多。房子旧一点，根本无所谓。我一直都很感激北野教练。"

浩太言语间毫不掩饰对北野教练的感激，但同时，眉宇间又隐隐浮现出一丝忧愁。

"对我来说，北野教练是绝对的存在。如果没有他，就没有今天的我。"

他的声音听起来像是自言自语，而不是在对隼斗和计图倾诉。

"北野教练到底对你说了什么？"隼斗问，"是不是让你退出学联队？"

浩太没有回答，但他的沉默和略带悲伤的表情已经给出了答案。

"果然是这样啊……"隼斗叹息了一声。

"浩太前辈，你其实并不想退出，对吧？"计图突然开口问道，"听说你还没向关东学联递交退队申请，是还在犹豫吧。要是这样，咱们就一起接着努力！"

浩太抬起头，紧紧咬住嘴唇，死死盯着天花板上的荧光灯。

良久，他终于低声挤出一句："我不能背叛教练。"

那声音仿佛是从嗓子眼里硬挤出来的："我们队的口号一直是'带教练去箱根'。教练为支持我们倾尽全力，我们就想报答教练的付出。大家都这么想，所以一直努力到现在。"

他们在预选赛中最终排名第十三，清和国际大学就此错失参赛资格。

"是为了教练啊……"

隼斗低声喃喃道，语气里夹杂着几分复杂难辨的情绪。接着，他提出疑问："真的只是为了教练吗？"

浩太移动目光，视线落在隼斗身上。

隼斗接着说道："我们跑步，是因为我们想跑，不是吗？我也有想回报的人。但如果没有这些人，我就不跑步了吗？当然不会。为什么要跑？因为我们是跑者，这一点无论如何都不会改变。如果因为人际关系或者其他羁绊而选择放弃，不管理由是什么，我想都会抱憾终身。如果有机会，那就跑吧，浩太。作为一名跑者，应该全力以赴，这才是对支持我们的人最大的回报。我是这么认为的。"

浩太侧着脸，仿佛瞬间僵住，一动不动。

"最终决定权在你，但我们等着你回来。"隼斗留下这句话，转身离开了公寓。

"浩太前辈会回来吗？"在返回巴士站的路上，计图忧心忡忡地问。

"谁知道呢。"隼斗轻声回答，但这时，脑海中却突然浮现出诸矢的话。

——要信任你的队友。

4

埼玉县的森林公园及其周边道路，组成了一条约20公里的计时赛赛道。

东西大学驿传部一如既往，在同一地点、同一时间举办这场选拔赛，以此确定参加箱根驿传正式比赛的十六人名单。虽说这只是队内的比赛，可对选手们而言，无疑是一场实打实的激烈比拼。

在教练乘坐的面包车后座，将要负责一号车主持工作的横尾与中央演播室的副主播亚希，手持秒表，正随车展开采访。

赛程已过15公里，跑在最前面的是队里的王牌——四年级的青木翼。

"好样的，青木。好样的，好样的！"

平川的声音通过麦克风回响在田园风景中。从后座看去，平川的侧脸满是对王牌选手青木出色表现的满意之色。这也难怪，即使在计时赛的最后阶段，青木每公里配速不仅未减，始终保持在三分以内，而且明显仍有余力。

——二区果然是青木啊。

横尾正打算在笔记本上如此记录,却察觉到赛况即将生变,于是停下了笔。

"加速了!"副主播亚希说道,难掩兴奋。跑在第二位的选手是大二学生南广之。在上一届箱根驿传中,刚上大一的他负责三区,表现出色,差点斩获区间奖,让全国观众惊叹。

这位二年级学生,正向着不可撼动的王牌选手发起最后的挑战。

"有意思。"

"GO(快),GO,GO,GO!超过去,我们队的王牌可就换人了!"

平川兴致高昂地喊道。他很擅长煽动气氛,激发选手的斗志。表面瞧着是在给南加油,但他的声音显然也传到了青木的耳中。青木的自尊心很强,平川此举意在激他奋起,从而爆发出更强的战斗力。

南逐渐加速,与青木并驾齐驱。

试图超越的南提高了步频,但青木也不甘示弱,同样加速向前。

"跑到这里还能提速,南同学真是了不起啊。"

横尾感叹道,但平川没有回应。他凝视着南,像是在仔细观察着什么。

终于,他轻叹一声:"啊,果然。"

屡次试图超越的南最终还是力有不逮,退回青木身后,且逐渐落后。

"总是这样,改不掉坏毛病。"

平川拿起麦克风,向南喊道:"摆臂,摆臂!"

接着关掉麦克风,对横尾他们低声说:"南有时候会变成一头野兽。"

"什么意思?"

"他求胜心太过强烈,有时候会凭本能去冲。要是对方被他唬住了，那还好说；可要是对方实力强，他自己反而会因消耗过多体力而失速，然后就彻底不行了。"

赛程尾声，平川大声喊着节拍，在他的注视下，位居第三的三年级选手八田贵也超越了南。

或许是体力消耗过大，南的身体开始左右摇晃，名次也不断下滑，被随后的黑井雷太、芥屋信登、安愚乐一树接连超越。

一切正如平川所料。他对选手的实力、性格和习惯的了解，可见一斑。

前几名选手陆续冲线，南虽稍有落后，但成绩也不差。

"好厉害啊！不管是去年参赛的选手，还是其他队员，实力都难分伯仲。"看着记录选手用时的秒表，亚希有些兴奋。

面对如此实力雄厚的阵容，选拔时着实让人难以抉择：究竟是选择有实战经验的选手，还是选择成绩更好的新人呢？

"这次的十六人名单，一定很难选吧？"

训练结束后，横尾问平川。平川略作思考，说道："嗯，确实。"脸上流露出一种自信从容的神色。

本届箱根驿传，以蝉联冠军为目标的青山学院大学，展现出了更为出色的稳定感。但包括东西大学在内的其他队伍也聚集了众多优秀人才。

"关东大学的名仓教练，似乎很想向东西大学复仇呢。"

关东大学的名仓仁史教练，执教已有二十年，是一位曾五次率队夺冠的名将。在上届比赛中，他们前半程处于领先地位，后半程却失速，不仅在八区被东西大学反超，之后还被其他队伍接连超越，最终总成绩跌至第六。

"关东大学？我可没把他们放在眼里。"平川一如既往地自信，"更让人在意的是青山学院大学。我们要阻止他们蝉联冠军。见到青山的教练，帮我转告一句：'让我们一决高下吧！'"

平川自信满满，想必是有足以支撑这份自信的战力。

"还有别的要留意的队伍吗？"亚希问道。

"别的队伍？嗯……"思考了一下，平川笑着补充道，"哦对了，还有学联队。"

亚希投来意味深长的眼神，表情中隐约透露着无奈。

事实上，平川在《月刊田径迷》上公开批评关东学生联合队的文章，横尾等人也都看过。

"学联队恐怕算不上对手吧？"横尾试图转移话题，却没有成功。

"当然是对手啊。他们的目标可是前三名，这不正好和我们撞上了吗？"

平川眼中燃起近乎恶意的火焰，毫不掩饰地流露出敌意："既然如此，那就来比试比试。也转告甲斐：我不会让他们的任何一名选手跑在我们前面！"

横尾察觉到了火药味，只回应了句"是吗"，便没再深究。亚希也保持沉默。

至少，这次的箱根驿传，已经不仅仅是选手们之间纯粹的较量了。这可不是件令人愉快的事。

果不其然，采访结束后，在回电视台的车上，亚希感慨道："平川教练对甲斐教练的竞争意识，可是根深蒂固啊。虽说对胜利的这份执着，是平川教练的个性，但赛前的挑衅造势也要适可而止吧。"亚希显然也持有同样的看法。

"因为他对胜利的执念比谁都强。"横尾也叹了口气。为了赢得胜利，他全力激励选手，这固然取得了一定成绩，然而，他往往只看重输赢，一切皆以结果为导向，这可以说是平川的短视之处。

"能如此执着于胜利，从某种意义上来说也是一种才能吧，"亚希有些无奈地说，"他之所以能那样说，想必是觉得东西大学不可能输给学生联合队吧。"

"毕竟是夺冠热门之一，而且队里也有一些很有意思的选手。"横尾一边翻看着记录当天计时赛细节的笔记，一边想起南在比赛后半段的冲刺。虽然最终体力不支，但他那略显粗犷的跑法展现出了潜在的天赋，令人印象深刻。

"南的话，的确……"亚希显然也想到了同样的事，"感觉他比去年成熟稳重了不少，或许能成长为扛起东西大学大旗的跑者。要是能出场，说不定会成为影响比赛走向的关键人物，值得关注。"

无论如何，经过这天的选拔赛，东西大学将最终确定十六人的大名单。

报名截止日期已经临近。届时，所有参赛学校都将提交参加明年一月二日和三日比赛的十六人正式名单。

接下来的三个星期，将是大日电视台正式展开密集采访的时期。

"说起来，我还以为今天辛岛会露面，结果到最后都没来。你听到什么消息了吗？"横尾像是突然想起什么，问道。

"他说去看学生联合队了。"

"不会吧，他该不会是受到杂志文章的影响了吧？"

"谁知道呢。"亚希思索片刻，给出了一个合理的解释，"或许是因为学生联合队和其他队伍不同，他们一开始就确定了十六人的名单？"

"原来如此。其他队伍都是在确定大名单后才正式开始行动的。"采访的方式因人而异。横尾接着问："名单确定后，反而会去采访落选的选手吗？"

"我问过辛岛，他说不想做那种在伤口上撒盐的采访。"

横尾有些意外。"辛岛是这么说的？"

"他说要站在选手的角度考虑。"

"这倒有点出乎我意料。我还以为他会做更直接、更尖锐的采访。"

这是横尾头一回和辛岛共同负责箱根驿传的报道，所以他对辛岛的采访方式很感兴趣。

"别看他那样,他对选手们其实很体贴。"

"对我们可严厉多了。"横尾半开玩笑地说完,神情变得认真起来。天色已暗,他透过风挡玻璃,凝视着高速公路,感慨道:"但是,都这把年纪了,还能保持这份体贴,真是难得。"

5

明明是按时睡下的,隼斗却感觉身体状况不太好。

梦境中,反复出现为队伍管理问题而苦恼或是被指责的场景,现实与梦境交织,让他睡得很不安稳。

令人苦恼的问题有很多种,但隼斗认为,最糟糕的,莫过于无能为力,只能等待结果。

比往常更早一些,还不到凌晨五点,隼斗便走出房间,来到宿舍楼旁边的操场上。

周围还很昏暗。寒气中,跑道在长明灯和宿舍楼投来的灯光之下若隐若现。

隼斗把训练服上衣的拉链拉到最顶端,跑了起来。

以平常的速度跑了两圈后,他的步频慢了下来。许是睡眠不足的缘故,身体没有往日的利落,双腿也很沉重。

在隼斗踏上跑道之前,已有几位队员在操场晨练了。

星也就是其中之一。不知他从几点就开始跑了,据隼斗所知,每天早上的自主训练,星也永远是第一个到场。他对跑步的热情,与在队里那副冷淡的态度,简直判若两人。

还有弹和丈的这对"山路"组合。

"哟。"

"早。"

两人从隼斗身旁跑过,向他打了招呼,随后便默默结伴,专注地跑了起来。

"早上好。"隼斗简短地回应。在朦胧的天色中,他只能听到两人轻快的脚步声,目送着他们的背影渐行渐远。

跑者的清晨总是来得很早。没过多久,队员们便陆续从宿舍出来。有的专心致志地在跑道上跑圈,有的则离开操场,沿着自己选定的路线去晨跑。

"有浩太的消息吗?"

周人放慢步伐,靠了过来,问道。这突如其来的询问,令隼斗颇感意外。

周人受父亲潜移默化的影响,也被其思考方式所束缚。而浩太,受的是教练的熏陶。正因如此,周人或许比隼斗和其他队友更能理解浩太的心境。

"还没有。"听到隼斗的回答,周人没有回应,默默超过了他。

这样的晨练本是日常景象,但这天却与往常不同。每个人都心事重重,气氛沉闷而凝重,大家似乎都只想专注于跑步。

太阳升起后,在场地外自主练习的队员们也陆续回到了跑道上。

自然而然地,他们默契地形成队列,集体跑了起来。

呼出的气息是白色的。发丝随风轻晃,跑鞋摩擦地面,发出干涩的声响。队员们都没有言语交流。

脚步的节奏相互交织,将他们紧紧相连,融成一个整体。

清晨的阳光斜照在跑道上,映出鲜亮的砖红色。蓝天之下,东邦经济大学宿舍那几何形状的轮廓反射着耀眼光芒。

跑道不远处,甲斐注视着自主训练的队员们。他身后的大沼抱臂而立,观察着每一位队员的状态。

就在这时,一个身影从宿舍通往操场的楼梯上跑了下来。

这身影瞬间吸引了全队人的目光,领跑的隼斗不由自主地放慢速度,停下了脚步。

是浩太。

他把双肩包放在草地上，脱下外套，径直走向甲斐和大沼，深深地鞠了一躬。

甲斐默默地伸出右手，浩太伸手回握。与大沼教练，浩太也重复了同样的动作。没有多余的话，但已经足够了。

"浩太！"有人喊出他的名字。

"浩太！"

"浩太！"

呼喊声此起彼伏，很快便化作整齐划一的"浩太，浩太"。

浩太转过身，露出羞涩的微笑，跑向队友们。

他被队员们团团围住，大家你推我搡，纷纷与他击掌。

"来得够晚的啊，浩太。"不久之后，隼斗对浩太说道。

"对不起。"

隼斗轻轻拍了一下浩太的肩膀，重新跑了起来。浩太紧随其后。

就在这一瞬间，隼斗觉得脚步轻快了许多，仿佛有什么东西悄然改变了。

队内像是发生了化学反应，先前沉重的气氛像谎言一样被清除干净。

"大家听我说。"

随着甲斐的一声招呼，全体队员聚集到了操场入口处。

"我有些话想向大家说。也许有点长，但请诸位耐心听。正因是现在，我才一定要跟你们说。"

甲斐神情郑重地开口，所有人都收起了笑容，认真聆听。

"我大学毕业后一直在商业界打拼。那是一个只要不违法，为了达到目的可以不择手段的世界。不合情理的事情随处可见，我曾经相信的东西也被彻底推翻了。有过几次这样的经历之后，我便想着，要在这个世界上，为真正值得相信的东西而努力。"

甲斐的视线扫过每一位选手，注视着他们的面庞。

211

"在田径的世界里,没有谎言。大家为了跑得更快,坚持不懈地付出努力、倾注热情、坚守信念和勇气。在这里,有不可动摇的真理。"

迎着每位选手的目光,甲斐坚定地说道:"无情的报道和网络上的言论可能会继续。但是,真相是什么,只有我们自己知道。接下来,我们只要相信自己,一心一意地奔跑。比赛不会背叛我们。"

有人站着发呆,有人一脸忘我地盯着甲斐,有人咬着嘴唇不停点头。尽管表情各异,但在那一刻,每个人的眼中都闪烁着认真的光芒。

"还有,浩太,"甲斐目光直直地看向浩太,"欢迎回来。"

见甲斐眼眶湿润,隼斗的胸中涌起一股热流。

"团结大家的力量,一起战斗吧!"

甲斐大喊。

在这四面楚歌的局面下,他向着在场的所有人发出了振奋人心的呼唤。

"大家一起战斗吧!"隼斗也喊道。

"好!"

"好嘞!"

弹和丈两人精神振奋地回应。

"我们一起努力吧!"

"加油啊!"

喊声此起彼伏,他们自然而然地围成了一个圆阵。身处其中,隼斗再也抑制不住,泪水夺眶而出。计图抬头看着甲斐,不断点头,眼睛早已通红。

全队上下的心凝聚在一起,化为昂扬的士气,瞬间爆发。一股澎湃的激情笼罩着清晨的跑道。

距离箱根驿传正赛,只剩约三个星期的时间。准备投入战斗的学联队,此刻真正站在了起跑线上。

第九章　剑拔弩张

1

"吵过架之后,情谊更深了吗?"

诸矢的声音微弱,表情有些空洞。

他摇起病床的上半部,把目光投向窗边,但并没有看着坐在窗边折叠椅上的隼斗,而是在眺望他背后的港口。

从那里可以看到海上自卫队的舰艇以及更远处的美军基地。前几天停泊在港口的护卫舰"出云"号不见了,似乎是去某个海域执行任务了。

十二月中旬的这一天,全年最强的寒潮袭来,面向港口的维尔尼公园上空,飞舞着无数海鸥。

单人病房的桌子上,作为伴手礼的甜点原封未动。平时,诸矢至少会拿一两块放进嘴里,但今天他好像没有食欲,只说"放在那里吧",便没再去碰。

"北野和松木浩太……他们怎么样了?一切还好吧?"

诸矢忧心忡忡地问道。要是他还像之前那般精力充沛,大概不会在意这种事。

或许是生病的缘故,现在的诸矢似乎对人际关系格外敏感。

"听说浩太写了退部申请书。他说要是队里不满意,就收下这份申请吧。"

如果这份退部申请被受理,浩太将会失去学联的注册资格,也就失去了箱根驿传的出场资格。

"北野收下了吗?"

"没有,据说是暂时搁置了。"隼斗轻轻摇了摇头,"星期六我们去拜访后,浩太找北野教练谈了谈,但是,只是他单方面在表达意见,并没有得出什么结论,最终,浩太搬出了宿舍。"

"他吃饭不成问题吧?"

首先关心伙食问题,这一点很有诸矢的风格。

"据说他暂时住到了附近朋友的宿舍,北野教练的夫人不放心,每天会给他送晚饭,还帮忙做营养管理。"

"那就好……他的精神状态没问题吧?"

隼斗其实也很担心这一点。"他说已经放下了。"

或许是结束了长时间的心理斗争,至少在表面上,浩太显得轻松了许多。

"他说,这是最后一次比赛了。"

"最后?他要去哪里工作?不加入实业团吗?"

"听说他打算回老家富山当教师。"

"原来如此……"

诸矢将视线从窗外收回,缓缓闭上了眼睛。他的胸口随着呼吸上下起伏,扎在手背上的点滴针头显得格外刺眼。

过了许久。"还有一个人,不是吗?"诸矢突然睁开眼睛,问道,"另一个对甲斐的做法有异议的选手。"

"你说内藤星也吗?他是关东文化大学的。"

"对,就是他。他现在什么情况?"

前几天的集训结束后,隼斗意外获得了和星也交谈的机会。

"可以让星也一起去吗?"浩太在受邀一起吃饭时,这样问道。

于是,隼斗、计图、浩太和星也四个人来到了东邦经济大学宿舍附近的一家家庭餐厅。

隼斗没想到会和星也面对面坐下。

正是在自然地提到浩太重新归队的话题时,隼斗他们才得知浩太与北野决裂并递交了退部申请的事情。

"退部申请!"

星也的惊讶之情,明显超过了隼斗和计图。

"值得做到这个地步吗?"星也脱口而出,"箱根驿传真的有那么重要吗?"

这话听起来像是在自问,而不是在向谁发问。但从中能感受到,他对箱根驿传的态度,与其他人相比,有着明显的温差。

计图也许是察觉到了这点,开口问道:"你这是什么意思,星也?"

"什么意思……"星也轻笑了一下,"箱根,箱根,大家都太过狂热了吧。所以才有人说日本培养不出马拉松选手——大家在箱根驿传就已经燃烧殆尽了。箱根驿传明明只是通往更高目标的一块跳板而已。"

一块跳板而已。

听到这个词,隼斗心中一震。他仿佛窥见了星也所追求的世界。与此同时,他也终于理解了星也以往的言行。迄今为止,隼斗一直觉得星也对这支学联队的态度很消极。

但事实真的如此吗?

每天早上的自主训练,星也总是第一个出现在操场上,这就是最好的证明。即便他对团队的方针持否定态度,但他对跑步的态度却比任何人都积极。

隼斗意识到,自己忽略了他的行为反差背后隐藏的意义。

"星也，你想成为一名马拉松选手吗？"隼斗问道。

星也的视线短暂地上扬了一下，然后有些不好意思地移开了。

"嗯……算是吧。虽然还没真正挑战过全程马拉松，但我希望将来能朝着那个方向发展。"

"原来是这样。"

这一刻，所有的疑惑都消散了。隼斗轻轻吐了一口气。

"是因为'箱根驿传影响了马拉松'吗？"隼斗低声问道。

所谓"箱根驿传影响了马拉松"，是指一些人认为，有些选手在箱根驿传中取得成绩后，会燃烧殆尽，失去动力，使日本马拉松的整体实力下滑。然而，这种说法并没有确凿的依据。

"确实有人这么认为，但星也，你真的相信这种说法吗？"

隼斗问道。星也摇了摇头。

"我并不觉得箱根驿传会让马拉松水平变弱。事实上，许多马拉松选手都有出战箱根驿传的经历，就拿近几年的选手大迫杰[1]和设乐悠太[2]来说，他们在箱根驿传时就是明星选手。但箱根驿传说到底只是一场关东地区的大学生赛事，我反感的是对它过度关注，它有点名不副实。你不觉得吗？参加这场比赛仿佛成了一件天大的事，可实际上并非如此。"

"啊，对不起，浩太前辈。"星也赶忙向默默倾听的浩太道歉。

星也这般随意地评判箱根驿传，而浩太却为了它，与恩师决裂，不顾一切去挑战。

"没关系。"浩太平静地说道，"毕业后，我会回富山老家，去当高中老师。"

---

[1] 日本著名男子田径运动员，在大学时期作为早稻田大学选手参与箱根驿传，多次夺得区间奖，后在国际马拉松等赛事中屡创佳绩，以独特跑法和挑战精神闻名。

[2] 日本著名男子田径运动员，在大学时期连续四年代表东洋大学参加箱根驿传，多次夺得区间奖。

"你不考虑加入实业团吗?"隼斗问,浩太的回答令他略感意外。以浩太的实力,加入实业团或许也能有所作为。

然而,浩太只是带着些许落寞摇了摇头。

"我很清楚自己的极限。作为跑者,我的田径生涯会在这次箱根驿传后结束。正因如此,今天我才回来参加训练。要是加入实业团,我可能就不会来了。很羡慕星也能够把箱根驿传当作一块跳板。但对我来说,这里已是终点。不过,就算对你来说是一块跳板,也别忘了,还有像我这样的人。世界上还有很多其他跑者,怀揣着各自的理由。那些能够专注于跑步的人,是幸福的。"

隼斗偷偷看了浩太的表情。

浩太给出的理由是"清楚自己的极限"。

但隼斗觉得,或许事情没那么简单。浩太选择回到家乡就职,可能还有另外的原因。而这些事情,隼斗觉得不该追问。

浩太想必早就知道星也的想法。

如今,他终于摆脱了北野教练的束缚,卸下了一直背负的包袱,浩太或许希望向星也倾诉自己的心事。

隼斗和计图,或许只是浩太选择的见证人。

星也低着头,沉默不语。但隼斗知道,他的内心一定发生了某种变化。

此刻——

默默听着的诸矢眼角泛起了微微的泪光。看到这一幕,隼斗咽下了原本想说的话。

"跨越痛苦的人,会对他人更加温柔,"诸矢说道,"松木一定会成为一名好老师的。"

"我真想把您的这句话转告浩太。"

听到隼斗的回答,诸矢微微一笑,将话题转回箱根驿传:"参赛学校的团队报名已经确定了呢。"

几天前，箱根驿传正赛的报名截止，各队的十六人名单都已经确定。

"去程107.5公里，回程109.6公里。不仅要与漫长的距离抗衡，比赛当天的天气、气温，以及每位选手负责的区间，都会左右胜负。仅仅跑得快是不够的，只有强大的队伍才能最终获胜。这就是箱根驿传。"

"只有强大的队伍才能最终获胜……"诸矢的话深深地刻在了隼斗的心中。

2

"名单已经出来了。德重先生，您怎么看？"

会议结束后，菜月发问。德重依旧双手抱胸，低头盯着手中的资料。

那是各支队伍提交的十六人名单汇总表。

其实不用菜月询问，德重早就在思考这个问题。或者说，他根本无法不去想，这样才更贴切。

"夺冠热门首推青山学院大学，他们正向着蝉联总冠军的目标迈进。"

资料是按去年的名次排列的。德重用指尖敲了敲青山学院大学的位置，继续说道："今年他们的阵容依旧很强，经验丰富，基础稳固。说不定，这次他们能突破十小时四十分的大关。但真正的悬念在于，其他大学能与青山学院大学拉开多大差距？从目前来看，东西大学无疑是最强劲的竞争对手。"

东西大学去年屈居第二。与冠军失之交臂的平川教练一心想要雪耻，这一点在刚才一号车主持人横尾的报告中得到了确认。

"关东、驹泽、东洋、早稻田。这几所大学也将展开激烈的争夺战。其中，除了东西大学，关东大学或许是最有可能击败青山学院大学的。"

想必任谁看了，都会得出类似结论。

"亚希说，东西大学的南广之很有趣。不过，他的状态似乎有些不稳定……"

"原来如此。"

上届箱根驿传，南广之作为一年级学生出战三区，与众多前辈选手正面较量，毫不逊色，他的表现令人印象深刻。

这一次南广之也进入了东西大学的十六人名单。

"东西大学最值得关注的，要算头号选手青木。"德重看着名单，继续说道，"南广之也不容小觑，但要论速度，三年级的八田贵也相当出众，万米能跑进二十八分以内。只是八田还没有过箱根驿传的经验。会把这样一位初露锋芒的选手安排在哪个区间呢……"

"同为三年级的黑井雷太也值得关注。他的风格很稳健。"

菜月提到这个名字，德重不禁想起了那位比赛和训练时都面无表情的选手。这个被称为"冷面人"的黑井，确实令人印象深刻。

"另外，不得不提的还有安愚乐一树。"

他是东西大学出了名的"斗士"，以在比赛中对超越自己的选手怒目而视闻名。坊间甚至流传着"在新年期间被安愚乐瞪一眼是好兆头"的说法。他是个活脱脱的"坏小子"，个性十足。

"安愚乐今年已经四年级了。平川教练明确表示，他会安排安愚乐跑十区。这绝对会成为一大看点。"

"二区应该是青木翼，五区的话，如果不出意外，会是芥屋信登吧。"

东西大学二年级的芥屋，去年箱根驿传首次出场，负责五区，并一举夺得区间奖，因而被称为"新一代山神"。洒脱的性格也使他备受欢迎。若一切顺利，今年想必也会入选。

"东西大学的一、二年级选手也很有天赋，阵容之强，可以说与青山学院大学不相上下。"

菜月这一评价并非过誉。

不过，有时丰富的人才储备反而会带来问题。

上届比赛的关东大学就是典型。选拔出的一年级和二年级选手均未能顶住压力，导致关东大学与总冠军失之交臂。

接力带的重量，唯有亲手传递它的人才能体会。对缺乏经验的一年级新生和初次参赛的选手而言，这份历史传承的厚重与压力无疑难以估量。加之沿途观众不间断的热情助威，有时会让选手们心潮澎湃，甚至受到干扰。

"要是东西大学能够充分发挥实力，我觉得他们有实力与青山学院大学一较高下。倘若关东大学也加入竞争，比赛无疑将更加精彩。"

关东大学虽然也拥有不少能力出众的选手，但与东西大学氛围迥异，某种意义上是优等生扎堆。往坏处说，就是有些平淡。以三年级王牌坂本冬骑为核心，他们的风格更加稳健。

"名仓教练对上次的失利相当懊恼。"

德重回忆起上个月前往关东大学拜访时的情景。

在去年的正赛中，关东大学在去程中领先，成功压制住了青山学院大学，但回程中他们不仅被青山学院大学反超，更在八区被东西大学超越，速度明显下滑。赛前被视为夺冠热门的他们，最终仅获得第六名。

"那是我战术上的失误。"名仓教练和德重交谈时，咬着嘴唇这样说。毕竟名仓素有智将之称，对自己在选手安排上的失误，显然无法轻易释怀。

"名仓教练很可能会改变后半程的策略。"德重分析道，"和前半程一样，后半程或许依旧会选择实力稳健的选手，如此一来，说不定会在比赛最后阶段上演大逆转。"

在箱根驿传以往的赛事里，在选手的任用上更侧重去程。因为大家坚信，如果不在前半程尽可能提升排名，就难以取胜。但近年来，重视后半程的队伍越来越多了。这是因为人们重新认识到，拥有能稳定跑完全程的实力选手来巩固后半程至关重要。不难想象，上一次的惨痛教训，名仓一定铭记在心。

"关东大学的坂本在被问到今年的目标时，回答是打倒青木。看来去年在二区输给青木让他相当不甘心。"

菜月说道："东西大学的南广之也公开表示，绝不会输给青山学院大学的选手。今年教练和选手之间的较量，恐怕会比往年更加白热化。"

菜月难掩兴奋："这次的比赛一定会非常精彩。"

德重深有同感。

今年的箱根驿传恐怕会是一场前所未有的激烈战斗。将这场比赛的细节、真实感，以及精彩瞬间毫无遗漏地传递给观众，这对德重他们来说，是一个巨大的挑战。

3

"果然，知道对手是谁后，心里不自觉就更紧张了。"计图一边看着各队的十六人名单，一边说道。

时间是晚上七点多。晚饭过后，甲斐、隼斗和计图三人在明诚学院大学宿舍的教练办公室召开一场简短的会议。

坐在对面扶手椅上的甲斐，正逐一浏览各队的名单。

"相当有趣啊。"甲斐看了某个队伍的名单后，抬起头说道。

"哪个队？"隼斗问道。

"东西大学。"甲斐用指尖轻叩着资料，"他们相当大胆，换下四年级的桥爪、三岛、河内这三名有三次箱根驿传参赛经验的老队员，换上了没有经验的二年级学生。"

"相反，关东大学的阵容则更看重经验。"计图说道，"他们应该不想重蹈去年的覆辙。"

"把没有经验的一、二年级学生安排在回程的七区和八区，这是去年失败的原因。大概是想让他们体验一下箱根驿传，但这份好心却事与愿违。这次他们在选人上吸取了教训，以三、四年级学生为主。"

"从万米的平均成绩来看，青山学院大学的确很厉害啊。"计图看着面前的笔记本电脑分析道，"单看选手在跑道上的成绩，接下来依次是东西、关东、驹泽、东洋、早稻田。外界一般的预测也差不多如此。"

计图已整理出全部二十所学校，总计三百二十人的名单。通过这个名单，他尽可能详细地收集并分析参赛选手的数据。如今的计图，可谓身兼经理和分析师之职。

"如果比赛完全照着理论展开，那就太轻松了。"甲斐靠在椅背上，喃喃自语道，"选手以往的比赛纪录只是一维的。加上当天的天气和客观条件，就成了二维的。再综合选手的身体状况和心理状态，才构成三维，也就是现实。"

这分析很符合甲斐的风格。

"教练，您认为左右比赛结果最关键的因素是什么？"隼斗问道，同时悄悄打量着甲斐的表情。

"心理因素占七成。"甲斐断言道，"正因如此，箱根驿传才特别，或者说是独一无二。选手发挥不出平时的水平，还会出现本不该有的失误。当然，也可能诞生黑马，爆出意想不到的冷门。"

"冷静地思考，您认为我们队的实力如何？"

"如果只从选手个人的最好成绩判断，大概在第七名或第八名。"甲斐说。实际上，计图汇总的数据也证实了这一点。即便如此，比起往年的学联队，自家队伍人才济济这一点毋庸置疑。

"但要是赛前充分研究赛道、制定战术，再提升团队凝聚力，我们有能力冲击更高名次。所以才定下那个目标。"

目标是取得相当于前三名或更优的成绩。

隼斗想起诸矢说过的话："甲斐之所以特别，是因为他拥有那些人所没有的独特世界观。"

此刻他意识到，所谓的世界观，并非虚无缥缈的概念，而是基于现实的冷静判断、理性分析，以及创造性地看问题的能力。换句话说，世界观就是一种战略思维。

这绝非一时冲动的心血来潮，也不是徒有其表的表面功夫。

甲斐在提出目标时，看到了一幅隼斗无法描绘的蓝图；此刻，他审视着其他大学参赛选手名单，眼前似乎又浮现出独属于他的景象。他脑海中究竟在推演怎样的策略，隼斗不得而知。

和甲斐开完会，隼斗和计图离开教练办公室。路过休息室附近，听到一个声音，他俩不由得停下脚步。休息室里的灯关掉了一半，昏暗之中，有个人坐在桌子旁。

隼斗探头往屋里瞧，那个人举起拳头，用力砸在桌上。他们刚刚听到的，恐怕就是这个声音。只见那人右手紧握着拳，左手揪着头发。

"友介。"

听到隼斗的呼叫，友介才注意到他们的存在，猛地抬起头，似乎吓了一跳。

友介眼睛通红、紧咬嘴唇的模样让隼斗吃了一惊。

"喂，你没事吧？"

友介没回应，站起身，一言不发地离开了休息室。

"出什么事了？"计图也一脸惊讶，目送着友介的背影问道。

"不知道。"隼斗说着，注意到桌子上有一个文件夹。"啊，那是箱根驿传的报名名单。想着能稍微激励一下大家，就做了一份。"

"原来如此。"

这是各参赛队伍及学联队最终报名选手的资料，每个队伍一页。

参赛选手的名字旁边，标注了万米个人最好成绩。

大概是计图细心，学联队的名单，用黄色记号笔在隼斗名字上做了标记。

"是因为这个吗……"隼斗小声嘀咕，叹了口气。惊讶之中夹杂着一些不解。他得到箱根驿传的参赛机会，就这么让友介无法接受吗？

他内心五味杂陈。

但就在这时，计图说："应该不是吧。"

他从地上捡起一张纸，展开那张皱巴巴的纸，拿给隼斗看。

那是东西大学的参赛选手名单。

这一页是从资料里撕下来的，被揉成一团扔在地上。想必是友介干的。

可这是为什么呢？

"你有什么头绪吗？"

计图摇了摇头。"难道是因为讨厌东西大学？"

他小心翼翼地说道。但他自己也知道，这只是毫无根据的猜测。

"从友介那不甘心的表情看，事情肯定没这么简单。"隼斗心想，考虑到两人之间微妙的关系，即便问了，友介也未必会说。

他叹了口气："算了，要是有什么事，我们迟早会知道的。"说完便离开了。

4

名仓站在操场上，表情越发凝重。因为在训练后半程，主力之一的官藤道大突然大幅减速。

"官藤同学这是怎么了？"凛冽的北风中，亚希下意识问道。

"他的状态总是起伏不定啊。"负责一号车的主持人横尾接过话茬，紧接着补充道，"希望比赛当天不会出现这种状况。"

"宫藤同学大概还是跑五区吧。"

宫藤去年也负责五区。虽然与区间奖失之交臂，但守住了接棒时的领先优势，为关东大学斩获去程冠军立下了汗马功劳。一旁的辛岛从刚才起就一声不吭。他一言不发地伫立在操场上，将视线投向选手们奔跑的身姿。

这里是群马县的市民体育场。每年箱根驿传正式比赛前夕，关东大学都会按惯例在此集训。大日电视台的解说员们也会如期而至，观摩训练并采访选手们。

群马赤城山凛冬的寒风刺骨，长时间站在户外观看训练，简直如同修行。

然而，辛岛竟丝毫没有畏寒之意，他用炽热的目光注视着场上奔跑的选手们，仿佛正式比赛此刻就在眼前展开。

在三人的注视下，报名参加正式比赛的十六名选手陆续冲过终点，训练暂时告一段落。

接下来就是采访时间。

亚希和横尾走上前去，开始向选手提问。而负责采访教练的是辛岛。

"名仓教练，您觉得队伍目前的状态如何？"

面对辛岛的问题，今年五十五岁的名仓教练目光微微下垂，一时间没有开口。

名仓是一个谨慎且善于思考的人，绰号"教授"。与"指挥官"相似，选手们的性格也大多比较内敛。虽然名仓与热衷于出风头的东西大学教练平川形成鲜明反差，但在内心里，他同样燃烧着强烈的竞争心。

"只要在正式比赛时能达到巅峰状态就好。"名仓的回答听起来像是在对自己说。言下之意，现阶段的状态并不理想。

"坂本同学跑得不错。"

辛岛试探性地提起话头，却只换来名仓一句淡淡的"还行吧"。这个反应对他来说算得上有些反常。要知道，坂本冬骑可是名仓的得意门生，是关东大学的绝对主力。

"他一公里配速轻松跑进三分，后半程节奏也维持得很好，表现相当出色。是确定让他跑二区吗？"

"能压制青木的只有冬骑啊。"

青木翼是东西大学的王牌选手。看来，名仓对东西大学这个对手颇为在意。

"今年的阵容怎么样？"

"嗯……"名仓略加思索，"应该是一支没有破绽的队伍吧。"

可以看出，名仓对去年后半程的失利悔恨至极。

"后半程的战略是？"

"现在还要保密，不过会派出非常优秀的选手。"他静静注视着操场，眼神中透着理智和坚定。

"名单中的选手以三、四年级为主，让人意外。往年通常会有更多低年级学生入选。"

"嗯，偶尔这样安排也不错吧。"名仓敷衍道，但他对胜利的执念表露无遗。

"话说回来，竹光同学已经成长为一名优秀的选手了呢。虽然一开始他似乎有所保留，但后半程冲刺的劲头相当不错，他的耐力是不是有了显著提升呀？"三年级的竹光大斗今年万米跑出了二十七分多的好成绩。

然而，至今为止，竹光还未在箱根驿传中出场过。尽管实力不俗，但王牌选手坂本总是占据着众人瞩目的位置，竹光只能在其身后默默努力。今年，竹光或许终于迎来了属于他的闪耀时刻。辛岛原本是这么想的，但此刻他注意到名仓脸上闪过一丝苦恼，话到嘴边又咽了回去。

名仓心里还在挣扎。

这一刻，辛岛仿佛窥见了这位素有"智将""教授"之称的男人的内心深处。

那是因失败而产生的两难困境。

在上一届比赛中，关东大学在最后阶段失速，最终落败。

名仓将失败归结于自己的战术失误。

正是因为那次惨痛的失败，这次名仓致力于打造"一支没有破绽的队伍"，而其核心或许就在于经验。以箱根驿传经验丰富的选手为中心，打安全牌，而那些虽在田径赛场上取得过成绩，但欠缺箱根驿传经验的跑者，恐怕会被置于相对次要的位置。

"经验能压倒实力，是吗？"辛岛揣摩着名仓的心思，开口问道。

"就算在田径场上跑得飞快，到了箱根驿传，也未必能行得通。"名仓吐露了心声，言语间满是对箱根驿传深深的忌惮。去年，这位"智将"对此有着刻骨铭心的体会，恐怕他至今仍未走出那片阴影。

齿轮一旦错位，便陷入错误的循环，难以归位。

这一刻，辛岛仿佛能看到这位教练如同精密机器般的大脑中，那些已然错位的齿轮正在飞速转动。

5

天空仿佛随时都会塌陷，豆大的雨点倾落而下。

雨势一旦起来，转眼间便愈发迅猛，如注的大雨将视野彻底涂成了白茫茫的一片。雨中夹雪，更添几分寒意。

这天——

学联队队员们离开东邦经济大学的宿舍，前往千叶县进行为期三天两夜的集训。

他们住在大沼熟悉的一家旅馆，沿着周边的农道与街道进行跑步训练。路线全程约20公里，在大约10公里处折返。大沼对这一带非常熟悉，特意设计了这条起伏多变、充满挑战的路线。

这条田间道路有着舒缓的起伏，在10公里的折返点处，道路延伸进一片树林，先是一段上坡，紧接着便是下坡。

隼斗已经跑过了兵吾所在的折返点，开始沿着下坡路飞奔。

瓢泼大雨瞬间将道路打湿，林间小道也消失在白茫茫的雨雾之中，远处的群山更是被雨雾遮蔽，不见踪影。

这场降雨比天气预报提前了半天左右。

大地发挥实力，一路领先，与身后的队员拉开了约10米的距离。他步伐稳健，精确地掌控着节奏，即便已跑过10公里，上半身依旧稳如磐石，不见丝毫晃动。浩太紧随其后，位列第二。状态绝佳的遥与一年级的尖子生圭介，分别位列第三、四位，加上排名第五的隼斗，组成了第一集团。

随着学联队训练日程接近尾声，各校参赛名单也已公布，比赛氛围愈发浓厚。队员们仿佛一下子进入了临战状态，这场训练因而更像是一场真正的比赛。

该在哪里发起冲刺呢？

隼斗一边用运动手表确认时间，一边冷静地观察着前方四人的动向。目前的配速略高于预期。

雨势越来越大，无情地打在奔跑着的学联队队员们身上。

就在这时，隼斗突然感觉身后有人追了上来。

下一秒，那人便与他并排了。

是佐和田晴，调布大学四年级学生。从这次集训的表现来看，他的实力能否跻身箱根驿传十人名单还很难说，处境相当微妙。

然而，就在追上隼斗的那一瞬间，他骤然发力冲刺，并逐渐超过了隼斗。

晴挥动着双臂，无惧风雨，大步向前。

跑在圭介前面的遥抬头看天。这不是他第一次在途中观察天色了，他似乎对天气状况格外在意。与此同时，他的身体也开始摇晃，显然前半程的高速节奏已经让他有些吃不消了。

在遥身后，圭介虎视眈眈，伺机超越。然而，更令人惊讶的是，晴也突然杀入战局。

他展现出与平时截然不同的凌厉之势，超越圭介后，保持着这股势头向遥发起冲击。

隼斗也试图跟上，无奈脚下湿滑，寒雨扑面，他的冲刺显得有些力不从心，就这样冲过了终点。

甲斐在随行的教练车上目睹了全程。

当晚，在旅馆房间里，甲斐和大沼一起回顾当天的训练。

"晴在天气不好的时候表现格外突出啊，这不是第一次了。"大沼说道。他当天负责观察第二集团的情况，后半程的冲刺是听甲斐描述的。

"在这种天气下，整体速度都会下降，但还是存在擅长与不擅长之分。晴似乎很适应这种环境，反倒是遥不太喜欢下雨天。"

桃山遥是东洋商科大学的二年级学生，平时实力在队内也名列前茅，但一到恶劣天气就表现不佳。

"还有，我有点担心莲。"大沼直言不讳地说出了心中所想，"你怎么看？"他并不打算自己给出答案，那语气仿佛在考验甲斐的评判眼光。

"他集训第一天通常表现不错，第二天的测试赛中，成绩就不怎么理想了。"甲斐脑海中浮现出峰岸莲那说话直来直去、透着一股调皮劲儿的模样。

"要是能更专注一些就好了。怎么说呢，他这人容易兴奋，也容易懈怠。"

"同感。"大沼满意地点点头，显然他们对峰岸莲的评价一致。

"如果要用他的话，最好安排在去程。回程的话，他很难保持专注力。我带学生这么多年，确实偶尔会碰到这种类型的选手。"

两人的着眼点，并非仅局限于跑步的速度和时间等技术层面。更重要的是，从跑者本身出发，综合考量其作为运动员和个人的特质，从而发掘他们的潜力。最终目的是确定各区间的最佳人选。

"如何运用每个人的特点至关重要。如果能在选手发挥出最大能力的时机启用他们，或许会有意想不到的收获。"甲斐说着，目光落在记录当日情况的写字板上，"大地还是一如既往地稳定。教练，您怎么看？"

大沼环抱双臂，抬头看天花板，像是在思考什么。

"有什么问题吗？"

"东西大学肯定会让青木跑二区。"大沼终于开了口，"如果在二区碰上青木的话……也不知道为什么，大地好像对他有点打怵。不过那是田径场上的情况，公路赛的话，可能又不一样了。"

"原来如此，"甲斐点点头，"但无论如何，得找个办法消除这种不自信。"

"没错。"

箱根驿传的较量已悄然展开。

究竟让谁负责哪个区间呢？教练需要观察选手状态，分析竞争对手的策略，并综合考量后做出最终决策。有时甚至会特意将原本该作为替补的选手列入正式名单，在比赛当天早上，再根据对手的阵容进行人员替换。无论是去程还是回程，换人截止时间都是比赛开始前一小时十分钟。这无疑是赛前最后的策略博弈。

"比赛初期绝不能被拉开差距。一旦落后，就很难实现逆转。"

大沼的这句话是所有参赛队伍的共识。如果比赛一开始就被对手甩开，后续的追赶将变得极其困难。因此，各队在一区和二区安排实力强劲的选手是必然的选择。

6

"隼斗前辈,我听说了一件事情,有点在意。"

结束为期三天的集训,回到明诚学院大学宿舍后,计图叫住了隼斗。

来到休息室,计图压低了声音,开口道:"其实是友介前辈的事。"

"友介?"隼斗脑海中瞬间闪过宿舍休息室里友介情绪失控的样子。

"我好像知道友介前辈身上发生的事了。"

"什么意思?"隼斗下意识压低了声音。

"我问了三崎前辈。他说这件事无法证实,但还是告诉了我。"

三崎凉是负责四年级队员相关事务的队伍经理,和友介来自千叶县的同一所高中,两人关系很好,隼斗是知道的。

"是什么事?"

"友介前辈一年级的时候不是参加了箱根驿传吗?听说那时其他学校的选手,对他做了件无论如何也不能原谅的事情。据说他气得不轻。"

三年前的箱根驿传,友介跑的是四区。前几天,隼斗也去查看了那条从平冢中继站到小田原中继站的路线。

三崎说,友介在赛前热身时,和东西大学的一名选手不小心撞到了胳膊肘。这纯粹是无心之失,可对方却对友介大声呵斥,气氛一下子变得紧张起来。不仅如此,那选手还故意踩了友介铺在准备区的毛巾。

"友介亲眼看到他踩毛巾了吗?"

"听说是亲眼看到了。他立刻跑过去质问对方:'你凭什么踩我的毛巾?'两人就此争执起来。对方不仅不道歉,反而倒打一耙,指责友介的毛巾铺在路中间碍事。"

那是接棒前一刻发生的事。当时,友介还是个初出茅庐的一年级新生,想必正拼了命承受着首次参赛的巨大压力。

那件事很可能扰乱了他的心神,让他失了冷静,导致他无法按赛前计划执行战术。原本第八名接棒的友介发挥失常,被五个人超过,名次掉到了第十三。

但是,这与之前发生的事有什么关联呢?

"对方好像是东西大学的安愚乐前辈。"

"东西大学的安愚乐……"

隼斗也知道安愚乐一树。

他因行事作风,得了"斗士""坏小子"之类的外号。但与此同时,他也很有人气。

"那会儿东西大学排名还在我们之后呢。"

"没错。四区接棒的时候,他们好像排第十。"

对东西大学来说,这场比赛可谓意外地艰难。"一区的选手发挥失常,差点就弃权了,好不容易才追到那个名次。"

一年级的安愚乐在他的赛段连超三人,把东西大学的排名提升到了第七。接着五区的爬坡赛段,选手表现出色,助力队伍在前半程以第四名完赛。

"友介前辈出发时比东西大学早了将近三十秒,可后来还是被安愚乐前辈超过了……听说就在那时,安愚乐前辈对他说了些让他无法接受的话。"

"他说什么了?"

隼斗知道,安愚乐在比赛中会怒视超越自己的选手,这早已是尽人皆知的事,可公然言语挑衅还是第一次听说。

当时一年级的隼斗在五区陪着前辈,根本无暇去看电视转播。

"他到底说了什么?"

隼斗追问道,但计图摇了摇头。

"不清楚。三崎前辈也不知道。但友介前辈一直说'绝对无法原谅那个人'。或许，他一直在等待复仇的机会吧。"

然而，由于预选赛被淘汰，他永远地失去了这个机会。

"原来如此……"隼斗咬住嘴唇，抬头望向天花板。

察觉到隼斗的情绪，计图没有再多说，只是轻轻道："失礼了。"随后悄悄离开了。

是否应该和友介谈一谈呢？

隼斗起初闪过这个念头，但随即又否定了自己。

以他和友介目前的关系来看，贸然交谈恐怕只会适得其反，甚至会让情况变得更糟。

然而，因为这件事，"安愚乐一树"这个名字深深印在了隼斗的脑海中。对他来说，安愚乐一树原本只是众多选手中的一个，如今却仿佛被贴上了"坏小子"之类的标签，显得格外扎眼。

第二天，隼斗听说友介提出想要比其他人早一步退宿。

从计图口中得知友介退宿的消息时，隼斗心里感到一阵刺痛。他想到，照此情形，随着友介退宿，然后毕业，这段友情或许就此终结，再无修复的可能。

这样下去真的好吗？隼斗内心的疑问越来越大。但即便如此，他依然找不到修复关系的突破口。

就在这时，他偶然想到，看看当年的箱根驿传比赛录像，或许能有所发现。

明诚学院大学宿舍里保存着历届箱根驿传的影像资料。隼斗告诉计图后，他很快便拿来了几张DVD。

"是为了友介前辈的事情吧？"计图把DVD放入休息室的播放器，问道。

"安愚乐超越友介时说了些什么，我想看看当时的场景。"

233

"会拍到吗？"

"应该会吧。"

隼斗说道："箱根驿传的直播，出现排名变化的时刻都会拍到。"

他从小收看《箱根驿传》，对此很有心得。

隼斗用遥控器将画面快进到三区。只见屏幕里，驹泽、青山学院、帝京、早稻田等处于领先的队伍的选手正在穿越湘南大桥，此处正是赛程的18公里处。

"啊，间中前辈！"

明诚学院大学四年级的间中琢郎正奋力奔跑在18公里处的湘南大桥上。强风吹拂，他咬紧牙关，拼命奔跑着，墨镜折射出日光。

此时，他们的队伍正处于第八名的位置。

友介作为一年级学生被安排在四区，诸矢教练对他寄予厚望。当时他的实力远远超过隼斗，被视为未来队伍的领军人物。

很快，间中逐渐靠近平冢中继站前的花水川桥。他右手紧紧攥住接力带，表情因用力而扭曲，正拼尽全力进行最后冲刺。

把接力带递给友介后，间中便因体力透支而摇晃着走到路旁，随即瘫倒在地。然而，电视镜头并未捕捉到接过接力带之后的友介。

画面先是切换至领先集团，随后又回到平冢中继站，完整记录了国学院和东西大学的交接过程。

问题场面出现在浅间神社入口附近，那里地势起伏。镜头中的友介，虽才跑了一半的路程，表情已尽显痛苦，身体也开始左右摇晃。

镜头无情地捕捉到了他的表情——这是对排名变动的预判。

——明诚学院大学的前岛友介，此刻表情十分吃力，速度似乎放慢了。紧跟在他身后的是国学院大学的桑原伸也，他的脚步已经逼近。而在桑原的身后，东西大学的安愚乐一树也已经进入了镜头。

解说的话音未落，桑原就超过了友介。而安愚乐也迅速缩小了与友介之间的距离。

——啊,安愚乐一树追上来了。他们并列了。前岛还能顶住吗?怎么样?安愚乐完成了超越!

"啊,他确实说了什么。"计图说道。

暂停画面,回放刚刚的场景。

镜头捕捉到了安愚乐超越友介的瞬间。他对着友介说了些什么,录像里听不见,但友介必定是听到了。

安愚乐的嘴唇明显动了一下。

就在这一刻,友介原本痛苦的表情似乎更加扭曲了。

那句话应该很短。安愚乐带着挑衅的眼神,嘴角勾起一抹讥讽的笑容,最后还狠狠瞪了友介一眼,然后迅速超了过去。

"让我再看看。"

计图操控遥控器,将问题片段重复播放了两三次,试图读懂安愚乐的口型。隼斗也凝神细看。

"是'马'吗?"过了一会儿,像是看出了什么,计图歪着头道,"是什么呢……马、马……"

"是'妈妈'。"隼斗完全明白了。

他终于明白为什么友介会如此痛苦,为什么会对那时的屈辱无法释怀了。

"妈妈?"

隼斗深深地叹了口气,右手用力按住额头。"友介在重要比赛的时候会带着母亲的遗像吧。"

计图短促地"啊"了一声,吃惊地看着隼斗。

"就是这个,"隼斗肯定地说道,"一定是安愚乐拿这件事开玩笑。"

他听说友介的母亲在友介高三时因病去世。母亲生前是箱根驿传的忠实观众,一直梦想着友介能作为选手站在箱根驿传的赛道上。

为了不辜负母亲的期望,友介拼命努力,最终以驿传选手的身份被推荐进入明诚学院大学。然而,就在推荐确定后不久,母亲就离开了人世。

"所以……所以，友介前辈他……"计图再次看向屏幕，嘴唇微微颤抖着。

"真是太可恨了。"

"这件事在友介心里留下了深深的阴影。他一直想通过参加箱根驿传与安愚乐正面交锋并击败他，来摆脱这份痛苦。但这个愿望最终落空了。可以想象，友介该有多么痛苦。看到安愚乐的名字出现在东西大学的参赛名单上，他一定是心如刀绞吧。以他如今的状态，待在这个宿舍里，每一刻都无疑是一种煎熬。"

预选赛失利后，友介为什么会对隼斗表现出那么强烈的抵触情绪？无论是教练的人事变动，还是入选学联队的事情，他都对隼斗冷言相向，态度抗拒。在那冷漠态度的背后，是无处安放的愤怒，以及无法言说的悲痛吧。现在，隼斗终于明白了这一切。

"隼斗前辈，我们该怎么办……"面对计图的询问，隼斗一时语塞。

"我不知道……但不管说什么，现在的友介大概都听不进去吧。"

"难道就这么放着友介前辈不管吗？"计图带着恳求的语气问道。

隼斗紧紧咬着嘴唇，摇了摇头。

"当然不。"隼斗坚定地回答道，"既然已经知道了真相，就绝不可能让他独自承受这一切。我绝对不会坐视不管。"

7

甲斐身体前倾，凝视画面片刻，随后靠向椅背，双手抱胸，仰望着天花板，一言不发。

"教练，您真的要同意友介退宿吗？"隼斗问道。

"这是他本人的强烈意愿。"甲斐沉默了一会儿才答道，语气中透着一丝不符合他性格的犹豫。

"友介是怎么说的？"

"他说想给自己的队员生涯画上句号，重新开始。他还说已经在离公司很近的地方租了公寓，工作之后也能住在那边。"友介就职的公司是一家没有田径部的电机制造企业，这意味着他将彻底告别竞技赛场。

"隼斗前辈，"计图带着求助的眼神看向他，"这样真的好吗？"

我能做些什么呢？

隼斗心中郁闷，右手握拳，狠狠地抵住额头。他找不到答案。尽是不明白的事情。离开甲斐那里，尽管不知道如何是好，隼斗还是走向了友介的房间。

房门敞开着，屋内的光线倾泻而出。门口堆着三个纸箱，友介似乎正忙于搬家。

"友介。"

听到声音，友介一边把几张CD放进脚边的纸箱里，一边冷淡地回答："什么事？"他甚至没有回头看隼斗，而是继续从架子上取下CD，仔细检查后，又随手丢进箱子。他的举动分明透露着对隼斗的抗拒，这让隼斗一时语塞，不知道该怎么开口。

"友介，其实我看了三年前那场比赛的录像。"

正在收拾东西的友介，动作顿了一下。

"那个……我……"隼斗接着说道，"我……我能理解你的心情。"话一出口，就只有这么一句。或许还有更好的表达方式吧。可他胸中情绪翻涌，千言万语最终只化作这简单的一句。

"你可能会说'你懂什么'。也许，我的确无法完全体会你当时的感受，但是，我能明白你的不甘。如果可以的话，我真的想帮你，替你出这口气。"

友介的侧脸绷得紧紧的，隼斗能感觉到他内心正涌动着某种激烈的情绪。

他没有回答。

"对不起,如果我说错什么了的话。"隼斗说完,轻轻地退出了友介的房间。他知道,如果再待下去,以友介的性格,说不定会说出什么伤人的话来。

距离箱根驿传只剩下最后的十天了。几天后,学联队将进行最后的集训。届时,各区间参赛选手的最终名单也将正式公布。

——我想替你出这口气。

这句话,在隼斗心中不断回响,如同沉甸甸的誓言,又带着一丝难以言说的苦涩。

在此之前,隼斗面前还有一道必须跨越的难关——入选十名选手的名单。然而,今年的学联队人才济济,队员们的实力之强,堪称历年之最,且每个人都个性十足。

在这种情况下……我真的能够站上箱根的赛道吗?这成了隼斗首先要担心的事。

8

气氛有些凝重。

为期五天四晚的集训从十二月二十四日开始,这是学联队的最后一次合练。本应是进行最终调整的集训日,然而队员们的状态却和往常有些不同。

似乎有某种沉重的东西压在队员们身上,让他们本应具备的自信和从容消失得无影无踪,那是名为"箱根驿传"的魔力。

事出有因。

前一天晚上,全队在休息室观看了大日电视台播放的箱根驿传特别节目。

节目介绍了平川庄介教练率领的东西大学队的出征仪式。

这是一支拥有百余名选手的庞大队伍。作为多次在箱根驿传中夺冠的名门队伍，与之相称的是他们的接力带。

在节目中，继承东西大学传统的接力带庄重地展现在部员、校友和相关人士面前。那接力带闪着耀眼的光芒，光是看着就能感受到它的分量。

"总觉得好厉害啊。"平时开朗乐天的丈，似乎被气势压倒了。

代代传承的队伍传统和经验，加上多次夺冠的辉煌战绩，让这接力带成了荣誉的象征。

而这，恰恰是学联队所欠缺的。无论他们付出多少努力，都绝不可能拥有。

接力带被高高捧起，东西大学的选手们感慨万千，泪流满面，立下必胜的誓言。这种场景足以让学联队心生畏惧和气馁。

可以说是天壤之别。

东西大学对胜利的执念，仿佛是一种必胜的宿命，形成了强大的精神力量。其他竞争对手想必也是如此吧。相比之下——

"我们真是一无所有啊。"弹用一贯的关西腔说道，语气中似乎带着一点开玩笑的意味，但没有人笑得出来。

取而代之的是如吞下铅块般沉甸甸的沉默，一阵深不见底的不安，如纱幕般，笼罩在整个队伍上空。

此刻，隼斗悄悄瞥了一眼在跑道边注视着训练的甲斐。甲斐会怎么看待团队中悄然滋生的这种变化呢？又或者，他是否已然察觉到了呢？

——心理因素占七成。

如果甲斐之前说的话是真的，那么一支在比赛之前就士气低落的队伍，几乎等于提前宣告失败。

午饭时分，计图向全体队员传达通知："今天晚上六点开会。这次队会不在计划内，但请大家务必出席。外出跑步的队员也务必按时归队。"

大家走进会议室，只见计图已在里头等候。

"计图前辈，终于要发表区间参赛名单了吗？"弹不安地问道。计图则歪着头，表示并不清楚。

弹也用询问的眼神看向隼斗，但实际上隼斗也不清楚。

通常，甲斐都会提前告知队会内容，这次却什么都没说。

"大概是讲解比赛的战术计划吧。"隼斗猜测道。毕竟集训还有一天才结束。而且，甲斐最近一直在收集各种信息，包括其他学校选手的数据。计图作为调查员收集的情报，应该会成为确定谁跑哪个区间、采用何种跑法等具体战术的重要依据。

"我倒不害怕，只是要正式参加比赛了，还是觉得有点不太真实。"圭介吐露了心声。

几个人纷纷点头表示同意。

"昨天那个节目，真不该看啊。"拓后悔地说。

"不，我觉得看了反而更好。"浩太反驳道，"要是不看，我们只能在比赛现场见识到那些家伙的嚣张气焰。那样才更糟糕。毫无防备地就被对方的气势压倒，还怎么跑出好成绩？"

"那肯定输定了。"周人讽刺地说，"别说冲进前三了，到时候怕是得沦为笑柄。"

队员们脸色瞬间变得铁青，一时间，众人皆沉默无言。

隼斗抱起双臂，闭上眼睛。这时，会议室的门突然打开了。

甲斐走了进来，扫视了一圈，确认所有人都到齐了之后，只说了一句"我们走吧"便转身走了出去。

"走？去哪儿？队会呢？"弹一脸茫然地看着周围，大家也都面面相觑，不知所以。

"请大家跟上。"计图说道，脸上同样带着疑惑。全体队员只好跟着甲斐走出了会议室。

他们从东邦经济大学宿舍一楼的会议室出来，走进连接体育馆的通道。甲斐走在最前面,脚步很快,沿着通道径直向前。

正值寒假,傍晚六点多。连接通道只有顶棚遮蔽,十二月的寒风毫不留情地从侧面灌进来,凛冽刺骨。四周一片昏暗,方才隼斗他们训练的操场此刻已归于寂静,唯有几盏灯散发着微弱的光。

透过操场外围的防护网,可以看到低垂的夜空中挂着一弯纤细的月牙。月光清冷,仿佛也映照着学联队此刻的心境,带着一丝难以言喻的落寞。

通道尽头,熄灯后的体育馆静静地伫立在那里。四周寂静无声,只有远处隐约传来火车轨道撞击的声响。走到体育馆门口,甲斐突然顿住脚步,回头望了一眼。

旋即,他拉开大门,走了进去。隼斗他们也紧随其后。

"里面黑漆漆的,什么都看不见……"隼斗听到身后有人小声嘀咕。

"至少开个灯……"

后面的话,隼斗没有听清。

因为就在这时,体育馆内所有的灯光骤然亮起,紧接着爆发出雷鸣般的欢呼声。

难道是……

隼斗惊得说不出话,呆呆立在原地。

不止隼斗,队伍里的每个人都惊愕得说不出话,直直地愣在那儿,有的更是惊讶得张大嘴巴,整个人僵在原地,动弹不得。

简直难以置信。这究竟是什么时候安排的?

体育馆内熙熙攘攘,挤满了来自十六所高校的学生。他们是为学联队输送选手的大学的田径部成员。

当意识到这是甲斐精心准备的惊喜时,所有人心中满是感动与惊讶,一时之间竟无语凝噎。

"隼斗!隼斗!"明诚学院大学的伙伴们大声呼喊。

241

人群如海浪分开，让出一条中央通道。

"大家，一起来吧！"兵吾喊道。

"来啦！"隼斗回过神，大声回应，跟着甲斐，走进人群之中。

竟然会有这样的事。

这不是在做梦吧？

在兵吾示意下，隼斗等人登上台阶，整齐列成一排，面对着此刻正注视着自己的庞大应援团，心中五味杂陈。

甲斐走到立式麦克风前。原本因欢呼声和掌声而热闹非凡的体育馆瞬间安静下来，所有人都屏息，等待他的发言。

"站在这里的每一个人，都是我们队伍不可或缺的一员。"

甲斐的第一句话便引得一阵潮水般的掌声。

"学联队绝不是一个临时拼凑的队伍，"甲斐继续说道，"我们承载着所有人的期望，为了那些重要的人而奋力奔跑。我们并肩训练，共同努力，为共同坚守的信念而战。我们是一个真正的集体。"

甲斐的一字一句敲击在隼斗的心头。甲斐继续说道：

"的确，这支队伍或许没有悠久的历史传统，也可能缺乏丰富的比赛经验。但是，我们拥有对箱根驿传无比强烈的渴望。关东学生联合队是所有参加箱根驿传的队伍中规模最为庞大的队伍。聚集在这里的每一个人的心意，都将凝聚在这条象征着传承与希望的接力带上。这里的所有人都是彼此信任、并肩作战的伙伴。让我们团结一心，全力以赴，共同迎接即将到来的箱根驿传正赛！"

这时，体育馆的大门再次打开，大沼教练走了进来。

他小心翼翼地用双手捧着白底红字的关东学生联合队接力带。

他将接力带交给等候在那里的兵吾，然后从兵吾开始，在现场的参与者们之间传递开来。

隼斗注视着此刻挤满场馆的伙伴们，他们整齐列队，接力带从一个人的手传递到另一个人的手中。

这一幕，宛如一场神圣的仪式，庄严而肃穆。

体育馆内，啜泣声低回，掌声轰然，"加油"的呐喊充满力量，声声交错。这条承载着无数情感与期盼的接力带，最终传递到了站在台上的十六名选手面前。

"隼斗，作为队长说几句吧。"在甲斐的示意下，隼斗深吸一口气，走到麦克风前。

"一路走来，这支队伍都面临着巨大的阻力。我们一直在拼尽全力与之抗争。但是，今天我才真正明白，我们拥有如此多的伙伴。为了大家，绝不能打一场令人羞愧的比赛。或许我们没有传统积淀，也没有经验，但是我们再也不会感到害怕，也不会气馁。我们一定竭尽全力，拼搏到底——"

话语间，一股强烈的感情涌上心头，隼斗的声音颤抖了起来。

突然，泪水夺眶而出，滴落在他紧紧握着的接力带上。此刻握在手中的这条接力带，承载着这里所有人的期盼与祝愿。它是如此沉重，又是如此珍贵，沉甸甸的分量，真切地传递到隼斗的心中。

"隼斗，加油！"

不知是谁在人群中大声喊了一句。

"我会拼尽全力去战斗。为了在场的每一个人！"隼斗竭尽全力地喊道，"所以……所以，请大家为我们加油。拜托了！"

隼斗深深鞠了一躬，雷鸣般的掌声把他包围。

一种难以言喻的预感在每个人心中升腾：有什么意义非凡的事即将发生。伴随着这种预感，现场的气氛达到了前所未有的高潮。

没有悠久的传统，也没有丰富的经验。

那又怎样？

就在这一刻，隼斗内心深处涌起一股强烈的信念，第一次，他发自肺腑地笃定：我们能行。

接力带从隼斗手中传递到身旁的浩太，然后又从浩太传至拓，再从拓流转到天马……队员们依次有序地走到麦克风前,用饱含激情的话语,坚定地抒发着内心的决心。每一次,队友们都会爆发出热烈的欢呼与鼓励,将这场仪式一步步推向最高潮。

"那么,现在公布各区间选手名单。"

甲斐再次走到麦克风前,用清晰而洪亮的声音说道。原本喧闹的会场瞬间安静下来。

大家那仿佛置身梦境般激昂的心情,瞬间被拉回到了现实。

"一区,谏山天马。"

听到自己被指派到梦寐以求的一区,天马按捺不住心中的激动,做出了一个小小的加油姿势,引来一阵欢呼。想必是品川工业大学的队友们。

"二区,村井大地。"

果然是大地。

大地眼中燃烧着熊熊的斗志,他微微抬起紧握的右手,显示出队伍主将的担当。

"三区,富冈周人。"

带着一丝"浪人"气质的周人向前迈出一步,深深地鞠了一躬。

"四区——"

隼斗坚信会喊到自己的名字,他直直地注视着前方。然而——

"内藤星也。"

出乎了隼斗的意料,他感到一丝淡淡的失落。上个月,他和计图两人一起勘察四区路线的情景在脑海中闪过。这时,计图朝隼斗瞥了一眼,眼神中既带着同情,又似乎想说些什么。不管怎样,被安排到四区的是星也,而不是隼斗。

"加油,星也。"

隼斗强压下心中的不甘,语气平静地对星也说道。得到的回应还是那一句"谢谢",一如既往的冷静。

甲斐继续宣布,现场的气氛也变得更加紧张。

"五区,仓科弹。"

名字被叫到的瞬间,听众席的一角爆发出了极为热烈的欢呼声。山王大学至今还没有参加过箱根驿传的正赛。这是弹第一次参加正赛。但他拥有无尽的耐力,被选去跑五区的上坡路段,大家应该都认为这是再合适不过的了。

"到此为止是去程。接下来是回程。"甲斐略作停顿,加重了语气,现场的气氛也随之变得更加凝重。

"六区,猪又丈。"

这个结果也在大家的意料之中,想必没有人对此表示异议。

从这时起,隼斗的心头涌起一股难以言喻的不安。

脑海中不由自主地浮现出预选赛时的情景:他们焦急地等待着明诚学院大学的名字被叫到,然而最终都未能如愿……那噩梦般的场景。

现在,如果还能入选,仅存的希望就只有十区了。隼斗紧紧地攥着拳头,默默祈祷着。

"七区,桃山遥。"

不知从哪个角落传来一阵兴奋的欢呼,想必是东洋商科大学的队友们在为遥祝贺。不过,以遥的实力和状态,被选中参赛也是理所当然的事情。

"八区,乃木圭介。"

一群穿着京成大学运动服的人欢呼着喊起了"万岁"。圭介面带笑容走上前,一边说着"我会全力以赴地跑",一边鞠躬致意。

"九区,"甲斐接着喊出一个名字,"松木浩太。"

现场响起了欢呼声。有人相互拥抱,面露喜色。他们应该是清和国际大学的队友们。隼斗内心深受感动,他知道他们大概是瞒着北野来到这里的。被称为副王牌赛区的九区,确实与浩太的实力相符。浩太一言不发,紧紧咬着嘴唇,鞠了一躬,然后握紧了拳头。

接下来，只剩下最后一个名额。隼斗从台上凝望着体育馆那宽敞的空间。

"十区——"

只能是我。他试图这样去想，可预选赛时的情景——全队人一起祈祷能听到明诚学院大学的名字——又一次在他脑海中闪过。

"担任最后一棒的，只能是这位选手。"甲斐补充了一句，然后宣布了名字："队长，青叶隼斗。"

馆内爆发出巨大的欢呼声。隼斗仰望天花板，随后静静地闭上了眼睛。

一种强烈到近乎战栗的兴奋感涌上心头。隼斗面前，那扇通往箱根驿传正赛这个梦想舞台的大门，此刻终于向他敞开。

第二部

东京箱根间
往复大学
驿传竞走

第一章　大手町起跑线

1

黎明前的大手町。

一月二日。大日电视台的《箱根驿传》节目组配备了三辆移动转播车、两辆转播用摩托车、十二辆定点直播车、六台起重机和两架直升机，在往返路线上设置了四十九个直播中转点。算上地方电视台的工作人员，整个节目组规模近千人。

毋庸置疑，这是大日电视台规模最大的直播节目。

临近年末的十二月二十九日，千名工作人员齐聚一堂，召开全体大会。总制片人德重亮和总导演宫本菜月，向大家说明了想要制作怎样的节目，以及在哪些地点呈现怎样的画面，让所有工作人员都清楚了解。

参与这次转播的千人紧密协作，成为一个相互支持的团队。他们要齐心协力，熬过为期两天、共计十五小时的漫长播出时段。

节目想要传达的内容有很多。

箱根驿传这项竞技运动独有的难度与魅力；年轻选手们背负着各自队伍的殷切期盼，全力奔跑时展现出的蓬勃朝气；还有承载着灵魂的接力带在选手之间的传递。

以东京大手町为起点，从横滨到湘南、小田原，再到箱根，从都市到海滨，从海岸到山峦，赛道的风景不断变换。要是条件允许，真希望能把波光粼粼的湘南海岸和远处耸立的富士山同框的画面呈现给观众。想到这儿，德重不禁轻轻叹了口气。这几天，天气状况一直是他最担心的事。

根据最新的天气预报，今天的天气为阴转雨，明天则是雨夹雪。来自终点芦之湖的现场工作人员的报告称，此刻那边正飘着零星小雪。

如果出现积雪，那将是直播工作中最糟糕的情况。就算今天能够勉强应付过去，明天的直播也将变得岌岌可危。

一股强烈的不安感涌上德重的心头。他不禁担忧，在积雪甚至结冰的陡峭山坡上，转播车和摩托车还能安全行驶吗？直升机又能否顺利起飞？这些都是摆在他面前的棘手难题。

现在是早上六点三十分。距离节目开播还有三十分钟，距离比赛开始还有一个半小时。

在大日电视台总部节目中枢副控制室的控制台前，德重神情严峻。

墙上排满了监视器，其中一台正播放着从早上五点五十分开始播出的赛前预热节目。这是一档精心制作的纪实节目，聚焦于几位受到重点关注的选手，对他们展开追踪报道，节目内容甚至追溯到了他们的高中时代，进行了细致入微的报道与深度挖掘。这正是《箱根驿传》这一体育节目的内核。

不仅关注比赛结果，更要挖掘选手们的故事。

"线路检查、麦克风测试，完毕。"

听到工作人员的汇报，德重点了点头，按下了桌上的内线通话按钮。

"早上好，我是德重。"

他的声音通过麦克风，清晰地传达到各个转播点。

"接下来的两天，我们要怀着对每一位在箱根奔跑的选手的敬意，以电视人的热忱，将每一位为青春而战的选手的拼搏、他们的人生故事，传递给全国的箱根驿传粉丝。"

副控制室内一片寂静。有的工作人员紧抿双唇，斗志昂扬，猛地抬起头，目光坚定地注视着前方；有的轻轻点头，把内心的激动情绪压抑住，握紧拳头。

不只是副控制室里的人，每一个转播点、每一台定点摄像机旁的工作人员，以及其他所有工作人员，都心怀敬意，全力以赴。在这个即将拉开帷幕的大舞台前，他们集中精神，准备迎接挑战。

德重深知，故事不只发生在箱根的赛道上，也发生在幕后。每一位参与这场转播的人，都是故事的一部分。

"根据天气预报，接下来两天，天气可能会恶化。我们这里有近千人，相信大家平时都是积德行善的人吧。请大家凭借积攒下来的福气，保佑接下来天气晴朗。同时，也请大家注意安全，和选手们一起，全力以赴，为观众呈现一场精彩的赛事。"

关于天气的部分，他本来是想开个玩笑，但没有人笑得出来。德重把手从内线开关上移开，将目光投向坐在前方、被计时员和技术总监夹在中间的菜月的背影。

菜月正在一丝不苟地检查来自各个转播点的画面。有时通过麦克风发出细致的指示，有时又陷入沉思，沉默不语。现场弥漫着紧张的气氛。看得出，无限的压力正沉甸甸地压在她的双肩上。根据现场情况的变化，在何处能拍到怎样的画面，或者该拍摄什么内容，都会有所不同。菜月必须精准迅速地做出判断，并下达指令。在瞬息万变的比赛中，注意力不能有一刻放松。

"圆堂先生到了。"听到工作人员的话，德重站起身，快步走向中央演播室。

在以挂满各参赛学校接力带的墙壁为背景的布景中，圆堂数夫带着他一贯的笑容走了进来。

圆堂今年七十二岁，曾担任关东大学的教练，近几年来一直担任中央演播室的解说嘉宾，他也是现任关东大学教练、"教授"名仓仁史的恩师。凭借温和的语气和精准的解说，他已然成为节目中不可或缺的存在。

中央演播室中，总主播辛岛文三、嘉宾圆堂，以及另外两位曾参加过箱根驿传的年轻嘉宾组成四人解说阵容。

"请多关照。"

德重与担任总主播的辛岛一同迎接圆堂时，圆堂突然带来最新消息："东西大学要更换一区的选手，看样子一区会派南同学上场。"

更改选手名单的截止时间是比赛开始前一小时十分钟，也就是六点五十分。

虽说距离截止还有些时间，但被指派更换的选手已经到达现场并开始热身，所以情况很容易知晓。圆堂来演播室前，特意去起跑线周围查看了一番，这是他的习惯，所以去他家接送的出租车时间也会为此提前安排。

"把成田同学换下了吗？"辛岛带着些许惊讶说道。在辛岛看来，把南广之安排在一区，着实有些让人意外。

原本东西大学一区报名的是成田峻介，他是参加过两次箱根驿传正赛的大四选手。但平川庄介教练却把他换了下来，大胆地启用了南广之。

——南，有时会化身为野兽。

德重想起副主播谷藤亚希在采访东西大学的训练后提交的备忘录中的一句话。

"或许会有'牺牲者'出现。"圆堂冷不丁地说出了一句意味深长的话。

"'牺牲者'？"德重不禁追问道。

"是啊，"圆堂点点头，继续说道，"南同学大概会全力冲刺。要是其他学校的选手贸然跟上他的节奏，可能会被拖垮。平川教练打的难道不是这个主意吗？"

确实有这种可能。但这对东西大学来说，也是一着险棋。以南的耐力，如果一开始就全力冲刺，很难保证能一口气跑完20多公里。要是体力不支，中途掉链子的可能性也并非没有。

"青山学院大学也在一区启用了一年级学生呢。这种充满挑战性的排兵布阵，很值得期待。"圆堂继续说道。青山学院大学的一区选手是一年级新生户村谅太。别看他只是一年级学生，万米成绩已经能跑进二十八分钟，是备受瞩目的未来之星。近年来，一区的重要性日益提升，一年级学生能获此重任，足见原晋教练对他信任有加。

"感觉会很有趣啊。"德重说道。

"考虑到天气因素，这可能会是一场艰苦的比赛。"圆堂回应道。

"圆堂先生，请您确认节目流程。"听到工作人员的话，德重鞠了一躬，离开了中央演播室。

节目时间越来越近。德重心潮澎湃，心跳加速。作为首席制片人，他的大部分工作在节目开播前就已经完成了。现在的他，除了静静地看着工作人员忙碌，几乎无事可做，但如果不做点什么，就难以平静下来。

"倒计时一分钟。"

随着一声提示，副控制室顿时被紧张的气氛笼罩。

"五、四、三、二……"

德重屏住呼吸，抬头望向监视器，广告结束，节目终于正式开场。庄严激昂的开场号角奏响，伴随着开场曲，屏幕上浮现出"新春体育特别节目东京箱根间往复大学驿传竞走　去程"的标题。

"传递新春梦想的年轻人的挑战，今年也如期拉开帷幕。"

辛岛的实况解说开始了。

"二十一支队伍为了传统和荣誉展开激烈的角逐，'东京箱根间往复大学驿传竞走'即将开始。距离比赛开始不到一小时。在过去的一个世纪里，箱根驿传这个梦想舞台孕育了无数动人故事，深深烙印在人们心间。不少选手把这里当作通往世界舞台的起点，从箱根走向了世界。二十一支队伍，二百一十名年轻选手，还有支持他们的团队伙伴、家人和大会工作人员，怀揣着无数思绪，将信念铭刻在接力带上，即将开始挑战这段往返217.1公里、美丽而残酷的梦想征程。"

辛岛的语调比他所用的词句更为平淡，正是这种质朴无华的风格，将即将开始的比赛的庄重感更深刻地传递出来，直击人心。

拜托了，辛岛先生。德重在心中默默祈祷。

也拜托你了，宫本。

接下来的两天，德重唯一能做的，就是充分信任伙伴们，放手让他们去干。

监视器中的画面从高空航拍的大手町全景，迅速切换到湘南海岸，最终定格在箱根和芦之湖的壮丽景色之上，随后又迅速切回到演播室的画面。

在介绍完圆堂和嘉宾后，画面转向大手町的起跑点，担任一号车解说员的相泽胜俊出现在镜头中。

相泽与担任一号车主持人的横尾征二都穿着运动外套。相泽是东西大学的毕业生，今年五十二岁。大学时代，他曾四次参加箱根驿传，并两次获得区间奖。之后，他转战马拉松赛场，在奥运会上也大放异彩，是一位备受欢迎的选手。如今他率领着一支实业团队伍。

相泽和横尾的交谈开始了。德重拿到了一份去程的选手变更名单。他快速浏览了一遍。菜月也拿到了一份，她把目光从监视器上移开，扫了一遍名单，然后微微扭头看向德重说："各队的战术都体现在这份名单上了。"

德重深以为然。

根据赛前预测，青山学院大学、东西大学和关东大学是夺冠热门。从最终阵容来看，三所学校各具特色。

在德重看来，青山学院大学的阵容十分新颖，甚至称得上大胆。能灵活调用状态出色的选手，这或许正是实力雄厚的队伍的优势所在。

紧随其后的东西大学和关东大学，采取了截然不同的策略。东西大学选择从去程就积极布阵，采用进攻型阵容。他们以"野兽"南广之为先锋，希望由主将青木翼确立领先优势，"冷面人"黑井雷太则负责在中程发起冲击，再由拥有极高人气的"贵公子"柳一矢稳固技术性较强的第四区，最后由"新一代山神"芥屋信登收尾。平川教练毫不吝惜地派出东西大学的明星选手，意图很明显，就是想在前半程奠定胜局，采取的是先发制人的策略。

然而，在前半程大量投入明星选手，也暴露出他们后半程相对薄弱的问题。虽然他们按原计划，安排了实力与人气兼具的安愚乐一树在第十区出场，但他最终会以怎样的名次接过接力带，仍然是个未知数。

而关东大学则采取了相当稳健的策略。他们安排以跑法稳健著称的四年级学生桥田贤太跑一区，派出王牌坂本冬骑跑二区，随后直到五区都由拥有箱根驿传经验的三、四年级学生担纲。名仓仁史教练的意图十分明确：即便无法在前半程领先，也要力求以利于争夺总冠军的有利位置完成前半程比赛。

此外，如果此前采访获取的信息无误，名仓很可能会进一步强化后半程的阵容。目前名单上第七区和第八区的选手都是一、二年级的低年级学生，但要是把比赛经验当作首要考量，他应该不会沿用这一安排。这很可能是个烟幕弹。在后半程比赛中，可能会根据实际赛况，把目前在替补席待命的实力派选手换上场。胜负关键在后半程——这或许是吸取了去年惨败教训的名仓教练深思熟虑后的战略考量。

"真有意思啊，宫本。"德重说道。

"肯定会更有意思的。"宫本充满自信地回答道。"问题是天气，德重先生。"

"明天的事先不去想，宫本。我们先专注于今天。"德重抬腕看了看表。

已经过了早上七点半,选手检录即将开始。画面中出现了手持麦克风的关东学联干事长的身影。

与即将出场的选手们一样,副控制室内的紧张气氛也愈发浓烈,空气中仿佛蓄满了压力,一触即发。

2

平时开朗乐天的天马,此刻脸上的表情却前所未有的僵硬。

"天马,放松点。你平时那副模样去哪儿啦?"队伍经理桐岛兵吾对他说。

"我知道啦。"谏山天马有些缺乏底气,带着点烦躁回答道。

这里是位于比赛起点的读卖新闻东京本社三层的等候区。参加正赛的二十一支队伍的选手聚集在此,有的一边谈笑一边做着拉伸动作,有的戴上耳机,用音乐来集中注意力,大家都在用各自的方式度过比赛开始前的这段时间。

天马面色发白,叹了口气,说道:"你根本不懂。"

兵吾还是那副直爽的性子,带着几分责备的语气说道:"别紧张,甲斐教练不也跟你说过了嘛。"

"怎么可能不紧张?你瞧瞧,他们看上去个个都跑得很快。而且还有那么多有名的选手。"天马似乎被眼前的阵势震慑住了。

"喂,要不要去要个签名?说不定附近有卖签名板的。"平日里难得开玩笑的兵吾,试图缓和气氛。

"我才不要。"天马没好气地回了一句。

"你的速度也够快,拿出自信跑就是了。"兵吾积极地进行心理暗示,同时瞥了一眼手表。

天马把小腿放在泡沫轴上滚动拉伸,胸口随着呼吸大幅地上下起伏，显然已经相当紧张了。

"这可是一生难得的大好机会，天马。向大家好好展现一下你奔跑的实力吧。"

"别烦我了。你这样只会让我更紧张。"天马说着，咂了一下嘴。话音未落，随着工作人员的招呼声，选手们开始行动起来。

选手检录开始了。

"我们走吧。"兵吾说道。天马也站了起来。

从读卖新闻东京本社开着暖风的等候区走出来，可以感到冰冷的空气刺痛着皮肤，冬日的寒气将两人包裹起来。

起跑线附近竖起了横幅，很多比赛工作人员站在周围。对面的路边，挤满了想要第一时间目睹起跑瞬间的观众。

啦啦队的鼓声、铜管乐队的乐声，还有人们此起彼伏的喧闹声，在楼宇之间回荡，像气球一样不断膨胀。

关东学生田径联盟会长宣布选手检录开始。

学联队排在所有队伍的末尾。

"关东学生联合队，谏山同学。"

裁判检查完制服和选手号码布后，大家要做的就是等待宣布比赛开始的号令枪响。

身处其他大学选手的包围之中，天马颤抖着喘了口气。

尽管内心依然有些紧张，但他天性开朗外向，本就渴望在众人面前一展风采。此刻，他相信父母、家乡的朋友，还有母校品川工业大学宿舍的伙伴们，都在电视机前关注着他。

随着比赛时间的临近，天马反倒逐渐平静下来，长舒了一口气。

这是状态良好的信号。

——我一定会让你们刮目相看的。

"等着瞧吧，各位。"天马低声自语道，原地跳了两三下，在心中默默回想甲斐教练赛前的叮嘱。

教练说，跑到品川的新八山桥附近前，都要保持自己的节奏，同时留意比赛局势。由于是逆风，要充分利用其他选手组成的集团。就在这些具体的建议之后，甲斐教练最后还补充了一句让他有些摸不着头脑的话："不要去管东西大学的南。"

——南是谁？

天马对南没有什么印象。听兵吾说，南以一年级学生的身份参加了上届箱根驿传，并在三区跑出了不错的成绩。

然而，甲斐并没有给出不要去管南的原因。或许是不想让天马被一些不必要的信息干扰，影响比赛状态。

此时，甲斐应当与计图一起坐在运营管理车中，等待着比赛开始。

——倒计时三分钟。

铃声响起。"去吧！"兵吾用力拍了一下天马的后背，随后消失在人群中。

终于，大赛即将拉开帷幕。

箱根驿传正赛，这个无数人梦寐以求的舞台。

天马的胸膛剧烈地起伏着，一种兴奋到近乎战栗的感觉从心底深处翻涌而上。他甚至觉得，路边仿佛潜伏着一只巨大的无形怪兽，连地面都在微微颤动。

3

"哟，甲斐，好久不见。"

甲斐正朝着运营管理车走去，听到身后有人打招呼，便停下了脚步。

计图被这声音吸引，也转过身去，看到一个男人站在一辆运营管理车旁，脸上带着淡淡的微笑，顿时身体一僵。

此人正是东西大学的教练平川，他曾在杂志上大肆批判甲斐和学联队。

"啊,确实好久不见了。"甲斐看着对方,微微点头示意。他当然清楚平川此前的一系列言论,但态度上丝毫没有表露出来。"今天还请多多关照。"

"我们上次在箱根交手,已经是十几年前的事了。这次我可要把你彻底击败,做好心理准备吧。"

听了平川的话,甲斐淡淡一笑。"还请您手下留情。"

甲斐刚要离开,平川又追上来,补了一句:"听说你们的目标是前三名。这是生意人在虚张声势?可别小瞧了箱根驿传。"

甲斐停住了脚步。察觉到气氛变得不太对劲,计图也屏住了呼吸。

"我希望这会是一场精彩的比赛。"甲斐只是如此回答了一句,便从容地转身离去。即便身后的目光充满敌意,他也不为所动。

"不管怎么说,他这样有点太失礼了吧?"计图说道,脸上带着愤愤不平的神色。

"不用管他。"甲斐并不想理会。他迅速在停着的车队中穿行,走到停在最后面的学联队运营管理车旁。

"我是甲斐,还请多多关照。这位是我们的队伍经理,矢野计图。"

车上的三人,分别进行了自我介绍,他们是竞技运营委员户田、司机谷本,以及赛道管理员久山。

坐进运营管理车后,谷本启动引擎进行预热。屏幕上显示出车外气温:1.5摄氏度。

风很大,根据天气预报,前半程的赛程将会是逆风前行。

"希望天气别再变差了。"身材略显矮胖、四十岁上下的谷本有些担忧地说道。坐在他旁边的户田则是一个面带微笑的中年男人,而另一位工作人员久山理着寸头,看起来颇具匠人风范。

"是啊。"甲斐应道。但在计图看来,甲斐似乎并不怎么担心天气。

"说不定会突然放晴呢。"户田乐观地说。但从天气预报来看,这种可能性微乎其微。恐怕气温并不会有明显回升,看来选手们注定要在强风中比赛。

"今年的学联队怎么样?"户田问道。不知他是否对围绕学联队的争议有所耳闻,总之他看起来是个健谈的人。

"很好,我们的目标可是进入前几名呢。"甲斐用轻松的语气回答道。

"真是令人期待啊。我很看好你们哟,教练。"户田笑着回应,但看得出来,他似乎并没有把甲斐的话当真。

"接下来的两天,还请多多关照。"甲斐刚说完,距离比赛正式开始仅剩三分钟的倒计时提示音就响了起来。有人从后座递过来一台平板电脑,上面正播放着大日电视台的赛事现场直播画面。

"新年伊始,年轻人激动人心的较量即将开始。"

伴随着担任总主播的辛岛的现场解说,画面中出现了起点大手町的景象。

"二十一支队伍的选手齐聚在大手町读卖新闻东京本社前的起跑线上。他们穿着各自大学的队服,肩挎着传承历史的接力带,背负着各自大学的荣誉和期盼,即使在这阴云密布的天空下,依然闪耀着光芒。今年,哪支队伍将摘得箱根驿传的桂冠呢?一区的发令枪即将打响。"

终于,比赛要开始了。

计图盯着膝上笔记本电脑上播放的直播画面,仿佛能听到自己心脏跳动的声音。

——拜托了,天马前辈。

画面从挤满道路两旁的人群,切换到了站在起跑线上等待发令枪响的选手们。

关东大学田径联盟会长作为发令员出现在屏幕上。终于,他那握着发令枪的右臂举了起来,指向天空。

紧张的气氛无限蔓延开来,仿佛能割破皮肤。

"砰！"

清脆的发令枪声锐利地划破冬日的天空，沿途人群的欢呼声被点燃，二十一名选手身披二十一条接力带，从起点线上冲了出去。

天马在集团中，计图无法分辨他的位置。

选手们冲破风的阻力起跑后，很快向左转弯，进入日比谷大街。电视画面切换成了直升机的俯拍视角，捕捉到选手们结成队伍，奋力奔跑的身影。

前方的运营管理车缓缓开动，谷本说了一句"那我们也出发吧"。车窗外景色飞速掠过。

4

一声清脆的发令枪响，宣告了这场激烈比赛的开始。不知为何，这枪声竟萦绕在耳畔，一遍又一遍地回响。

此刻，天马正奔跑在他梦寐以求的赛道上。

"父亲，看好了！"

天马出生于长野县松本市，父母经营着一家自行车店。

他的父亲在高中和大学时代都是田径队队员，在明治大学求学期间，虽然最终未能获得正式上场的机会，但曾两次进入箱根驿传的替补名单。母亲在高中时代也是一名短跑运动员，可谓是田径世家。他的父母性格开朗，天马偶尔表现出的顽皮想必是遗传了他们。

小时候，父亲经常带他一起慢跑，教会了他跑步的乐趣。每当父亲说起往昔田径场上的故事时，总会习惯性地说："天马，你要替我去跑箱根驿传啊。"

因此，无论是初中还是高中，天马都顺理成章地加入了田径队，并将参加箱根驿传作为自己的终极目标。

可惜，天马未能考上父亲的母校明治大学，最终去了作为备选的品川工业大学。虽说品川工业大学没有箱根驿传正赛的参赛经历,但学校在接力赛的强化训练上投入了精力,队伍在预选赛中的名次也稳步提升。

然而,一个现实的问题摆在了天马的面前:父母经营着一家小小的自行车店,生活并不宽裕,加入田径队后,他便难以兼顾打工,还会产生一笔开销。

当天马与父母谈及此事时,他们对他说:"钱的事,我们会想办法的。"并笑着鼓励他:"去吧,去参加箱根驿传。"

为了不辜负父母的这份支持,他暗下决心,一定要全力以赴地参加箱根驿传。这份报恩的心愿,为他一直以来不懈奋斗的目标增添了更为厚重的分量,赋予了更深层次的意义。

可最终,品川工业大学还是未能突破预选赛的关卡。梦想破灭,天马一度灰心丧气。对他而言,学联队是最后的机会。

他想跑出好成绩,让在电视机前观看比赛的父母感到欣慰。无论如何,他都要全力以赴。

天马被大部队裹挟着前行,来到了第一个向左转弯的地方。

在他前方的是身穿深红色队服的早稻田大学选手。早稻田大学选手的右边是顺天堂大学、神奈川大学的选手。而天马左右两侧分别是拓殖大学和法政大学的选手。

他们迎着呼啸的寒风,穿过和田仓门,到达皇居二重桥,距离起跑点已经过去了1公里。天马瞥了一眼左手腕上戴着的运动手表,看到显示的时间后不禁一惊。

手表显示,时间约为两分五十秒。

面对恶劣的天气条件,这速度是不是太快了些?

这样的速度让天马感到不安。迎面而来的风势很强,由于被身边的其他选手簇拥着,天马倒还没觉得特别吃力,但领跑的选手,可是需要顶着强风全力奔跑。

根据赛前从兵吾那里得到的信息,风速达到了5米每秒。而且,在大约20公里外的鹤见中继站之前,一直都会是逆风。

——以这样的速度,体力真的能坚持到后半程吗?不是开玩笑吧。

天马心中一阵发慌,忐忑不安。

——到底是谁在领跑?

经过日比谷公会堂时,集团的阵型在行进方向上略微拉长,位于队伍中央且稍稍偏向中心线一侧的天马,终于看清了领跑选手的队服。

是东洋大学的选手。

紧随其后的是青山学院大学的选手,关东大学的选手几乎与之并排。

接下来,紧跟在他们后面的是驹泽大学的选手、帝京大学的选手、国学院大学的选手,还有……那个家伙。

东西大学的南。就是甲斐叮嘱"不要去管"的那位选手。

甲斐特意交代了,说不定这位选手还挺厉害,但具体有什么特别之处就不得而知了。目前来看,他也只是队伍中的一员罢了。

队伍的速度太快了,可即便如此,也绝不能在这里掉队。

在一区掉队,可能会导致整场比赛陷入被动。

——必须跟上节奏。

下定决心后,天马将目光锁定在前方晃动着的深红色的队服上,决定保持目前的配速。

从起跑点出发3公里之后,经过芝邮局附近,天马一直紧绷着的神经终于也舒缓了下来。

可以察觉到集团中的选手们正在相互牵制,争夺有利位置。究竟是应该冲到前方,还是留在原地?应该盯紧哪位选手?是紧随其后,还是超过去?虽然听不见,但能感觉到那些在内心盘算的声音在四下纷飞。

后半程加速,是赛前与甲斐制定的作战方针。预定的加速地点就在大约18公里附近的六乡桥一带。

这座桥位于东京和神奈川县的交界处，预计到达这里时，会有选手率先加速，打破目前的胶着状态。从六乡桥到鹤见中继站的最后3公里，才是真正的决胜阶段。因此，在冲刺阶段到来之前，必须保留好体力。

然而——

天马意识到原定计划可能要被打乱，是在比赛刚刚进行到5公里处，经过田町站前的人行天桥附近的时候。

突然，一名选手从集团中冲了出来。那人身穿钴蓝色队服，正是来自东西大学的南。

他的速度极快，犹如短跑冲刺一般迅猛。他既没有选择从人行道一侧突围，也没有靠近中线，而是径直从集团中央人群的缝隙中穿过，仿佛早已瞄准了突破口。转眼间，他就超越了原本在集团中领跑的东洋大学选手，冲到了最前面。

这出乎意料的冲刺，给集团中的其他选手带来了巨大的冲击。

天马脑海中浮现出甲斐在赛前会议上说过的话："可能会有选手在比赛一开始就冲出来，挑战赛区纪录。"

即使在赛前就有所预料，但在如此强劲的逆风之中，这样的举动仍然令人难以置信。

——真不敢相信啊。

让人不禁怀疑起自己的眼睛。

天马的目光紧紧追随着南的身影。此时，南已经占据了领先位置，正准备再次加速，将大部队远远甩在身后。他跑步的节奏干净利落，目光坚定地直视前方，那毫不动摇的背影仿佛在宣告，绝不允许任何选手有机会紧跟其后。

为了不被南甩开，身穿新绿队服的青山学院大学的选手试图跟上，也开始加速冲刺。关东大学和驹泽大学的选手紧随其后，但其他选手似乎还在犹豫是否要加快步伐。

加速追赶，还是维持目前的位置？

天马也在犹豫。现在是需要做出第一个决断的关键时刻。就在这时，甲斐的话突然在他脑海中响起："记住，天马。不要去管东西大学的南。"

难道这就是赛前设想的局面吗？不仅是南，其他选手也纷纷加快了速度，天马眼看就要被后方的大部队吞没。

即便如此，仍然要保持现在的速度吗？

"拿出你的全部实力来。我们都在为你加油。"

清晨通电话时，父亲鼓励的话语再次在天马耳边回响。

虽然只是作为学联队的一员参加箱根驿传，但父亲比任何人都高兴。此刻，天马正背负着父亲的梦想奔跑。

"敬请期待。我不会让你们失望的。"

想起电话里自己的豪言壮语，天马的内心不禁泛起一丝苦涩。

此时此刻，正在电视机前观看比赛的父亲会作何感想呢？

南的身影越来越小。

另一方面，一开始确实冲了出去的青山学院大学和关东大学的选手又恢复了原先的配速，没有继续追赶。他们是打算静观其变吧。

相反，另外一些选手像是终于按捺不住，开始向前冲刺。刚才还在天马身旁的法政大学选手，还有从身后赶上来的筑波大学选手都超过了天马，中央大学选手也紧随其后。转眼间，他们就和前面的选手们融为一体，形成了一个新的队伍。

在这之中，筑波大学、帝京大学、神奈川大学和国学院大学的四名选手脱离了大部队，追赶南而去。

——该怎么办？

被这几名选手甩在身后，天马的心情变得焦急，犹豫不决。

——可恶。应该追上去吗？

"天马！天马！"

就在天马准备做决定时,一个声音通过麦克风呼唤他。大概是到了喊话点,载着甲斐和计图的运营管理车从后方斜向驶来。

"节奏很好。现在不要勉强,留在后方保持就好。"

听到这句话,天马仿佛从迷茫的迷宫中被牵引而出。

他举起右手作为回应。

但是——

然而,就在他做出回应的瞬间,领跑的南的背影变得更加遥远了。已经落后了十七到十八秒,算起来距离大概有100米。

——即使告诉我不要勉强,落后这么多真的没关系吗?

甲斐仿佛看穿了天马的心思,继续说道:"领先选手的配速太快,后半程速度会下降。"甲斐冷静地评估着局势。"现在把注意力集中在自己的步伐上,胜负的较量从15公里处开始。"

这些明确的指示让仍在摇摆不定的天马的情绪逐渐平静下来。

此时,大部队已经开始分散,队形纵向拉长。天马将视线放远望去,一股强劲的逆风迎面扑来。为了避免正面承受逆风的阻力,他朝着前方队伍的后方靠近,紧紧跟住前方的选手,稳住了位置。

5

"好时机、好时机。"

体育部主任北村义男忽然出现在副控制室,抬头看着监视器,喃喃自语道。

节目刚刚介绍完在选手前方开道的白摩托车警官,像是看准了时机,东西大学的南广之从选手集团中冲了出来。

"东西大学的南广之,刚到5公里处就开始加速了!"

听着辛岛的现场解说,德重的目光也聚焦到副控制室的监视器上,看到了南奔跑的身影。

那身影充满力量。

这么早就化身野兽了吗？德重在心里小声嘀咕着。

"跑得不错。但是不知道这样的配速能否坚持到后半程。"圆堂的点评精准而到位。

"在如此强劲的逆风中，比赛还在以高速推进。"辛岛紧接着说道。

南的身影出现在了一号转播车的镜头之中。在他身后，可以看到筑波大学、帝京大学、神奈川大学和国学院大学的选手紧追不舍，人们不禁开始怀疑，南的配速是否过快。

比赛的局势愈发紧张，扣人心弦。

起初还加速追赶的青山学院大学、关东大学、驹泽大学和东洋大学的选手，现在已经恢复了原先的配速。他们转变策略，采取了观望的姿态，任由南一人领跑。反而是原本处于第二集团的四所大学的选手正在奋力追赶。

这一系列迅速的排名变化令人应接不暇。

"三号车，拍摄国学院大学选手的画面，五秒后进行切换。"

菜月发出指令后，画面立刻切换，国学院大学的选手出现在屏幕上。或许是因为突然提速冲刺，他的表情显得有些痛苦。赛程尚未过半就露出这样的表情，意味着他可能很快就会体力不支。而切换镜头，正是因为预见到了这一情况。

"摩托车那边，能把镜头从第三集团的后方拉过来吗？要是能把领先的选手也收入镜头中，就切换画面。"

随后，画面切换成了摩托车镜头。

从这个角度，观众可以清晰地看到前方选手领先的距离，这无疑有助于观众理解当前的比赛局势。

"第一名与处于第三集团领先位置的驹泽大学选手相距50米左右吧。"

画面捕捉到了持续领跑的南，而辛岛的解说更是为比赛增添了几分现场感。在一系列张弛有度的画面切换中，有一点值得注意。

原来，菜月事先就将切换画面的意图告知了各辆转播车和摩托车上的工作人员。她的指示很冷静，让工作人员执行起来得心应手，也增强了大家对她的信任。

"接下来，切换到三号车的画面。"

画面迅速切换到了后方的选手集团。包括青山学院大学在内的第三集团以及紧随其后的第四集团，一共有六名选手。在队伍的最后端，能够看到学联队的谏山天马。

"喂，就这么跑下去，真的能行吗？"德重忍不住小声嘀咕道。学联队的目标可是前三名，眼下这样的表现着实让人有些失望。

此时，第三集团与领先选手之间的差距已经超过了100米，而学联队还落后他们几十米。

德重叹了口气，重重地靠在椅背上。

他几乎可以预见，这差距还会继续拉大，学联队恐怕会一直处于落后状态。看来，平川赛前对学联队的批评很可能一语成谶。

就在德重这样想着的时候，他突然察觉到了新的情况，于是立刻目不转睛地盯着显示器。

画面中，领跑的南和他身后的第二集团同时出现在了镜头里。

6

"手边的计时器显示，过了7公里之后，东西大学的南的速度似乎有所下降。"

伴随着辛岛的解说，南的表情被放大呈现在画面中。

就连德重也能一眼看出，他的身体在左右摇晃，这是"野兽"开始变回人类的时刻。

事实上，南与第二集团之间的距离正在逐渐缩小。比赛开始至今已将近二十分钟，胶着的赛况让人无法移开视线，导致原定播放广告的时间一再延后。

——宫本，现在该怎么办？

德重望着导演席上菜月的背影，在心中默默问道。

广告时长为一百二十秒。

比赛越是激烈，就越难决定在何时插入这一百二十秒。如果在进广告时队伍排名发生变化就糟了。这既不符合节目制作的原则，也会给赞助商带来不必要的麻烦。尤其是在当前这种局势下，第一名的归属极有可能发生变化。

"继续直播。"菜月果断地做出了判断。

南能够坚持住吗？还是会被第二集团吞没？就在这时——南回头看了一眼，确认自己与身后选手之间的距离。

此处距起点七八公里，选手们穿过新八山大桥，即将抵达北品川附近。

南一定注意到了后方选手正在逼近，他再次加快了步伐，试图拉开与第二集团的距离。他能够保持领先吗？这令人揪心的局面持续了大约十秒钟，差距又开始拉大。

"好，进广告。"菜月立刻下达了指令。在切换到广告前，会先有一段在业内被称为"Q镜头[①]"的预告画面，紧接着，广告正式开始。

即使在广告期间，副控制室的监视器仍然会继续播放从各辆转播车实时传回的比赛画面。

德重紧紧盯着赛况，心脏几乎要跳出胸膛。

——千万不要变。

德重在心中祈祷着。

"战局千万不要发生变化！"抱着同样想法的北村大喊一声，仿佛

[①] 广告前短暂的预告画面。

要将意念传递到比赛现场,"坚持住!"

所有人都屏住呼吸,紧盯着各个摄像头传回的画面。如果在广告期间名次发生变化,广告结束后观众可能无法及时知晓最新的名次情况。

"切换到一号车画面。"

漫长的两分钟终于过去,画面切回了一号转播车的镜头,副控制室里的人们终于松了一口气。

7

"有变化了。"

计图坐在运营管理车的后座上,用笔记本电脑紧盯着赛况,自言自语道。

画面中,南大口喘气地奔跑着。赛程大约到了12公里处,此刻他正穿过京滨急行线大森海岸站前的人行天桥。

就在此前约4公里处的新八山桥附近,险些被第二集团追上的南再次加速,试图甩开对手。

南以一种旁若无人的姿态冲在最前方。他的意图很明显,就是要将领先地位保持到终点。

这或许是平川教练为了扰乱对手节奏所采用的战术。然而,起初紧追南的青山学院大学、关东大学和驹泽大学的选手们很快就察觉到那种配速过快,及时调整了自己的节奏,保持着稳健的步伐。另一方面,也有一些选手受到南的带动,跟着冲了出来。

选手们在判断上的差异,将会对后半程的比赛产生影响。

南再次加快了步伐,可这股冲劲并没有维持多久。很明显,他已经因为疲惫而放慢了速度。

而一区赛程才刚刚过半。

这样看来，如果没有意外，南想要继续守住领先位置，几乎是不可能的事了，正如甲斐预判的那样。

另一方面，追赶南的第二集团的选手们也逐渐慢了下来。

然而，引人注目的是，以冠军的有力争夺者青山学院大学为首，连同关东大学、驹泽大学等强校的选手们，在比赛中表现得都很扎实稳健。他们超越了一名又一名因体力下降而减速的选手，正迅速地逼近南。

而天马，将自己置于后方集团的末尾位置，似乎在等待发起冲刺的时机。

"天马前辈，是时候加速了。"计图说道，他相信天马能够做到。

"步伐没有完全打开。"甲斐的一句话让计图有些意外。他抬起头，将视线从电脑屏幕上移开，看向正在奔跑的天马。

不会吧，难道是真的？

一区赛程才进行到一半，疲劳感不应该这么早就出现。

根据甲斐的预测，南的速度会慢下来，真正的较量要到15公里之后才会开始。如果甲斐的判断正确，那么接下来局势的关键就在于天马究竟能够将速度提升到什么程度了。

"看来领先位置即将发生交替。东西大学的南广之还能坚持下去吗？"

伴随着直播车主持人的解说声，计图将注意力重新集中到屏幕上。

一直在努力缩小差距的青山学院大学、关东大学和驹泽大学的选手终于追上了南。

失去领先地位几乎只是一瞬间的事情。还没等人们完全反应过来，他们与南之间的差距便迅速被拉大了。

尖兵突击战术宣告失败。

平川教练期望南能够释放野性，但他的计划落空了。

不仅仅是南。那些试图追逐南的选手们也纷纷掉速，赛场上的名次瞬间发生了巨大变化。

尽管大家都觉得这或许是一个绝佳的机会，但天马依然没能从后方集团突围，仍在苦苦挣扎。

15公里处的喊话点越来越近了。

"天马，要开始行动了！"

听到麦克风中传来甲斐的声音，天马微微抬起了右手，作为回应。紧接着，甲斐又大声说道："提高配速！接下来的最后3公里，就靠意志力了。绝对不要输在意志上！"

在通过蒲田车站附近的计时点时，天马暂列第十七位。他与第一名之间的差距是一分五十秒。

绝对不能再被拉开差距了。

计图注视着拼命向前奔跑的队友的背影，默默祈祷着："请务必坚持住啊，天马前辈！"

"这个角度真不错。"北村站在副控制室里，抬头看着监视器，说道，"去年也有这个角度吗？"

他扭过头，问坐在旁边控制台前的德重。

监视器的画面上，领跑的青山学院大学选手正在接近六乡桥。

这个画面是由那台新设置在公寓楼顶的定点摄像机拍摄的，此前，可是经过了菜月的一番交涉才得以安装。从楼顶俯瞰的影像，无论是选手们的表情还是跑姿，都以绝佳的角度被清晰地捕捉了下来。能立刻注意到这一变化，不愧是体育部主任。

"是新设置的。不错吧？"

德重显露出得意的样子，北村一反平日里那副不紧不慢的模样，毫不掩饰地称赞道："真是让人看得入神。"似乎，从一区开始就如此白热化的比赛氛围，让他也兴奋了起来。

这是一场充满波澜的精彩比赛。

青山学院大学选手跑过之后几秒，驹泽大学和关东大学的选手紧随着出现，比赛变成了这三所学校鼎立的领先局面。

另一方面，一些选手受南的突击战术影响，成了"牺牲者"。他们体力不支，陆续开始掉速，排名不断发生变化。

——比赛真是看点十足。

德重的目光紧紧锁定在监视器上，那上面正播放着从转播车和摩托车传回的画面。

"感觉不错嘛，德重，真是太棒了。"站在旁边的北村也一边摩挲着下巴，一边露出了心满意足的表情。

"你今年不是说要在家里一边吃橘子一边看比赛吗，老义？"

"我说过那样的话吗？"北村装作没听懂，拉过旁边的椅子，一屁股坐下。

如果这次《箱根驿传》没有达到预期的收视率，那么大日电视台的体育转播或许就会因此发生改变。德重等工作人员都带着这样的危机感。

这可不是开玩笑的。

德重紧盯着监视器上瞬息万变的排名争夺战，在心里低语道。

北村的想法肯定也和德重一样。他此刻绝不可能还抱着那种能在家里悠闲看转播的心情。

现在屏幕上映出的，不只是箱根驿传的激战，同时也是大日电视台体育栏目的尊严和灵魂。

菜月以堪称完美的时机果断地插入了广告。两分钟后，画面再次切回。"早稻田大学的垣内章介，此刻追上了东西大学的南广之！"

三号转播车传来的实况播报，瞬间让现场气氛高涨起来。

随后，排名再次发生变化。往年这个时候，一区的选手们往往还保持着相对稳定的集团跑状态，然而今年却截然不同，这里已然化作残酷的修罗场，选手们陷入了一片混战。

即便面对这般局面，菜月依旧精准地捕捉到了第一集团、第二集团和第三集团中频繁出现的排名变动。在副控制室里，众多工作人员中，最能镇定自若地凝视着这混乱战局的，想必就是眼前的菜月了。她跨越了电视台内部的种种摩擦、意见分歧，以及众人复杂的心思考量，将全部精力都倾注到了这场年轻人赌上青春与尊严的比赛之中。

——做得好，宫本。执导得精彩。

正当德重半是感叹地在心里低语时，一个陌生的身影出现在了副控制室。北村不禁站起身来，脸上原本挂着的笑容也瞬间消失。德重也站起来，微微颔首示意。来者不是别人，正是他们眼下的敌人，黑石武。

"真是一场精彩的比赛啊。拜托各位了，北村。"

"什么叫拜托我们了？"北村不高兴地回答道，"你来干什么？"

"来慰问一下。也顺便向重要的赞助商们拜个年。"副控制室的另一个房间里，聚集着为这个节目提供赞助的各公司负责人。话虽如此，但黑石武并没有要过去打招呼的意思。

这显然只是个借口罢了，黑石肯定是为了窥探直播的幕后情况而来。与其说是来慰问一线工作人员，倒不如说是前来"侦察敌情"。

由于黑石的出现，原本盘踞在赛道上空的不安气氛，仿佛无声无息地弥漫开来，萦绕在德重周围。

8

在天马眼中，六乡桥缓缓的上坡仿佛直通天际般陡峭。

经过15公里处时确认用时，约为四十四分十秒。与出发时相比，体感温度几乎没有变化，甚至略有下降。逆风形成了一股冷气流，不断地将身体向后推。

即将抵达六乡桥时，前方集团的选手开始互相试探，观察着周围的情况，彼此进行牵制。就在天马身旁，中央大学和顺天堂大学的两名选手加速冲了上去，而他们的前方是国学院大学的选手。

由于受到南的影响，节奏被打乱的国学院大学已经被后方选手追上。不仅如此，前方筑波大学和帝京大学的选手也势头不再。

机会来了。

然而，当天马试图加快步伐时，眉头却不由自主地皱了起来。

出发前热身时的良好感觉消失了，他的双腿完全不听使唤，根本无法像自己期望的那样向前迈进。

他自己也不明白。身体的沉重感究竟是因为寒冷的天气，还是因为站在箱根驿传决赛这一万众瞩目的舞台上所承受的巨大压力？

这六乡桥可是千载难逢的重要赛段啊。

在那万里无云的晴空之下，选手们在六乡桥上奔跑的场面一直是一区的亮点。天马曾无数次想象自己身挎接力带，任由头发在风中飘扬，沐浴在新年阳光下，在这里全力奔跑的样子。

然而，他目前仍然深陷在落后集团之中，无法突出重围。

刚才还并肩跑在他身旁的明治大学选手此刻已经渐渐超过了他，拉开了一个身位的距离。

"剩下的3公里，拼的是意志！"

就在这时，甲斐的一句激励传进天马耳中，如同来自遥远星系的信号，将他唤醒。甲斐似乎洞穿了天马未能发挥出实力的原因。不，他一定已经看穿了这一切，才会在这个时候说出这样的话。

"绝对不要输在意志上！"

甲斐的喊声再次在他脑海中回响。

天马勉强控制住摇晃的身体，脑海中只有一个念头，就是用力摆臂。身体立即发出抗议，但他没有理会，无论如何都要继续摆动手臂。

他用尽全力，才勉强跟上右前方明治大学选手的节奏。

可恶！

他咬紧牙关，全然不顾跑姿是否美观，拼尽全力，但身体却无法如他所愿地向前迈进。

日本体育大学的选手从后面追了上来，刚过六乡桥便与天马并肩跑在了一起。天马心急如焚,拼命想要拉开与对方的距离,可无论怎么努力,速度就是提不起来。

该死!

天马抬起头,望向那阴沉压抑的冬日天空。他的嘴巴不自觉地张开,下巴微微扬起。

这样跑可不行,绝对不行……

20公里的路程竟然如此漫长、如此艰难,远远超出他的想象。

路边的欢呼声被寒风吹散,飘向远方。天马本以为自己还保留着一些体力,此刻却发现自己像一个迷失的孩子般手足无措。

这就是箱根驿传吗?

这就是正式比赛吗?

我的能力仅止于此吗?

我体内的能量,究竟都到哪里去了?

我要向前跑,哪怕再向前一步也好。

经过最后1公里的指示牌时,他已经顾不上看手表了。

从这里到鹤见中继站的最后1公里,将真正成为他田径生涯的最后1公里。

箱根驿传的梦想之路,是与父亲一同走过来的。为了实现这个梦想,父亲努力维持着家庭生计,与母亲一起为他创造了一个可以全身心投入田径运动的环境。

正因为他们的付出,此刻,他正奔跑在梦想的舞台上。

天马决定大学毕业后回到家乡长野,去一家制造商工作。

他希望能够挺起胸膛,面对迄今为止支持他的人,以及未来人生中将会遇到的人,自豪地说,那时的他拼尽了全力,坚持到了最后。

要是状态再好一点……真是不甘啊。

但事到如今,再怎么后悔也于事无补。这就是比赛,只有一次机会决胜负的比赛。从现在开始,这将是一场与自我的战斗。

在任何一项体育运动中，都有胜负之分。然而，闪耀光芒的绝不只有那些最终的胜利者。此时此刻，天马比以往任何时候都更加深刻地明白这一点。

"看着吧，老爸。我的样子可能不怎么帅气，但我一定要让你看看我这最后的冲刺。"

天马猛地挥动双臂，迈开双腿，拼尽全身力气发起了冲刺。一股热流涌上心头，泪水模糊了他的视线，但他毫不在意，继续拼命地摆动双手和双脚。

他超越了前方帝京大学的选手。

再往前一位的山梨学院大学的选手看起来已经筋疲力尽，大概是之前为了追赶南而过早地透支了体力。天马从他身旁超了过去。

他甚至都不知道自己现在究竟第几名。

不知不觉中，之前超越他的明治大学选手重新出现在他前方大约10米的地方。看来已经挽回了一些差距。

还可以继续前进。天马告诉自己。

视野中，明治大学那海军蓝的队服在上下跃动。到底是制服在跃动，还是自己的视线在摇晃呢？

现在，驱动着天马不断前进的，是他那深不见底的意志力。

穿过橡胶街入口的十字路口后，天马将斜挎在身上的接力带解下，缠绕在右手上。

只剩最后的一条直道了。

他已经记不清自己究竟是如何跑完最后200米，抵达鹤见中继站的。

他唯一记得的是将接力带递给二区选手村井大地的那个瞬间。

"天马，你最后那一段跑得很好！你已经尽力了。谢谢你！太棒了！"

甲斐的声音从运营管理车的麦克风中传来，天马瘫倒在地，身体颤抖着，泪水夺眶而出。

第二章　高墙险峻

1

第十六名。

电视屏幕上显示出学联队抵达鹤见中继站的用时。没有显示具体排名，而是标注为"OP"①。跑在学联队前面的明治大学是第十五位，因此实际上他们相当于第十六位。

东邦经济大学休息室的电视机前，青叶隼斗看到天马冲过终点后倒下的画面，咬紧了嘴唇。他的内心涌起一股热流，一时说不出话来，只能站起身，用掌声表达敬意。

太棒了，天马。你坚持下来了，跑得真好。

就在刚才，在一区的后半段，面对陷入无法加速困境的天马，说实话，休息室里一片寂静。

果然还是不行吗？想必每个人心里都闪过了这样的念头。

然而，在最后1公里的赛程中，天马每超越一名选手，电视画面都会迅速切换到他身上。镜头中，天马奋力奔跑，全然顾不上表情因用力

---

① 特邀参加，全称为"OPEN参加"，缩写为OP。

而变得扭曲。

对天马而言，这场比赛或许并非如他赛前预想的那般顺利。

即便如此，他拼尽全力的奔跑，以及不到最后一刻绝不放弃的姿态，足以吹散当时弥漫在现场的悲观氛围，带给人们勇气与感动。

当接力带交到负责跑二区的学生联合队王牌选手村井大地手中时，乃木圭介不自觉地说出"现在才刚刚开始"，然后抿紧了嘴唇。

聚集在这里看电视的，是这一天没有出场任务的隼斗等学生联合队回程的选手，以及东邦经济大学田径队除三年级队员之外的约三十名队员。为了给大地加油，有人甚至千里迢迢从家乡赶来。大地的那些三年级队友们则与大沼清治郎教练一起前往二区为他加油去了。

大地从中继站飞奔而出。

就在片刻之前，那位让大地有些忌惮的对手——东西大学四年级王牌选手青木翼以第七名的成绩完成了交接，踏上了赛道。

对东西大学来说，这个名次或许有些出乎意料。虽然南在赛程中段之前一直领先，但由于前半程速度过快导致体力不支，先是被青山学院大学和关东大学超越，之后又被后面的队伍赶超。当接力带交到青木手中时，平川对着瘫倒在地的南说出了一句盛气凌人的话，被电视的麦克风收录了下来。

"南，归根结底你还是人啊。辛苦了。"

随着二十一名选手全部完成接力，镜头切换到二区的第一名争夺战。

休息室里，每个人都屏息凝神，全神贯注地注视着赛况的发展。

"大地怎么样了？为什么看不到他的镜头？"有人焦急地问道。

"第十六名，哪有那么容易被拍到。"

隼斗心想，这话倒也没错。然而，不久之后，屏幕中就出现了大地的特写镜头。他几乎与明治大学的选手并肩奔跑着。

"关东学生联合队的村井大地，来自东邦经济大学的三年级学生，他的速度相当惊人。现在已经追上了明治大学的高田翔吾，正在试图超越。"

话音刚落，大地便向前冲了出去。还没等众人反应过来，他就已经将竞争对手甩在了身后。

休息室里爆发出一阵雷鸣般的欢呼声。

"干得漂亮！"在隼斗身旁的松木浩太露出了笑容。他的眼睛里闪烁着光芒，注视着姿态稳健、身姿纹丝不乱的大地。

"关东学生联合队的村井大地，又将名次提升了一位。"转播车中的主持人提高了声音，那兴奋的语调让周围都弥漫着一股自豪的气息。

"村井选手表现得非常出色。"演播室嘉宾圆堂的语气中满是惊讶，"虽说学联队的成绩不计入正式排名，但他们的实力也不容小觑啊。"

"再多给些镜头啊！"就在有人喊出这句话时，信号切换到了一号转播车，众人见状，不由得发出一阵叹息。取而代之的是争夺首位的紧张场面。

"领先位置要易主了！"

伴随着实况解说，冲到青山学院大学选手前面的是堪称关东大学"绝对王牌"的坂本冬骑。

坂本是三年级学生。他像机器人一样精准无比、如教科书般的跑姿，想必是得益于他非凡的平衡感和强健的背部肌肉。这位学生长跑界的代表选手早已广受期待，被视为会从箱根驿传的舞台走向世界舞台的杰出人才。他与暂列第二的青山学院大学选手之间的差距正在一点点拉开。

"这里是三号车发回的画面。东西大学的青木翼正在逼近前方的顺天堂大学选手进藤光，两者之间的距离仅有10米左右。"特写镜头里，青木正目光锐利地直视前方。他并没有贸然冲到前面，那完美掌控的跑步节奏，让观者无不为之深深叹服。

常被赞誉为"花之二区"的二区赛段备受瞩目。实际上，它不仅距离最长，而且难度也很高。后半程的权太坂以及抵达户冢中继站前方的陡坡，堪称最为艰险的路段。

如果前半程冲得太猛，势必会导致后半程体力不支。东西大学的青木技术出众，显然他对这一点有着深刻的认识，他明白，如果过于轻率地提速，后半程只会自讨苦吃。

赛程已经推进到4公里处。

辛岛随即播报了区段成绩："根据我手边的计时，青木4公里用时为十一分十五秒。"

休息室瞬间陷入了一种微妙的沉默。

"恐怕是遇到了相当强的逆风吧。"有人评论道，隼斗也表示认同。以青木的实力来说，这个速度比预想的要慢。这从侧面证明了天气条件的恶劣。

即便如此，青木仍在一点点拉开与被他超越的顺天堂大学选手之间的距离。

"东西大学开始发力了。"有人说道。确实如此，隼斗也持同样看法。

"大地似乎很在意青木。"听到队友这么说，隼斗注视着屏幕，这时大地的身影再次出现在画面中。他已经跑到8公里开外，接近金港桥一带了。

仿佛在等待这一刻一般，掌声响了起来。在逆风中，大地奋力奔跑着。

"关东学生联合队的村井大地，已经与日本体育大学的田所浩介并排了！"

随着解说，掌声再次响起。"超过去！"有人喊道。

紧接着，休息室里便响起了齐声的呼喊："大地、大地……"

"好样的！"

在大地成功完成超越的瞬间,所有人都握紧了拳头。

电视画面上"OP"标志又上升了一位。学联队目前相当于第十四名。

"关东学生联合队在这场比赛中的表现可圈可点啊。"解说员圆堂评论道,似乎原本并未对学联队抱有期待。

听到这样的评价,休息室里有人回应道:"等着瞧吧。"

8.15公里计时点的成绩显示在屏幕上。

排名依次是关东大学、青山学院大学、驹泽大学、东洋大学、早稻田大学、东西大学、顺天堂大学、筑波大学、神奈川大学、国学院大学、拓殖大学、法政大学、中央大学。接下来,是关东学生联合队。

当个人区间排名公布的时候,休息室里沸腾了起来。

"太厉害了,大地!"一个穿着东邦经济大学运动服的学生大声喊道。

排名第一的是肯尼亚学生瓦库拉,紧随其后的就是村井大地。目前,大地是日本选手中跑得最快的。

隼斗难以置信地盯着排名。的确,他一直以来和大地一起训练,认可大地的实力。但是,他没想到,在这场充满压力的正式比赛中,大地竟能爆发出如此强大的力量。

"真是位厉害的选手啊。"隼斗几乎浑身颤抖,带着难以抑制的兴奋,喃喃自语道。

个人排名表的第五位是东西大学的王牌选手青木,据说大地一直对他心存忌惮。此刻,按照队伍排名来看,青木跑在大地前面八个名次的位置。

青木和大地的时间差大概有一分钟。之后,大地能追上青木多少,将决定这场比赛的胜负。

"真希望大地能在个人用时上赢过青木。"浩太用冷静的语气说道,"大地现在一定只想着这件事。"

隼斗也认同这个看法。为了消除对青木的畏惧心理，从自我束缚中解脱出来，大地现在正在奋力拼搏。而且，战胜青木也有助于提升学联队的整体排名。

领跑的关东大学选手已经跑过13公里。

"就快来了。"晴双臂抱在胸前，自言自语道。

从这里开始，赛道将逐渐爬升，并在13.8公里附近迎来一段挑战心脏的陡坡——权太坂。除了陡峭的坡度之外，强劲的逆风也使人难以维持配速。

"节奏不错，继续保持。"麦克风里传来"教授"名仓冷静的声音。

关东大学的王牌坂本冬骑开始挑战眼前的陡坡。他目不斜视地向前奔跑，仍然保持着一丝不苟的跑姿，神情中透着如同修行僧般的坚毅。

"东西大学的青木翼已经追上了前方的早稻田大学选手相马广树。"

随着三号转播车的现场解说，画面中出现了两人激烈的竞争。

相马顽强地坚持了一会儿，但他的抵抗并没有持续太久，就被青木超越了。

这是一场符合青木实力的出色奔跑。不过，隼斗判断，他的超越也就到此为止了。青木与前方的驹泽大学和东洋大学的选手之间差距过大。而且，这两所大学都派出了王牌选手，速度几乎不相上下。

镜头一转，休息室里再次爆发出欢呼声。

是大地。

他即将超越跑在前面的中央大学的选手。

"大地前辈跑得太好了。"圭介说道。大地目视前方，身体略微前倾。他面无表情，迎着逆风前进的样子让人感觉到他尚有余力。

拓殖大学和法政大学的选手已经进入了他的追赶范围。

"冲啊，大地！"有人喊道，"加油！"

仿佛得到了这喊声的助力，大地猛地加速冲了出去。

"竟然在这里选择加速。都快到权太坂了！"有人惊叹道。"太牛了，大地！"虽然语气带着几分轻松调侃，但其中那毫不掩饰的敬畏之情却是显而易见的。

2

大地脑海中始终浮现着这样的场景：于隧道内奋力疾驰，向着那远处闪烁微光的小小出口奔去。

他专注至极，周围人群的欢呼声，还有如利刃般尖锐的寒风，都从他的感知边缘一闪即逝。

"我终于走到这里了。"大地心想。

他终于登上了梦想的舞台。

对来自香川县的村井大地来说，从事田径运动纯属偶然。他的父母都是公务员，并不擅长运动。进入家乡高松市的一所公立中学时，无意间看到了学校田径队的训练，觉得很有趣，并产生了一种"这项运动我应该能行"的直觉。理由就这么简单。

加入田径队后不久，他意外地发现自己拥有过人的天赋。

第一年，他参加了县大赛，在3000米项目中获得了第五名，是队中唯一进入县大赛的选手。这也是学校田径队自成立以来，第一次有队员能进入县大赛，而大地还进入了决赛，这让担任教练的老师惊讶不已。

然而，这仅仅是他辉煌田径之路的开端。三年级时，大地夺得了3000米冠军，县外一所田径强校向他发出了邀请。

他拒绝了邀请，选择继续在当地的公立高中就读，因为父母认为"田径运动不足以谋生"。高中三年，大地三次参加全国高中生田径大赛，成长为一名闻名全国的选手。

他之所以选择进入东邦经济大学，是因为教练大沼清治郎的盛情相邀。大沼向他介绍了学校专门为运动员准备的宿舍，以及所提供的最先进的运动科学指导。大地被这些所吸引，决定入学。而通过电视屏幕看到的那一年的箱根驿传，更深深地震撼了他。

东西大学的一名一年级新生以高水平的表现，出色地完成了二区的重任。那个人就是青木翼。他犹如一颗彗星般横空出世，一跃成为箱根舞台上的明星选手。青木的成功给予了大地莫大的激励。

"我也想成为那样的选手。"

大地抱着强烈的愿望，然而这种渴望却有些过于执着了。

进入大学后，在和青木第一次同场竞技的10000米比赛中，大地遭遇了惨败。也就是从那时起，他对青木产生了畏惧心理。

明明单从万米的个人最好成绩来看，他们俩不相上下。

"你所需要的是自信。这是精神层面的东西。"看透这一点的大沼一直这样对他说，"克服这种心理的唯一办法就是有朝一日战胜对手。去战胜青木翼吧，大地。"

此时此刻，大地正与青木一同奔跑在箱根驿传的二区。

这条赛道，大地之前已经走过很多次，甚至还试跑过，对它了如指掌。路边那些熟悉的风景，还有刚经过的保土谷二丁目的信号灯，都印在他的脑海里。从这附近开始，经过一段大约800米的平缓坡道，权太坂的陡坡就在前方。

困难之处可不单单在于攀爬权太坂。爬上这个顶后，紧接着就是一段急剧的下坡路。然而，这下坡的路程十分短暂，从越过户冢町人行天桥附近开始，一直到中继站的这最后600米的陡峭上坡路，才是那名副其实的"户冢之墙"。

从刚才起，大地一直瞄准着视野前方的接力带。那是一条蓝色和橙色的接力带，属于法政大学的选手。在前方数米处，还有一条橙色的接力带，那是拓殖大学的选手。

大地向赛道中央靠拢，追上并超过了那两个人。他并没有刻意追求提升名次，只是想着保持节奏，目不斜视地向前奔跑。

"不要摇晃身体，不要动摇意志。"恩师大沼清治郎在入学之初就告诉他，对长跑来说，精神力量是多么重要。

然而……当他看到远处那身钴蓝色的运动服时，他一直保持的冷静无声无息地消失了。

那是东西大学的青木翼。

我想追上他。

这个强烈的念头，仿佛一个异物突然闯入意识的隧道。它动摇着大地的心情，诱惑着他，打乱了他原本稳健的节奏。

但是，远远地估算着和青木之间的距离，大地受到了冲击。因为他发现，青木刚一接近权太坂，便凭借惊人的体力开始了冲刺。

不行，我果然还是赢不了他。

"大地！大地！大地！"

就在这时，一个呼喊声将大地的思绪从青木身上拽了回来。那是学联队队友咲山巧的声音。只见巧手里拿着水瓶跑了过来。

"冷静点，大地！"巧说道。大地脑海中那根原本灼热得仿佛要燃烧的电热丝，瞬间冷却了下来。

"你是日本选手里最快的。"

听到这话，大地不由自主地转过头来，脸上或许是因为震惊而表情僵硬。巧用认真严肃的神情接着说道："你是第一名。拿出自信来跑！"

大地都来不及点头回应，便迅速重新将注意力聚焦到比赛上，默默地开始向权太坂发起挑战。此刻，他只觉得压力如山般沉重，心脏仿佛都要爆裂了。

下坡就在眼前。

在那之前，只需心无杂念地奋力奔跑。不管怎样，唯有持续不断地奔跑才行。一旦进入下坡路段，一切都会变得轻松许多。大地竭力让自己的思绪放空，一门心思地想要征服权太坂。终于，他抵达了一直期盼着的下坡路段。

"别在这儿松懈！"路边陡然传来一声响亮且有力的呼喊，这声音是那么熟悉。

他微微将视线转向左前方。大沼教练和穿着东邦经济大学校服的队员们在那里等着他。

他们怎么会在这里？

不，根本不用思考，他立刻明白了，因为这里是最艰难的地方。他们肯定是知道这一点才守在这里的。

"不要在下坡路松懈！全力冲刺！"大沼教练大声呼喊着，他的话盖过了周围的欢呼声，穿透了大地的耳朵。

从大沼教练和队友们面前跑过，仅仅用了几秒的时间。

"这里是决胜的关键！要是半途倒下，我会来给你收尸的！战胜青木！一定要战胜他！"

大沼教练大声喊出的激励话语，仿佛在背后推着大地。

不要在下坡路松懈？

给我收尸？

战胜青木？

在这紧张的时刻，教练到底在说什么啊？

真是的……

大地不自觉地嘴角浮现出一丝笑意，然后开始一口气冲下山坡。

此时，青木正要挑战最后一个上坡路段。

从这上坡的起始处看去，那坡道简直是一道巍峨耸立的高墙，如同怪物一般。

在抵达户冢中继站之前，要成功追上青木，似乎是一件极为困难的事情。然而，大地根本没有时间去考虑这些。

他的身体在发出抗议，意识也几乎要被风吹散，但他仍然拼尽全力朝着斜坡下方猛冲而去。

3

"二区的个人成绩出来了。"

辛岛的解说中似乎也透着一丝惊讶。

德重看着屏幕上显示的排名和用时,长长地舒了一口气。

"关东学生联合队的村井大地表现得非常出色。"担任解说嘉宾的圆堂说道。

"这可不仅仅是普通的成绩啊。"德重坐在副控制室后排的座位上,不禁喃喃自语。

在如此恶劣的条件下他跑出了一小时六分五十七秒的成绩,总排名第三,是日本选手里最快的。紧随其后的,是落后三秒的关东大学选手坂本冬骑。当然,他也超过了东西大学的王牌选手青木。

然而,这个纪录只是"镜花水月"。

因为以特邀身份参赛的关东学生联合队不会有正式的纪录。尽管纪录是虚幻的,但跑出相当于第三名的成绩却是不争的现实。

在二〇一七年第九十三届箱根驿传中,关东学生联合队的最后一棒选手、来自东京国际大学的照井明人也曾获得区间第一名,却未得到官方认可。

"这就是所谓的'传奇'吗?"

等等。德重斟酌了一下措辞,随即否定了这个想法。

将这归为"传奇"真的妥当吗?

倒数几名的常客,杂牌军。虽然自己的下属这么说学生联合队的时候,德重会批评他们,但归根结底,自己不也同样带着负面印象,将学联队定义为"失败者"吗?

德重心中涌起一丝自我厌恶。

作为赛事转播方,大日电视台理应秉持平等精神,尊重每一位选手。可仅仅因为学联队表现出色,就将其表现定义为"传奇",这无疑是一种自相矛盾的行为。

目前，从村井大地手中接过接力带的学联队三区选手富冈周人，已经超越了国学院大学和神奈川大学的选手，正全力追赶着顺天堂大学和筑波大学的选手。在他前方的是来自东西大学、有着"冷面人"之称的黑井雷太，他刚与青木完成交接。而暂列第一名的关东大学队和东西大学队之间的差距，也不过一分半多一点。看来，接下来将会是一场异常激烈的角逐。

"把这种紧张感一直延续到五区吧。"德重低声祈祷着。

作为冠军热门之一的东西大学队正在发起反击，这场追逐战着实扣人心弦。三区的黑井，以及在女性观众中人气颇高的四区选手柳一矢等几位备受瞩目的选手相继登场，他们的精彩表现更是让观众看得目不转睛。

唯一令人担心的是天气。除此之外，这场比赛近乎完美。

"雷太，冲吧！争取区间奖。冲到最前面去！GO（快），GO，GO，GO！"平川用力喊着鼓舞的话，但关掉麦克风后，却"啧"了一声。因为手机上的电视画面里显示出了二区的个人纪录。东西大学的二区选手青木翼总排名第五。在他之上，赫然是村井大地的名字，这让平川难以接受。

"别开玩笑了。"平川语气不善，让坐在同一辆车后座的队伍经理田代荣太也不禁有些畏缩。

平川一旦心情变差，就会变得很难对付。他对胜利的执念极其强烈，往好里说是热血男儿，往坏里说就是个暴君。

比起一区的南的减速，平川更不满的是他寄予厚望的王牌青木没有像他预想的那样跑出好成绩。

透过风挡玻璃，可以看到东洋大学和驹泽大学的选手，却看不到本应在他们前方的青山学院大学和关东学生联合队的选手。

"首先要超过东洋和驹泽。"运营管理车中的平川自言自语道。他目不转睛地盯着直播画面,一号车正将镜头对准首位争夺战。青山学院大学和关东大学正在激烈地你追我赶,处于对领先位置的争夺中,但本应参与其中的东西大学,目前却还在竞争圈之外。

"喂,后面的排名怎么样?"

突然接到问题的荣太慌忙拿起手中的笔记,读了起来。

"早稻田大学、顺天堂大学、筑波大学……学联队。"

"不要理会学联队,"平川立刻粗暴地打断道,"那种队伍就像买糖赠送的小玩意儿,不值一提。"

其实,平川对学联队格外在意,或者更确切地说,他对甲斐非常介意。

赛前,平川对学联队的批判,准确地说是对率领学联队的甲斐那近乎穷追猛打的反复批判,恰恰是他这种执拗心态的体现。

他反对学联队的存在,全面否定甲斐的方针。对平川而言,他的自尊心绝不容许自己处于学联队之后,哪怕只是学联队中一名选手的个人区间成绩领先也不行。

从运营管理车上看,黑井雷太的状态似乎还不错,但遭遇了意料之外的逆风以及低温天气,很难期待他能百分百地发挥实力。

"前3公里的速度相当不错,教练。"荣太提高了声音说道,"能超过前面的两人。"

平川没有回答,仍然将双臂交叉,抱在胸前。

他的视线似乎已经越过了三区,投向了箱根的群山。

"从这里开始要逆转局势了。"平川终于开口了,与其说是对荣太说的,倒更像是在给自己打气。

4

从户冢中继站出发后不久，从汲泽町第二步行桥到原宿第一步行桥这大约400米的距离，是一段缓缓延伸的上坡路。

承受着侧向海风的猛烈吹打，周人步伐轻快地爬上了那个陡坡，并在前方的下坡路段加快了速度。

周人的斜前方是筑波大学的选手，再往前一点则是顺天堂大学的选手。

他以每公里约两分五十秒的配速前进着。这是相当快的配速了，然而，周人冷静地分析着，以今天的状况来看，要以这样的速度坚持跑完20公里恐怕是不可能的。

赛前他和甲斐、大沼、计图进行了详细的讨论，已经把有关赛道的各种数据都牢记于心。那个时候——

"仅从理论上来说，"赛前会议上，甲斐分析道，"通过三区中继站的时间应该在十点零八分左右。如果天气好的话，首先需要注意的是气温的上升，那会消耗你的体力。但就今年的情况而言，恰恰相反。"

他打开从户冢到平冢，各地区的局部天气预报，上面排列的各项预报，无一不是雨、雪或者强风的恶劣天气。

"预报的气温在5摄氏度左右，但如果下着小雨，再加上强风，体感温度很可能会大幅下降。"

队员们依据这样的天气状况和比赛的进展态势，认真研究了具体的跑步策略，包括在赛程的不同公里数节点采用怎样的配速，以及在哪个位置发起冲刺；同时还深入研讨了在集体跑时如何抢占有利位置，单独跑时怎样合理设定目标，并且对配速的分配进行了细致规划。

这看似规划得过于缜密周全，然而在探讨的过程中，周人领悟到了一点：尽管他们是在设想实际比赛的基础上，反复进行着各种模拟，但真正的目的在于与甲斐交流想法，或者说达成意见上的一致。

还有一件事他也明确了。

那就是甲斐所说的"心理因素占七成"的深层含义。这些赛前的信息储备和策略制定，为他们构筑了一道心理防线。人们的焦虑往往来自对未知的恐惧，或是对自身决断的犹疑不定。对此，甲斐的见解是，通过预先对各种情境进行推演和探讨，可以有效地增强队员们的心理韧性。

"在哪里加速、采取怎样的战术……并没有绝对的答案。"

这是甲斐在赛前会议上明确强调的。

"正确的配速和加速时机的选择，会根据比赛的状况而变化。同样的跑法，在不同的环境下，可能奏效，也可能适得其反。"

正确的选择是什么，最终都得靠选手自己拿主意。

然后甲斐又补充了这样一句话："人生亦是如此。"

过了滨须贺路口，是一段笔直的道路，左手边是一片连绵的防沙林。周人加快了节奏，与筑波大学的广中昴并肩跑在了一起。周人与广中曾多次在诸如大学生田径锦标赛等比赛中交锋。广中是一名优秀的选手，但或许是被一直吹到滨须贺的逆风影响了，他身体有些摇晃，显得十分疲惫。

周人从人行道一侧超越了他。

周人本以为能迅速将对手甩开，然而，广中却顽强地坚持着，紧紧地跟在他身后。不知是跑者的本能使然，还是内心执念的驱使，广中似乎仅凭精神力量在驱动双腿。

但他应该坚持不了太久。

欢呼声和松涛声淹没了两人奔跑的脚步声，时不时不知从哪里飞来的沙粒刺痛着他们的脸庞。

就这样又跑了约300米，周人回头看了一眼。

广中的身影果然已经在后方变得很小了，正如他所预料的那样。确认了这一点后，周人立刻调整了心态，目光投向了下一个目标。

前方选手穿着蓝紫色队服，配有红色和白色的接力带。正是顺天堂大学的江崎悟。虽然周人和他从未在比赛中直接交锋过，但根据计图事先整理的数据，江崎的耐力似乎存在一些问题。

果不其然，自从周人加快速度后，他与江崎之间的距离迅速拉近。江崎的速度明显下降了。现在两人之间的差距恐怕已不足20米。

周人在紧靠着防沙林的人行道一侧向前推进，逐渐缩小与江崎的距离。

当抵达南方海滩前的那段直线路程时，防沙林已然中断，视线不再受阻。在这儿，周人可以清晰望见近在百米之内的海景。也就在这时，周人感觉到，仿佛有一股无形的力量，正将江崎的身体从道路中央附近往右侧推去。

细小的沙粒如同子弹般打在周人浅色的太阳镜上，发出细微的声响。这是来自自然的干扰。而此时，江崎由于没有佩戴太阳镜，只能紧皱着眉头。在江崎的身旁，一辆转播摩托车正与他并排行驶着，这或许也成了干扰他比赛的一个因素。

周人加速来到了江崎身边，随即超越了他。

1米、2米……周人回头望去，确认身后的江崎已经跟不上他了。就在这时，他的视野中映入一个身着钴蓝色服装的身影——东西大学的三区选手黑井雷太，黑井前方还有早稻田大学的选手。

——得追上他们。

此刻，黑井的身影在周人眼中还很小。周人斗志昂扬，肾上腺素在体内奔涌。

黑井的手脚比例和跑步节奏都很独特，跑姿乍一看也有些不同于常规，但周人与他之间的距离却始终难以明显缩短。

尽管一区的天马起跑落后，但好在二区的大地奋力疾驰，成功扭转了局势。周人又超越了两名选手，如今学联队暂列第七名。

他希望在把接力带交到四区选手星也手中之前，竭尽所能地提升队伍的名次。而周人如此急切地想要超越东西大学的选手，其实还有一个更为深层的缘由。

因为东西大学是父亲的母校。

父亲当年跑的正是箱根驿传的三区。

当周人将自己入选学联队的消息告知父亲时，父亲只是淡淡地回应了一句"这样啊"。"没有纪录的东西是没有价值的。"这是父亲一贯的思维方式，也是他的人生哲学。以这样的标准来看，周人显然是不合格的。

"周人以后也要代表东西大学去跑箱根驿传。"周人是听着这句话长大的。父亲盼望着他能接过同一所母校的接力棒，成为一名超越自己的出色选手。然而，周人最终辜负了父亲的这份期待。

高中时，他在赛场上的成绩并不理想，以体育特长生身份进入东西大学的梦想也彻底破灭。他辗转复读了一年，参加普通高考，结果再次落榜。最终，他进入了作为保底选择的目黑教育大学。父亲流露出的失望和轻蔑让周人心灰意冷。

他总是被拿来与父亲比。确实，他的父亲曾是一名出色的选手。但遗憾的是，周人并没继承父亲那样的天赋。

事情就是这么简单。

是父亲教会了他跑步的乐趣，可同样也是父亲一直在否定着他。即便无法得到父亲的认可，他依旧会和学联队的队友们一同认真地对待这次挑战，携手克服困难。对父亲来说，这场挑战或许毫无意义，但对他而言，这无疑是一场会铭刻一生的战斗。

风越来越大了。

"与早稻田大学的差距只有二十秒，周人！"

在15公里处，运营管理车上的甲斐向他喊道。"全力以赴，争取每公里两分五十秒的配速！"

此时，他距离前方的黑井还有约200米，两人之间隔着一辆电视转播车。

天空一片阴沉,仿佛随时会下雨,强风不时呼啸着刮过。平时在这里可以远眺富士山,可此刻,富士山却被厚重的云层遮蔽住了。

不对劲。

当经过浜见平的入口时,周人敏锐地意识到了这一点。那是16公里处。

他与早稻田大学选手之间的差距确实在逐步缩小,但与黑井雷太的距离丝毫没有拉近的迹象。不仅如此,反而还在逐渐被拉大。

"速度真快啊……"

当周人从后方远远地望见那强健的身影时,一股夹杂着沮丧和焦躁的情绪涌上心头。

尽管他拼命加速,黑井的身影却依然越来越远。

虽从未亲眼见过,但在他眼中,那个渐行渐远的背影,就仿佛是自己父亲学生时代的背影一般。

那是一个无论他如何奋力追赶,都始终无法触及的背影。

那个背影仿佛带着嘲讽之意,将他远远地抛在了身后。

你没有天赋。

你跑得太慢。

你没有——纪录。

——住口!

周人将涌上心头的各种思绪碎片强行甩开,继续奔跑。

跑到16.5公里处,在柳岛海岸人行天桥附近,原本笔直的赛道开始缓缓地向右弯曲。再往前大约700米,穿过柳岛的路口,就即将抵达湘南大桥了。

冬季波涛汹涌的大海映入眼帘。

没过多久,周人察觉到前方早稻田大学的选手速度逐渐慢了下来。

"我能超过去。"

我一定能行。他默默地告诉自己。

就在他满怀这样坚定的信念,即将靠近湘南大桥的时候,一股强劲而猛烈的侧风突然席卷而来。

随风飞舞的沙粒打在他脸上,带来难以忍受的刺痛。强风的压力几乎将他从人行道吹到道路中央,但周人竭力调整姿势,准备迎接最后的冲刺。

穿过湘南大桥时,风势略微减弱,可此前仅仅1公里的逆风奔跑,体力的消耗程度远远超出了周人的预想。

双腿难以迈开。

无法前进。

他感到心脏隐隐作痛,仿佛正被一只无形的大手紧紧攥住。不知不觉间,他的目光变得涣散起来。

他经过一个路标,上面写着还有3公里。

从高滨台十字路口到星也所在的平冢中继站,几乎是一条笔直的道路。

路边传来的欢呼声几乎被呼啸的风声完全掩盖,周人的意识也变得模糊起来。他拼尽全力挤出最后一丝力气,奋力跑过那段看似没有尽头的直道。

要追上早稻田的选手。

然而,早稻田大学的选手也察觉到了周人的逼近,同样加快了步伐频率,两人之间的距离并没有像他期望的那样缩短。

此时此刻,父亲可能正在嘲笑我吧。

他沮丧地皱紧眉头,咬紧牙关,终于跑到了21.1公里处的花水川大桥。在强劲侧风的肆虐下,周人拼尽全力跑完了最后的200米。

"周人!周人!"

星也声嘶力竭地呼喊着他的名字,同时奋力挥舞着右手。

等着我,星也。

马上就把接力带交到你手里。

然而，就在这一刻，身着暗红色队服的早稻田大学选手先一步完成了三区和四区的交接。

还是没能超过去……

没能为星也超过前方的选手。

对不起，星也，剩下的……就交给你了。

周人将肩上的接力带递给星也的瞬间，因精疲力竭而一下子倒了下去。

"周人，跑得很棒！表现非常出色，谢谢！"当运营管理车驶离时，他隐约听到了甲斐的声音。

倒在中继站的周人随后被抬到了等候区，他就那样仰面躺着，凝望着天空。

一切都结束了。

其他学校的选手们一个接着一个跑进中继站。每一位选手到达时，周围都会响起一阵欢呼声。

周人缓缓地坐起身，正要从背包里拿出运动服，突然发现手机收到了一条信息。

是父亲发来的。

他犹豫了一下，还是点开了信息。

——跑得不错。你很努力了。最后3公里，你的下巴抬得有点高。

"不用你说我也知道。"

周人干裂的嘴唇上泛起一丝苦笑，他耸了耸肩，随手将手机扔进了背包。

第三章　人形火车头

1

二十一支队伍全部通过平冢中继站后，画面切换到直升机的航拍镜头。从高空俯瞰波涛汹涌的大海，德重不禁被眼前的景象深深震撼。

与人们印象中风光明媚的湘南截然不同。在那一片汹涌澎湃的景象背后，远处的江之岛隐约朦胧地映入眼帘。

"看来，终于要来了，"德重还没开口，北村就率先表达了对天气的担忧，"要说是春天的暴风雨，似乎也来得太早了点吧。"

也不知道那究竟会是雨还是雪……实况转播必将受到天气因素的影响。

"喂，如果下雪了怎么办？"黑石漫不经心地问道。德重注意到他的眼中隐隐夹杂着几分饶有兴致的神色，暗自在心里咂了咂嘴。

"如果下雪，那可就麻烦了。最坏的情况是，转播车可能无法行驶。"

"希望不会变成那样。"黑石嘴上虽然这么说，可那语气和神态让人不禁怀疑他心里真实的想法究竟如何。北村在一旁默默地听着，眼睛一眨不眨地盯着屏幕，脸上隐隐透露出烦躁的神情，一言不发。

目前领先的是关东大学的选手，紧随其后、位居第二的是青山学院大学的选手。驹泽大学、东洋大学、东西大学、早稻田大学这四所学校的选手形成了第三名集团,正在展开激烈的角逐。

屏幕上出现电脑绘制的赛道示意图。

第四区从平冢中继站到小田原中继站,全长20.9公里。赛道的左侧是相模湾。从中继站出发后的一段路还算平坦,但过了6公里之后,接连不断的上下坡路段,会极大地消耗选手的体力,而且从湘南进入小田原市区附近后,气温也会明显下降。决定胜负的关键地方是通向小田原中继站的那段漫长的坡道。选手们应对这条高难度赛道的同时,还要为最后的爬坡路段保存体力,这就需要有合理的策略。

"什么嘛,学联队排第七?"看着屏幕上的排名,黑石一脸无趣地说道,"这些家伙真碍眼。"

德重强忍着,没有出声。

什么叫碍眼?他们可是拼尽全力在奔跑。他真想这样反驳,但他知道,像黑石这种人是不会明白的——这家伙唯一关心的就只有收视率。

"这支队伍没有正式纪录吧?既然如此,有必要把他们列入名次表吗?我觉得还是把他们从排名上拿掉比较好。"

"他们也在认真地传递着接力带。"北村实在听不下去了,开口反驳道,"就算没有正式纪录,既然关东学生田径联盟给了他们参赛资格,就应该给予他们平等的对待。"

"如果是我,我会向关东学生田径联盟提议,最好还是不要让这种没有正式纪录的队伍参赛。"

"要让电视节目改变箱根驿传的本质吗?这种事情绝对不可以发生。"北村立刻表明了自己的立场。

听了北村的话,德重终于按捺不住,也直截了当地将压在心底的话说了出来:"他们是学生,黑石先生。不是明星艺人。让尽可能多的选手参与比赛,这本身不就很有意义吗?对学生们来说,这是绝无仅有的人生经历,从长远来看,也有助于提升日本田径的整体水平。这是一种非常有意义的尝试。"

"你嘴上说得好听,实际上节目对学联队也就是一带而过吧。这就是所谓场面话吗?"黑石说到了他的痛处,"算了,没关系。反正学联队根本不会获得前几名。可能性为零。"

黑石下了定论,终于站起身来,朝着赞助商们聚集的另一间屋子走去,消失在了众人的视线之外。

"那个混蛋。"北村咒骂了一句。

德重也叹了口气,把目光投向了三号车传来的画面。

学联队四区选手、关东文化大学二年级的内藤星也出现在画面中。根据手头的资料,内藤的万米个人纪录是二十八分四十秒。

毫无疑问,他绝对是一位实力超群的跑者。然而,作为一名尚未有过箱根驿传参赛经验的大二学生,他将如何应对这个极具技术挑战性的赛段,着实备受瞩目。

与星光熠熠的二区不同,从参赛名单来看,今年的四区选手可谓是各具特色,风格迥异。

目前领先的是关东大学的日向向阳。这位姓氏和名字呈现出对称美感的大四学生是关东大学队的队长。虽说他的实力可能较坂本冬骑稍逊一筹,但过往的战绩无可挑剔,称得上是能让"教授"名仓可以放心托付四区重任的可靠人选。

青山学院大学二年级的富樫骏紧随其后。他天赋出众,潜力无限,有望成为队伍未来的中流砥柱。

众人的关注大概率还是集中在东西大学的柳一矢身上。他外形俊朗,实力出众,在女性群体中人气颇高。驹泽大学选手、东洋大学选手、早稻田大学选手,以及奋起直追、成功跻身第三名集团的东西大学选手,他们能否一鼓作气,赶上目前领先的关东大学选手和青山学院大学选手,无疑是四区最大的看点。

德重一边思索着这些,一边翻阅着手中的预备资料,突然间察觉到了什么,脸色一下子阴沉了下来。

他意识到,相较于其他各所大学详尽的采访资料,学生联合队选手的资料实在是太过单薄。

他希望将"万全准备"的理念贯彻到底,但显然仍未能完全实现。

德重手头掌握的关于学生联合队的资料,只有一份由选手填写的简易调查问卷,以及一份由主持人安原康介撰写的训练采访笔记,这份笔记字里行间还隐隐透着些许居高临下的意味。

如果学联队参与到前列名次的激烈争夺中,那么如此匮乏的采访资料无疑会成为报道方面的重大缺失。就在德重心头涌起一丝不安的瞬间,耳边传来一号转播车主持人横尾的现场报道:"开始下雨了,虽然现在只是零星小雨,但能清楚地看到,这雨中夹杂着雪花。"

德重抬头看向电视直播画面。虽然画面中还看不清雨滴,但远处的景物已然蒙上了一层朦胧的白色。

他站起身,凑近监视器想看清楚些,这时他的手机振动起来。是在芦之湖待命的助理导演发来的消息。

"雪越来越大,可能会出现积雪。"

"我知道了。"

湘南的雨,到了箱根可能就会变成雪。

"宫本,箱根那边可能要下雪了。"

听到这话,宫本菜月立刻抬起头,确认函岭洞门隧道和芦之湖的固定摄像机所传回的画面。

函岭洞门隧道位于箱根第五赛段起点约3.6公里处,处于登山路段的入口位置。而芦之湖海拔高达849米,接近箱根的最高点874米。

站在菜月身旁的德重也迅速将目光投向箱根方向的画面,密切注视着天气恶化的种种迹象。

目前处于领先位置、来自关东大学的选手刚刚开始跑四区,经过了大矶站。从当前位置到四区和五区之间的中继站,预计大约还需要一个小时。而五区选手抵达芦之湖，冲过去程的终点线，预估还得花费一小时十分钟左右。

在这段时间里，天气的变化情况，将会对直播产生重大影响。

直升机能正常飞行吗？直播车和摩托车能否顺利上山？设置在远处明星岳[①]山顶的固定机位还能拍到清晰的画面吗？

应该用哪台摄像机跟拍选手？又真的跟得上吗？《箱根驿传》的电视直播绝不能错过任何排名变化的瞬间。

与此同时，一号车正将镜头对准领先位置的争夺战。

"青山学院大学二年级学生富樫骏，和关东大学的日向向阳之间的距离正在逐渐缩小。"

辛岛平静地播报着两人之间扣人心弦的激烈竞争，随后将现场解说的任务交给了一号车上的主持人。

而横尾的声音中明显透露出一丝担忧。

"现在雨下得正紧，而且这雨格外冰冷刺骨。相泽先生，您对今天这样的天气状况有什么看法呢？"

"这雨中还夹杂着一些雪，确实让人担心路面会变得湿滑难行。不过，富樫同学似乎不仅没有受到影响，反而提高了步频。在这种天气条件下比赛，对选手们而言无疑是一项严峻的考验。观察他们如何应对，将会非常有趣。"一号车的解说嘉宾相泽一如既往地擅长调动现场气氛。

相较于青山学院大学和关东大学之间的第一名之争，由驹泽大学等四所大学组成的第三名集团之间的比拼，显得更为紧张激烈。驻守在总演播室的辛岛剖析着第三名集团中那些微妙的变化以及选手们的战术运用，巧妙地为解说员圆堂和其他嘉宾引出相关话题。

他顺着话题，自然而然地将第三名集团之后各校的排名变动传递给观众。他对选手的评价恰如其分、准确到位。从切入点到发言时机，一

---

① 位于日本箱根的一座山峰。

切都显得如此娴熟流畅，仿佛事先有台本一样。

不愧是辛岛文三。

德重不得不承认这一点。就算是因病退下主播岗位的前田久志来解说，也未必能达到这种水平。不，可以肯定地说，无人能与他相提并论。辛岛语调克制而又不失明快，那种机智完全是与生俱来的。

辛岛通过大量采访，将参赛选手的信息牢记于心，但他很少深挖选手的私人生活，而是专注于选手的为人以及比赛姿态等与体育精神密切相关的内容。

比赛接下来会发生什么，谁也不知道。

降雨使体感温度骤降，加上强风，甚至可能下雪。比赛状况越是恶劣，作为解说关键人物的辛岛，他对局势的判断能力和表达能力就越会受到考验。

"三号车报告，赛况发生了变化。顺天堂大学三年级的选手手岛陆，即将赶上关东学生联合队的选手、关东文化大学二年级的内藤星也。"

下一个画面显示，手岛已经成功超越了内藤，领先了一个身位的距离。

2

"星也，星也。冷静下来，现在不要勉强。"

听到甲斐这突如其来的喊话，计图不由得怀疑自己的耳朵。

星也的状态不好吗？不会吧……

才跑了3公里左右。

计图眯起眼睛仔细观察，但并没有看出什么异常。

然而，甲斐的眼神中却明显流露出一丝不安的神色。

"教练，星也哪里不对劲吗？"

"他的节奏被打乱了，正被对手牵着走。"甲斐的回答让人有些摸不着头脑。

"被牵着走？您这话的意思是……"

"他的跑步节奏被比赛进程带乱了，心理状态没有跟上。整个人的心态和身体没有协调一致，有些脱节。"

身心脱节……？

听到这话，计图再次将目光投向正在奋力奔跑的星也身上。

在一次次的集训中，甲斐对每一位选手都悉心关照，努力与他们充分沟通交流。正因如此，他对选手们的情况了如指掌，仅仅通过观察选手的跑步姿态，就能从细微的差别和变化中，敏锐地察觉到他们身体状况和精神状态的波动。

实际上，在陪选手进行练习跑的时候，甲斐总是能第一时间发现选手的异常，并准确指出他们的状态问题，这种情况已经有过很多次了。往往是在计图完全没发现任何征兆的时候，甲斐就察觉到了。

就连大沼教练也对甲斐敏锐的观察力感到惊讶。

"你是如何分辨出来的呢？"

学联队在大沼教练的安排下，以千叶县的一家旅馆为基地进行集训时，大沼曾这样问过甲斐。

甲斐的回答是："因为跑步的节奏、身体的运用方式都和他们状态好的时候不一样。"

计图也知道跑步讲究节奏，大沼教练对此更是了然于心。但是甲斐似乎拥有某种特殊的感知力，能够精准捕捉到跑步节奏中那些极其细微的异常。这就如同某些人能听到普通人无法感知的音域一样，或许在甲斐眼中，竞技赛场的世界里充满各种各样的节奏，而且每种节奏都有其规律。

意识到这一点后，计图内心不禁涌起一股敬畏之意。

"计图，报一下我们与后方学校选手的时间差。"

听到甲斐的吩咐，计图读出了在3公里处电视上显示的时间。与顺天堂大学的选手相差十五秒左右。之后是筑波大学、神奈川大学、国学院大学、拓殖大学、法政大学、中央大学、日本体育大学……再后面就是十六名及以下的排名靠后的队伍了。

甲斐一边听着排名，一边紧紧地盯着星也跑步的样子。凭着甲斐那惊人的记忆力，各大学选手的详细数据他想必早已熟记于心。在这般恶劣的天气条件下，每位选手会有怎样的发挥，跑出怎样的成绩，此刻他一定正在脑海中反复推演着各种可能的状况。他能够通过观察星也的步幅，乃至接力带的飘动情况，来预判其接下来的状态。

计图能明显看到，此刻甲斐的表情变得更加严肃专注了。

雨刮器的声音和从其他大学运营管理车中传来的喊话声，隐隐约约地交织、重叠在一起。

——教练，怎么办呢？

计图在心里暗自问道。就在这时，他透过车窗看到了一个选手的身影。

是顺天堂大学的手岛。

身材高大的手岛正迈着大步，迅速向星也逼近。在强风和倾盆大雨中，他似乎毫不在意，顽强地向前奔跑。

——不行，星也恐怕要被超越了。

星也轻轻地仰望天空，下巴微微抬起。面对这样的局面，他内心充满不甘。计图能够理解他的心情。他看起来既痛苦，又懊恼，甚至还带着一丝愤怒。

振作起来，星也。

振作起来啊！计图在心中默默地呐喊。

3

快到城山公园时，星也已经被顺天堂大学的手岛拉开了大约20米的距离。

被手岛超越,让星也仿佛遭受了一记重拳,对他打击巨大。

必须反超回去。

然而事与愿违,他与手岛之间的差距仍在逐渐拉开。

这是一条单侧单车道的道路,两侧是普通的民宅。来现场加油的观众挤满了街道,声援声此起彼伏。

"加油,内藤!"

作为被超越的一方,这些加油声对他来说显得格外沉重。然而,那些声音听起来仿佛是从遥远星球传来的微弱信号一般。星也的意识虽与现实相连,却仿佛在某个异次元徘徊。

尽管赛前与甲斐进行了深入的商讨并记牢了各种各样的数据,他心底还是想着"轻松地跑就行",有些掉以轻心了。

没想到——

在平冢中继站等待周人时,某种异样的情绪突然侵入他的内心,仿佛打开了他心中一扇隐藏的后门。

他突然感到一阵剧烈的腹痛,随即冲向移动厕所,在里面待了很长时间才出来。

出来的那一刻,他眼前的世界猛地摇晃起来,看起来和之前完全不一样了。就好像打开了通往平行世界或者另一个次元的门一样。

那个时候,他可能已经出现了轻微的脱水症状。

顺天堂大学选手那身蓝紫色的队服渐渐远去。

无论他如何努力,都无法缩小差距。冰冷的雨水打湿了队服,他全身都湿透了。

不知道这种状况会对自己的身体造成多大的影响。他还担心会不会在别的地方又突然被剧烈的腹痛袭击。在这种无法排解的不安中,他满心疑虑地继续奔跑着。

来到罗汉松附近,他们迎来了一段连续的上下坡路段。然而,星也完全无法掌握跑步的节奏，这种状态就连他自己都感到难以置信。

道路两旁已经没有建筑遮挡，从葛川方向吹来的风从侧面猛烈地扑向他。

这风大得几乎要把他吹得踉跄。他不由自主地往中心线一侧靠去，不知什么时候从后面追上来的选手差点和他撞在一起。

蓝色队服，黄色接力带，是筑波大学的谷繁一斗。这支没有专项强化经费的国立大学队伍，由人称"智将"的教练弘山勉率领……计图的那些数据在他脑海中毫无意义地闪过。

两人并排跑了一段距离后，光头的谷繁逐渐显现出优势。

跟上他。

星也在心中对自己下达了指令。

然而，即便下了指令，他的双腿仍然不听使唤，与谷繁的差距开始拉大。

曾经信誓旦旦地扬言要以世界为目标，现在看来，简直就是一个天大的笑话。

星也苦涩地自嘲起来。还说什么要站上世界赛场，现在连在箱根的比赛都跑得如此狼狈。

经过二宫十字路口时，他感觉到左侧腹部传来一阵轻微的疼痛，下意识地伸手按了上去。好在这疼痛似乎对跑步没有太大影响。

应该没事吧。

但这份隐隐的不安还是让他的心跳加快，呼吸也变得急促起来。

此刻，他的对手既不是其他学校的选手，也不是这条赛道，更不是风雨，而是他自己。

过了浅间神社入口附近的十字路口，便能望见波涛汹涌的大海。

那片荒凉的海面透着一股威严，让人望而却步，与新年热闹的景象大相径庭。阴沉的天空压得很低，倾盆大雨给远处的景物披上了一层白色的薄纱，脚下的赛道仿佛延伸向墓地一般，弥漫着阴森的气息。如今他的信心已被彻底击垮，跑在这条路上，心中满是悲凉。

"星也！星也！"

就在这时，不知从哪里传来了呼唤声，把昏昏沉沉的星也从意识深处拉了上来。

关东文化大学的同学中里智拿着橙色和蓝色的两个水瓶跑了过来。这应该是他今天作为给水员特意买来的。

"没事吧？"中里关切地问道，看起来很担心，但星也只能轻轻点头回应。

"中央大学的选手要追上来了。就在后面大概十五秒的距离。"

不能再被超越了。但是……

当经过西前川的信号灯附近时，星也留意到，耳边除了呼啸的风声，还夹杂着"吁、吁"的声响。他下意识地回头瞥了一眼身后。

"居然已经追上来了？"他难以置信。

只见一个留着平头的选手紧跟在他身后。那选手身体微微前倾，五指伸直，目光如炬，直直地凝视着远方。星也认得此人。

他是人称"托马斯"的中央大学四年级学生德舛秀道。"托马斯"这个绰号源于他的名字"德舛（TOKUMASU）"与"蒸汽火车托马斯"的巧妙结合，而他跑步时发出的"吁、吁"声也是这一绰号的由来之一。

从平冢中继站出发时，顺天堂大学和筑波大学的选手后面依次是神奈川大学选手、国学院大学选手、拓殖大学选手和法政大学选手，中央大学选手应该在他们后面。

他究竟超越了多少名选手？

德舛那极具压迫感的气势令星也心中震动不已。

"吁、吁、吁、吁……"德舛来到了星也身旁。

他为何会有这样独特的跑步姿势呢？除了德舛，星也从未见过其他选手是五指伸直跑步的。他如同短跑健将一般，简直就是活生生的人形火车头。"托马斯"正以最高速度,姿势丝毫不乱地朝着下一个"车站"——小田原中继站疾驰而去。

竟然有这样的选手。

他跑得太出色了。

我追不上他。我还没有那样的能力。

不知是雨水模糊了双眼,还是泪水夺眶而出,星也的视线变得模糊起来。

国学院大学、神奈川大学和日本体育大学的选手结伴追了上来,并在星也来不及反应时就超过了他。星也试图紧紧咬住前方的那三名选手,可脑海中却好似有爆米花炸开一般,噼啪作响,心脏也跟着剧烈地跳动起来。原本指挥着手臂摆动、双腿挪动的大脑指令系统,仿佛突然失控了,身体失去了平衡,就连他自己也不明白究竟发生了什么。

不行……

怎么办?到底该怎么办!

在因极度的焦躁而即将陷入精神的黑暗深渊时,星也突然听到了一个声音。

"星也,你不是一个人在战斗!"

那声音仿佛是从天国射来的一缕强烈光芒。

是甲斐。

"我们在一同战斗。即便你状态不佳,其他队员也必定会把劣势追回来的。所以,你只需要专注于一件事,那就是把接力带顺利地交给下一棒队友。要相信你的队友们。"教练的声音直直地刺进他那颗几乎失去冷静和控制的心。

"尽你所能就足够了。不用想那么多,这是箱根驿传啊!"

甲斐敞开车窗,任由雨水飘进车内。后座上的计图也满是关切地望着星也。星也来不及回应他们,但甲斐的话瞬间直抵他的内心深处。

队友仓科弹正在小田原中继站等着他。

相信弹一定能追回来。因此,我必须拼尽全力缩小差距,顺利地把接力带传递下去。我必须做到。

他跑过了与东海道本线并行的箱根登山铁道铁路桥,距离终点还有1.8公里。他感觉自己和身穿白色队服的日本体育大学选手之间的距离似乎稍微拉近了些,也许只是错觉罢了。

紧接着,他又跨越了新干线的高架桥。距离终点仅剩下1.5公里。

左侧腹部的疼痛如影随形,每迈出一步,都如一记重锤狠狠地砸向他的大脑。星也不时用左手按压着侧腹,可疼痛丝毫没有缓解的迹象。

即便如此,星也依然坚持奔跑着。

左下方,能看到堆砌着护坡石的早川河岸。那景象透着陌生与冰冷,仿佛要将他拒之门外。

上坡的坡度愈发陡峭,他的全身都开始发出痛苦的抗议。

星也在雨中奋力奔跑着,雨点不断地打在他的脸上,淋湿了他的队服,也浸湿了他的跑鞋。每迈出一步,他的侧腹都像被匕首刺中一样疼痛。

小田原中继站终于出现在了视野之中。接力区中,能看到弹的身影,他正奋力地挥舞着右手。

星也取下斜挎在身上的接力带,缠绕在右手上。

"弹!拜托了!"

在递出接力带的瞬间,他耗尽了全身力气,眼前的世界失去了色彩。

"星也,你已经尽力了。谢谢你。"

运营管理车上传来了甲斐的声音。他安慰星也说:"明年再来复仇,我期待着。"

第四章 点与线

1

学生联合队的内藤星也步伐踉跄，奋力跑来，将接力带递给五区的仓科弹，随即一头栽倒在接力区里。目睹了这一幕的德重，在学联队队员身上感到一种前所未有的力量。

此刻，学生联合队夹在第十二名的日本体育大学队和第十三名的拓殖大学队之间，实际上处于第十三名的位置。在平冢中继站以第七名的成绩接过接力带的内藤，未能充分发挥自己的实力，最终带着遗憾完成了比赛。学生联合队的排名大幅下滑，也充分展现了箱根驿传的戏剧性。

然而，有一件事让德重有些困扰。

内藤倒下的场景无疑极具冲击力，相比之下，负责小田原中继站的主持人江森对比赛的解说却显得有些平淡。

在此之前，当内藤不断被超越、排名下滑时，德重便有这样的感受了。

他原本期望能听到一些关于内藤的深度报道，然而实况解说仅仅是在描述眼前所见的情形。

究其原因，只有一个。

信息不足。

尽管学生联合队的排名在下降，但倘若情况相反，真如甲斐教练设立的目标那样，他们最终参与了前几名的角逐，届时能否提供充足的信息，让观众满意呢？

——万全的准备出现了短板。

德重内心陷入了矛盾的纠结：一方面是对学生联合队拼搏精神的敬意，另一方面则是担心他们排名上升可能会给自己带来麻烦的私心。

但此刻，他决定先将这些放到一边。

"终于进入爬坡赛段了。"德重按下对讲机按钮，对着工作人员说道，"这里是最大的看点。大家都打起精神，坚持到最后一刻！"

参与箱根驿传直播的工作人员将近一千人，其中约有三百人被派往箱根地区，这从侧面印证了五区转播的难度和重要性。

一九八七年一月二日，《箱根驿传》节目历史性地实现了比赛全程实况转播。技术上最大的难关正是被箱根山环绕的五区。虽然技术不断进步，如今已拥有许多当年不具备的条件，但五区仍是直播中的难点。同时，爬坡赛段的特殊性也使五区看点十足，和二区一样，是决定去程冠军归属的重要区间。

大日电视台的《箱根驿传》实况转播对五区尤为重视。

包括小田原中继站、海拔924米的明星岳山顶、鹰之巢山林道以及二子山[①]山顶的箱根中心在内，共设置了十四台定点摄像机。

赛道被箱根群山环抱，一连串的弯道，即使开车上山都颇为艰难。箱根温泉街[②]、函岭洞门隧道、大平台、宫之下[③]、小涌园前，以及作为海拔最高处的芦之湖等地，可以说一路途经了箱根的标志性景点，看点

---

① 箱根火山群中的一座双峰火山。
② 箱根地区以温泉为特色的街道。
③ 箱根著名温泉区和观光地，以历史悠久的高端温泉旅馆和优美的自然景观闻名。地标性的富士屋酒店始建于1878年，接待过爱因斯坦等国际名流。

十足。沿途观众的助威声也愈发热烈。

此刻,画面中跑在最前方的青山学院大学四年级学生小山捷平已来到了旭桥。他从小田原中继站出发,穿过温泉街,此处距离起点3.4公里。

紧跟在小山身后的是关东大学三年级学生官藤道大。随后出现在画面中的,是身着钴蓝色队服、在一区就已落后的东西大学五区选手芥屋信登。

三人相继跑过函岭洞门隧道入口。

"切换到摇臂摄像机。"

在菜月的指示下,镜头切换到在那里待命的摇臂摄影机所拍摄的画面。

为了架设这台通常在音乐节目中使用的摇臂摄像机,团队特意租用了旭桥前方的停车场。镜头从旭桥下早川溪谷湍急的冬景,拉近到小山和官藤的表情,转换得十分精妙。拍摄效果正如预期。

"非常好,非常好。"北村满意地说。

固定摄像机的定点画面,加上摇臂摄影机跟拍选手奔跑的移动机位,提供了多样的视角。不仅如此,收音设备还捕捉到了早川溪谷潺潺的流水声,丰富了观众的感官体验,让人仿佛身临其境,感受到了冬季箱根的独特风情。工作人员希望在转播爬坡路段比赛的同时,也能将通往箱根群山的重要门户以及周围的优美风景展现给观众。当年,他们怀着这样的热情完成了第一次箱根驿传的直播。那时的影像如同接力棒一般传承至今,成为日本体育转播界的一座丰碑。

不一会儿,在画面远处就能看到于一九三一年竣工的函岭洞门隧道。自建成以来,一直到二〇一四年的第九十届箱根驿传,它始终守护着在这条赛道上奔跑的选手们,也是箱根驿传的一处著名地标。

这条充满古韵的隧道如今已无法通行。青山学院大学的小山从隧道入口处跑过,关东大学的官藤稍晚一步,但也紧紧跟着。东西大学的芥屋追到了第三名的位置，工作人员手边的计时器显示，他与领先者的差距大约为一分十秒。

芥屋之后，第四名集团的驹泽大学、早稻田大学、东洋大学三支队伍跟上来了。紧接着，中央大学四区选手德舛连续超越七人，凭借他的出色发挥，中央大学的排名迅速上升到了第七位。接下来依次是顺天堂大学、筑波大学、国学院大学、神奈川大学、日本体育大学，以及排名持续下滑的学联队。

这时，学联队的五区选手仓科弹出现在了旭桥。

"跑得不错啊。"

德重第一次看到仓科，他那极具弹性的跑姿一下子就引起了德重的兴趣。

在学生田径界，仓科没什么名气。他究竟是一位怎样的选手呢？跑五区的选手身材矮小的相对较多，仓科也不例外。从外表看，他就像个瘦巴巴的小兵。然而，他跑起来动力十足。他的步伐充满自信，似乎对即将开始的严酷爬坡路段毫无畏惧。

摇臂摄像机传回的画面中闪烁着点点白色。是雪花。

"不要再下了。"看着监视器画面的北村喃喃自语，像是在祈祷。

"目前为止好像还没有积雪。"德重回答道。如有突发情况，现场工作人员会立即联系他。目前尚未收到任何消息，也就是说，天气暂时还未对选手和转播车造成阻碍，但还是不能掉以轻心。

山上的天气随时可能发生变化。

电视画面标注了3公里处的标高，此处仅有100米左右，但此后海拔将逐步攀升，过了16公里处，便会抵达874米的最高海拔处。并且，这段路程是连续弯道的上坡路段。一旦出现积雪，就无法保证转播车和摩托车能正常传回影像。

德重双臂抱胸，神色凝重，心中暗自思忖，真希望能坚持到所有选手都抵达芦之湖去程的终点啊。

选手们一个接一个地经过函岭洞门隧道入口，此时各队的排名和时间差也显示在画面中。在这之后，赛道沿途还有大平台、小涌园前等五个计时点。这些计时点能够迅速反映出各支队伍的用时情况，让去程冠军的争夺战氛围愈发紧张激烈。

画面切换成了由摩托车拍摄的画面。

"东西大学大二的芥屋信登，去年还是一年级学生时就跑了五区，并且一下子就获得了区间奖。赢得了'新一代山神'称号的芥屋，现在已经拉开了与身后试图追赶的驹泽大学的神林时生、早稻田大学的高岛真吾之间的距离。"

主持人安原的实况解说充满了兴奋，他期待着芥屋在这之后能逼近目前排在第二位的关东大学选手，以及暂列首位的青山学院大学选手。他很清楚，观众的兴趣点也集中在这里。如果"新一代山神"能够努力表现，节目肯定会更加热闹。

"越来越有趣了。"旁边的北村身体微微前倾，神情专注。

"五秒后，切换到三号车画面。"在菜月的指示下，镜头迅速切换。德重也随之屏住了呼吸。

画面中出现的是学生联合队的仓科弹。

"关东学生联合队，来自山王大学的二年级学生仓科弹，正展现出出色的奔跑状态。现在，他已经超越了日本体育大学的胁田佳希和神奈川大学的垣原贤人两位选手。他正以不错的速度前进。"

画面适时地切入排名信息，学生联合队的名次一口气上升了两位，参考排名跃至第十一位。虽然画面上不会显示正式排名，但毫无疑问，仓科的表现堪称惊艳。

"还挺厉害的嘛。"德重暗暗赞叹道。说实话，德重自己原本认为甲斐教练提出的目标根本不可能实现。

即便没有希望冲进前三名，要是学联队能继续维持当前的良好势头，在综合排名中跻身前十，那也绝对算得上是"壮举"了。

然而，这依旧是一项几乎不可能完成的任务。

"箱根驿传可没那么简单。"

德重低声嘟囔着，声音低到周围的人都听不见。就在这时，他注意到镜头竟长时间地对准仓科，便抬头看向菜月。刹那间，一种不安的预感在他心中悄然升起。

"十秒后，切换到摩托车跟拍画面。"

菜月下达了指令。再次出现在画面中的是东西大学的芥屋。

"刚才只是匆匆一瞥，但我隐约看到了前方关东大学宫藤道大的身影。"摩托车上的主持人安原说道，以此吸引观众的注意力。镜头中的芥屋正全力奔跑着，距离位于7.1公里处的大平台发夹弯仅有短短数百米。那一带山路蜿蜒曲折，菜月一定是事先进行了踩点，才找到了这个能短暂看清前方状况的绝佳位置，得以呈现出这短短几秒却至关重要的画面。

"好棒的画面！"身旁的北村赞叹道。

选手们即将抵达大平台，这是比赛的第一个高潮点。此处海拔310米。

箱根上坡赛段的战役才刚刚打响。

2

"好样的！"

当弹超过日本体育大学和神奈川大学的选手时，休息室里爆发出一阵欢呼，队员们互相击掌庆祝。这里是大约5公里处，接近箱根登山铁道高架桥的位置。

"他能做到！"

队友们高声欢呼，因为他们从仓科的跑姿中感受到了强大的力量。他那微微弓背的独特跑姿，蹬踏地面、轻盈的跳跃般的动作，与平时训练中的状态一样，看上去轻松自如，仿佛在享受箱根的山路。

这真是令人难以置信。

在箱根驿传这样的大舞台上，有人能够大放异彩，而另一些人则会黯然失色。

他们之间究竟有什么差别呢？

隼斗一直在思考这个问题，现在他得出了结论，那就是甲斐教练所说的"心理因素占七成"。然而，心理层面的调整非常困难。

到底要怎样才能控制好自己的心理状态？

隼斗没有答案。但可以确定的是，对弹来说，心理上的挑战根本不成问题。

如果轮到自己呢？当真正站在决战舞台上时，出现在我眼前的是闪着光辉的赛道，还是冷酷的折磨和无尽的考验？

"看样子，芥屋把步频提上来了。"

解说员圆堂的声音中充满了对这位东西大学引以为傲的明星选手的期待。

"芥屋太厉害了！"有人惊呼道。芥屋通过大平台时，计时显示为二十二分十秒。这个配速比区间纪录还要快。

雪花纷飞，路面湿滑。在如此恶劣的条件下，这个成绩简直令人惊叹。

"能追上关东大学队了吧？"

看到芥屋与排名第二的关东大学选手之间的时间差，浩太喃喃自语，眼中流露出惊讶和敬畏之情。

"不仅是关东大学队，甚至还能超过……"晴刚想说些什么时，电视屏幕上就出现了正在激烈较量中的青山学院大学选手和关东大学选手。

青山学院大学的小山目前处于领先位置，他已经跑过了大平台温泉看板前的8公里处，正在向拉面茶屋方向去，途经一系列平缓的弯道。

他与排名第二的关东大学选手之间的时间差约为十五秒,但考虑到前方道路的难度,这个差距几乎可以忽略不计。

"快到宫之下了。"一号车的主持人说道,随后节目进入广告时段。

雪花不停飘落,被风卷起。路面湿漉漉的,周围树木沙沙作响,那声音与路边的欢呼声交织在一起。

在5公里处超越日本体育大学和神奈川大学的选手后,仓科弹独自一人向前奔跑。

弹出生于大阪淀川区,从小就擅长跑步。他是家里的三个孩子中最小的一个,在双职工的父母下班回家前,总爱和哥哥姐姐一道,自由自在地玩耍。他那开朗乐观又有点爱撒娇的性格,很大程度上得益于这样的成长环境。

他第一次察觉到跑步的乐趣,是在和哥哥的朋友们追逐玩耍之时,当时他被称赞跑得很快。

小学第一次运动会上,班级对抗接力赛的经历极大地增强了弹的自信心。短短半圈的操场跑程,他竟然超越了两名选手。人群的欢呼声让他陶醉不已,晚上回到家,他仍然沉浸在兴奋中,滔滔不绝地向家人讲述着比赛的细节。

进入初中后,他开始系统地参加田径训练,而到了高中,他成了一名短跑选手。他第一次认真观看箱根驿传的直播是在高二面临升学抉择的时候。当然,在那之前,他也曾看过箱根驿传的电视转播。然而,在决定大学志愿的关键时刻,怀揣着"或许有朝一日我也能站在那个舞台上"的憧憬,他第一次如此认真地观看了这激动人心的比赛。

"居然能受到这么高的关注啊。"

首先令他感到震撼的是箱根驿传竟然拥有如此高的关注度。

道路两旁,观众挥舞着小旗子,那此起彼伏的欢呼声与连绵不绝的加油声,唤醒了他小学时参加接力赛的记忆——那是当他超越其他选手时所听到的欢呼声。

"我想去参加箱根驿传,我想在那条赛道上奔跑。"

从那时起,弹的兴趣就从短跑转移到了长跑上。

他的升学目标也愈发清晰,他期望能进入一所可以参加箱根驿传的大学。他的首选是青山学院大学。然而,田径队的队友足立直也却告诉他:"即使你去了青山学院大学,也无法参加箱根驿传。"

"为什么?"弹有些恼火地问道。

直也的解释清晰明了:"全国顶尖的选手都聚集在青山学院大学,且多为体育推荐生。你又如何能确保自己脱颖而出呢?"

这番话很有道理。于是弹问道:"那我该怎么办?"

"为什么不选择有希望参加箱根驿传的学校呢?"

于是,弹选择了山王大学。当时的山王大学在预赛中成绩一直较为稳定,却总是与正式比赛的资格失之交臂。而且这所大学也非常重视箱根驿传,有消息称他们正在努力加强自己的田径队。也许,他能在那里闯出一番名堂。

然而,在通过普通入学考试并成功加入山王大学田径队后,等待他的却是学校取消强化扶持计划的通知。

无论如何,他都要取得好成绩,向学校证明自己的实力。

然而,他的这份决心最终未能达成,山王大学连续两年在初赛阶段就惨遭淘汰。随着队中实力强劲的前辈们相继毕业,队伍的实力日益下滑,已然到了无力回天的境地。

"即便队伍的整体实力不尽如人意,但若能以个人名义参赛,也就是加入学联队的话,说不定依旧存在参赛的机会,不是吗?"没过多久,弹便把希望寄托在了这种可能性上。

对弹而言,无论比赛的最终结果如何,能够站上箱根驿传的舞台,本身就是莫大的收获。

雪花在他摇晃的视野中翩翩起舞。

雪花本是一个个的点，但此时飘落的细小雪花，看起来却宛如一条条细长的丝线。

仓科弹把帽子深深地压低，在他的视野里，一幅奇妙的景象铺展开来。那是他跑过5.6公里处的常盘桥，向右急转弯时看到的。

弹的视野中出现了一条清晰的线。

自己迈出的每一步恰似一个"点"，而跑过的路线则连接成了一条线。

怎样才能以最短距离跑完连续弯道，不绕弯路？甲斐教练指出，对细节技巧的掌握会直接影响比赛结果。现在，一条最佳路线清晰地浮现在弹的脑海中。

在距离大平台前方约1公里处，另一个身影闯入了他被白雾笼罩的视野中。

黑红相间的队服，那是国学院大学的五区选手广井健太。

他转过急转弯的瞬间，身影映入了弹的眼帘。

"十五秒！"

沿街助威的观众喊道。想必是在告知仓科弹与前方选手的时间差。助威的人们都很热情友好，令人感激。大家都是他的伙伴。

仓科弹并没有因此惊慌。

按照目前的速度，他应该可以在大平台追上广井。但比赛尚处于前半程，最好还是专注于自己的节奏和路线，而不是急于超越。

正如他所料，他和广井之间的差距正在逐渐缩小。

当与广井的距离拉近到只有10米时，广井突然回头，发现了弹，但并没有加速的举动。

正如弹的预判，两人之间的距离持续缩短，在通往大平台的平缓直道上，他成功追上了广井。

路边响起的欢呼声激励着弹。他体内蕴藏的力量被激发，兴奋之情涌上心头，令他热血沸腾。

"前方的筑波大学选手领先三十秒左右。你能追上他！加油！"

在大平台前的发夹弯附近，学联队的替补队员渡濑拓拿着水瓶向他跑来。

弹轻快地朝上坡路奔去，向宫之下进发。

单行道上挤满了人，他们的欢呼声就像在隧道里一样响亮。风与飘落的雪似乎都减弱了些，或许是因为道路左侧被山坡阻挡，冬季枯萎的树枝遮蔽了上空。

穿过大泽桥，在距离大平台大约800米的地方，筑波大学选手武藤杰的身影映入了仓科弹的视野。周围的加油声此起彼伏，他将注意力放在那条只有自己才能看到的线上，心无旁骛地朝着下一个目标坚定迈进。

终于，他在宫之下的十字路口追上了武藤。

欢呼声响起，随风融入了飘舞的细雪中。

他超越了武藤。

在富士屋酒店门前，弹奋力朝着眼前陡峭的斜坡冲去。他的全部注意力都集中在眼前的这条直线上。

"跑得漂亮！你太棒了，弹！"

当跑到10公里标志位置时，从紧紧跟随在后方的运营管理车中，传来了甲斐教练的呼喊声。

"什么都不要想。放空大脑，只管去跑！"

转过蛇骨桥的急转弯后，就快到达赛程的中点了。

弹看到前方出现了一个身穿蓝紫色队服的身影，那是顺天堂大学的佐伯绫马。

那个身影很快消失在铁路平交道口，一条白线再次清晰地出现在弹的视野中。沿着这条线奔跑时，弹的心中莫名涌起一股平静之感。

——我能做到。

他的内心非常笃定。

3

当运营管理车沿着蜿蜒曲折的赛道向高处行驶,临近宫之下时,一股不知从何处飘来的硫黄气味钻进了车里。

宫之下温泉是历史悠久的观光胜地,若要说这里的标志性建筑,当属那古色古香的富士屋酒店。而酒店门前的道路被认为是整个赛段中最陡峭的坡道之一。

弹在大平台超越了国学院大学的选手,而后跑到宫之下的十字路口时,终于追上了筑波大学的选手。在富士屋酒店前,他即将拉开与对手的距离。沿路的观众爆发出更为热烈的欢呼声。

"距离顺天堂大学的选手大约还有四十秒的差距。"驶过10公里处的喊话点后,计图大声向坐在副驾驶座的甲斐报告。

甲斐点点头,不一会儿,他手机上的电视直播画面发生了变化。

"东西大学的芥屋信登终于追上了前方的选手,现在,关东大学的宫藤道大已经在他的追赶范围之内。"

随着三号车的解说,画面中出现了东西大学钴蓝色的队服,几乎与关东大学砖红色的队服并肩。他们马上就要到达小涌园了。

"不愧是芥屋。"计图不禁对芥屋那稳健优美的跑姿发出赞叹。在选手储备丰富的东西大学中,芥屋能从一年级起便连续两年被委以五区重任,其实力毋庸置疑。

芥屋向中线移动,瞬间就超越了宫藤。

多么轻快啊。这样的速度控制,对腿部力量有着极高的要求,可他跑起来却显得如此自然和轻松,仿佛是在展示收刀入鞘般行云流水的剑道技法。

"……果然,东西大学追上来了。"计图不由自主地喃喃自语。

目前，芥屋与领跑的青山学院大学选手小山捷平之间，大约有三十秒的差距。小山也是学生田径界的顶尖选手，但在这样恶劣的天气条件下，芥屋的速度依然快如闪电。

东西大学在一区时虽开局不利，但接下来的几位选手，从二区的王牌青木，到三区的"冷面人"黑井雷太，再到四区的柳一矢，虽然不能说他们处于最佳状态，但也都没有出现大的失误，稳步提升了名次。

可以说，前面选手们扎实稳定的比赛表现，为五区芥屋的腾飞奠定了基础。

计图突然抬起头，凝视着甲斐的侧脸。

甲斐透过前风挡玻璃，用冷静的目光注视着仓科弹。在他眼中，这场比赛的走向将会如何呢？

仓科弹的状态，堪称达到了绝佳之境。

飘落的雪花将仓科弹的视野染成一片白色。而此刻，他已经锁定了下一个目标，试图缩短与对方的距离。

那便是身穿顺天堂大学蓝紫色队服的佐伯绫马。

4

"你那边怎么样？没事吧？"德重问道。电话那头是驻扎在芦之湖的技术总监神谷，他是入社五年的中坚骨干。神谷出身登山部，对山上的天气状况非常了解。

芦之湖与小田原中继站相距约16公里，定点摄像机被设置在海拔849米的位置。前方约500米处就是箱根的最高海拔点。紧接着，赛道陡然转为下坡，一直延伸到前半程终点，剩余的4.3公里都是下坡路段。

以箱根关所南的十字路口为基准，终点芦之湖的海拔为728米，与最高点之间的落差足有146米。

"虽然雪势渐大,但路面没有积雪,这种程度还能坚持。"

"如果情况有变,请随时汇报。"说完,德重挂断了电话,抬头看向直播画面。

就在刚才,在到达小涌园之前,东西大学的芥屋超越了关东大学的宫藤,这一幕无疑是去程的高潮之一。

镜头中,小涌园前沿路为选手们加油助威的人群,构成了一幅新年特有的风景画。

直升机航拍画面结束后,镜头切换到三号车的移动摄像机画面,随后又切换回定点机位画面。菜月出色的导播技术,让镜头转换过程流畅自然,毫无生硬之感。

驹泽大学、早稻田大学、东洋大学、中央大学……小涌园的定点摄像头,捕捉到了相继从小涌园前经过的选手们的身影。由传统强校选手组成的第四名集团汇聚于此,使得沿路的加油助威声愈发热烈。紧接着,顺天堂大学的佐伯出现在了镜头之中。

那蓝紫色的身影在小涌园前的弯道上转弯。正盯着直播画面的德重,不由自主地向屏幕凑近了些。

画面中的身影虽然还很小,但已经能够辨认出来。

是学联队的仓科弹。

佐伯的身影消失后,一个精瘦黝黑,仿若刚从盛夏走出的身影跃入视野,他迈着轻盈的步伐转过弯道。观众挥舞着小旗,为他高声欢呼助威。他全然不受恶劣天气的干扰,所选路线精准无误,好似体内装有指南针一般。

看着他那稳定的跑姿,德重心中暗暗做好了准备。

就在这时,转播画面中刚好显示出选手们通过小涌园前时的个人排名。

第一名是东西大学的芥屋,用时三十六分五十七秒。

而第二名是——

"仓科弹……"

德重惊得冒出了冷汗，心想恐怕要出事。

"学联队，表现还不错嘛。"身后传来一个声音。不用回头，也知道说话的是黑石。紧接着，又听到黑石嘟囔道："真无聊啊。"

"喂，这可不是综艺节目。"北村怒意涌上心头，不由得反驳道，"现在进行的可是实打实的激烈较量，可不是哪一方赢了就觉得有意思这么简单的事。"

"挺会说漂亮话嘛，北村。"

黑石一边说着，一边拉过旁边的椅子，不紧不慢地坐了下来，看样子是打算在这儿多待上一会儿。

"可不是所有人都想看学联队的表现——懂吗？"最后这句话似乎是对德重说的，然而德重并未理会他。黑石只知道迎合大众口味，却根本不理解这个节目所追求的体育转播的崇高价值。

目前排名第一的青山学院大学和已上升至第二名的东西大学之间的差距不足二十秒。而学联队的仓科弹正不断缩小与领先集团的距离，此刻他与东西大学的芥屋相距不到100米。

在一号车的镜头里，能清晰地看到在青山学院大学的小山身后，东西大学的芥屋正逐渐逼近。

前半程最大的难关即将到来。

小山瞥了一眼身后。

在箱根蜿蜒的上坡道上，几乎可以说没有能回头望到遥远后方的地方。然而，小山此刻回头的这个地点，恰恰就是个例外。从小涌园前的弯道向左转之后，冈田美术馆前近乎是一条直线。小山应该是知道在这个地方可以望到后方很远的距离。他还没有失去冷静的判断。

尽管前方是连续的上坡路段，但这段路可以借助北风前行。

从画面中可以看到，纷飞的雪花正从小山背后朝着镜头方向飘飞而来。

"小山加快了步伐。"

一号车解说员相泽紧紧地盯着赛场上的这一变化。看到"新一代山神"芥屋逼近，小山进一步加快了节奏，果断发起了冲刺。

"小山对芥屋有着强烈的竞争意识呢。"相泽适时地调动着现场气氛。小山自己曾公开表达过这一点，不过从同样毕业于东西大学的相泽口中说出来，这话更具说服力，也更能引发大家的共鸣。去年，芥屋以大一新生的身份夺得五区区间奖，并赢得"新一代山神"的称号，最不甘心的人正是小山。小山自一年级起就连续担任青山学院大学五区的选手，这是他的骄傲所在。然而，梦寐以求的区间奖却被比自己低两个年级的芥屋抢走，这让他难以释怀。

"终于变得有趣起来了。"

看着一号车镜头中映出的小山那严峻的神情，北村喃喃自语道。

距离最高海拔点芦之湖大约还有4公里。以那里为界，到终点芦之湖的约4公里赛段，是连续的下坡路。

先上坡，后下坡。这8公里的赛段，可谓是胜负的关键所在。比赛场面越是焦灼，观众就越目不转睛，紧紧地盯着这场比赛。

"五秒后，切换至鹰之巢山林道的机位。"

小涌园前的画面捕捉到了精彩瞬间。菜月再次发出指令，镜头随即切换到拍摄远景的定点机位。

画面中，雪花漫天飞舞，隐隐勾勒出白雪皑皑的箱根群山的轮廓。寒风刺骨的箱根赛道上，正上演着一场难得一见的激烈角逐。

计时员及时播报了第一名青山学院大学、第二名东西大学，以及关东大学之间的时间差。

紧接着，节目进入了广告时段。

工作人员始终保持着高度的紧张感，及时将排名变化展示给观众，精心选择最佳机位，流畅地进行镜头切换，并且适时地加入实况解说。广告的穿插同样至关重要，倘若没有赞助商的支持，这场直播根本无法被呈现在观众眼前。从某种意义上讲，赞助商与他们一道在箱根赛道上奋力奔跑。任何一个环节的缺失都无法成就这个节目。这一点，德重以及他身旁才华出众的总导演菜月，还有所有工作人员都牢记于心。

广告结束后，画面再次切回到首位争夺战。

跑在最前方的青山学院大学选手小山，已经经过了15公里处汤坂路入口的公交车站，正穿过S形弯道，即将抵达芦之湖。而比赛胜负的悬念，也将在剩下的4公里赛程中揭晓。

5

在热烈的助威声浪中，仓科弹跑过小涌园前的大弯道，来到了冈田美术馆前那段近乎笔直的上坡路。

仓科弹已经能够清晰地看到前方顺天堂大学选手佐伯的背影。雪花从他身后飘旋而来，轻轻掠过身体两侧，仿佛有风在推动着他前进。

他们之间的差距在渐渐缩小。当临近坡道前方的旧惠明学园时，仓科弹与佐伯仅有几米之遥。

呼啸的风声几乎淹没了佐伯的脚步声，仓科弹继续向前迈进。与其说是出于自身的意志，倒不如说是受到某种力量的牵引，他的身体不由自主地向前移动。

与佐伯并肩奔跑的时间仅有短短几秒。等仓科弹回过神时，他已经超越了佐伯。强劲的风呼啸而过，雪花从他身后横向飘落，洒在湿漉漉的上坡路面上。仓科弹沿着一条好似只有他能看见的白色轨迹，在被雨雪浸湿的赛道上疾驰。在阴沉的天色下，就连道路两侧挤满的加油助威的观众，似乎也都融入了这黑白交织的世界。

随着海拔升高，周围的空气骤然变得更加寒冷。

跑到作为赛道标志之一的汤坂路入口公交车站前，仓科弹终于看了一眼手表。时间基本与原定计划相符，这让他颇为满意。不，考虑到如此恶劣的天气状况，应当说他发挥得相当出色。这里是15公里处，上坡路段即将结束，接下来就要迎来通往芦之湖方向的下坡路了。

"弹，你和中央大学的中西相差二十秒。"这时，甲斐的声音从他身后的运营管理车里传来。考虑到当前是上坡路段，换算成实际距离，约为100米。

原来如此。甲斐那冷静沉稳的声音，听起来就如同在宿舍休息室里轻松闲聊一般，令人心情舒畅。

"速度保持得很好，继续前进吧！这欢呼声真是太棒了。沿途的各位，谢谢你们！向大家展示你的实力吧，弹！"

通常情况下，教练往往只顾得上向选手发出指示，而甲斐却还能顾及沿途的观众。无论选手多么紧张，甲斐都能冷静地审视赛场局势，并做出准确的指示，这无疑让大家感到踏实和安心。

即将到达芦之湖的补给站。

山王大学田径队队长久保山孝博双手握着水瓶跑了过来。久保山即将毕业离校，却始终未能实现参加箱根驿传正赛的梦想。还没等开口，他的泪水便夺眶而出。仓科弹接过缠着红色胶带的水瓶，仰起头将水灌入口中。

"弹！弹！跑得太棒了！谢谢你，太感谢了！"

久保山一直是一位非常出色的队长，总是将他人的事情放在首位，尽心尽力地帮助后辈解决问题，性格极其温和。此刻，他泪流满面，与仓科弹并肩跑了一小段路。这短短的几十米，是久保山在正赛赛场上唯一也是最后的奔跑。

一股暖流涌上仓科弹的心头。他只简单地说了句"我继续跑了"，便毅然决然地向前奔去。

"加油，弹！冲啊！"

久保山那洪亮的呐喊声盖过了周围此起彼伏的助威声，他全然不顾旁人的眼光，任由泪水肆意流淌。他奋力呐喊的模样，激励着仓科弹继续奋勇向前。

即将到达16.5公里处，再往前就是决定胜负的关键下坡路段。

就在这时，休息室里突然安静了下来。

短短几秒的递水场景，让所有人都屏住了呼吸，目不转睛地注视着屏幕，甚至忘记了眨眼。

整个过程都被芦之湖的定点摄像机完整地记录了下来。

隼斗身旁的圭介捂着嘴哭了起来。晴紧紧地咬着嘴唇，浩太则一言不发，用严肃得近乎可怕的目光盯着电视屏幕。

"加油！"队伍经理兵吾突然大喊一声。他在一区陪着天马跑，目送接力带从一区顺利交到二区的大地后，才赶回了东邦经济大学的宿舍。

"好样的！"有人喊了一声，接着鼓起掌来。紧接着，又有几个人站起身，掌声瞬间响彻整个休息室。毋庸置疑，这些掌声是献给山王大学田径队队长久保山的。

"辛苦了！"又有人说道，掌声变得更加热烈。

"仓科弹，交给你了！"

然而，就在比赛转播的场景切换时，大家知道，另一个——不，对这场箱根驿传正赛来说，更为重大的变化即将发生。此时，现场的气氛陡然一变，再次陷入了深深的寂静。

一号车传回的画面中，出现了两位选手。

一位是来自青山学院大学的小山捷平。自从在四区确立领先优势以来，青山学院大学便一直保持领先。另一位则是来自东西大学、素有"新一代山神"之称的芥屋信登，他正展开猛烈追击，已然进入了可超越小山的范围。

这是一场四年级学生与二年级学生的对决。

一场关乎荣誉的较量。

更是一场决定去程冠军归属的激烈角逐。

他们已经越过了海拔最高点，正奋力奔跑在五区的下坡路段。想必在他们的右手边，便是精进池所在。精进池位于险峻的山岭脚下，源源不断的硫黄涌泉注入池中，连鱼类都难以存活。附近散落分布着许多石头佛像。传说中，精进池是连接现世与彼世的分界之处，按佛教的说法，这里是六道轮回的关键转折点。而此时此刻，这片池水仿佛要将两位奔跑的选手分隔开来，如同分隔天地那般。

距离终点芦之湖还有不到4公里。在这段坡度较为平缓的下坡路上，青山学院大学的小山竭力想要拉开与芥屋的距离。

与拼命奔跑、面露痛苦之色的小山不同，芥屋始终面不改色，显得十分沉着冷静。突然，芥屋加快了速度，凭借凌厉的起跑动作，如离弦之箭般冲到了小山的前方。

一场激烈的对决就此展开。

一方稍稍领先，另一方立刻就会反超回来。这场令人屏息凝神的攻防战持续了大约1公里。

芥屋再次发力，以迅猛之势加速超越了小山，休息室里惊呼之声此起彼伏。

他以闪电般的速度，从中心线一侧迅速绕过对手，干净利落地完成了超越。

小山不甘示弱，紧追不舍，但两人之间的差距却在逐渐扩大。

"真快啊。"浩太面露惊愕地说道，"这得是多么游刃有余啊。他真是个了不起的选手！"

在如此恶劣的天气条件下，要跑完有着864米高差的上坡路，紧接着再跑下坡，如此艰难的赛段，他竟然轻而易举地应对下来。

"估计芥屋会这样一路领先下去。"

有人这样说道，没有人提出异议。就在这一刻，大家几乎可以断定，去程的第一名将被东西大学收入囊中。

"切换到三号车画面。"随着一声指令，画面再次切换。

屏幕上出现了身穿白色队服、身挎红色接力带的中央大学选手。休息室里顿时沸腾起来,因为在那选手身后不远处,仓科弹的身影清晰可见。

他们稍稍落后于东西大学和青山学院大学的选手,正在通过精进池的下坡路段。

"关东学生联合队,山王大学的仓科弹,追上了中央大学的中西大雅,即将超越!"

摩托车解说员的话音刚落,仓科弹就已经与中西大雅并排。

"刚才在补给点,山王大学四年级学生、田径队队长久保山孝博饱含泪水为仓科弹递上了补给水瓶,那一幕着实令人动容。"中央演播室的辛岛接过话茬,语调平缓地说道。

"仓科弹曾说过,久保山是一位非常优秀的队长,对队员照顾有加。在预选赛失利时,队员们伤心落泪,久保山与他们每个人都进行了交流,给予他们鼓励。仓科弹表示,他想在今天的五区赛程中拼尽全力,为这样一位温柔善良、值得敬重的前辈留下美好的回忆。此刻,他正奋力向前奔跑。"

休息室里,"仓科弹加油"的呼喊声此起彼伏,隼斗也加入了其中。他们竭尽全力地呼喊着,仿佛要将这份鼓励传递到远在箱根赛道上的仓科弹身边。

"关东学生联合队的仓科,就在刚刚的一瞬,实现了超越!他超越了中央大学的中西!箱根驿传是他梦寐以求的舞台,此刻他正为队友奋力疾驰!"

辛岛的解说被热烈的欢呼声淹没,隼斗突然感到胸口涌上一股暖流。他心潮澎湃,不由自主地握紧了拳头。

我们做到了。

仓科弹的追击,对关东学生联合队的队员们来说,无疑是一剂强心剂。

电视屏幕上的排名表显示，学联队的名次又上升了一位。"OP"字样夹在第六名的东洋大学和第七名的中央大学之间。

也就是说，他们目前实质上处于第七名的位置。

由于四区选手星也发挥欠佳，仓科弹以第十三名接过接力带，凭借着出色的发挥，他成功超越了六名选手。

"应该能超过去。"圭介喃喃自语道，声音低得几乎要被周围的嘈杂声掩盖。可突然，他将视线从电视屏幕上移开，看向隼斗，语气坚定地说道："我们肯定能行！"

"仓科弹，保持住这个状态！冲啊！"浩太摆出一个充满力量的姿势，紧握着拳头，大声呼喊着。

"缩短差距！"晴大声喊道。他指的是与第一名的时间差。如果能在去程将差距进一步缩小，明天的比赛就会轻松不少。

现在，电视机前的每一名队员都清晰地看到了那个目标：挺进前三名。

在今天比赛开始之前，这个目标还只是一个抽象的概念，虽然大家理智上都明白它的含义，却很难真切地想象它真正实现时的样子。

但是，在获得了实质上的第七名之后，那个曾经看似遥不可及的目标，仿佛一下子从虚空落到了现实里，清晰地呈现在了每个人的心中。

甲斐的方针是正确的。

现在，隼斗比任何人都更加明确地意识到了这一点。

6

一种难以言喻的感觉笼罩着弹。

那是在他经过精进池边，接近中央大学的中西时。

从小田原中继站出发，他已经跑了17公里。尽管身体渐渐泛起疲惫之感，但他的内心却充满了难以言喻的平静和满足。

他的双腿坚定地向前迈进，身姿愉悦且舒展，尽情沐浴在沿途人群的欢呼声中。

与中西大雅并排的那一瞬间，一股强烈的愉悦感如汹涌潮水般陡然涌上仓科弹的心头，他真切地品味到了喜悦的滋味。

他要继续向前。不仅要实现超越，还要继续向前。中西将无法跟上他的步伐。

芦之湖的景致愈发清晰，近在眼前。当仓科弹经过大芝信号灯处的缓弯时，一个藏青色的身影闯入了他的视野。那是东洋大学三年级学生森悠真，他已是连续第三年负责东洋大学五区的赛程。

弹不禁微微一惊，他没想到自己竟然离森悠真如此之近。

他好似从那种忘我的奔跑境界中突然清醒过来，意识到了眼前这实实在在的一切。

或许是因为恶劣的天气，森悠真在斜风细雪的环境中艰难地奔跑着，步伐有些踉跄。他一定非常疲惫了。

"超越他！"

随着路边传来的一声呐喊，那条指引着最佳路线的白色标线，再次清晰地浮现在仓科弹的眼前，如同神明的指引。它穿过大鸟居①，笔直地延伸向旧街道的杉树林荫道，一路通往远处的市镇。

距离终点只剩大约1公里的路程了。

如果箱根之神真的存在，那么此刻仓科弹正在神明的庇佑之下奋力奔跑着。

当箱根关所遗址出现在右手边时，那藏青色的身影已近在咫尺。

我能超越他吗？

不，现在已经不是单纯能否超越对手的问题了。

现在，仓科弹只想尽可能长久地沉醉在这种令人欣喜的感觉里。他

---

① 神社门口呈"开"字形的建筑。

真希望能永远这般奔跑下去，尽管他心里明白这不可能实现。梦幻般的赛程，即将在终点芦之湖畔画上句号。

箱根关所南侧的信号灯出现在前方，仿佛一个提示，那一直在眼前延伸的白色标线突然消失了。神奇的指引就此结束，他在信号灯处右转，随后便拼尽全力，向着最后的直道疾驰而去。

当镜头切换到去程终点线附近的画面时，气氛再次升温，休息室再次陷入沸腾。

每一场战斗都有结束的时刻。

画面切换到一号车视角，镜头中的芥屋转过最后一个弯道，正在进行最后的冲刺。

"东西大学果然实力强劲。"在观看比赛的过程中，休息室里不时响起这样的赞叹声。

落后芥屋约十五秒，青山学院大学的小山冲过了终点线，脸上写满了不甘和沮丧。

"加油，仓科弹，加油！"

有人高声喊道。

关东大学的宫藤位列第三，紧随其后的是驹泽大学选手和早稻田大学选手。

"会是下一个吗？"晴的声音中透着一丝犹豫，因为就在刚才，电视画面中还播放着东洋大学的森悠真在弹前方奔跑的场景。就在此刻——

"第六个出现在终点线前的，竟然是关东学生联合队，来自山王大学的仓科弹！"

随着主持人激动的解说声响起，休息室里瞬间沸腾起来。

"就在终点线前，关东学生联合队的仓科弹超越了东洋大学的森悠真，他此刻正拼尽全力地冲向终点！"

"弹！""快跑！""加油！"欢呼声此起彼伏，一些人激动得不由自主地鼓起掌来。在仓科弹的身后，东洋大学的森悠真正奋力追赶，拼命想要反超。

　　"冲啊！"隼斗大声喊道，"加油，弹！"

　　当仓科弹成功摆脱东洋大学选手的追击，冲过终点线的那一刻，更加热烈的欢呼和掌声如雷鸣般响起。

　　"干得漂亮！""太棒了！""谢谢！""辛苦了！"休息室里，欢呼声久久未能平息。

　　"弹，跑得漂亮！"隼斗也扯着嗓子大声喊道。一种前所未有的兴奋感在他胸膛中激荡，激动的心情久久难以平复。

　　谁都没有想到关东学生联合队竟能有如此出色的发挥。但现在就感到惊讶还为时过早。

　　比赛才刚刚进行到一半。

　　真正的考验还在后面，明天的回程才是对学联队的真正挑战。

　　这将是一场硬仗。

　　在休息室的喧嚣声中，隼斗心中的斗志已经悄然被点燃。

第五章　中场休息

1

从房间里往窗外望，横须贺港的海面波涛翻涌，凛冽的寒风呼啸着，仅仅是看一眼，便让人觉得寒意透骨。

房间内，电视屏幕上正播放着各队选手向着芦之湖终点线全力冲刺的画面。诸矢把病床的上半部摇起，坐直身子，目不转睛地盯着屏幕。

第九名选手冲过了终点线。

"已经过去十分钟了，真让人心里发慌，"坐在旁边椅子上的妻子梢子说道，回应着诸矢忧虑的目光，"要是第一名冲过终点十分钟后，咱们的孩子还没跑完去程，那回程就得一起起跑了。[①]真怕他们明天接力不顺利。"

根据规则，在回程的各个中继点，在第一名的队伍抵达二十分钟后

[①] 第二天的返程有两种出发方式：与第一名相差十分钟以内的队伍按去程时间差出发，与第一名相差超过十分钟的队伍则会一起出发。

才到达的队伍,将无法进行接力带的交接,只能提前起跑。①这是箱根驿传扣人心弦的看点之一。

"不过,这真是一场精彩的比赛。"梢子说道。诸矢微微点了点头。他终于将目光从电视屏幕上移开,投向窗外的景色。

"我真希望那些家伙有机会在箱根的赛道上奔跑啊。"他用沙哑的声音说道。他指的是明诚学院大学的队员们。

"真可惜,"梢子说着,把剥好皮的橘子递给诸矢,"但是你和队员们已经尽力了,不是吗?"

诸矢没有回应,万千情绪与回忆如潮水般涌上心头。他对箱根驿传的满心期盼,没能带领学生突破预选赛的遗憾,以及作为田径教练所经历的荣耀与挫折时刻,都一一在脑海中浮现。

他将视线从窗外收回。"不好意思,能把老花镜和报纸拿给我吗?"他示意梢子从沙发上取来报纸。那并非当天的报纸,而是去年十二月《每日时报》上关于箱根驿传详尽报道的版面。报纸皱皱巴巴的,一看就知道被反复翻阅过许多次。

诸矢戴上老花镜,目光紧紧地盯着各赛段的选手名单,神情专注。

这份名单是去年十二月二十九日提交给关东学联的,因此与当天实际参赛的名单有所出入。毕竟比赛当天存在临时替换选手的情况,明天的回程比赛中,这种人员调整的可能性也很大。

看到诸矢表情严肃,梢子关切地问他是不是有什么心事。

"没有,我只是在琢磨甲斐会采取怎样的应对策略。"

对于诸矢的回答,妻子梢子感到不解。"你为什么这么说呢?"

"你可能也知道,外界对甲斐有不少议论,就连明诚学院大学内部

---

① 由于箱根驿传占用正常道路,为了降低对交通的影响,如果选手与第一名差距过大,就不再进行接力带的交接,而让下一区间的选手提前出发。时间差的规定为:去程一区—二区,二区—三区:十分钟;三区—四区,四区—五区:十五分钟;回程均为二十分钟。

也有不同的声音。不过,我早就预料到会发生这种事。"

"但是,甲斐君不是做得很好吗?去程学联队取得了第六名的好成绩,这非常了不起。说实话,我都没想到能有这么出色的表现。"

梢子认识诸矢的大部分学生,自然也包括甲斐,所以她亲切地称呼他为"甲斐君"。

听到妻子的话,诸矢点了点头,但表情依然严肃。

"对甲斐来说,这个舞台是他向众人展现自身实力的绝佳机会。不管我怎样强调甲斐的优秀,都比不上他用实际成绩说话。现在他需要用出色的表现来证明自己,让那些质疑他的人闭嘴。"

"这就是你让甲斐君担任学联队教练的初衷吗?"

诸矢正要回答,却突然陷入了沉默。他似乎正强忍着身体某个部位传来的疼痛,双眼紧闭。

"没事吧?"

诸矢没有回答,只是举起右手,示意妻子不要去叫医生。过了好一会儿,他才断断续续地说:"对我来说,箱根驿传,就等于我的人生。

"三十八年来,我一直与选手们并肩作战。胜者永远是少数,绝大多数人都以失败告终。然而,即使是失败者,也有属于自己的人生,有些东西,只能从失败中获得。只有直面失败,才能成为胜者。这些年,我从箱根驿传中收获的,实在是太多太多了。我真的非常幸福。"

诸矢依旧闭着双眼,话语戛然而止,陷入了沉默。

妻子凝视着他苍白的面容,久久没有移开视线。随后,她轻轻地取下他的老花镜,又从他胸前拿起那份报纸,放回了沙发上。

2

"每位选手都出色地完成了各自的任务。"

在获得第一名后的赛后采访中,平川如此说道,脸上却不见丝毫笑容。

东西大学在去程领先于去年的总冠军青山学院大学。可以说，平川制订的作战计划被完美地执行了。尤其是五区的芥屋信登，表现极为出色，获得了该区间的区间奖。即便在如此恶劣的天气状况下，他的成绩也差点刷新了比赛纪录。然而，平川的脸上却没有流露出丝毫欣喜，依旧神情严肃。

"您觉得明天的回程赛会是一场怎样的比赛呢？"

面对记者的提问，平川目光坚定地凝视着远方的一点，回答道："我们会全力以赴！我们队的选手，个个都具备万米跑进二十八分钟的实力。请大家拭目以待！"

这是事先准备好的台词吗？德重隐约感觉到，平川似乎更像是在给自己打气。随后，记者们对成绩排在前几名的队伍的教练和队员展开了采访，然而，甲斐并不在被采访者之列。

关东学生联合队完全被媒体忽视了。

德重不禁思索，媒体的这种做法真的恰当吗？实际上，有更多值得关注的选手，关东学生联合队的仓科弹便是其中一位。

仓科的成绩确实只是参考纪录。然而，他的表现非常出色，只比第一名的芥屋慢了五秒。每当他超越其他选手时，屏幕上都会出现他那瘦小的身影，仿佛被一股无形的力量推动着不断向前。

关于仓科，他们手头也有一些基本资料。然而，与其他选手的资料相比，这些内容显得十分单薄。尽管惜败于芥屋，但他的表现依然令人印象深刻。他一口气超越了七名选手，实况解说理应对此给予足够的关注，而总主播辛岛也确实做到了这一点。

直播中辛岛对负责给水工作的队长久保山的介绍，事先准备的资料里根本没有提及，德重也是第一次听说，不知道辛岛是从哪里得知的。辛岛通过仓科的视角展开解说，成功地抓住了观众的心。

"学联队还真是拼啊。"北村看着屏幕上显示的去程最终排名，感慨地说道，"实际上拿到了第六名呢。可惜这个成绩不被官方认可，实在是遗憾。"

屏幕中出现了去程的排名。早稻田大学位列第五，东洋大学排第六，学联队处于两校之间，显示为"OP"。这支平日里排名常常接近垫底的队伍，此刻却跻身前列，意识到这一点后，德重心中涌起了一丝不安。

倘若学联队在回程的比赛中依旧表现出色，节目能否采取合适的应对举措呢？

当然，现场解说能够照常进行，摄影机位的安排也没有问题。然而，德重还是隐隐觉得其中存在着"短板"。

本可以进行更深入的挖掘，最终却流于表面。

德重心中不安，但事到如今，他也无能为力。就在他为此忧心忡忡之际，屏幕上出现了片尾字幕。

辛岛向观众预告了次日的播出安排，首日的直播到此结束。此时，时钟的指针指向了下午一点五十五分。

"干得不错，机位的选择和镜头的切换都相当精彩。"德重对菜月说道。她转过身来，脸上透着疲惫，轻声回应道："谢谢。"神情间似乎松了一口气。

一场罕见的激战，又碰上恶劣的天气，能够顺利完成直播工作，她自己也感到满意吧。

节目圆满结束，工作人员从紧张的工作状态中解脱出来，纷纷松了口气，如释重负。而这一瞬间，德重心中涌起的欣慰之感，胜过以往任何时刻。

然而，这份欣慰仅仅持续了片刻。今天的节目刚一播完，他的思绪便迅速转到了明天的回程直播事宜上。

果然，他通过话筒向总演播室的圆堂以及其他嘉宾表达感谢后，刚回到工作区域，就看到菜月再次换上了严肃的神情，正与驻扎在箱根的工作人员通着电话。

"下雪了吗？"德重问道。

"是的，"菜月挂断电话后，紧锁眉头，"可能会开始下大雪。德重先生，我们该怎么办？"

德重面露难色，轻轻咂了咂舌，掏出手机查看局部天气预报。看到屏幕上显示着雪花标志，他不禁叹了口气。

问题出在箱根山区。如果雪势变大，就很难像往常一样进行直播，大概率只能依靠定点摄像机进行拍摄。

"只留三号转播车，把其他车辆都撤下来吗？"

在转播车中，只有三号车是四轮驱动的。由小巴士改装成的一号车以及摩托车，一旦行驶在积雪或结冰的道路上，极有可能出现意外状况。这种情况绝对不能发生。

菜月神色凝重。这番话与其说是讲给别人听的，倒更像是在说给自己。这情况就如同在将棋里不能使用飞车一样。

"比赛能不能如期举行都还不好说，最坏的情况说不定真会出现，"北村看着天气预报，喃喃自语道，"那可就麻烦了。"

在一旁听他们对话的黑石，脸上露出了不悦的神色。"难道就没办法了吗？"

"这还用你说？"北村不耐烦地回怼道，"我们面对的是变幻莫测的天气，这可不是人力所能掌控的。"

"一句'没办法'就想把事情打发过去？这恰恰说明节目本身就存在风险。"

"什么风险？"北村刚要反驳，话还没说完，就被德重打断了。

"争论天气状况没有任何意义。当然，我们会尽力而为。"

听到德重这句话，黑石气冲冲地离开了副控制室。北村咂了咂舌，目送着他那略显臃肿的身影消失后，才将目光重新转回箱根芦之湖的定点摄像机画面上。

此时的雪，比节目刚刚结束的时候下得更大了。

"看来会出现积雪。"北村喃喃自语道。就在这时，辛岛走进了副控制室。他抬头看向监视器，一言不发，眉头紧锁。

"您辛苦了。"德重微微躬身，向辛岛说道，"关于学联队仓科选手的那段话非常精彩。是我们的工作人员去采访的吗？"

辛岛看着德重，欲言又止，最终只吐出一句："嗯，没错。"

"是谁去采访的呢？要是学联队明天表现出色，我们得提前把采访笔记共享一下，以备不时之需。"

"哪有什么采访笔记。"辛岛叹了口气，摇了摇头说。然后，他再次转向德重，语气中满是无奈："还是想想办法让这鬼天气好转吧。"留下这句让人分不清是玩笑还是认真的话后，他便离开了房间。

"我又不是能招来晴天的晴天娃娃。"德重抬起头，无奈地望着天花板。没过多久，工作人员就发来了详细的天气预报。

是时候做出决定了。

和菜月商量后，德重按下对讲机上的按钮，向所有工作人员广播道："请各位注意。根据天气预报，明天会有降雪。一号车、二号车，以及摩托车，请立刻转移到汤本①的箱根町政厅。明天的直播将主要依靠三号车和定点摄像机进行拍摄。"

为了应对可能出现的最坏局面，节目组严阵以待。没有任何人出声回应，可那紧张的氛围几乎令人喘不过气来。

"如果道路条件允许，一号车要在明天一早第一时间返回箱根。不过，路面仍有结冰的风险，所以请摩托车留在汤本待命。明天是一场输不起的战斗，箱根回程赛的直播能否顺利完成，就拜托各位了。"

德重关掉对讲机，暗自下了决心。他心里很清楚，这将是一场前所未有的特殊直播。

天气究竟会怎样变化，谁也无法预知。

---

① 箱根町的核心门户区域，交通便利且地势平坦。

德重能做的，恐怕也只有喃喃自语："难道真的只能祈求箱根之神赐予个好天气了吗……"说罢，他深深地叹了口气。

3

"学联队表现可真不错呀。没想到实力这么强。"

下午三点的教练会议结束后，关东大学的教练名仓仁史特意走到甲斐跟前说道。

他那略带居高临下的语气与"教授"这个绰号简直是绝配。甲斐在学生时代就认识名仓，但距离上次与这位田径界的前辈交谈，已经过去了十多年。

"全靠选手们的努力，仅此而已。"甲斐谦逊地回答道。

名仓凝视着甲斐，仿佛要看穿他的内心一般。似乎有许多想法涌上心头，但最终只说了一句带着些许调侃意味的话："真是谦虚啊。"

"期待明天的比赛。相信关东大学对回程的比赛充满信心。"甲斐说道。

名仓听后只是微微一笑："我们只需稳定发挥就好。"那语气，仿佛是在给自己鼓劲。"也不知道他们会采取什么战术。"他的视线投向了正离开会议室的人群，最终落在了东西大学的平川身上。

想必平川也很在意名仓。或许是感觉到了名仓投来的目光，平川不紧不慢地朝着他们这边走来。

"真是遗憾啊，关东大学。我原以为你们能一路领先到最后呢。坂本的表现有些令人失望。"

平川毫不避讳地指出，关东大学在去程仅位列第三，原因就在于他们的王牌选手在二区没能展现出应有的实力。

名仓似乎并不把平川的话放在心上，只是耸了耸肩，轻笑出声。但随即收敛了笑容，正色道："明天我们绝不会输。"

"我们也不会输。"平川回应道,此刻他的神态与刚才接受去程冠军采访时的严肃神情截然不同。这一番话究竟是虚张声势还是真心话,甲斐一时也难以分辨。

"我们会全力以赴,绝不手下留情。关东大学最好跟上我们的节奏。这场比赛一定会非常精彩。"平川毫不示弱。他瞥了一眼站在名仓身旁的甲斐,眯起眼睛,换了一种语气说道:"还有,甲斐,好运可不会一直垂青于你。这就是箱根驿传。"

学联队取得了相当于第六名的成绩,一定也出乎了平川的预料。但他似乎并不想承认这一点。

"还请您手下留情。"甲斐回答道。平川哼了一声,转身离开。

"他就是这么个人。"名仓望着平川离去的背影,开口说道,"无论对手是谁,他都会全力以赴去迎战。不过嘛——最后还是会输。"

名仓语气笃定地说道。从他的眼神中,能看到熊熊燃烧的斗志。无论名仓自己是否承认,在争胜之心方面,他绝不逊色于平川。

"让我们彼此祝福吧。"名仓拍了拍甲斐的肩膀,随后便转身离开了。

甲斐不知道平川和名仓各自有什么样的比赛计划。然而,无论他们制订怎样的计划,比赛都不一定会按预期进行。

甲斐目送着两人走出房间,低声重复着平川的那句话:"这就是箱根驿传。"

离开会场的酒店后,甲斐抬头望向天空,只见雪下得更大了。

如果天气预报准确,明天还会断断续续地下雪。箱根这里是雪,从小田原往前,说不定会转为降雨。

看来,在恶劣天气下比赛已经无法避免了。

在公路上开展的接力赛,很大程度上会受到地形和天气的影响,从某种意义来讲,这是一场与大自然的激烈较量。

究竟该让哪位选手跑哪个赛段呢?

教练的决定，有时会成为决定胜负的关键。

在抵达芦之湖之前，甲斐一直犹豫不决。但现在，关于如何补上最后一块拼图，他有了明确的答案。

甲斐掏出手机，拨通了一个号码，想必对方正焦急地等待着他的消息。

电话那头，是佐和田晴。

"明天准备上场。尽情享受比赛吧。"

第六章　天堂与地狱

1

写有"东京箱根间往复大学驿传竞走"字样的横幅结了冰，一根根冰柱垂挂而下。

微风轻轻拂过。从午夜到黎明时分，降雪曾奇迹般地短暂停歇，然而大约一小时前，雪花又纷纷扬扬地飘落。

天空乌云密布，阴沉沉的，与起点处的热闹喧嚣形成了强烈的反差，空气中弥漫着一股不安的氛围。

箱根飘着雪，而从小田原到湘南一带则下起了雨。

选手检录工作刚刚结束。在欢呼声中，来自东西大学的时任英纪作为第一位选手，准备出发。

紧接着，青山学院大学的选手出发，随后，关东大学、驹泽大学和早稻田大学的选手按照顺序，踏上了回程的赛道。

站在起跑线第六位的是学联队六区的猪又丈。

——终于轮到我了。

计图在箱根汤本站附近的箱根町政厅食堂观看电视转播。

在回程的六区，鉴于赛道管理的相关要求，载着教练的运营管理车辆通常会停留在箱根汤本的箱根町政厅。

教练们在此处通过电视画面注视着选手们下山。待选手通过相应路段后，车辆再驶入赛道，跟在选手的后方。

"拜托了，丈。"计图轻声说，双手紧紧攥成了拳头。

着实令人期待不已。

在来到这里之前，计图在芦之湖起点处看到了丈，他看起来状态很好。除了自身良好的竞技状态之外，想必他也受到了昨天仓科弹精彩表现的激励，眼神中闪烁着激情。

箱根町政厅距离起点大约18公里，与赛道之间隔着早川河。

领先的选手从起点出发后，抵达这里大概需要五十分钟。在此之前，选手们没有教练直接指导，只能依靠自己的判断，独自展开一场艰苦的奋战。

裁判挥动白旗，丈以极快的速度冲了出去。

眨眼间，他已经跑出了几十米的距离，在第一个红绿灯处左转。镜头随即切换，捕捉到了丈向着箱根山路奔跑的画面。他那健硕的背影消失在雪景之中。

除雪后的道路宛如一条黑色的带子。对当天参赛的选手们来说，他们的敌人不仅仅是其他选手。他们还要应对零摄氏度以下的气温，这会迅速带走他们的体温，同时警惕结冰的路面。这些将是对体力、意志力和专注力的严峻考验。

虽然人们对六区的印象主要是下坡路段，但实际上，距离最高点芦之湖还有大约5公里的上坡路段。只有完成这段爬坡，才会迎来漫长的下坡路程。

镜头一转，起跑点的场景再次出现。

在丈的身后，东洋大学、中央大学和顺天堂大学的选手相继出发。随后，其余十二所学校的选手们同时出发。紧接着，电视画面中出现了身着东西大学钴蓝色队服的身影。东西大学的时任英纪在六区继续保持着领先地位。

在时任身后,身着青山学院大学新绿色队服的选手迎着风奋力追赶。身影越来越近,让人预感到一场激烈的角逐即将展开。

回程的攻防战已经打响。

2

"哦!青山学院大学的选手就在后面不远处呢。这比赛发展真是有趣,真让人兴奋。"

听到副控制室里响起的高亢声音,德重回过头,惊讶地发现来了一位不速之客,不由得站了起来。

是搞笑艺人畑山一平。

看来是黑石把畑山带来的。黑石咧嘴一笑,走到德重他们身边。

就在不久前,德重拒绝了由畑山担任《箱根驿传》嘉宾的安排。

"这是怎么回事,黑石先生?"德重压低声音问道。

"好像是有人爽约了,所以畑山君就有了空闲。既然机会难得,我就想让他来观摩一下。没问题吧?"最后一个问题与其说是在问德重,倒不如说是问体育部主任北村。

这一天,距离直播开始还有两小时,北村便早早来到了副控制室。他主要是发愁该如何应对眼下的天气状况。

"请便吧。"北村有些不耐烦地回答道,语气里带着明显的不情愿。话虽如此,把黑石带来的客人,也就是"田健娱乐"的搞笑艺人赶走,也不是什么明智之举。

"畑山君,请坐在这里好好看看吧。离你的节目出场还有一段时间吧,可以多看一会儿。"

别开玩笑了,德重在心里暗想。黑石却毫不在意,大大咧咧地拉过旁边的椅子示意畑山坐下,自己也在一旁坐了下来。

"从明年开始,我们可能会邀请你担任这个节目的嘉宾。"黑石说道。他的语气让人难以分辨是玩笑还是认真。在德重前方的菜月背对着他们,一言不发,脸上的表情却不自觉地变得僵硬起来。

"接力赛,我最喜欢了!"畑山那高亢的声音在气氛紧张的副控制室里回荡,"特别是这个箱根驿传,我简直太爱了!"

"那真是太好了。畑山君高中时代是田径队的啊。你当时练的是哪个项目呀?"

"短跑。新年一大早就有机会在特等席观看比赛,真是太棒啦!谢谢您,黑石先生!"

黑石满意地点了点头,没有出声回应,只是举起了右手示意。

"青山学院大学的江南拓实,正在缩小与东西大学选手的差距。"随着中央演播室辛岛的现场解说声,德重集中起精神,将目光重新投向了屏幕。

在六区,正如观众所期待的那样,处于领先地位的东西大学选手与紧追不舍的青山学院大学选手之间,正展开一场激烈的追逐大战。

眼下,负责拍摄领先位置争夺战的并非一号车,而是转播车中唯一由四轮驱动的三号车。依据德重的指示,倘若天气没有好转的迹象,除三号车之外的其他车辆都需留在箱根汤本待命。

照这样下去,仅仅依靠定点机位究竟能否支撑起整场直播,完全是个未知数。可以说,此次箱根驿传的直播,正面临着节目有史以来最为严峻的考验。

"东西大学的时任选手看起来有些疲惫。身体也开始微微摇晃。"圆堂的解说似乎预示着青山学院大学即将实现反超。

争夺领先位置的两名选手经过芦之湖前,随着赛道的转弯,踏上了蜿蜒的下坡路,逐渐朝着9.1公里处的小涌园前靠近。小涌园前设置着定点摄像机,尽管雪花纷飞,道路两旁依旧聚集着热情高涨的观众,只为亲眼见证这场激烈的对决。

雪花在镜头画面中肆意飞舞,将箱根的景色勾勒成了一幅水墨画。幸亏从半夜就开展了准备工作,目前赛道上尚未出现积雪,然而,考虑到当前的气温,路面在不久后极有可能出现结冰的情况,着实让人忧心不已。

"路况如何?"德重通过电话向三号车的工作人员问道。

"目前状况还算不错,不过照现在的气温走势,之后的情况还很难说。"

德重匆匆瞥了一眼三号车拍摄的画面,随即将目光投向了坐在前排座位的菜月。沿途布置的工作人员会实时传递最新的比赛信息,然而,仅凭一个画面根本无法掌握全局。在何时切换哪个镜头,如此艰难的抉择,完全取决于身为总导演的菜月。

目前,也只能让三号车继续跟拍领先位置的争夺战了。

至于其他队伍的情况,只能把小涌园前、宫之下、大平台的定点机位所拍摄的画面,与勉强起飞的直升机拍摄的画面,以及鹰之巢山林道、明星岳的远景画面组合起来展示。终于,镜头捕捉到了领先的两名选手出现在小涌园前的身影。

青山学院大学的江南追上了东西大学的时任,此刻两人并排。双方的竞争愈发白热化,然而,显而易见的是,时任已处于下风。

东西大学采用的战术是,将实力强劲的选手集中安排在去程,意图建立领先优势。尽管东西大学在去程夺得了第一名,却没能拉开足够大的差距,这无疑成了他们面临的一个棘手难题。平川教练原本打算把其他队伍远远甩在身后,借此打压对手的士气,然而比赛的走向却出乎他的预料。

另一方面,关东大学尽管目前处于落后位置,却采取了稳健的策略。他们吸取了去年的经验教训,派出的选手个个经验丰富。即便如此,在七区启用一年级学生巽光司郎这一安排,还是出乎了德重的意料。而八区的人员调整则在预料之中,将二年级的相羽肇替换下来,派上了三年级的番道匠。最后几个赛段的竞争也变有趣了。东西大学的八区选手是八田贵也，他和番道匠自一年级起就视彼此为竞争对手。

小涌园前，观众热情的加油声此起彼伏，似乎能把厚重而潮湿的雪吹散。

此时，青山学院大学的江南实现了超越，现场的欢呼声更热烈了。东西大学的时任在后面奋力追赶，两人消失在画面中。

随后，关东大学和驹泽大学的两名选手在观众的掌声中现身，他们转过弯角后，便消失在了赛道尽头。

随后出现的是……

"关东学生联合队、来自武藏野农业大学的猪又丈，正朝着前方早稻田大学的小菅恭一发起猛烈冲击！"负责小涌园前解说的主持人梅宫，声音激昂地喊道。

猪又丈迈着有力的步伐，快速跑过大弯道。依照这样的速度，他极有可能在抵达宫之下前超越小菅恭一，然而想要将这一幕完整地展现在观众眼前，几乎是不可能的。

德重咬着嘴唇，想到学联队也进行了一次人员变动调整。

之后在七区出场的选手替换成了佐和田晴。

虽然德重不知道这次替换有什么用意，但倘若昨天的成绩并非侥幸所得，那么在回程比赛中，甲斐想必是有所谋划布局的。

"哎，学联队还挺强的嘛。"坐在一旁的畑山说道，语气中透着无聊。

"比赛这么发展下去，可真够麻烦的。"黑石带着不耐烦的语气附和道，"体育节目说到底，还是得让那些有人气的队伍获胜才好。"

"有剧本的节目就是好啊？"北村一脸厌恶地回怼道。黑石刚想反驳，却留意到了演播室远处的动静，随即说道："畑山君，那边赞助商的人来了。你要不要过去露个面？他们见到你想必会很开心。"

"好呀！"畑山热情地回答道。

难道是打算直接和赞助商套近乎吗？德重心中升起一种不祥的预感，脸色不由得变得严肃起来。

北村站起身，说道："我也一起去吧。赞助商很重要，可不能让他们胡来。"

小涌园前定点机位传回的画面正呈现出不断变化的比赛局势。

排名靠前的几所学校的表现与德重事先的预期大致相符。

唯一的例外是学生联合队。

之后，猪又丈超越了早稻田大学的选手，上升至第五位。如此一来，接下来备受关注的便是他与驹泽大学选手之间的差距了。

驹泽大学的天野大空状态欠佳。照这样下去，猪又丈极有可能追上天野。

"青山学院大学的江南正试图甩开东西大学的时任。"

三号车的摄像机捕捉到了领先位置交替的画面。

此刻，青山学院大学展现出了稳健的实力，这也意味着东西大学平川教练的战术部署被打乱了。

"比赛中总是隐藏着难以预料的因素。"

德重颤抖着叹了口气，又想到了这句话。

他隐隐预感到，比赛将再起波澜。

3

平川怒气冲冲地盯着电视屏幕，眼睁睁看着青山学院大学的江南超越东西大学的时任。

这里是箱根町政厅的食堂。

比赛开始时，东西大学与第二名青山学院大学的差距只有十几秒。面对状态明显良好的江南，时任一直将领先位置保持到9.1公里处的小涌园前，可以说表现得非常顽强。然而，或许是体力已然耗尽，时任被对手追上后便迅速被超越，在计图看来，他几乎没有做出什么抵抗。

平川教练的愤怒似乎已达到顶点，而站在计图身旁的甲斐却依旧冷静地注视着事态的发展。

这是因为他掌握了相关数据。

东西大学的时任不擅长与对手近距离较量。这种倾向在他迄今为止参加的三次箱根驿传比赛中十分明显，在场地田径比赛中同样显著。另一方面，一旦进入状态，他的成绩几乎无人能及。他是一名状态非常不稳定的选手。

起跑时的领先优势极为微弱，使得比赛的走向充满了不确定性。鉴于时任身上存在的不稳定因素，平川也考虑过将他替换下来，然而考虑到六区下坡赛段的特殊性，最终还是决定让他出场。当然，平川希望时任能够有出色的发挥。然而现在看来，事情的发展显然并未如这位教练所预期的那样。

计图"啊"的一声叫了出来，原来是小涌园前的固定机位捕捉到了丈的身影。

早稻田大学的小菅率先一步绕过弯道，猪又丈紧随其后。从芦之湖出发时，两人之间还存在着四十秒的差距，而如今这差距已变得极小。

"跑得不错。"甲斐自信地说，透过电视摄像机，目送丈的背影渐渐远去。

超越早稻田大学选手只是时间问题。

"与驹泽的时间差是多少？"甲斐问的是与跑在早稻田大学选手前面的驹泽大学选手之间的时间差。他判断丈有希望追上。

"二十秒。"

小涌园前与官之下的距离大约为2.5公里，那么与驹泽大学选手之间的差距究竟能够缩短多少呢？

食堂里渐渐骚动起来。不仅是学联队的表现引人注目，包括领先位置的交替在内，各处的排名变化都颇为频繁。运营管理车即将启程，这

352

些车将依照各队通过位于13.7公里处大平台的发卡弯的先后顺序,前往汤本大桥等待。

电视画面切换到了宫之下的定点机位所拍摄的场景。在富士屋酒店前的陡坡上,青山学院大学的江南处于领先位置,正沿着斜坡飞速向下奔跑。而东西大学的时任在镜头的远处,身影几乎都快看不见了,显然,两人之间已拉开了相当大的距离。

时任从镜头前一闪而过,没过多久,关东大学的榊原真树也紧紧跟了上来。第二名的激烈争夺战即将开始。

"下一个。"甲斐喃喃自语。这时,食堂里不知从哪个角落传来一声惊呼。

下一个出现的会是驹泽大学的选手,还是丈?

率先出现的是驹泽大学的天野大空。但紧随其后,武藏野农业大学的天蓝色队服迅速出现在画面中。正是丈。

"加油!"计图简短地喊了一声。

丈迈着坚定的步伐,跑过了宫之下。此刻,他与驹泽大学的选手几乎并肩前行。只要超越天野大空,学生联合队便能升至第四名。

六区赛程还有一半,他肯定能超越驹泽大学的选手。

这时,竞技运营委员户田向甲斐招呼道:"我们现在出发吧。"

他们走到停车场,坐进运营管理车,在后座用移动设备收看比赛转播。此时,处于领先位置的青山学院大学选手正在接近大平台弯道。尽管雪花纷飞,青山学院大学的江南依然步履如飞。

不久,东西大学的时任和关东大学的榊原飞驰而来,两人几乎并列。

"下一个,加油!"计图盯着屏幕,握紧拳头说道。

"好!"

领先于驹泽大学选手,那一抹天蓝色的身影率先跃入镜头之中。是丈。他看起来刚刚成功实现超越,驹泽大学六区选手天野紧紧地跟在他的身后。

两位选手身上散发出令人胆寒的气势，可以看出比赛正处于胶着状态，双方势均力敌。

"加油，加油啊，丈！"计图的声音有些颤抖。

超过去，就是第四名。终于，距离实现队伍的目标，只有一步之遥了。

我们能做到。

计图正这么想着，眼前的一幕让他不由得喊出声来。

在接近弯道处时，猪又丈的脚在即将落地的瞬间突然打滑，这一切都发生在刹那之间。

他高大的身躯失去平衡，重重地摔倒在柏油路面上，腿部率先着地。由于惯性，他顺着倾斜的道路滑出了1米多远。天野大空迅速绕开他，继续向前跑去。

"丈！"计图不禁大声喊道，他的目光死死地盯着定点摄像机画面中的丈。

丈立刻爬了起来，几乎是蹦起来，随即朝着天野的背影追了上去。

副驾驶座上的甲斐凝视着丈远去的背影。

"是不是路面结冰了？"司机谷本同情地说道，然后缓缓发动了汽车。

甲斐瞥了一眼手表。

距离丈与运营管理车的汇合地点还有4.3公里，换算成时间的话，大概需要十二分钟。

"千万不要出意外啊，拜托了……"计图心中默念着，此刻他唯一能做的，便是默默祈祷。

4

"啊，摔倒了！关东学生联合队的猪又，没有大碍吧？看起来腰部摔得很重……"

辛岛看着大平台定点机位传回的画面，脸上难掩担忧之色。

德重不禁站起身来，目光紧紧地盯着这名表现出色、此刻却遭遇意外的选手。

"希望他没什么大碍……"看到这惨烈的一摔，解说嘉宾圆堂的声音都颤抖了。猪又支撑着体重的右腿悬空，他那魁梧的身躯重重地砸在地上，几乎弹了起来。

然而，他迅速从地上爬了起来，仿佛什么都没有发生过一般，继续向前飞奔，很快便消失在了摄像机的拍摄范围之外。

猪又之后的状态如何？

要是有移动直播车，就能及时将情况传递给观众了。可现在，唯一一辆行驶在赛道上的三号车，正忙着跟拍处于领先位置的青山学院大学选手。箱根的道路狭窄，仅有一条车道，所以根本无法改变车辆的位置。

主力的一号车和摄影摩托车要在大约18公里处才能汇合，而现在距离那个地点还有大概4公里。在汇合之前，无疑是一场没有"飞车"助力的艰难局面。

"猪又选手很可能受伤了，"果然，没过多久，驻守在赛道旁的工作人员便汇报称，"他皱着眉头，时不时地把手放在腰和大腿上。"

菜月似乎在思考着什么。

"驹泽大学队已经拉开了与学联队的距离。猪又受伤的可能性很大。"路边的工作人员补充说明了最新情况。猪又摔倒的地点位于大平台附近，靠近常盘桥，而该工作人员所在位置距离摔倒地点大约1.5公里。

"松畑先生，摄像摩托车现在在哪里？"

菜月凭借敏锐的直觉，或许已经察觉到了什么，她向其中一辆摩托车的负责人松畑询问道。

"在町政厅待命。"松畑从容地回答。

"能去旭桥吗？我想要拍摄学联队猪又同学的画面。大约六分钟后他就会经过旭桥。佳奈，路面结冰了吗？"

饭岛佳奈是负责函岭洞门隧道拍摄的导播。"这边路面的积雪已经融化，但是仍然有结冰的可能性，所以最好不要派载着主持人的摩托车去。"她给出的意见十分明确。载着主持人的是双轮摩托车，而摄影摩托车是三轮车。

"我明白了。那么，请载着主持人的摩托车继续待命，让摄影摩托车单独过去。"

——不会出问题吧？

德重暗自捏了一把冷汗。载着主持人的摩托车和摄影摩托车通常一起行动。如果将它们分开，由谁来进行现场解说呢？

在副控制室的监视器屏幕上，摄影摩托车所传回的画面陡然开始移动。德重一眼便认出，这是从箱根町政厅通往旭桥的732号县道。

道路两侧是商店、私人住宅和温泉旅馆。屋顶和山顶覆盖着一层薄薄的白色积雪，但路面上的积雪似乎正在融化。作为赛道的国道一号公路由于交通限行和拥堵无法通行，他们只能绕道早川河对岸的小路。

在弥坂右转，跨过弥荣桥，向汤场泷通方向行驶。之后穿过一条小巷，连德重都不禁惊讶地感叹道："这路也太窄了！"过了增富旅馆，这条路便到了尽头，一行人终于抵达了旭桥下。摩托车在这里掉头，就在这时，镜头捕捉到了一名选手的身影，德重不禁屏住了呼吸。

出现在画面中的是猪又，他一瘸一拐地跑着，并不时地用手拍打腰部和大腿附近。这一幕充满了悲壮的气息，令人心生感慨。

箱根山上，飘落的雪已经变成了雨。

身穿深红色队服的早稻田大学选手小菅，紧跟在猪又身后。

看样子,猪又很可能被对方超越。

"松畑先生,五秒钟后切换画面。"

菜月通过对讲机发来指令,画面随即从三号车跟拍的处于领先位置的青山学院大学选手的场景,切换到了摩托车拍摄的画面。

"现场解说不会出问题吧?"德重不由得站了起来。

菜月没有回答。

通常情况下,应当由安原负责配合摄像摩托车进行解说。然而,在18公里处待命的安原距离这个位置大约还有1公里,根本来不及赶过来。

"宫本——"

德重再次喊菜月。可她的回应出乎他的意料:"辛岛先生,拜托了。"

"喂,你是认真的吗?"

这无疑是挑战极限。

即便是辛岛,在这种情况下进行解说也很困难。让载着安原的摩托车赶往现场,难道不是更好的选择吗?

就在这时,辛岛的解说声传来:"早稻田大学的小菅,正在逼近关东学生联合队的猪又。"这声音打断了德重的担忧。

"不知道猪又刚才是不是摔伤了腿,他现在的速度明显降了下来。这里没有运营管理车在一旁为他加油鼓劲。猪又,你能坚持住吗?早稻田大学的小菅已经追了上来,此刻正试图从中线一侧进行超越。"

5

在抵达大平台弯道之前,丈的状态都非常好。他感到身体轻盈,每一步都迈得恰到好处。

迎着飞扬的雪花,听着沿路观众的声援,丈确信了一点。

毫无疑问,此刻正是他迄今为止田径生涯中最辉煌的时刻。在这梦寐以求的箱根舞台上,他与众多强校队伍正面交锋,凭借着卓越的表现,出人意料地将队伍的名次提升到了第四名。

还能继续向前。

丈对此坚信不疑。

强风卷起雪花,沿着蜿蜒的道路从四面八方呼啸而来,将丈的视野染成了白茫茫的一片。

肾上腺素在他体内涌动,对丈来说,大雪和低温都算不得阻碍。他排除外部因素的干扰,一心一意地沿着坡道奔跑,可谓如鱼得水。凭借着高大的身材,他迈出的步伐从容且有力,斗志愈发昂扬,情绪也随之高涨。

他逐渐接近箱根的著名看点之一——大平台。

在呼啸的风声以及沿途观众的掌声和欢呼声中,他以冲刺的速度冲向那险峻的急转弯处。就在他用左脚稳稳地抵住即将被甩向外侧的身体,身体倾斜着转向弯道出口的那一刹那——

他的视野天旋地转。

眼前的柏油马路突然倾斜,天地倒转,他的腿悬在空中。还没等他思考发生了什么,就感到臀部猛烈地撞击地面,并顺着倾斜的道路滑行了1米多距离。

奇怪的是,他没有感觉到疼痛。不,应该说甚至没有任何感觉。

他几乎是下意识地跃起身来,继续奔跑。之前的幸福感荡然无存,周围的色彩仿佛也随之褪去。沿路传来的尖叫声在他耳底不断回响。

摔倒瞬间飙升的心率,在他跑了几百米后才逐渐平复下来。从摔倒瞬间鞋底残留的粗糙触感来判断,他踩到的不是结冰的路面,而是融雪剂。

身体的异样,是在他恢复冷静之后才察觉到的。

从右臀部到右大腿根部附近,开始传来钝痛。

起初,他觉得这不算什么大问题。然而,每一次迈步蹬地,那疼痛就愈发明显,渐渐转变成了尖锐的刺痛。

"是骗人的吧？"

丈难以置信地感受着身体的异常。他试图在弯道上维持身体平衡，可腿部却完全不听他的使唤，整个人几乎要被风吹向外侧。

腿完全使不上力气了。

无论他如何用力摆臂，如何转移自己的注意力，那疼痛依旧无情地袭来，并且愈发强烈。

他的速度明显降了下来，焦急的情绪也在心中迅速蔓延开来。

距离小田原中继站还有5公里，晴正在那里等待着他。

我还能坚持跑到那里吗？

就在这时，他发现驹泽大学的天野加快了步伐。摔倒之后他一直在拼命追赶，但现在，天野的背影已经越来越远。

在跨过常盘桥时，他内心正饱受不安的煎熬，偏偏在这个时候，巨大的溪流声传入他的耳中。在这漫天飞雪的箱根道路上，那潺潺的水流声更凸显出大自然的严酷，让人真切地感受到，自己在与大自然的对抗中是如此渺小和无力。

这条不久之前还让他充满幸福感的赛道，此刻却已然沦为充满恐惧和绝望的征途。仿佛刹那间，他便从天堂坠入了地狱。

他完全无法控制自己的身体。那疼痛像弹珠一样在他体内四处游走、反弹。这股剧痛几乎击溃了他的意志，似乎下一秒就要夺走他继续战斗的决心。

该死。

丈在心中咒骂道。

我绝对不会放弃！无论如何都要完成接力带的交接！

他将全部注意力都集中在这个信念上，一边与剧烈的疼痛抗争，一边继续摆动四肢。

他抛开了所有杂念，全神贯注，一心只想着向前奔跑。

他的脑海中浮现出一个个地标，然后逐一跨越。

箱根登山铁道的高架桥下。通往塔之泽发电厂的吊桥。玉之绪桥。千岁桥。然后是函岭洞门隧道入口前。

就在快要到旭桥入口时，摄影摩托车忽然出现，跟了上来。

"后面快追上来了！"丈还在与疼痛抗争，听到路旁观众的提醒。不一会儿，他的右侧便出现了一个人影。迎着斜落的大雨，一个深红色的身影好似要硬生生劈开雨幕般迅猛地冲了上来，那是早稻田大学的小菅。

不能就这样被超越。

丈咬紧牙关，想要追上去，但是双腿完全不听使唤。

小菅的背影越来越远，每远离一分，都仿佛在践踏丈的心。

我到底有多慢啊！

悔恨和焦躁交织在一起，丈的精神状态濒临崩溃。

就在这时——

"丈！丈！"

有人在呼喊他的名字。

是甲斐。运营管理车终于赶了上来与他汇合。"冷静下来，冷静！我们会陪着你。一起跑！"

甲斐的话将他从崩溃的边缘拉了回来。

一起跑。

这句话深深地触动了他。

是的，我不是一个人在战斗。

"加油！晴还在等着你呢，等着接过你手中的接力带！抬起头来，丈！"甲斐再次说道。

没错。晴前辈，你等着我。

现在，丈完全是依靠精神力量驱动着双腿继续前行。

他不知道自己还能坚持跑多远。

但是——我绝对不会停下来！

丈在心中对自己说道，目光坚定地望向前方。

6

"哇，这可真惨啊。"

大家原以为畑山和赞助商打个招呼便会离开，可他却回到了副控制室，随即大声喊叫起来。

从摩托车传回的画面中可以看到，学联队的猪又正捂着右大腿根部奋力奔跑。

距离小田原中继站仅剩100米。

此前，猪又虽然调整了配速，但仍在坚持奔跑。而此刻，他的速度明显降了下来。他一定在咬牙硬撑，然而体力几乎耗尽。载着甲斐的运营管理车紧跟在猪又身后，随时关注着他的状况。

"喂，他没事吧？"连黑石都忍不住表达了担忧。

德重站在菜月身边，注视着猪又奋力奔跑的身影。

抬头看着同一台监视器的菜月，脸上也露出了严峻的表情。

眼前的这一幕，与名次无关，而猪又身上所展现出的强大气魄，有着一种让人无法将视线移开的魔力。如果要说有什么画面是非拍不可的，那么此刻的场景无疑就是。也正因如此，菜月没有切换镜头。

"关东学生联合队的猪又的状况着实令人揪心。距离小田原中继站已不足百米，他还在拼命地奔跑。"

随着辛岛的解说，镜头迅速拉近，给了猪又的表情一个特写。

他咬紧牙关，强忍着疼痛，双眼圆睁，死死地盯着前方。他用力地摆动着双臂，几乎是半拖着右腿在奔跑。速度非常慢，几乎就要停下来了。德重担忧地注视着他。

后方东洋大学和中央大学的选手追了上来，从猪又身旁超了过去。

猪又脸上写满了挣扎，他朝着中继站的方向艰难地挪动着，看起来完全是靠意志力在苦苦支撑。目睹这一幕后,副控制室里陷入了一片死寂。

"学联队没有名次吧。他们再怎么努力也没用。"畑山说道。

"别吵了!"菜月突然转过身来,厉声喝道。

菜月的大声呵斥让畑山瞬间屏住了呼吸,愣在原地,就连黑石也惊讶地睁大了眼睛。

一度上升至第四位的学联队,因为这次意外已经跌落至第八位。眼下,他们能否将接力带顺利交给下一棒,还是个未知数。

摄影摩托车继续跟拍着学联队选手。

就在这时,正盯着显示器的菜月突然抬头,向德重投去询问的目光。德重察觉到菜月表情中流露出的犹豫,瞬间便明白了她的疑问。

——可以继续这样播出吗?

受伤的选手忍着伤痛,拼命向中继站跑去。这样的场面无疑会吸引观众的注意力,然而,这与整场比赛的输赢并无直接关联。那么,作为体育直播节目,这样的处理方式真的没有问题吗?

菜月对此感到疑惑。

"德重先生?"菜月问道。

德重也犹豫了片刻,然后点了点头:"没问题,可以继续。"

对菜月来说,这简短的回答已然足够。然而,德重自己却在回应后咬住了嘴唇,心中暗自思忖:真的应当继续这样播出吗?

"交给我吧。"就在这时,对讲机里传来了辛岛的声音。

"拜托了,辛岛先生。"菜月立即回应道。

"关东学生联合队的猪又,在'山城'长崎长大。"辛岛的解说开始了。

"他的家位于长崎市一座陡峭的山坡上。高中时每日上下学往返于坡道,锻炼出了他强劲的腿部力量。他曾表示,尽管在田径场上的过往成绩并非十分突出,但坚信自己必定能在箱根的山路上,向众人展现出真正的实力。"

辛岛的解说，仿佛是在对正强忍着双腿疼痛、奋力向前奔跑的猪又轻声诉说。

"初中时，他是足球队的一员。但由于性格内向，他认为自己并不适合参与团队项目。后来，他发现自己喜欢跑步。而这，便是他投身田径这项个人运动的契机。

"自高中时代起，他便以参加箱根驿传为目标，每日都刻苦训练。'我希望在箱根的赛场上拼尽全力，以此回报一直以来支持我的父母、教练、武藏野农业大学，以及关东学生联合队的队友们。'猪又丈曾这样向我们袒露心声。距离中继站仅剩30米，佐和田晴在等着你。队友们都在等着你。加油，猪又丈！"

"辛岛先生……"

德重被深深地打动了，一时之间竟说不出话来。辛岛究竟是什么时候进行了如此详尽的采访？这肯定是辛岛亲自采访得来的信息。德重确信，如此生动的语言，以及其间流露出的热情和对选手的关爱，绝不是通过阅读他人的采访笔记就能获得的。

一股暖流涌上德重的心头。

回到座位上的北村一脸严肃地盯着监视器，与黑石并肩而坐的畑山则一言不发，神情有些古怪。

加油啊，猪又！

德重在心中默默地呐喊着。

一步，又一步。

终于，猪又将接力带交到了七区选手佐和田晴手中，完成了交接。

"从武藏野农业大学二年级学生猪又丈，到调布大学四年级学生佐和田晴，关东学生联合队那承载着灵魂的接力带，终于成功传递！"

听着辛岛的解说，副控制室里的工作人员爆发出一阵热烈的掌声。

第七章　才能与尺度

1

"哇啊啊！"

伴随着一声怒吼，猪又丈开始奋力摆臂。大雨淋湿了他的头发。他双眼圆睁，龇牙咧嘴，看起来像一只受伤后奋起反击的野猪。这是他倾尽全力的最后冲刺。

"丈！丈！坚持住！"

佐和田晴大声地为猪又丈加油鼓劲，他看到丈用右手抓住了挎在身上的接力带。

在最后一刻，丈像是被什么东西绊了一下，猛地失去了身体平衡，但他仍伸直手臂，将一直牢牢抓在手里的接力带递给了晴。

"交给你了！"

话音刚落，丈的脸就痛苦地扭曲起来，他像从背后被枪射中一样，倒在了地上。

晴甚至没来得及看一眼他倒下的样子，就飞奔而去。

强风从侧面吹来，似乎是从右侧的早川方向来的。但正当他这样想着的时候，风向开始变化，时而从后方呼啸而来，时而又迎面扑来。

前方能看到中央大学选手伊势苍太的背影。

从他的步伐不难判断，在这种恶劣的天气条件下很难维持奔跑的速度。

从地下候车区出来时，温度计显示气温为1摄氏度。然而，飞驰在风雨中的选手们感受到的温度肯定低于冰点。

伊势向前奔跑，跑鞋每次落地都会溅起一小片水花，而印着中央大学标志的号码布已经紧紧地贴在他的身上。这样的状况并非伊势一人所面临。可以肯定，大多数选手都被这恶劣的天气打了个措手不及，头疼地应付着。不过，佐和田晴是个例外。

对晴来说，这样的天气实在没什么特别的，反倒是"家常便饭"。

他与伊势之间的距离正一点一点地缩短。

两人出发时，彼此间大约有20米的距离，现在差距已经消失。晴移到道路中线，准备实现超越。

伊势加快了步伐，两人并肩前行，一同穿过新干线高架桥。

不久之后，伊势的速度逐渐慢了下来，开始落后。僵持局面在越过东海道本线铁路桥后终于被打破。此后，晴独自向前奔跑。

通往小田原市的道路被雨水打湿，路边商店悬挂的国旗在风中翻飞。雨水透过衣服打在他的皮肤上，浸湿了他的跑鞋，但晴似乎毫不在意。

"和前面东洋大学的选手只差三十秒了。你能做到！加油，晴！"

甲斐大声鼓励着，计图也坐在运营管理车上。车紧紧跟在佐和田晴的身后，仿佛正陪着他一同奋力奔跑。此刻，他们正经过小田原市中心小田原市民会馆前的3公里标记处。

晴的老家在青森县浅虫温泉[1]。自祖父那一代起，他们家就经营着

---

[1] 位于日本青森县的一处历史悠久的温泉胜地。

一家小型的日式旅馆。

在他年幼时，父亲因病去世，从那以后，旅馆便由母亲独自经营。

这条温泉街虽历史悠久，但如今已难现往日的繁荣，独自经营一家旅馆绝非易事。即便如此，母亲从未有过一句怨言，每天从早到晚忙个不停。在晴和员工面前，她从不显露疲惫，脸上总是带着笑容。

或许是继承了母亲的性格，晴从小就有着坚韧的意志。也不知是遗传了谁的基因，他从小就跑得很快。无论是儿时的赛跑，还是初中时的马拉松比赛，他总能名列前茅。进入当地的公立高中后，晴顺理成章地加入了田径队。

然而，他起初对箱根驿传并没有多大的兴趣。他当然知道箱根驿传的存在，但认为这项赛事与自己毫无关系。起初，他也只是在新年假期时偶尔看看电视转播罢了。

然而，一个契机让晴领略到了这项赛事的魅力。改变这一切的人是他的体育老师、田径队教练谷原郁也。谷原是曾参加过箱根驿传的长跑选手，每年一月二日、三日，他都会邀请队员们到自己家中一同观看箱根驿传比赛，这已经成了队里的惯例。

谷原充满激情的解说，让晴立即被箱根驿传深深吸引。

"老师，箱根驿传真是太棒了！"

看完比赛全程，亲眼见证了冠军诞生的激动时刻，晴激动得满脸通红。这时，谷原对他说："只要努力，你也能去跑箱根驿传。"

——什么，我也可以吗？

这句话如同一道闪电，照亮了他。

在此之前，他从未想过自己会与箱根驿传产生任何关联。

然而，晴内心深处充满了强烈的渴望，只要有一线希望，他就一定要参加。

这或许是一个极具挑战性的目标，但晴一旦明确了方向，便展现出了他与生俱来的坚韧。除了参加田径队的日常训练之外，晴还决定开展自主训练。

他选择了从浅虫温泉到夏泊半岛①这条往返10公里的路线进行长距离训练。可以说，通过这些训练，他收获的不仅是跑步能力的提升，更重要的是学会了如何面对大自然。

在独自训练的沿海路线上，夏季夕阳西下时，那壮美的景色令人陶醉。但季节一变，陆奥湾的风浪便会彰显出大自然的强大威力。

当风速超过每秒10米时，海风裹挟着雨水，与奔腾的海浪一同展现着威力，从侧面呼啸袭来。这样恶劣的天气，有时甚至会持续数日。

在如此严酷的自然环境中，晴日复一日地奔跑着。

然而，晴高中时的成绩并不足以让他获得驿传名校的推荐入学资格。他错失了参加全国高中锦标赛的机会，也确实无法与那些在全国范围内声名显赫的选手相提并论。最终，他选择了调布大学，因为谷原大学时代的前辈在那里担任教练。

调布大学田径队的历史很短，从未参加过箱根驿传。队伍成立于五年前，同时宣布了一项强化政策，希望能吸引来自全国各地的优秀学生。

"努力训练，争取参加箱根驿传。"

在谷原的鼓励下，高中毕业后，晴加入了大学的田径队，但他很快就发现，参加箱根驿传的难度远比他想象的要大得多。

那些所谓的传统强校，也就是真正参加了箱根驿传的大学，往往会通过体育推荐制度，将高中时期就在全国级别的大赛中崭露头角的运动员招至麾下。而调布大学没有实战成绩，即便能够从全国各地招募学生，其选手的水平显然也无法与一流大学选手相提并论。

即便如此，晴能够凭借预选赛的成绩入选关东学生联合队，足以证明他与众不同的潜质。虽然他在田径赛道上的表现并不突出，但到了驿传和马拉松的赛场上，却能爆发出惊人的能量。

---

① 日本本州岛北端的一个半岛，向北延伸至陆奥湾，行政上属于青森县。

无论是赛道的高低起伏，还是风雨的肆意侵袭，抑或严寒酷暑的极端天气，这些恶劣的比赛条件，恰恰是晴擅长应对的。

要是只在条件优良的赛道上比拼单纯的跑步实力，晴顶多只能算是一位速度稍快些的选手罢了。

然而，甲斐注意到了晴的这一特点：他的名字是晴，却擅长在雨天作战。

在天气条件恶劣的七区，正好可以让他尽情发挥自己的优势。这次的出场机会，仿佛是经过了精心的谋划。于是……

此刻，晴正在他梦寐以求的舞台上奔跑。

箱根驿传的赛场上，大雨滂沱，天气恶劣。晴凝视着前方，不一会儿，便依稀能看到那身穿深蓝色队服的身影。

2

一号车的镜头显示，青山学院大学的选手北川旭正处于领先位置，独自领跑着。

在箱根汤本等候的一号车、摄影摩托车，以及主持人乘坐的摩托车都已返回赛道，转播刚刚恢复到了最佳状态。

开在最前面的一号车正从箱根汤本驶出，向东离开小田原市中心。

他们刚刚通过4.2公里处的山王桥路口，前方赛道将由双车道变为单行道。通常情况下，如果天气晴朗，这一带的天气会发生明显变化，选手们需要迅速适应气温的差异。往年，选手们常常会拿起水壶，将水洒在颈部以降温，作为应对。

然而，今天的情况却截然不同。寒冷的空气已经让选手们行动吃力，再加上雨水和强风，更是让他们苦不堪言。处于领先位置的北川不时皱着眉头，显然他正受到强风的影响，身体也有些摇晃。

"根据我手上的秒表，北川目前的速度是每公里两分五十五秒。

对他来说，这个速度也许有点慢了。"在一号车上近距离观看比赛的横尾说。

"在这样的条件下比赛着实不易。其他选手也面临同样的状况，所以关键在于从这一刻起如何调整自身的状态。"一号车的解说员相泽补充道。德重也认同他的意见。

从箱根到湘南的七区，道路两侧是陡峭的山脉。沿途风景优美，赛道富于变化，比赛策略至关重要。在经历了前半段频繁起伏的路段后，12公里处的押切坂的陡峭坡道便会出现在眼前。

一种传统的策略是在前半程比赛中保存体力，待后半程再全力冲刺。

然而，策略的选择取决于选手的能力和队伍的状况。

要是队伍处于前几名的激烈竞争之中，或者目标是要确保获得前十种子校的席位，那么他们极有可能从比赛的前半程就开始发力。

各支队伍的教练都在对比赛的走势进行预测，并依据各自制定的策略安排选手。

从这个角度来看，德重认为最值得关注的选手是关东大学七区选手巽光司郎。

去年，关东大学积极启用低年级队员的策略未能奏效，他们痛失了原本十拿九稳的总冠军。今年，人们普遍预测该队伍将主要由经验丰富的三、四年级学生组成。

然而，名仓决定将七区交给一年级新生巽。

他做出这样的安排，或许是不想组建一支仅由高年级学生构成的队伍。

不过，名仓的这个决定即将得到回报。

"关东大学一年级的巽光司郎，正在逼近东西大学的鬼岛公人。"

画面切换，摩托车上的主持人安原开始进行解说。

"鬼岛，拿出你四年级学生的气势来！让大家见识见识你这四年来集大成的精彩表现！"

就在即将通过约5公里处的常剑寺入口时,东西大学的平川教练的声音传了过来。

鬼岛抬头聆听,不时皱起眉头,痛苦地摇着头。领先优势已被青山学院大学夺走,队伍正在奋力追赶,教练的情绪显得有些激动,但鬼岛的速度似乎并没有提升。

德重对鬼岛的表现感到有些惋惜。抛开心理因素不谈,今天显然不是他发挥出"集大成表现"的最佳时机。

关东大学的巽一直在稳步追赶,他沿着人行道一侧,与鬼岛并肩而行。

竞技体育的世界,有时就是如此残酷。

在比赛中,结果偶尔取决于运气,但更多时候取决于实力。即便只是一名一年级新生,只要拥有天赋和实力,同样有可能超越努力了四年的高年级学生。这就是长跑竞技的现实。

巽真的超越了鬼岛。

根据菜月的指示,摩托车继续拍摄,画面中可以看到巽迅速拉开了与对手的距离。而逐渐落后的鬼岛,最终被灰暗的雨幕吞没。

路边的计时员在不断播报着每位选手的实时位置。

"五秒后进广告。"

菜月下达指令,转播画面随即切换成了日本啤酒的广告。

3

"哎呀,这第二名的争夺可真是太激烈了。关东大学的巽同学真厉害哟。"

畑山的高亢声音从旁边传来。

菜月回头瞥了一眼,眼神仿佛在说"怎么还没走"。黑石也还站在那里,正准备把兼职工买来的咖啡递给畑山。

"要是能让我来做主持的话,我肯定会全力以赴的,黑石先生,期待与您的合作。"

畑山自作多情的话让德重不知如何应对。不能直接让他离开，但没有什么比听一个搞笑艺人无聊的评论更令人不快的了。

"如果畑山君加入，节目肯定会非常精彩。观众准会喜欢的。你说对吧，德重？"黑石故意把话题抛给德重。

"嗯……谁知道会怎样呢。"德重含含糊糊地应付了一句。北村则双臂交叉抱于胸前，表情阴沉。

菜月全神贯注地盯着各个转播摄像头传回的画面，同时留意各方工作人员提供的信息。

"看来山梨学院大学队很快就要超越帝京大学队了。"

"我们正在跟拍帝京大学选手。"

听到现场导播的反馈，菜月下达指令："广告过后，切换到摩托车镜头。"

"名次靠后的几支队伍陷入了混战，山梨学院大学的选手此刻即将超越帝京大学的选手。"伴随着摩托车解说员热情洋溢的同步解说，屏幕右侧出现了排名表。

此时，山梨学院大学和帝京大学的排名发生了互换。当前排名依次为：法政大学第十三名、拓殖大学第十四名、山梨学院大学第十五名、帝京大学第十六名。

然而，画面中法政大学和拓殖大学的选手落后于帝京大学的选手。由于回程是同时起跑，表面顺序和实际名次出现颠倒的情况并不少见，眼下正是如此。

大日电视台有一套自主研发的系统，它能够不受表面排名的干扰，在屏幕上显示出正确的排名，这便是MESOC系统。应《箱根驿传》首位总制片人坂田信久的要求，该系统由平谷修三带领的项目团队开发。MESOC是"马拉松驿传速报在线系统（Marathon Ekiden Sokuhou Online Computer System）"的缩写。

"五秒后切换三号车画面。"

菜月熟练地切换画面，德重的目光再一次被眼前的画面所吸引。

画面中，学联队的佐和田晴正奋力追赶着前方东洋大学的里中健。

此时，他们已经跑出小田原市区，跨越了酒香桥。

"真够顽强的啊，学联队。都到这份儿上了，放弃了也没什么大不了的呀。"畑山小声嘀咕着，似乎是怕被菜月听到。

"关东学生联合队和东洋大学相差十秒。"

三号车的实况报道传来，德重确信：佐和田晴即将超越里中健。

屏幕上，佐和田晴顶着风雨，跑姿依旧刚健沉稳，这让他不禁投去惊愕的目光。

这家伙，这种稳定感究竟是怎么练出来的？

在酒香川畔，面对来自海边强风的猛烈冲击，佐和田晴稳如泰山。

不仅如此，他的速度还在不断提升。

德重翻阅着手头的资料，查找佐和田晴的简介。资料中汇总了所有选手的参赛纪录和个人最佳成绩，但出人意料的是，佐和田的数据并不算特别亮眼。

他的万米最佳成绩是二十八分五十三秒。要知道，在箱根驿传的选手中，能跑进二十八分钟的大有人在。

但佐和田晴此刻的表现却十分出彩。这到底是怎么回事呢？

就在德重思索之际，解说员提高音量，大声喊道："他们终于并排了！"

德重赶忙再度抬头，望向监视器。

"关东学生联合队在六区因猪又摔倒而排名下滑，但现在，佐和田已经超越了两名选手。队伍名次已经上升到了第六位！"

东洋大学的里中健被佐和田晴超越后，紧紧跟在后面试图追赶，但一切都是徒劳，他渐渐被拉开了距离。两人都被大雨淋得浑身湿透。里中看起来非常绝望，而佐和田则显得轻松自如。

"今年的学联队很了不起,不是吗?"北村叹了口气,直截了当地说出了自己的想法。

"我也这么认为,"德重表示赞同,"他们在逆境中奋起反击,表现相当出色。"

"学联队不会有官方纪录认可吧,"黑石问道,"这么努力有意义吗?"

"我相信,对他们来说是有意义的。"

德重想起了此前媒体对教练甲斐的种种批评,以及社会上关于学联队存在的必要性的争论。

在逆境之中,他们没有选择屈服,而是团结一致,难道不是想凭借奔跑,赢得世人的认可吗?

若真是如此,那么他们的奔跑便不再仅仅是为了传递接力带,德重心中暗自思忖。

这是一场为了捍卫跑者的尊严,为了证明自身存在的意义而进行的奔跑。

4

"这个叫佐和田的孩子速度真快,即使天气这么糟糕。"

和诸矢一起看电视的梢子赞叹不已,睁大了眼睛。此时比赛已临近七区后半段,选手们刚刚通过了11.8公里处的二宫计时点。

每当选手经过这个计时点时,队伍和个人的成绩便会显示在电视屏幕的右侧。

前方便是决定胜负的关键之地——押切坂。选手们跑到这里需要耗费多少时间?又打算以怎样的配速去应对接下来的上坡挑战呢?这些是诸矢关注的重点。

佐和田通过二宫计时点的时间是三十三分四十秒。这意味着他的速度是每公里两分五十一秒。

这个速度相当快。

当大多数选手都在大雨中艰难地挣扎前行时,他却迎着呼啸的海风,跑出了该路段的最快成绩。

"学生联合队里竟然有速度这么快的选手。甲斐君,你可真幸运。"对于梢子的这番感慨,诸矢没有立刻做出回应。

他缓缓伸手,拿起床头柜上的跑步杂志,翻到箱根驿传的相关页面,查看学联队的数据。然后抬起头,惊讶地看向电视屏幕。

此时镜头已经从佐和田晴身上移开,切换到了一号车拍摄的画面。

画面中出现了目前处于领先地位的青山学院大学选手,但诸矢的目光仿佛穿透屏幕,看向了别处。

佐和田晴,他万米最佳成绩是二十八分五十三秒,且从未在重要比赛中获得过名次。

然而,就是这样一位选手,目前是该赛区的第二名。

"……更何况是在这种天气条件下。"诸矢喃喃自语,随即反应过来,自己的想法与事实恰恰相反。

应该说,"正因为是在这种天气条件下。"

"我记得佐和田是今天早上才被换上参赛的吧?"诸矢开口问道。梢子没有回答,而是将放在电视机旁的一份体育报纸递给了他,说道:"给你。"这是一份已经被反复翻阅过的报纸,上面刊登着队员名单。

在预报名名单中,学生联合队的七区选手是桃山遥。

查看桃山的个人纪录,他的万米个人最佳成绩是二十八分四十秒。

"这位选手的成绩更好啊。"

然而,甲斐却用佐和田替换了桃山。不得不说,这次人员更换让人费解。

是发生了什么意外状况吗?比如桃山受伤了?

但这很有可能是甲斐的战术性换人安排。一想到这里,诸矢的心绪就难以平静。

出于职业习惯——不,应该说是曾经的职业习惯——他非常想知道甲斐在七区选择启用佐和田的原因。

毕竟是甲斐。说不定他是出于诸矢根本想象不到的理由才做出了这样的人员更替。甲斐就是这样出人意料。如果真是这样,诸矢就更想知道其中的原因了,而这一点恐怕不会在电视转播中被提及。

曾经,诸矢选拔选手的标准是个人成绩,以及自己作为教练对他们当时状态的观察。

那时的他颇为自负,坚信自己的判断绝不会出错。

打破诸矢这种固有思维模式的,正是甲斐。出云驿传获得季军后的总结会上发生的那一幕,至今仍清晰地刻在他的记忆中。

他究竟是如何做出如此精准的分析的呢?

后来,诸矢终于找到了答案。

甲斐一直详细记录着日常训练和比赛的内容,包括比赛状况、当时的气温、天气情况、比赛结果,以及与队员的谈话内容。当诸矢借来甲斐的那本笔记翻阅时,发现它可以说是一个巨细无遗的原始数据库。

当诸矢还在沿用以往陈旧的经验,依赖直觉去做判断的时候,甲斐已经在运用客观数据进行分析和思考了。

不仅如此,甲斐还对每位选手的能力、个性,以及思维模式都进行了深入的研究。

诸矢心里明白,即使在田径场地比赛中成绩优秀,也不一定能在驿传接力赛中取胜。

甲斐却更进一步,从多个维度对选手进行评估,尤为关注选手表现与其影响因素之间的因果关联,进而做出独具见解的分析。

这家伙不是等闲之辈。那一刻,诸矢对甲斐的感觉已远非惊讶所能形容,几乎达到了敬畏的程度。

甲斐能看到诸矢看不到的东西,好像他有着自己独特的世界。

与此同时，甲斐的分析让诸矢意识到另外一点：若要评估各式各样的才能，就必须确立合适的衡量尺度。就好像测量长度时需要一把尺子一样。

驿传是一种在自然环境中利用公共道路展开的比赛，与在标准跑道上进行的田径赛事相比，需要不同的评价尺度。

——这世上具备天赋的人很多，缺少的是尺度。一种能够发掘潜在才能并将其展示给世界的衡量尺度。

在甲斐担任队长的两年里，诸矢始终将这一点牢牢铭记在心中。

甲斐掌握着多种尺度，能够做到因材施教。这是一个人人都明白的道理，然而在实际做出判断时，却很难把握。

今天的换人决定，很有可能就是基于这样的考量。

"关东学生联合队的佐和田，马上就要追上前面的早稻田大学选手三浦大辉了。"

伴随着解说员的声音，镜头切换了。

佐和田一直保持着自己的节奏，顺利跑过押切坂，即将到达16.8公里处城山公园前的十字路口。

最终，佐和田超越了三浦。

"关东学生联合队，排名又上升了一位！"

在电视屏幕右侧的排名榜上，代表特邀参赛的"OP"升至第五位。

驹泽大学的名字就在上方，不过两者之间的差距应该不大。

佐和田还能将差距缩小到什么程度呢？

刚才的雨很大，即使隔着电视屏幕也能清晰地感受到雨势的猛烈。但现在雨似乎小了一些。

诸矢将目光投向窗外，横须贺港的上空被薄云笼罩着，海鸥在天空中自由翱翔。

甲斐，你确实了不得。

诸矢在心中默默念叨。随后，他轻轻闭上了双眼，让因兴奋而略感疲惫的身体稍做休息。

5

从相模湾吹来的强风，狠狠拍打在脸颊上。

按理说，从海上吹来的是南风，可这风却带着一股好似能扎透肌肤的"狠劲"。虽然雨势有所减弱，但风力却在增强，在赛道上空呼啸。

到底还是累积了不少疲惫，不过双腿依然稳稳地向前迈进。他摆动着双臂，心里默念着向前，再向前，身体便自然而然地向前奔去。

在沿途观众看来，在这种天气里奔跑的选手，大概就如同悲壮的修行僧一般吧。然而，晴的内心却被充实感填满。

"跑得很好。冲吧，冲吧，向前冲。今天的你可以做到！"

15公里处，甲斐的喊话给晴打了一剂强心针，成为他超越早稻田大学三浦的动力。三浦的万米个人最佳成绩为二十八分四十五秒。要是在田径跑道上较量，他或许比晴跑得更快。

然而此刻，晴却跑在了三浦前面。

经过细石路口的信号灯之后，比赛即将进入最后的阶段。此处是19公里处，距离平冢中继站仅剩2.3公里，圭介正在那里等待。这同时也是晴的田径运动生涯的最后一段路程。

晴已经决定，从今年四月起，入职一家在全国拥有多家分店的大型连锁酒店。他计划告别田径赛场，从零起步，系统地学习酒店的接待服务和经营管理。

作为一名田径运动员，晴深知自己并非一流选手，甚至坦然承认自己至多处于二流水平。无论是自我认知，还是他人评价，在这一点上都达成了一致。即便如此，他也有自己的价值。

置身在观众的欢呼声中，晴心中涌起一股强烈的冲动，他真想大声地对调布大学的后辈们说：连我都能做到，你们一定也可以！

所以，绝对不要放弃。奔跑吧，继续前进！

晴摘下墨镜，卡在帽子后沿。在他的视野中，一个身穿紫藤色队服的身影出现在转播车和运营管理车之间。

那是驹泽大学的皆川岳。

晴一直紧紧盯着皆川的背影，此时，他们之间的差距已经缩小到二十秒左右。

我得把距离再拉近一点。晴对自己说。冲啊！

沿途观众的欢呼声、呼啸而过的风声、淅淅沥沥的细雨，还有那咸湿的海风气息交织在一起，构成了一幅奇妙的画面，宛如一场梦境。然而，这样的感动，今后他恐怕很难再有机会去体验了。

穿过长者町的交通信号灯，距离终点只剩下1公里了。晴拼尽全力，在最后的坡道上奋力追赶着那个紫藤色的身影。

哪怕只能缩短一秒的差距，他也要把接力带顺利地传递给在八区等候的圭介。

他要在此刻证明，曾被视为"失败者"的学联队，有其存在的意义。

第八章　天赋

1

　　学联队的乃木圭介从八区的平冢中继站飞奔而出，此时距离驹泽大学实力仅次于王牌的二号选手前岛圣出发，仅仅过去了十五秒。
　　"是京成大学的一年级新生啊……"德重在自己的座位上喃喃自语。
　　今年，京成大学在预选赛中仅排名第十四，无缘正赛。该校上一次参加箱根驿传已是二十多年前的事，长期以来在预选赛中都处于末位，状态低迷。
　　直到三年前，转机终于出现。校方重新评估了重点扶持项目，把橄榄球队和棒球队从强化名单中剔除，转而将资源投入到田径队。
　　负责强化队伍的教练是三原宗司。他毕业于京成大学，之后进入实业团，在田径赛场上颇为活跃。
　　德重也认识三原，知道他为人细致周到。
　　三原走遍日本各地，亲自选拔队员，一步一个脚印地组建队伍。他的努力逐渐见到成效，京成大学的实力正在稳步提升。此次预选赛获得第十四名的成绩，与往年相比，无疑是巨大的进步。

这个乃木,会是所谓的"三原子弟"吗?

德重很好奇,但手头的资料里没有提及。

总之,他既然能从呈现上升势头的京成大学中脱颖而出,被选入学生联合队,实力自然不容小觑。但是——

乃木奔跑时的背影看起来有些单薄瘦弱,给人一种不太可靠的感觉。

跑在最前方的是青山学院大学的柳叶瑛人,关东大学的番道匠紧追其后,接下来是东西大学的八田贵也,以及驹泽大学的前岛。他们都是经验丰富的三、四年级选手。在强手如林的八区,乃木显得有些格格不入。对他这样初出茅庐的大一学生来说,要在这样的赛段中出色完成任务,无疑是一项艰巨的挑战。

辛岛概述了八区的情况后,镜头再次切换回平冢中继站交接接力带的场面。

副控制室内开始变得忙碌起来。

"要开始了。"

北村双手在胸前交叉抱臂,身体微微向前倾,目不转睛地盯着屏幕。那些争夺种子队资格的队伍已经完成了接力带的交接。而那些落后队伍能否顺利完成接力,紧紧牵动着电视观众的心。

若有队伍在第一名选手通过后的二十分钟内未能完成接力带的交接,该队后续参赛选手必须提前出发。一场充满悲喜交加情节的"戏剧"已然拉开帷幕。

一方紧盯着七区的最后一段赛道,急切地等待着队友的身影。另一方则为了将接力带交到队友手中,拼命地奔跑。

一定要赶得上,一定要啊!

仿佛能听见沿途观众和电视观众心中共同的呼喊声。

然而,有时候,再真挚的期盼也未必能如愿以偿。

一位选手赶到中继站,却发现他的队友已经出发。镜头记录下他痛苦呼喊的瞬间,随后,画面迅速切回到一号车的拍摄场景。

"东西大学的八田贵也，正在缩小与关东大学番道匠之间的差距。"

广告结束后，画面再次切换到了由摩托车跟拍的"首位之争"。

这是一场势均力敌的激烈角逐。他们跑过南方海滩，随后进入茅崎市，此时已跑了6.9公里。

"关东的番道真是锲而不舍啊。"畑山由衷地赞叹道。

就在大家都以为番道即将被超越之际，他察觉到东西大学的选手正从后方逼近，立刻加快了脚步，再一次拉开了与对手的距离。

在菜月的指挥下，直播镜头聚焦于第二名集团选手间的激烈竞争，以及领跑的青山学院大学选手的实时动态，同时兼顾后方几所学校在名次上的争夺情况。

与去程不同，在回程中，从第一名到最后一名，选手们的位置较为分散，这对摄像和导播技术提出了更高的要求。作为总导演，必须迅速判断比赛中各种突发状况的重要性和优先级。

菜月应对起来游刃有余。她娴熟地进行着机位的切换，并且恰到好处地在主画面下方插入小画面，将一切安排得既得当又巧妙。

茅崎计时点的成绩开始在屏幕上滚动显示。

第一名：青山学院大学；第二名：关东大学；第三名：东西大学；第四名：驹泽大学。

各校的排名以及时间差，大致与德重的预测相吻合。然而，当个人成绩呈现在屏幕上时，德重目瞪口呆，脱口而出："怎么可能？"

名单首位赫然是学联队乃木圭介的名字。

此时，他与前方驹泽大学前岛的时间差仅为七秒。

要知道，从平冢中继站出发时，两人可是相差了十五秒。现在这差距已大幅缩小。

北村也难以置信地盯着监视器，显然也抱着同样的疑问。

前岛的速度达到了每公里两分五十秒，考虑到当下的天气状况，这已经十分不易。然而乃木竟比他还要快。

"三号车注意，五秒后切换画面。"

菜月也留意到了两人之间的距离正在不断缩小。紧接着，画面一转。

"怎么回事？真的能这么快吗？"

难怪畑山会发出这样的疑问。的确，乃木的跑姿乍看之下似乎并不快，悠然得如同在慢跑，动作自然又舒展。然而，仔细观察便会发现，他的步幅很大，落地干脆利落。

相比之下，前岛的跑姿则显得迅猛有力，双脚仿佛在刮擦着柏油路面。两人的风格截然相反，可谓一刚一柔。

经过位于8.4公里处菱沼海滩的信号灯后，道路左侧是一片高尔夫球场，眼前是一条由防沙林夹道、笔直向前延伸的公路。学联队的一年级新秀正与实力强劲的驹泽大学的选手在这里展开角逐。

在比赛后半程的八区，两队选手同时出现在镜头中的情况实属罕见。从六区的降雪开始，今天的比赛充满了变数，或许正因如此，才更容易出现逆转。

"雨势略有减弱，"沿途的工作人员报告道，"然而，北风变得更强了。"

画面中的防沙林在随风摇曳。寒风摇动树枝，似乎在为这充满变数的比赛局势摇旗呐喊。

就在此时，学联队的乃木终于和前岛并排了。

"喂，真的假的？"畑山在副控制室大喊起来。此时前岛回头看了一眼，似乎有些惊讶，乃木能跟上来，显然也出乎他的预料。

"看起来，前岛选手在加速。"中央演播室的辛岛敏锐地察觉到了这一变化，"摩托车那边的拍摄情况如何呢？"

"这位学生长跑界的代表人物，就像在换挡加速一样。"摩托车上的主持人安原接过话茬，"前岛的身后，关东学生联合队的乃木正在步步逼近。前岛试图加速摆脱他，乃木恐怕难以跟上——"

然而，事实并非如此。

"哦！乃木跟上来了，他紧紧咬住了前岛。"安原的声音里透着一丝惊讶，"不知道他能坚持多久。"

恐怕坚持不了太久吧——安原的话语间流露出这样的意味。

然而，不仅出乎安原的意料，或许也超出了大多数观众的预想，乃木并未落后。他反而加速，紧紧跟在前岛身后。

"竟然……"

德重情不自禁地身体前倾，盯着监视器。这个瘦长单薄的一年级学生，究竟从哪里来的这么充沛的体力？摩托车拍到了前岛僵硬的表情，而他身后的乃木则一副淡然自若的样子，两人形成鲜明对比。

前岛——大学长跑界的领军人物——竟然无法甩开这个名不见经传的一年级新生。这情景仿佛角色互换，拿错了剧本一般。

"怎么回事？"畑山自言自语道，"快点把他甩开啊！"

电视机前的观众或许也抱着同样的想法。

然而——

两位选手仍然难分伯仲。

"请切换一号车画面。"随着菜月的指示，画面又聚焦到处于领先位置的青山学院大学选手。

"青山学院大学的柳叶选手，速度似乎慢下来了。"一号车的解说员相泽说道。比赛前景变得更加扑朔迷离了。

2

"圭介，你的节奏很不错。一定要记住驹泽大学选手的跑法。从现在开始，仔细观察前面其他选手是怎样跑的。对明年肯定会有帮助。"

3公里处是喊话提醒点。圭介完全赞同从运营管理车传来的建议。

能在实战中与一流选手并肩奔跑，无疑是一次宝贵的经验。此刻，他与那个身穿紫藤色队服的身影仅差3米。

在等候区，圭介向前岛打招呼，对方微笑着回应，态度友善且开朗。对大一新生圭介而言，前岛是声名显赫的前辈，听到他鼓励自己说"我们一起加油吧"，圭介原本紧张的心情也稍稍舒缓了一些。想必他在队伍中也是一位乐于照顾后辈的好前辈。

然而，当他站上起跑线的那一刻，表情瞬间变得严肃起来，仿佛换了一个人似的。

从平冢中继站出发时，圭介和前岛之间的差距约为十五秒，而现在这差距已经可以忽略不计。

这条笔直的赛道两侧被防沙林环绕，雨几乎已经停了，松林阻挡了风力，让这段路跑起来相对轻松。

前岛回头瞥了一眼时，圭介内心判断"有机会超过他"，便立刻加快了速度。

前岛也跟着加速，两人的距离再度拉开至约3米。看得出前岛想甩开圭介，但这次加速的力度并不强。

他是在保留体力。

圭介紧盯着他的背影暗自揣测。

虽然前岛的表情略显紧绷，但仔细观察就会发现，他的体力依然十分充足。从他扎实稳健、一丝不乱的跑姿中就能看出。跟在他身后跑，感觉非常轻松。

这或许就是前岛的比赛策略，当前的配速应是他为后半程所制定的基本战术。

八区大致分为两个部分。

第一部分是从平冢中继站到滨须贺十字路口，全长约9.5公里，这一段路是两侧有防沙林的平坦沿海公路。第二部分是由市中心通往终点的起伏赛道。后半程最艰难的路段当属15公里处、以游行寺十字路口为起点的陡坡。这段爬坡比二区终点线前的"户冢之墙"还要陡峭，犹如一道高墙横亘在选手面前。

圭介盯着前岛的背影，在滨须贺路口左转。

告别湘南的松树林，进入市区。眼前的道路笔直通往终点大手町。

前岛再次略微加快了步伐，圭介紧随其后。

东西大学和关东大学的选手应该就在两人前方，尽管此刻还看不到他们的身影，但想必离得不远。根据刚才在5公里处得到的消息，圭介知道自己的速度比他们更快。

现在还不是采取行动的时候。

圭介一心只想跟住前岛，不断地摆动着双臂，迈动着双腿。

"无论输赢，这些都是宝贵的经验。加油！"

就在此时，圭介脑海中忽然浮现出早上母亲发来的那条短信。

乃木圭介家在品川区经营着一家小型金属模具厂。父亲是社长，负责财务工作的母亲，多少也挂着个专务董事的头衔，员工们都叫她"老板娘"。与神经敏感的父亲不同，乃木的母亲是个乐天派。说是公司，其实不过是一家只有二十名员工的小工厂罢了。

"公司到我这一代就结束了。你们去做自己喜欢的事情吧。"从圭介还是个孩子的时候起，父亲就一直对两个儿子这样说。比圭介年长三岁的哥哥，也确实如父亲所说，选择进入音乐学院深造，立志成为一名小提琴家。

虽然家里从没出过音乐家，但哥哥从小学起就展现出了过人的天赋，所以父亲二话不说为他支付了学费。

圭介很羡慕哥哥。

因为与全身心投入音乐的哥哥不同，圭介没有能让自己如此痴迷、全身心投入的事情。同时，看着哥哥，他也逐渐明白，要想在某个领域有所成就，仅凭喜爱是不够的。

天赋至关重要。

每当听到哥哥拉小提琴，"天赋"一词就会在他脑海中浮现，他觉得用这个词来形容哥哥再合适不过了。

然而，天赋终究只属于少数人，正因如此，它才被称为天赋。

而我一无所有。

圭介曾如此认为。直到他受朋友之邀加入高中田径队后，才逐渐意识到自己也拥有天赋。

在此之前，圭介就觉得自己跑步速度比一般人要快些。然而，真正开始接受田径训练后，他的水平便远远超过了同年级的其他队员。

高一那年，全队只有圭介一人晋级了地区大赛的决赛。虽然那一年他未能进入前八名，但在高二和高三时，圭介连续打入全国高中综合体育大会①的5000米决赛。甚至有箱根驿传的传统强校向他发出了提供奖学金的邀请。

然而，圭介婉拒了这些学校，接受了三原宗司教练的邀请，进入了京成大学。

京成大学是一所私立名门，也是圭介梦寐以求的学府。然而真正打动圭介的是三原的热情，以及其训练计划的合理性。

三原教练详尽地向圭介说明了要在箱根驿传中获胜需要具备哪些条件，以及他将通过怎样的步骤来逐步组建队伍。在详细阐述了自己的计划后，他热情地邀请圭介加入，他说："我们队需要你。"

圭介知道京成大学曾经历过一段漫长的低谷期。但那时，他坚信，三原教练一定能带领队伍登上箱根驿传的舞台。

虽然今年未能通过预选赛，但明年他们一定能站上那个舞台。此刻，圭介充满信心。

而眼前正是一个让圭介检验自身实力的绝佳机会。这无论对圭介个

---

① 是面向全日本高中学生，涵盖田径、球类等多个项目的综合性体育竞技盛会，是日本高中生展示体育实力、培养团队精神与竞争意识的重要平台。

人,还是对整个队伍而言,都是一次千载难逢的良机。

"落后第二名集团五十秒!追得上!"

他的队友,京成大学的饭田宙,拿着水瓶在10公里处的给水站向他跑来。他的神情专注而认真,仿佛是他们自己的队伍正在参加正赛一样。

此时,已经没有防沙林来遮挡寒风了。北风呼啸着迎面扑来,似乎要把人的体温都吹降下来,路旁的助威声也变得时断时续。

当赛道朝着辻堂住宅区前的人行天桥方向延伸,且逐渐变为上坡路时,圭介开始仔细观察前岛的动作。

差不多是采取行动的时候了。

与第二名集团的关东大学选手番道匠,以及东西大学的八田贵也相比,前岛的实力明显更强。

虽然只能想象前方选手的状态,但这场与看不见的对手之间的较量已经悄然展开。

等前岛超过他们的时候,我也跟着超过去。

圭介下定了决心。

穿过高砂的天桥,越过浜见山红绿灯后,道路变得狭窄起来。

双车道变成了单车道,可以看到运营管理车和电视转播车挤在一起,行驶在赛道上。

先是上坡,然后是下坡,而后要穿越引地川。

然而,前岛依然没有加速。

他带着圭介,牢牢地维持着配速,从东海道线和小田急线的铁路桥下穿过。

"圭介,现在还可以放松地跑。不用着急,"运营管理车上的甲斐向他喊道,"过了游行寺才是真正的较量。做好准备!"

圭介举起右手,以示回应。

没过多久,他们越过了藤泽桥的路口,游行寺信号灯也映入了眼帘。一抹钴蓝色的身影在圭介的视野中晃动,那是东西大学的八田。前岛肯定也看到了。

前岛应该会采取行动吧。

然而,从斜后方瞥见前岛略显焦急的神情,圭介意识到自己对局势的判断出现了一些偏差。

前岛真的有足够的体力从这里加速吗?如果他体力不支,就必须伺机率先突围。

是现在吗,还是再等一等——

正当圭介犹豫之时,前岛仿佛洞悉了他的心思,猛然冲了出去。

简直令人难以置信!

圭介一时措手不及。等他回过神来,他和前岛之间的距离已被拉开近10米。

"竟然能在瞬间将速度提升到如此之快?"

在感到惊讶的同时,圭介也立刻加速追赶。就在这时,一道陡峭的上坡猝不及防地出现在他眼前。

这是一条狭窄的单行机动车道,道路两侧是居民住宅和河堤,路旁人群的欢呼声此起彼伏,震耳欲聋。

前岛没有因此受到干扰,继续以惊人的速度向前奔跑,超越了东西大学的八田。

圭介紧随其后。他心跳加速,顶着逆风奋力冲上游行寺的坡道。

这注定是一场艰苦的鏖战。

爬到坡顶时,他已经被前岛拉开了30米。

太快了!

这一瞬,圭介亲眼见证了学生田径界顶级选手的真正实力。然而他也切身感到,对方并非一堵无法逾越的高墙。与生俱来的直觉如此清晰地告诉他。

位于17.1公里附近的铁炮宿十字路口出现在视野中,距离终点还剩

4.3公里。最艰难的路段到了。

这时只听有人在路边喊道:"加油,圭介!加油!"不用回头,就知道那是他的京成大学队友。"冲啊,冲!"

前方,东西大学钴蓝色队服的身影在跃动。再往前,是关东大学队砖红色的队服。

超过去,圭介!

他仿佛能听见在运营管理车中用目光守护着他的甲斐内心的声音。

"无论输赢,这些都是宝贵的经验。"母亲在短信里这么写道。

但是——

我一定要赢。

圭介的意志无比坚定。

决战的号角在他脑海中响起。

来吧!

圭介倾尽全力,向前冲去。

3

"隼斗!隼斗!"

兵吾跑到隼斗身旁,拿着手机给他看实况直播画面。这里是十区鹤见中继站的热身区。

"驹泽大学的前岛正在逼近东西大学的八田,两人间的距离只剩10米!"

解说员提高了声音。电视画面上,八田和前岛之间的差距看上去甚至不足10米,两人几乎是并排的。

身穿黄色队服的圭介出现在他们身后。

"前岛要在游行寺这里发起进攻?"

隼斗惊讶地抬头问道。在游行寺这个难关处,前岛超越了八田。两位夺冠热门选手之间的较量,前岛眨眼之间就获得了胜利。而现在,圭介正从后方迅速逼近。

"此刻,关东学生联合队、京成大学一年级的乃木,紧紧跟在东西大学的八田身后!"

"加油,圭介!加油!"兵吾难掩激动之情。

八田察觉到圭介在接近后,试图甩开他,这一幕被定点摄像机清晰地捕捉到了。

赛道两旁飘扬着无数小旗,欢呼声此起彼伏,这条狭窄的道路仿佛变成了角斗场,充满了压迫感。

在陡峭的斜坡和拥挤的人群中,圭介正试图超越东西大学的选手。

这家伙真厉害!

真不敢相信,作为一名首次参加箱根驿传的大一新生,圭介竟然能如此沉着冷静,这让隼斗深感震撼。

看得出,圭介已经加快了步伐。

他起步迅猛,仿佛要冲破天空的阴霾。从手机扬声器中传出的助威声在风中飘扬。

"冲啊!"隼斗也喊道,"冲啊,圭介!"

八田拼命地摆动手臂、奋力地迈步前行,此时他的上半身已经开始左右摇晃。圭介快速向中心线一侧靠近,与八田短暂并排后,当机立断地实现了超越。

圭介顺势拉开了与八田的距离。兵吾满脸惊讶地说道:"通常情况下,能在游行寺这里实现超越吗?"

但圭介看起来不费吹灰之力,让世人得以一窥他天赋的冰山一角,那与生俱来的才能实在令人羡慕。

学生联合队里竟然有这样的选手?想必所有观看这场比赛的人都会感到惊讶不已。

定点摄像机捕捉到了八田被超越后的神情。他一脸不甘地左右摇头,紧咬着牙,奋力地朝斜坡上冲去。

"对手可是东西大学的八田啊!圭介太厉害了!"

兵吾依旧兴奋不已,大声欢呼起来。就在这时,一句冷冰冰的话插了进来:"你瞎闹什么,白痴?吵死了。"

隼斗循声望去,立刻皱起了眉头,默不作声。

一个身材高挑、身着钴蓝色外套的男子,正用锐利的目光盯着隼斗和兵吾。他留着棕色的短发,还戴着一副墨镜。

此人正是东西大学的安愚乐一树。

"哦,不好意思。"兵吾一如既往地彬彬有礼,赶忙道歉。

"别太得意忘形,学联队的,"安愚乐语气不屑地对兵吾说道,"不管你们跑成什么样,都对其他人没有任何影响。"

隼斗听了他的话,心中很是不悦。"我们可是认真对待这场比赛的。有没有官方纪录,并不重要。"

"不过是些漂亮话罢了,"安愚乐轻蔑地笑了笑,"我一定会彻底击败你们。"

说完,安愚乐迅速转过身去,隼斗甚至来不及反驳。

"真是个怪人。"兵吾皱起眉头,又低下头去看手机上的直播画面。

镜头已经切换到了目前排名第一的青山学院大学的选手。

"对其他人没有任何影响,是吗?"隼斗心底燃起怒火,他自言自语道,"无论别人是否在意,对我们来说,这场比赛意义可大不一样。"

4

德重目不转睛地注视着学联队乃木超越八田的瞬间。

又一个在游行寺诞生的戏剧性瞬间。

作为八区最艰难的关卡,这里见证了多少选手和队伍懊悔的泪水啊。

"竟然如此轻易就被超越了,这不像八田的风格啊。"北村看着两人的攻防战说道。

这是有原因的。

八田参加了十月的出云驿传、十一月的全日本大学驿传,甚至在十二月的日本体育大学纪录赛中也出战了万米比赛。

因为是顶级运动员,他的赛程被安排得非常密集。

在各项重要赛事中频繁启用优秀选手,很可能对箱根驿传的发挥造成不利影响。这种情况与其说是选手的问题,不如说是教练战术安排的问题。昨天,东西大学的王牌选手青木翼在二区表现平平,也并非偶然。

另一方面,驹泽大学的前岛去年年初受伤,勉强参加了出云驿传,却未能进入全日本大学驿传的参赛名单,终于在这次箱根驿传等来了出场机会。他也不负众望,表现出色。

"驹泽大学的前岛圣正在逼近关东大学的番道匠!"

画面切换,安原激动的解说声传了过来。

"开始发力了。"北村自言自语道。一旁的菜月则全神贯注地观察着前岛的跑姿,似乎想判断他还能将速度提升到什么程度。

这是一场让人紧张得屏住呼吸的比赛。关东大学的番道奋力坚守,并未因此退让,反而加快了速度。

三年级的番道,在一年级时首次参加箱根驿传,就被委以八区的重任。那时,他只获得了赛段第十二名,没能达到教练的期望。也许正因如此,去年他被排除在参赛名单之外,只能去给顶替他的一年级选手递水。对他来说,那是一段苦涩的经历。

然而,"教授"名仓去年积极启用一、二年级学生的策略以失败告终,今年的参赛名单以高年级学生为主,番道也得以重返八区。这一次,他绝不能辜负教练的期望。番道有不能输的理由。

"给番道的表情来个特写。"

应菜月的要求,摄像机迅速切换。画面中,番道神情坚毅,目光直视前方。他没有戴墨镜,湿漉漉的头发紧贴在黝黑的额头上,嘴唇微微张开,单眼皮的眼中射出了杀气腾腾的目光。

"这个镜头拍得不错,很有野性。"北村评价道。

畑山也表示赞同:"太帅了!"

一位全身心投入长跑的选手,正倾全力释放着一路积攒的所有能量。不过,这场拼搏即将落下帷幕。

"驹泽大学的前岛,已经与关东大学的番道并排!"安原说道,"现在他正要从人行道一侧完成超越!"

"请摩托车跟上。继续跟拍番道。"菜月发出指令。

此时,驹泽大学的前岛上升到单独第二位,然而,菜月却将镜头锁定在被前岛超越的番道身上。

番道拼命追赶着前岛,他表情狰狞,仿佛一头发狂的野兽。

画面中传递出来的压迫感,让人不禁屏住呼吸。菜月显然是想把这一幕呈现给观众。戏剧性往往在失败者身上展现。而箱根驿传,蕴含着失败者的美学。

前岛与其他选手之间的距离逐渐拉开。

"驹泽大学的前岛超越了东西大学和关东大学的选手,上升到了第二名!咦——"

就在此时,安原的现场解说突然停顿了一下,似乎有些困惑。

两位选手的激烈角逐尚未完全落幕,人们还未及细细回味,另一场对决已悄然拉开序幕。

摩托车拍摄的画面中,出现了另一名选手。

醒目的亮黄色队服——那正是学联队的乃木圭介。他正迅速逼近番道。

"关东大学番道的身后不远处,出现了关东学生联合队、京成大学一年级的乃木！他正快速地缩小差距，现在——他就要超过番道了！"

两人并肩出现在镜头中，德重看得目不转睛。

一名学生联合队的一年级选手，正与学生田径界顶尖的选手同场竞技，并且试图战胜对方。

"哇，哇！这个大一的小子，真是太了不起了！"

畑山站起身来，双臂交叉，紧盯着监视器。

画面再次切回番道的特写，他面露狠色，紧接着镜头中出现了一位不知名的一年级选手。

他的跑步姿势舒展流畅，和比赛开始时几乎没有什么不同。

此时他们刚过了位于19.5公里处的原宿信号灯。八区赛段只剩下最后2公里了。番道眉间的皱纹更深了，他吃力地抬起下巴，表情痛苦。他正拼命地摆动着戴着护臂的双臂，奋力迈动双腿。

乃木移到道路中线，表情镇定，试图向前超越。

"关东学生联合队乃木实现了超越！差距正在不断拉开！"安原的解说，与其说是兴奋，不如说夹杂着几分难以置信。

"这个一年级小子究竟是什么来头？"畑山不知道在向谁发问。德重翻阅着手边的资料，找到了"乃木圭介"的名字。

京成大学一年级学生。毕业于以升学率著称的一贯制私立中学，去年考入京成大学。他的万米个人最佳成绩是二十八分三十八秒……

"就只有这些？"

德重看着仅通过事前问卷调查得到的这点信息，咂了下嘴，无奈地抱起双臂。

与他手中掌握的这些少得可怜的信息相比，此刻在他眼前所发生的一切，实在令人震惊。一颗新星正在冉冉升起。如此形容绝不为过。一位名不见经传的一年级新生，竟然接连超越了两名箱根驿传的明星选手。

乃木超越番道之后，菜月迅速将镜头切换回到了前方的一号转播车。

"青山学院大学的柳叶似乎有些力不从心了。"一号车的解说员相泽说道。画面中,青山学院大学的八区选手柳叶正在向户冢中继站跑去,但速度已明显下降。

"他们离开平冢中继站时,差距将近一分三十秒,现在正在缩小,"主持人横尾接着说道,"他与第二名驹泽大学的前岛差距已经不到200米了。从一号车上可以看到前岛的身影。"

考虑到赛程剩下的距离,要完成超越似乎很难,但战局难料,什么样的情况都有可能发生。

箱根驿传是一场艰苦的比赛。十人接力,每人要跑20公里以上,相当于半程马拉松。

比赛距离越长,不确定因素越多。十名选手都能如预期一样取得好成绩,并不是件容易的事。

身体状况、参赛的动力、天气条件等各种因素,都有可能引发意外状况,有时甚至会让赛前的预测彻底被颠覆。

毕竟,在赛道上奔跑的不是机器,而是一个个有血有肉的人,更何况他们还都是学生。

充满不确定性,一切皆有可能。这正是箱根驿传的魅力所在。

"只剩1.4公里了,加油,青山学院大学!"柳叶脸上满是疲惫,但畑山仍在为他加油。

然而,德重知道这1.4公里并非普通的1.4公里。连续起伏的上下坡,对已经精疲力竭的选手来说,无疑是雪上加霜。

第一段长距离爬坡开始了。爬坡终点位于吹上红绿灯附近。之后是下坡,穿过绿树成荫的道路后,很快又会变为上坡。只要能够爬上这个坡,户冢中继站就近在眼前了,可这看似不远的距离,却仿佛无比漫长。

柳叶的体能和意志力都已逼近极限,可他别无选择,只能以这种状态去挑战这段异常艰难的赛程。

"哎呀,青山学院大学多半能以第一名的成绩完成交接吧?"黑石语气中透着笃定,仿佛已看穿了比赛的走向,接着说道,"青山学院、驹泽、关东、东西,这样的排名顺序不是挺好的吗?"

德重正要提醒他是否忘了什么,对讲机里便突然传来消息,副控制室瞬间一片骚动。

"学联队的乃木正在逼近驹泽的前岛!"

菜月猛地抬头看向监控器,目光死死地盯着屏幕,一动不动。

屏幕上,摩托车的镜头从正面捕捉着前岛奔跑的身姿,此时,一名身穿黄色队服的选手清晰地闯入了镜头之中。

"摩托车,继续跟拍驹泽大学的选手,五秒后切换镜头。"

直播画面一转。"乃木,京成大学一年级学生,关东学生联合队的队员,正在接近驹泽大学的前岛。他这追赶的速度太惊人了!"安原略显慌乱的解说,让现场的紧张气氛愈发浓烈。

"哈?都拼到这份儿上了啊?喂!"畑山一脸惊愕地说道,"这学生联合队,还真有两下子啊!"

镜头捕捉到乃木目光坚毅地凝视着前方。然而,他的视线直接越过前岛,他牢牢锁定的是——领跑者柳叶。

意识到这一点,德重心中大为震惊。

乃木奋力冲刺。

他没有给前岛留下任何反击的机会,瞬间就拉开了彼此的距离。

这居然是一名一年级新生的表现?

即使已经跑了20公里,他的跑姿依旧舒展自如,上半身没有丝毫晃动。在八区的最后阶段,他超越了来自名门强校的四年级选手。他必然付出了巨大的努力,但表现如此出色,不得不说他天赋异禀。

一位杰出的选手诞生了。

然而,电视转播并未能充分地向观众介绍这位选手。

这是节目的一大缺憾，更确切地说，是德重的失职。就在德重暗自自责之际——

"乃木在接到京成大学教练三原宗司的邀请时便坚信：这位教练一定能带我跑进箱根驿传。"

辛岛开口说道。德重不禁挺直了身子。

"长期处于低谷的京成大学，去年在预选赛中位列第十四名。然而，乃木却对我们说：'明年，我们一定能闯入正赛。所以，我要把在这里积累的经验带回队伍，与队友们分享。'今天，他的许多队友也特地赶来，在赛道旁为他呐喊助威。他说：'我不是一个人在战斗，而是与伙伴们并肩作战。'就在刚才，在20公里处，三原教练也为乃木加油鼓劲。京成大学的乃木圭介，来年一定能带领他的队友们重返箱根的舞台。让我们拭目以待！"

"说得真不错。"畑山评价道。一旁的黑石则面露不悦，一声不吭。

谢谢您，辛岛先生。

德重重重地靠回椅背。镜头切换到了户冢中继站，他眼神有些茫然地注视着监视器。

率先完成接力交接的是青山学院大学。然而，第二个到达的队伍既不是驹泽大学，也不是关东大学和东西大学。

身着黄色队服的乃木圭介将接力带交到了学生联合队九区选手松木浩太手中，那白底红字的接力带在此时显得格外耀眼。

完成比赛的乃木并未力竭倒地，而是接过工作人员递来的毛巾搭在肩头，朝着赛道郑重地鞠了一躬，随后便静静地离开了。他神情平静，仿佛刚才激烈的比赛从未发生过。

紧接着，驹泽大学也完成了接力交接。关东大学、东西大学的九区选手飞奔而出，随后，其他各支队伍的选手们也相继出发。

直播画面的右侧打出了八区的个人成绩。

"喂！"畑山看着屏幕，惊讶地叫出声来，"这是真的吗？"

德重和副控制室里的众人都目不转睛地盯着成绩排名，一时无人作声。

排名最上方赫然出现的是乃木圭介的名字。用时一小时四分二十秒。这个成绩足以跻身历史前十。

区间奖本应属于他。

"宫本导演，"这时，负责户冢中继站采访工作的年轻主播小宫问道，"采访驹泽的前岛选手，您看可以吗？"

跑得最快的是乃木，而非前岛。然而，学联队乃木创造的纪录不被计入正式成绩，因此，官方认定的赛区冠军是实际排名第二的前岛。那么，究竟该采访哪位选手呢？

就连菜月也一时语塞。

到底该选谁呢？

德重也在问自己同样的问题。作为一档电视节目，采访哪位选手才是正确的决定呢？对于这个棘手的问题，菜月很快给出了答案："请采访前岛选手。"

菜月选择了规则意义上的赛区冠军。然而，从她紧绷的侧脸可以看出，这只是一个无奈之举，她的内心对此并不认可。

"我们现在采访的是区间奖得主，来自驹泽大学的前岛圣选手。"

户冢中继站的采访正式开始。

"不采访学联队，没问题吗？"黑石问道。

"乃木的成绩只是参考纪录。"德重虽然尊重菜月的决定，可语气中却透着些许勉强。

"就算是参考成绩，那也是选手们认真拼搏的成果吧？"黑石的语气中带着一丝嘲讽，"你总是挂在嘴边的对选手的尊重，到底体现在哪儿呢？"

这番话让人无法反驳。菜月在一旁默默地听着他们的对话。

"我输给了学联队的乃木选手,很不甘心。"

就在这时,一号车的直播画面下方弹出一个小窗口画面,副控制室里的众人都将注意力集中到了对前岛的采访上。

前岛对着话筒,坦诚地说道:"乃木选手的表现非常出色。在最后时刻被他超越,我真的非常震惊。他才是真正的区间奖得主,他的表现出色,当之无愧。如果可以的话,希望今后还有机会和乃木选手同场竞技。"

他给予了对手极高的评价与赞誉。副控制室里一时鸦雀无声,大家都对前岛选手尊重真正胜者的体育精神心生敬佩,紧接着爆发出一阵热烈的掌声。

"前岛选手可真是帮了咱们大忙啊。"北村一边鼓掌,一边感慨地说道。

"说到底,最理解比赛的还是选手们自己。"看完这段采访,德重仰起头,闭上了眼睛。

第九章　杂草的荣光

1

无法分辨究竟是听到了自己的呼吸声，还是仅仅在感知它。浩太奔跑在前往鹤见中继站的路上，冲破那饱含湿气的冰冷空气。

寒风夹杂在沿途观众的欢呼声中呼啸而过，灌入耳中，听起来就像亡灵的啜泣。

"落后青山学院大学的小西大约四十秒。浩太，先冷静下来，按自己的节奏跑。"

刚过户冢中继站，运营管理车便跟了上来，甲斐通过扩音器对浩太说道。他的声音一如既往地冷静。

——先冷静下来。

多亏了这句话，那种好似在柔软棉花垫子上漂浮着奔跑的感觉渐渐消散。与此同时，脚底清晰地传来柏油路面的坚硬触感。

浩太很清楚，当前他需要考虑的，并非领先的青山学院大学选手。

青山学院大学的小西贤是一名速度型选手，具备能在二十七分多跑完10000米的能力，实力强劲，足够胜任这支强队"后二区"选手的角色。他绝非一个可以轻易超越的对手。

问题在于后方的三支队伍。

目前，浩太跑在总成绩的第二位，可以说是超出人们的预期。但他与第三名驹泽大学选手的距离，只有约20米。

时间差约为五秒。

而且在他身后，关东大学和东西大学的选手也紧追不舍，觊觎着更高的名次。驹泽大学的并木雅博、关东大学的荒川凑和东西大学的高梨伊织都是大名鼎鼎的一流选手。对浩太来说，也是在田径比赛中多次挑战却始终无法战胜的对手。

——驿传不同于田径比赛。

在赛前会议上，甲斐反复唠叨过的那句话，此刻在他脑海中浮现。

"这正是你取胜的机会。"甲斐就是这样劝说浩太的。

浩太相信甲斐的话，奋力奔跑。

九区是所有赛段中最长的，全程23.1公里。

在7.7公里左右的权太坂之前，赛道会经历一系列起伏，之后则几乎都是平路。

在这样的赛段中，节奏的掌控至关重要。

如果前半程冲得过猛，后半程极有可能体力不支；而如果为了后半程保留体力，前半程速度就不得不降下来。关键在于制定合理的策略并把握恰当的时机。

与甲斐商议过后，浩太决定先适度放缓速度，同时密切留意周围的局势变化，竭力避免在后半程出现体力耗尽的情况。

跑过1公里标记后，赛道开始出现连续的小起伏。越过矢部町的人行天桥后，他回头确认了与驹泽大学的并木之间的距离。

距离与出发时几乎没有变化，并木显然是打算在后半程发力。

浩太一边思考这些问题，一边注意着自己的跑步状态。

他告诫自己"冷静"，但或许是由于紧张的缘故，身体状态不如往常。

他天生就比较敏感，容易紧张。此时，北风从背后吹来，虽在一定程度上推动着他前进，却也让他有些心绪不宁。

不过，按照一般的局势判断，在通过权太坂之前，比赛应该还会维持胶着状态——在那之前，我必须调整回最佳状态。

就在这时，浩太意识到自己的判断出现了偏差。一个身影骤然出现在他身后。

是驹泽大学的并木。

他是什么时候追上来的？

并木是一位经验丰富的选手，他抓住了浩太回头观察距离时注意力短暂分散的空隙，等浩太察觉时，一切都已为时过晚。

他被并木拖入了一场突如其来的对决。

在这种情况下，率先提速的一方往往占据心理优势。而并木已经参加过三次箱根驿传，对赛道可谓了如指掌。

这突发状况令浩太心跳加速，脸也瞬间变得通红。

并木继续加速，试图超越。

浩太也把速度提了上来，与并木并排。并木的突然加速完全出乎他的意料，他毫无心理准备。

赛道起伏不平。穿过矢部町人行天桥后，赛道转为下坡路段。他们沿着绿树掩映的道路奔跑了1公里多。当东海道线的高架桥映入眼帘时，浩太瞥了一眼左手腕上的手表。

配速比预想的要快得多。这让浩太感到一丝不安，对于接下来的比赛节奏，他开始动摇起来。

是该放慢速度，保存体力应对后续赛程，还是紧跟并木的步伐？

答案很快在心中浮现。

赛程还很长，过早地改变比赛计划风险太大。

浩太选择了放慢速度，而并木则逐渐与他拉开了距离。

"他能将这个速度保持到终点吗？"

望着他的背影，浩太心中涌起阵阵疑问，而并木的步伐却坚定而有力，没有丝毫迟疑。

这就是顶级选手的跑步方式吗？这就是他超越我的原因吗？

此刻，浩太内心深处那潜藏着的自卑情结愈发强烈了。

并木从大学一年级起就参加了箱根驿传，毕业后即将加入实业团，极有可能成为一名成功的职业选手。他的人生道路可谓一帆风顺。

反观浩太，他所在的清和国际大学，过去四年纵有北野教练的指导，却一次都没能闯入决赛。单论万米成绩，浩太的个人最佳纪录与并木相差无几。

然而，浩太却始终只能在无人问津的角落里默默奔跑，过着不被人知晓的日子。他就如同那被困于井底的青蛙，从未受到过他人的关注，也不曾被寄予厚望。一方是连续入围箱根驿传的传统强校，另一方是缺乏大赛经验的弱队，两者如同向日葵与杂草，存在着一种从一开始就难以逾越的结构性劣势，即便努力也难以向上攀爬。

他们途经王子神社，穿过柏尾小学入口的信号灯。跨过柏尾人行天桥，绕过名濑路高架桥。在这过程中，并木的背影在浩太的视野里越来越小，不久之后，一辆转播车插入他们之间，他的身影便彻底从视野中消失了。

差距真的如此之大吗？

这突如其来的残酷现实令浩太一时难以接受。

这时，他感到大腿有些异样。

"没事的。"浩太在心中默念。其实，那疼痛并不明显，而且似乎也不会影响到他的步伐。

"浩太，你现在的配速是每公里三分钟。"后方驶来的运营管理车上传来甲斐的声音，紧接着，他问了一个出乎意料的问题："你的腿怎么样？"

2

——你的腿怎么样？

计图简直不敢相信自己的耳朵。

他不由自主地从后座探出身子，看向甲斐，然后又透过前方车窗审视浩太的跑姿。

仔细想想，就在不久之前，当车子行驶至距离起点约4公里的不动坂，通过信号灯时，甲斐就把头伸出副驾驶的车窗，观察着浩太的跑姿。他当时一定就在观察什么。

接着，甲斐闭上眼睛，仔细聆听着。正好是沿途欢呼声最为稀疏的一段路。

冷风灌入车内，坐在计图身旁的竞技运营委员成员户田一脸疑惑地看向甲斐，似乎在问："你到底在做什么？"

"现在不必勉强。试着放慢速度。不要在这里逞强。保持耐心，浩太。"甲斐做出指示，浩太抬起右手回应。

"教练，"待甲斐说完，计图不解地问道，"您究竟是怎么看出浩太前辈的腿有问题的？"

"触地的声音与状态好的时候不一样。"

"声音……？"计图惊讶地重复道。他原本以为甲斐是从浩太的跑姿中发现了异常，没想到竟是跑鞋触地的声音。

身体的摆动方式、跑姿的特点、面部表情，以及跑鞋发出的声音——所有这些都成了甲斐判断选手状态的依据，也难怪他能比其他人更早地看出问题。

原来如此。

计图在后座叹了口气，转身确认追在浩太身后的几名选手的位置。

穿着砖红色队服的选手就在浩太身后，距离大概30米。那是关东大学的荒川。在荒川后面，应该是东西大学的高梨。

第三集团正在形成。

路边商店里竖起的旗帜在风中猎猎作响，雨已经停了，潮湿的路面很快就变干，露出了黑色的底色。

浩太与领先的青山学院大学选手之间的差距大约是九十秒。从电视画面中能获取的信息倒推，他与驹泽大学的并木之间的时间差，目前大概有十秒左右。

甲斐注视着浩太奔跑的样子，神情愈发凝重。计图的脑海中浮现出六区猪又丈摔倒的意外场面。

如果九区也发生类似意外，他们就再也没有追赶的机会了。

车子绕过二号高速环线，缓缓驶过芹谷住宅区的入口。

再往前数百米，从坂下口处开始，赛道便会进入一段漫长的上坡路段，途经山谷的信号灯后，就到了权太坂的陡坡。

计图屏住呼吸，目不转睛地注视着浩太的身影。就在这时，他忽然察觉到关东大学的荒川已经逼近了他们的运营管理车。

"请靠边让行，让选手通过。"

在赛道管理员久山的示意下，司机谷本将车缓缓靠向路肩，为荒川让出道路。

浩太是否注意到了荒川的逼近呢？

该怎么办？计图心中正犯着嘀咕，犹豫着该怎么办才好。就在这时，透过敞开的车窗，他听到路边观众高喊："后面追上来了！"浩太闻声回头，脸上露出焦急的神色，这让计图更加担忧。

浩太没有把速度提起来。也许有什么东西在阻碍他提速。

——浩太前辈。

计图紧盯着浩太，眼神中满是期盼。就在下一秒，他终于看到浩太有所动作，步伐明显加快，开始朝着眼前的权太坂发起冲击。

绝不能再被任何人超越。

浩太怀抱着这份坚定的信念，奋力奔跑着。这是一场纯粹意志力的较量。

浩太与关东大学的激烈对决即将上演。

3

"这坡，看起来真的很难爬啊。"

畑山的话不难理解。八区的游行寺和九区的权太坂是回程的难点路段，足以左右比赛的走向。因此，节目组在这两个地点设置了定点摄像机，捕捉选手们奋力征服难关的瞬间。

权太坂起于山谷的十字路口，止于狩场町第三人行天桥前，全长约1公里。坡道起点与终点的高差达到26米。即使成功征服这段艰难的坡道，距离鹤见中继站仍有15公里。这段赛程是所有区间中最长的，无疑是对选手耐力的严峻考验。

德重注意到，与自信满满的荒川相比，松木浩太的表情略显僵硬。这是荒川第三次参加箱根驿传，也是第三次负责九区，因此他对节奏的把控、赛道的状况乃至周边的氛围都了然于胸。他跑风稳健，在人才济济的关东大学队中，他算得上是"教授"名仓最器重的选手之一。

来自东西大学的高梨伊织略微落后于松木，他同样也是箱根驿传的常客。在最后阶段角逐冠军的选手包括青山学院大学的小西贤和驹泽大学的并木，他们都是日本大学生田径界的明星级人物，也是箱根驿传爱好者们熟悉的面孔。

跻身其中，松木显得有些格格不入。

清和国际大学从未参加过箱根驿传正赛。四年前学校提出了强化队伍的方针，并聘请刚从实业团退役的北野公一担任教练。去年预选赛第十三名的成绩，似乎印证了北野教练的努力已初见成效。

然而，对绝大多数箱根驿传的观众而言，清和国际大学仍然是一支陌生的队伍。外界对这支队伍的构成、选手的实力几乎一无所知。从这样一支队伍中被选拔出来,在高手如云的九区,松木浩太的名字几乎无人知晓。

手头的资料显示,松木在跑道上的成绩颇为出色。但此前他被驹泽大学的并木轻而易举地超越,此刻又眼看要被关东大学的荒川赶过。他当下的表现与个人最佳纪录大相径庭,显得十分平庸,仿佛注定要被赛场上那些气场强大、实力出众的选手们的光芒所掩盖。

松木在九区时以第二名的顺位接过接力带,但在比赛初期就已落后于两名选手。

"学联队在八区是超常发挥。"畑山俨然一副评论员的口吻。

紧接着,黑石带着一丝嘲讽的意味说道:"接下来,最好是东西大学能反超学联队。这样收视率肯定会更高,你说是不是,北村?"

作为《箱根驿传》电视节目的制作人,他们应该如何报道关东学生联合队的突破?到目前为止,德重和菜月都没有正面面对这个问题。

这支队伍在比赛中既不参加名次争夺,也无法创造纪录,要如何才能准确展现他们所面临的困境?然而,他们正竭尽全力地奔跑着。尽管他们默默无闻,但德重亲眼见证的,却是一场纯粹而认真的拼搏。

荒川和松木之间的差距继续扩大。

松木痛苦地扭曲着脸,头也微微歪斜,甚至露出了牙齿,但是速度没有提上来。

"他究竟在为什么而战?"德重不禁自问。

是为了那仅仅作为参考的成绩和排名,抑或出于跑者的本能?他翻看着手边松木浩太的资料,其中松木写下了他对箱根驿传的抱负。

——我想为那些一直以来支持我的人奔跑。

原来如此。看上去似乎是千篇一律的一句话,却道出了所有参赛者的心声——他们都在周围人的支持下奋力奔跑。

不一会儿,松木的身影便被赛事运营车辆遮挡,消失在了视野之外。

松木每公里用时已经超过了三分钟,即使考虑到上坡路段的影响,这个速度仍然显得过慢。眼看他就要被东西大学的高梨超越,甚至还有可能被其他后方选手超越。

本届学联队的表现可圈可点,堪称前所未有。但此刻,他们似乎已是强弩之末。对学联队而言,这或许预示着比赛即将终结。

4

"清和国际大学的北野先生来过电话。"

浩太房间的桌子上,放着母亲留下的一张便条。

参加完公立高中的就业说明会的浩太刚刚回家。

他的多数同学都即将踏入大学校门,而他却选择了就业,这很大程度上是受家庭环境所迫。

浩太一家在富山市经营一家和食①餐馆。

这是一栋三层楼的建筑,二楼和三楼是住宅,一楼是店铺。曾在东京名店"志乃原"进修过的父亲担任主厨,母亲则负责店内的日常事务。店里还有一名学徒,名叫内野健一,大家都叫他小健。忙碌时,他们还会雇一名兼职人员帮忙。

餐馆虽然规模不大,但历史悠久,从祖父那一代创业至今已有六十余年,是当地一家颇具口碑的老店。如今二楼是住宅,但在祖父在世时,二楼也曾是用餐区域。

店名就叫"松木",与家族姓氏相同。

然而,随着祖父的离世,店里的厨师就只剩下父亲一人。餐馆不得不缩减规模,仅保留了一楼作为店面。那一年,浩太正读小学四年级。此后,餐馆的经营日益艰难,松木家没有足够的经济实力让浩太在大学里悠闲地度过四年时光。

---

① 即日本传统饮食。

"等你高中毕业后,就去'志乃原'当学徒,然后回店里帮忙。"

父亲一直认为,如果浩太能够成为一名正式厨师,回来打理店铺,那么"松木"便有可能重现昔日的辉煌。如今,餐馆日渐没落,作为松木家的第三代,浩太肩负着重振家业的重任。

去餐馆当学徒宜早不宜迟,父亲也是高中毕业后就离家学厨。"在家里容易松懈,最好还是到外面多加历练。"这是祖父的教诲,父亲一直谨记在心。

浩太糊里糊涂地便打算接受摆在眼前的这条道路。然而,每当他试图展望未来,那图景却如同一张失焦的照片,模糊不清。

成为一名厨师,继承家业。这条路真的是自己想走的吗?浩太心中并不确定。但另一方面,他也找不到其他想做的事情。

浩太犹豫不决。

就在这时,他接到了北野打来的电话。

"清和国际大学……"

浩太看着母亲留下的字条,喃喃自语道。他听说过这所大学,但对其具体情况并不了解。北野这个名字他也毫无印象。况且,字条上并未留下任何联系方式,这让他一时之间也不知道该如何与对方取得联系。

"这是什么啊。"浩太将字条揉成一团,扔掉了。

然而,当天晚上,那个"清和国际大学的北野"再次给他打来了电话。

"是浩太吗?我是清和国际大学的北野。清和田径队的教练。"

接到电话时,浩太正在店里帮忙。由于店面的后厨与家中的电话是同一个号码,他便接了起来。

"田径队……?"浩太复述道。他正在厨房水槽边洗碗,用下巴和肩膀夹住电话听筒,在围裙上擦了擦湿漉漉的手。

"实际上,我这次打电话是想向你介绍一下清和国际大学的情况。"令浩太惊讶的是,北野打来电话竟是为了邀请他加入清和国际大学的田径队。"我们一直在寻找有潜力的长跑选手。如果你有兴趣的话,我们可以直接见面聊一聊。你觉得怎么样?"

"为什么会找上我?"

浩太带着一丝犹豫开口问道。回首高中三年,他曾全身心投入田径赛场,一心向着全国高中综合体育大会的目标奋力拼搏,可惜最终未能得偿所愿。

"其实,前几天我看了你在地区选拔赛中的表现。"

浩太含糊地应了一声。那场比赛倾注了他高中三年所有的努力,却只获得了第七名,无缘全国锦标赛。即使前几名选手中有人放弃资格,也没有递补的可能。

"你还有很大的提升空间。要不要一起以'箱根'为目标?"

邀请突如其来。"箱根驿传吗……"浩太意识到北野说的"箱根"是指箱根驿传,喃喃自语道。

尽管箱根驿传令人向往,但突然被问及是否以此为目标时,他却迟疑了。毕竟,他已决定毕业后到餐馆当学徒。

"等等,您的意思是,要我去上大学?"店内喧闹不已,点餐声和欢笑声不时传来,浩太压低声音问道。"我家没钱供我上大学。"

浩太委婉地拒绝,但北野并未放弃。

"能不能先听我说说?我们直接见面谈谈。"

第二周北野如约来到富山县,亲自拜访了浩太所在的高中。

他带来了清和国际大学体育特长生的推荐名额,并承诺提供丰厚的奖学金。如果入住田径部的宿舍,几乎不需要承担生活开销。

这无疑是一个极具诱惑力的提议。

跑箱根驿传——这个他曾经连想都不敢想的目标,此刻竟然如此清晰地呈现在他眼前。那一刻,这个目标仿佛散发出耀眼的光芒,让浩太感到既兴奋又炫目。

然而,接受大学的邀请,对他和他的家庭来说,都是一个重大的抉择。

他早已向家人表明了毕业后便工作的想法,现在改口说想上大学,实在难以启齿。

进退两难之际,浩太向他的体育老师兼田径部顾问坂上寻求了建议。

坂上默默听完浩太的话,认真地看着他。

"你,真的想跑'箱根'吗?"他问道。

看似简单的问题,却像一把刀,直直地抵在了浩太的喉咙上。

长时间的沉默后,浩太仿佛用尽全身力气才挤出一句话:"我想跑。"

这短短的三个字里蕴含着巨大的决心。选择去清和国际大学,意味着他将违背父亲一直以来的期望。

"以全国的标准来衡量,你现在的水平,绝对只能算是二流。"坂上静静听完浩太的回答,认真地看着他。

"清和国际大学的田径队还没有什么成绩,因此难以招到顶尖的选手。也正因为这样,北野教练才会把目光放在那些现在还不够突出,但只要好好培养就能发光发亮的璞玉——比如你这样的学生身上。这固然值得感激,但通往箱根驿传的道路注定充满艰辛,绝非坦途。即便努力四年,也未必能进入正赛。你能接受这样的结果吗?"

这里是位于体育馆旁的教师办公室。坂上转动椅子,正对着浩太,双手自然地放在腿上,目光仿佛要看穿他的内心。

浩太心中的疑虑并未完全消散。

然而,箱根驿传的目标仿佛成了他唯一值得追逐的梦想,一个无可替代的目标。与全国锦标赛失之交臂的挫败感始终萦绕在他心头,他渴望在大学的舞台上弥补遗憾。一旦选择就业,就将永远失去这个机会。

他内心有个声音在低语:继承家业可以等到大学毕业之后。

"我愿意去。"

这一次,他很快便做出了回答。坂上凝视着眼神坚毅、满是决心的浩太，轻轻地叹了口气。

几天后，坂上亲自登门拜访，向浩太的父母说明情况，力劝他们同意浩太去清和国际大学。

浩太至今仍清晰地记得那次见面时父亲脸上苦涩的表情。

听完坂上的话，父亲沉默不语。良久，他才缓缓开口道："我明白了。以后就拜托您多多关照了。"说完，深深地鞠了一躬。

"大学四年或许是一段迂回的路程，但绝不会白白浪费浩太的人生。"坂上说道，然后转向浩太，"松木，这真是太好了。但真正的挑战现在才刚刚开始。既然决定要做，就必须全力以赴。只要肯努力，就一定会有所收获。"

5

然而——世上确有徒劳无功的努力。

这一点，浩太比任何人都清楚。过去的四年时光让他逐渐明白，这句话看似是讽刺，实则是不争的事实。

北野从全国各地招募来的选手，用一句话概括，可谓是鱼龙混杂。

而北野本人是一位冷酷的现实主义者。

他在队内拥有绝对的权威，独揽大权，为了让队伍获得箱根驿传的出赛资格，不惜一切代价，至于精神层面的论调或是安抚人心的手段，则一概没有。

但他带领队伍征战箱根驿传的热情与决心是毋庸置疑的。无论他对队员的要求多么严苛，在朝夕相处之间，浩太和其他队友都能深切而强烈地感受到那份热忱。

起初，队内有人对教练的训练方式颇有微词。

在队伍中，浩太总是扮演倾听者，默默听他们抱怨。北野教练的确非常严格，他鞭策队员，有时还会布置高强度的训练任务。然而，浩太从未对此感到不满，也从未觉得这样的训练方式有何不妥。

如果他们这些二流选手只是像其他人一样进行普通的训练，那么就只能永远停留在二流水平。

想要在地区比赛中一雪前耻，在箱根驿传的赛场上与全国顶尖的速度型选手一较高下，刻苦训练是理所当然的。

然而，部分老队员对这突如其来的训练方针转变深感困惑，那些难以适应北野教练所营造的全新氛围的人，最终还是选择了离队。可以说，清和国际大学田径队的团队文化经历了一次彻底的洗牌。

而留下来的队员们最终也认可了北野教练的指导方针。

因为他们亲眼见证，这支原本表现平平的队伍在大大小小的比赛中取得可喜的成绩，整体实力也在稳步提升。

"只要跟随北野教练，就能变得更强。"这样的信念在队中迅速扩散开来，队友们眼中也渐渐焕发出不一样的光彩。

不久后，秋季的箱根驿传预选赛如期而至。

清和国际大学队惨败，仅位列第二十五名。尽管浩太当时还是一年级新生，但作为主力选手之一，他深感沮丧。

那一刻，他深刻体会到，箱根驿传的难度远超想象。

选手的个人能力再突出，也难凭一己之力叩开箱根驿传的大门。

预选赛中，每支队伍派出十到十二名选手，取前十名选手的总成绩来决定最终的入围名单。这不仅需要选手具备过硬的个人实力，更需要队伍拥有深厚的人才储备，而这恰恰是他们的短板。

半程马拉松对选手的长距离能力有着极高的要求，想要组建一支能够与顶尖强校抗衡的队伍，绝非易事。箱根驿传预选赛是一场特殊的较量。

优秀的人才往往会被传统强校优先招揽，来到这里的多是像浩太这样，目前还算不上顶尖的选手。他们如同未经雕琢的璞玉，需要精心打磨方能绽放光彩。为了挖掘这些潜在的人才，北野教练走遍了全国各地。

但是这些璞玉能否如期待的那样绽放光芒,却是一个未知数。

第二年的预选赛,清和国际大学的成绩有所突破,进入了前二十名,最终位列第十九名。虽然名次有所提升,但仍然未能摆脱被淘汰的命运。

"需要你来带领队伍前进。"在北野教练的嘱托下,升入三年级的浩太成了队长,并向队员们提出了"带教练去箱根"的口号。

他对此深信不疑。北野教练广纳贤才,聚集了一批潜力不俗的选手,可以说一切都已准备万全。

然而,这一次他们满怀信心地迎接预选赛的挑战,最终却只获得了第十五名。

成绩公布的那一刻,队友们瞬间崩溃,当场失声痛哭起来。浩太则呆呆地站在那里,目光茫然地凝视着台上的排名榜。他的脑海中不禁浮现出高中恩师坂上说过的话。

——但通往箱根驿传的道路注定充满艰辛,绝非坦途。

我们已然拼尽全力,倾其所有,却依旧无法在预选赛中脱颖而出。

队员们几近陷入绝望的深渊,此时北野教练却向他们说道:"我们的努力还远远不够。"

真的是这样吗?浩太心中满是疑惑。我们的努力真的还不够吗?这个问题一直萦绕在他的心头,却始终没有答案。

"我们被淘汰了。"那天晚上,浩太打电话将队伍落选的消息告诉了父母。接电话的是母亲,浩太开口前她就已经得知清和国际大学在预选赛中失利的消息。

"等一下,我让你父亲来接电话。"母亲说完,便将电话递给了父亲。

"这种事情时有发生,也是无可奈何。真是可惜。"电话那头,父亲的声音比往常更加低沉。随后,是一阵漫长的沉默。

父亲的沉默背后其实另有隐情。除了浩太队伍在预选赛中失利这件事外，还有一件重要的事情。直到父亲缓缓开口，浩太才终于知晓了其中的真相。

"浩太，听我说，我决定把店关了。"

浩太轻轻地"啊"了一声，便再也说不出话来了。

"最近这段时间，店里生意一直不太好。附近新开了几家店，多多少少也影响到我们了。能想的办法我们都试过了，客人没增加，欠的钱反而越来越多。没办法，我就去找了柳田先生，他真的帮了我大忙。"

柳田先生是县议员，同时也是本地一家酿酒厂的次子，在当地颇具名望，积极参与地方政治事务。

他也是"松木"的常客。

"立川那家连锁酒店打算在富山开分店。他们正在招主厨，多亏柳田先生的推荐，我才拿到了这份工作。"父亲的语气很平静，缓缓地诉说着这一切：为了偿还银行的贷款，他打算将房子和店面都卖掉，用剩余的资金支付健一的遣散费，然后一家人搬到市区的一套公寓居住。

"什么？这……我竟然一点都不知道。"

"我不想让你分心。"父亲知道浩太正在全力备战箱根驿传，不希望家里的事情影响到他。

"不要为家里的事操心。很遗憾没能将店面留给你，但你要明白，世事就是如此。无论如何，你都要全力以赴，争取明年能够参加箱根驿传。"

如果自己高中毕业后立即去做学徒，回来帮衬家里，或许这一切就不会发生。

一股强烈的悔恨涌上浩太的心头。

"已经最终决定了吗？我现在就可以退学，回店里帮忙。"浩太脱口而出。但父亲只是苦笑了一下。

"什么事都有个头儿。现在，是时候了。"父亲的语气，听起来像是在对自己说。对他而言，从祖父手中继承下来的店面，一定是倾尽全力也想要守护的东西吧。他做出放弃的决定时,内心又经历了怎样的挣扎呢?浩太不得而知。

即便如此,父亲也从未要求浩太回来帮忙。这对他来说,是多么艰难和痛苦的抉择。

"你教师证都考下来了,仔细想想,当老师确实比继承家业要稳定得多。你应该去过自己的人生,就这样好好走下去。"父亲说出这番话时,内心不知承受了多大的煎熬。想到这里,浩太不禁哽咽起来。父亲继续说道:"我和你母亲都盼着在箱根的赛场上看到你。明年一定要通过预选赛,好好努力!"

6

获得箱根驿传的参赛资格是清和国际大学队的夙愿。

队员们以"带教练去箱根"为口号,倾注了最大的努力和热情投入训练,然而——

结果是再一次与箱根失之交臂。

他们再次体会到,努力并不一定总能换来回报。

跑至8公里处的权太坂顶端,道路由单车道拓宽为双车道,视野也随之变得开阔起来。穿过市立儿童公园入口的红绿灯后,道路变为一段下坡路,漫长而痛苦的爬坡终于结束了。

浩太与前方领跑者荒川之间的距离却越来越远。

内心的焦躁不安逐渐吞噬了他的冷静。

难道我的实力就只有这种程度吗?

心里充满了愤怒、沮丧和无力感。就在注意力快要涣散之际,一名选手趁着他恍神的瞬间追了上来。那是身穿钴蓝色队服,来自东西大学的高梨。

高梨悄无声息地出现在浩太身边,没有丝毫并肩同行的意思,随即果断地加速，超越了浩太。

浩太拼尽全力紧追不舍。

"如果在这里放弃，就真的彻底输了！"浩太在心中不断告诫自己，绝不能就此认输。然而，高梨那轻松自如的跑姿，仿佛在无声地嘲笑着他的抵抗。

太快了。

浩太奋力追赶，此时的速度恐怕已经超过了每公里两分五十秒。猝不及防地被卷入这场突如其来的竞争，他还没来得及做出反应，便已落在了后面。

现在，他与高梨之间的距离大约3米，只要稍有松懈，这差距便会立刻拉大。

他只能竭力维持住这个距离。这时，坂上老师说过的话再次在他脑海中浮现。

——浩太，你现在的水平，绝对只能算是二流。

就在此时，他注意到高梨脚上穿着亚瑟士的新款跑鞋。

那很可能是尚未公开发售的测试款。

高梨是名门大学的明星选手，顶级的跑鞋品牌自然会为他提供特别定制的装备。而浩太脚上穿的却是亚瑟士的旧款，这双鞋他一直精心保养，只在比赛时才舍得穿上。

高梨和他之间仅仅相隔3米，但在浩太看来，这距离却仿佛天堑，横亘在他们之间。

这个差距似乎已经难以缩小。

——到头来，终究只能被他远远甩在身后。我赢不了他。

一股强烈的自卑感和绝望感瞬间攫住了浩太的心。各种负面情绪在心中翻涌，无法宣泄，让他感到无比煎熬。就在此时——

"浩太，浩太。"

他突然听到有人呼喊自己的名字，这才从纷乱的思绪旋涡中挣脱出来。是甲斐的声音。

"抬头看看天空。"甲斐的声音通过运营管理车上的麦克风清晰地传来。

什么?

听到这突如其来的一句话,浩太下意识地抬起头,将原本紧盯着前方钴蓝色身影的目光转向了远方天空。

只见一道圣洁的光芒从云层的缝隙中倾泻而下,在此之前,天空一直笼罩在厚厚的云层之下。此刻,光线如同无数闪耀的粒子,从天空中洒落,仿佛一颗颗晶莹的弹珠落入透明的容器。宛如一座闪耀着神圣光芒的天然方尖碑,傲然矗立在那里,仿佛在向他发出无声的邀请。

看到这一幕,浩太猛地恢复了清醒。

路边的欢呼声如海浪般袭来,再次清晰地传入他的耳中。

"四年来,你已经竭尽全力了。"甲斐说,"现在要做的,就是带着自信去奔跑。你有自己的跑步方式。作为一名跑者,找回你应有的骄傲。现在,就是最好的时机!"

浩太摆动双臂,一步一步蹬踏着地面,认真聆听着甲斐的话。

"浩太,放下所有的包袱。放松些,把肩膀也松下来。调整好呼吸,朝着那道光芒奔跑。去吧,带着美好的感觉去奔跑。比赛才刚刚开始。"

不知为何,他的泪水开始在眼眶中打转。

浩太一边奔跑,一边抬起头,凝望着天空。透过乌云的缝隙,他看到了近乎群青色的天空。那片天空之下,一定蕴藏着未来的希望。

他仿佛看到了属于自己未来的方向。

他咬紧嘴唇,将目光重新投向前方赛道。

他的手臂开始能够自如地摆动起来。

双腿也随之开始有力地向前迈进。

跑鞋落在地面上,发出轻快而令人愉悦的声响。那种如影随形的压迫感,如同被施了魔法一般,消失得无影无踪。他的身体也变得轻盈舒畅。一定是那片天空馈赠的礼物,浩太心想。

就在这时,清和国际大学的队友稻本圭双手紧握着水瓶,跑了过来。

"和东西大学选手相差二十秒!坚持住!"稻本圭的表情格外用力,仿佛自己也和浩太一起跑了10公里。"还没结束!你一定能做到!"

浩太接过用蓝色胶带缠好的运动饮料瓶,平静地喝了一口。

此刻,他不再退缩,也不再胆怯。

我,就是我。

"谢谢!"

浩太将水瓶递还给稻本圭,随即加快了步伐,朝着前方那个钴蓝色的身影追去。

7

"真是一场精彩的比赛啊。"

北村坐在德重身旁,自言自语道。

青山学院大学的小西率先经过高岛町十字路口,此处距离起点户冢中继站约14公里。

在他身后50米处,驹泽大学的并木正以惊人的速度奔跑,很有希望刷新区间纪录。

关东大学的荒川落后约100米。东西大学的高梨紧随其后,落后约十五秒。相较之下,学联队的松木明显逊色,逐渐被拉开了距离。

如果局势保持不变,包括东西大学在内,目前排名前四的队伍都有机会争夺冠军。比赛进行到九区,四支队伍之间的差距依然如此微小,预示着这将是近年来竞争最为激烈的冠军争夺战之一。

"请介绍白摩托车警官。"

在菜月的指示下,镜头切换到一号车拍摄的神奈川县交警队员的特写画面。

"首先，中心线一侧是神奈川县第二交警机动队的小林夏美警官。"

辛岛仔细介绍了警官的姓名、所属单位，以及赛前接受采访时的感想。或许观众并未特别留意，但这一切都离不开警方的全力配合。如果没有警察们牺牲新年假期，承担起交通管制、沿途安保，以及为选手开道等工作，箱根驿传就无法顺利举行。

"接下来请切换直升机画面。"随着九区比赛接近尾声，菜月发出的指令也变得愈发果断迅速。

一号车传回的画面显示，领先的仍然是青山学院大学的选手。

"青山学院大学的小西选手暂时领先，但他的速度似乎有所下降。"

解说员相泽没有错过任何细微的变化。这需要丰富的经验才能察觉，仅凭画面很难判断。

"速度降至每公里两分五十五秒。"赛道旁的工作人员发回了报告。

听到这一消息，北村猛地站起来，激动地说道："出现逆转的机会了！"

而在小西身后，驹泽大学的并木、关东大学的荒川，以及东西大学的高梨，正以比小西更快的速度奋力追赶着。

"驹泽大学的并木，正在迅速缩小与小西之间的差距。"副控制室再次变得忙碌起来。

摩托车上的摄像镜头正对准并木进行特写，清晰地捕捉到他奋力追赶时专注的神情。他双目炯炯有神，坚定地注视着前方的目标。他的上半身几乎纹丝不动，如同被固定住一般。

"终结者？"畑山的评论非常到位。

"切换到三号车画面。"

菜月毫不犹豫地下达了指令，果断地切换了镜头。看到三号车传回的画面，德重简直不敢相信自己的眼睛。

东西大学的高梨刚刚超过学联队的松木，排名上升到第四位，目前正在奋力追赶关东大学的荒川。

然而,在从正面拍摄的镜头中,高梨的身后竟然出现了一个意想不到的身影。

"是学联队的,他追上来了!"畑山一眼就认出了来者,"他还在坚持?我还以为他早就掉队了。"

北村也紧盯着屏幕,脸上写满了惊讶。

"松木的速度已经提升到了每公里两分五十秒。照这样下去,他完全有可能追上东西大学的高梨。"

这简直令人难以置信。

德重注视着工作人员屏幕上的各项数据,目光又移向三号车屏幕上的松木。

他很强。

这个念头再次在他脑海中浮现。他原本觉得学联队要是能跑到第五名,就已经相当了不起了,但松木显然并不满足于此,他的眼神中透露出对更高名次的强烈渴望。

"三号车镜头拉远一些,对准学联队的松木选手。稍后再切回来。"

听到菜月的指令,德重倏地站起身,双手叉腰,紧盯着监视器屏幕。

"这种关键时刻,把镜头给学联队干什么?"黑石的抱怨传入德重的耳中。"他们没什么可拍的。"

菜月显然也听到了这句话,她神情严肃地摘下耳机,转过身来。这时,北村挺身而出,语气坚定地反驳黑石:"没有不值得拍的选手。每一位选手都有自己的故事。无论他们来自名校还是学联队,此刻都站在这个决赛的舞台上拼搏。"

黑石听出了北村话语中的不容置疑,不屑地哼了一声,随即便转过头去。畑山若无其事地揉了揉鼻子。

三号车的摄像镜头灵活地调整着角度,终于捕捉到了学联队选手松木的身影。

"现在排在第五位的是关东学生联合队的选手,"辛岛的解说适时响起,"他是来自清和国际大学的四年级学生松木浩太,他的家乡是富山县。这是他第一次,也将是最后一次参加箱根驿传。松木的家人在富山市经营着一家餐馆。他说:'我本该继承家业,却没能兑现这个承诺,实在对不住父母。但是通过田径运动,我收获了许多宝贵的经验。我学会了信任朋友,珍惜同伴之间的情谊,也体悟到了拼搏奋进的意义。'四月,他就将回到家乡,成为一名高中教师。他曾对我说,希望能把自己在田径运动中所学到的一切,传递给未来的学生们。"

副控制室里,每一个人都在忙碌地处理着各自手头的工作,却也都不约而同地认真聆听着辛岛的现场解说。

松木的表现令人刮目相看。

"他或许没什么名气,但在这次比赛中,他展现出了真正的实力。"德重自己也有些惊讶,他竟情不自禁地大声说了出来,"我相信这一定会深深地打动观众的心。"

"领先者要易位了!"

就在这时,一号车的主持人横尾突然提高了音量,激动地喊道。冠军争夺战的白热化程度瞬间升级。青山学院大学的小西未能提升速度,眼瞅着就要被驹泽大学的并木超越。

"终于——驹泽大学的并木雅博超越了青山学院大学的小西贤!"

看着那抹淡紫色的身影向前疾驰,德重感到一股难以抑制的兴奋之情从心底涌起,身体甚至微微颤抖。

屏幕上的排名瞬间发生了变化:驹泽大学跃居首位,青山学院大学紧随其后,位列第二,关东大学和东西大学分列第三、四位。紧接着,屏幕上出现了"关东学生联合队"的字样,以"OP"代替了排名。

自二区之后便一直未能领跑的驹泽大学,终于再次夺回了领先的位置。

随着逐渐靠近横滨站,沿途的景致也渐渐被钢筋水泥构筑的城市景观所替代。前方,驹泽大学的并木即将抵达位于横滨站附近、距离起点约14.4公里的补给站。

菜月随即说道:"横滨站定点摄像准备。五秒后切换画面。"

接到菜月的指令,镜头迅速切换到一条宽阔的四车道公路上,公路宛如一条黑色的长蛇,在高速公路立交桥下蜿蜒延伸。

8

——可恶,我超不过他!

前方,和东西大学高梨之间的差距并未如预想中迅速缩小,至少还有30米。

高梨也察觉到浩太正在后方逼近,于是加快了速度,试图拉开与浩太的距离。

浩太拼命追赶着高梨,一直在寻找超越的机会,但高梨始终没有露出任何破绽。

高梨对这条赛道了如指掌,也深谙如何掌控比赛的节奏。

从过了10公里处的补给点附近开始,浩太与前方东西大学的高梨之间的追逐已经持续了大概4公里。他们穿过高岛町的十字路口,从JR根岸线的护栏下方穿行而过。在此之前一直是双车道的道路,突然间拓宽成了四车道,视野也随之变得开阔起来。林立的高楼大厦俯视着赛道上的这两位选手。

高架快速路从头顶上方掠过,观众的欢呼声在赛道上空回荡,而始终无法缩小与高梨的差距的浩太倍感焦躁。这是他从未经历过的比赛环境。就连路旁观众投来的注视和爆发的欢呼,都好似化作了无形的压力,铺天盖地倾泻而来。

即将到达14.4公里处的补给站。

"或许我真的无法超越他……"

浩太心中不禁涌起一阵失落。此时,东西大学的给水员跑上前,将水递给了前方的高梨。

按照计划，为浩太递水的应该是清和国际大学的队友。然而——

一个身穿清和国际大学队服和标有"给水"字样背心的人疾冲过来，对方劈头盖脸地就朝浩太吼道："浩太，你在干什么！"

两手各拿着一瓶水跑过来的人，并非他的队友，竟然是教练北野公一。

怎么回事……他甚至来不及思考。

"你这个笨蛋！"北野教练对浩太大声咆哮道，"前半程休息够了吧。给我提速！"

语气中满是毫不留情的严厉。"别在这儿认输！以你的实力，一定能超过他！冲啊！"

横滨站前的补给点，给水员能够陪跑的距离较长，大约有50米。在教练这番毫不留情的训斥声中，浩太艰难地点了点头。

"把你这四年所有的劲儿都使出来，全力以赴！你能行！你肯定能行！"

看到北野泪如泉涌，浩太不禁睁大了眼睛。

"往前看！"这是北野教练最后的激励。

北野教练用尽全身力气喊出这句话后，短暂的并肩奔跑也随之结束。

作为一名长跑选手，浩太至今已跑过了数不清的公里数。然而此刻，他无比确定，在过去的经历中，从来没有哪段短短几十米的距离，能像刚才与教练并肩的这段路一样，给予他如此强大的力量和勇气。

在这个世界上，努力付出并不一定能换来成功。

然而，所有的努力都绝非毫无意义，总能从中有所收获。深深体会到这一点，一股暖流涌上浩太的心头。

谢谢您，教练。

浩太在心里喃喃自语，静静地注视着眼前那个钴蓝色的身影。

超过他！"

北野教练那铿锵有力的话语，如同强心剂一般注入浩太的身体。

原本感觉遥不可及的高梨，此刻却仿佛近在眼前。

"学联队与东西大学之间的差距，几乎已经可以忽略不计！"工作人员传回的消息令德重颇感意外，他猛地抬起头，紧盯着三号车传回的画面。

"不会吧……"

在东西大学那钴蓝色队服的后方，是身挎着学联队接力带的松木。

他们之间实际上可能还隔着几米的距离，但从高梨前方的镜头拍摄的角度来看，两人几乎是并排的。在他们身后，东西大学和学联队的两辆运营管理车也几乎重叠在一起。

他们刚刚经过生麦站入口的十字路口。

"高梨，你就打算这样毕业啊？还有最后3公里呢！完全有机会追上关东大学！你能做到！"

摄像机的麦克风捕捉到了平川声嘶力竭的喊声。作为夺冠热门队伍的教练，平川看着队伍在比赛中发挥不如预期，怒形于色，几乎喊破了喉咙。

平川只字未提学联队的松木。或许是刻意无视吧。

赛前他就曾公开批评甲斐，否定学联队参赛的意义。对他而言，没有什么比在这里被学联队超越更具羞辱性的了。

"浩太，加油！GO（快），GO，GO！"

甲斐的声音通过学联队运营管理车的车载麦克风传了出来。

"还剩最后3公里了，浩太。让我们带着美好的心情跑完这段路。你已经为此付出了四年的努力。把眼前的风景深深地铭记在心吧。从这里开始，你的人生将开启新的篇章。"

这番话与平川的叫喊截然不同。松木似乎从这些充满鼓励的话语中汲取了力量，这些话语仿佛在引导他超越单纯的胜负，去拥抱一个更为广阔的世界。

"目标是前三名,对吧?"北村自言自语道,然后回头看向德重,"这不就是学联队赛前定下的目标吗?"

也不知北村是从何处得知的,他竟然也知道学联队的目标。

"学联队要进前三?这绝不可能。"畑山用一种轻蔑的语气说道,但在场的人都选择了沉默。

亲眼见证了松木的顽强表现后,他们心中都隐约预感到,将会有不同寻常的事情发生。即便最终可能只是留下一个参考纪录。

"关东学生联合队的松木正在试图超越东西大学的高梨!"三号车上的解说员提高了音量。在德重等人的注视下,松木先是与高梨并排,然后猛然加速,完成了超越。

东西大学的运营管理车亮起尾灯,为载着甲斐的车辆让路。

就在此时,德重看到一束阳光穿透了阴霾的天空。

随着选手向市中心前进,道路两旁的观众越来越多,电视画面中清晰地呈现出人行道上人头攒动的景象。欢呼声被凛冽的北风卷起,在空中久久回荡。

东西大学的高梨被松木超越后,两人之间的差距逐渐拉大。高梨恐怕已无力追赶松木。

跨过位于22.5公里处的鹤见桥后,距离鹤见中继站只剩下最后500米。

松木摘下学联队的接力带,缠绕在右手上。在接力区等待他的是队长青叶隼斗。

松木用尽全身最后一丝力气,奋力冲刺。鹤见中继站的定点机位捕捉到了他将白底红字的接力带递给队长青叶隼斗的瞬间。

"隼斗,拜托了!"

松木竭力喊道,目送着隼斗向前跑去,然后转身朝着自己刚刚跑过的赛道深深地鞠了一躬。

第十章　我们的箱根驿传

1

病房的窗户上沾着雨滴，透过这扇窗户向外望去，昏暗的天空中，海鸥正展翅盘旋。

从早上开始便一直下个不停的雨，此刻终于停歇。

厚重的云层裂开一道缝隙，耀眼的阳光倾泻而下。

"抬头看看天空。"诸矢喃喃道。这是转播车上的麦克风捕捉到的甲斐的话语。

换作是我，看到在大赛氛围下被压力紧紧笼罩、几乎喘不过气来的松木，会如何鼓励他呢？

是给出一些技术上的建议，还是当着众人的面也要严厉地训斥他？

无论如何，我都不会想到对他说出"看看天空"这样的话。

然而，甲斐却洞悉了松木的内心。

甲斐理解松木的想法，也深知松木是如何一路坚持到这里的。正因为这份深刻的理解，他才能用一句看似简单平常、在旁人听来甚至有些出乎意料的话，让原本濒临崩溃的松木重新找回了斗志，振作起来。

这样的雪中送炭，恐怕只有甲斐才能做到。事实上，松木随后的表现令人刮目相看，诸矢看在眼里，也深受鼓舞。

"孩子他爸，隼斗已经出发了！"

当松木将接力带递到隼斗手中时，妻子梢子兴奋地转向诸矢。"不知道他能不能坚持住。真希望他不要被超越。"

隼斗能否坚持到最后？现在还无法断定。

任何安慰的承诺都没有意义。诸矢静静地凝视着隼斗逐渐远去的背影，始终未发一言。

就看你的了，隼斗。

他暗暗为学生加油。明诚学院大学的蓝色队服——他守护了三十八年的宝石蓝——迅速从镜头中消失，离开了鹤见中继站。

片刻之后，东西大学的选手出现在了众人的视野中。

被松木超越的高梨，脸上写满了不甘，表情扭曲地跑进鹤见中继站。就在完成交接的那一刻，他一下子瘫倒在地，随即便被工作人员搀扶着，离开了中继站。

"嘿，高梨。辛苦了。"平川在运营管理车上不咸不淡地说道。声音中带着冷漠，不知是对高梨的表现不满意，还是对比赛未如预期般顺利而恼怒，总之不满情绪溢于言表。

无论如何，东西大学队总算完成了交接。

下一棒选手安愚乐，诸矢也认识。棕色头发、高挑的身材，以及犀利的眼神，"坏小子"这个绰号简直是为他量身定制。安愚乐从高梨手中夺过接力带，以迅猛之势冲出了中继站。

安愚乐身上散发出的气场，也让诸矢刮目相看。他隐隐预感到，接下来的比赛恐怕会有不寻常的事情发生。若说那是杀气或许有些夸张，但他身上确实散发着一股强大的意志力。

"他会再掀起一阵波澜吗？"诸矢自言自语。

果不其然，没过多久，现场解说就传来："东西大学的安愚乐，正在逼近关东学生联合队的青叶！"

2

保持冷静……

在接力区里,隼斗一遍又一遍地在脑海中重复着这句话。然而,他越是想要忽略,那极度的紧张感就愈发强烈,如同一个无法控制的"系统",深深地扎根在他心中。

预选赛时的失误不由自主地浮现在他脑海中。即使身体状态良好,精神状态的波动也常常会引发意想不到的状况。那是完全脱离控制的系统的暴走。

"隼斗,放松点跑吧。"

他想起了之前在候赛区时兵吾对他说的话。兵吾一定是在担心当时紧张不安的自己吧。平日里正直且心地善良的兵吾,那时脸上也不禁露出了担忧凝重的神色。

怎么可能放松地去奔跑呢?

在鹤见中继站聚集着选手和相关人员,人头攒动。一片喧嚣嘈杂之中,隼斗暗自担忧着。从现在起,自己的表现将决定队伍的最终成绩。队友们将接力带托付给了我,他们的努力能否得到回报,全都取决于自己接下来的奔跑。一旦出现失误,就没有第二次机会。这份压力,远超自己此前的想象。

最先抵达中继站的是驹泽大学的选手。青山学院大学和关东大学的选手也相继赶到。

隼斗站在十区的起跑线上,等待着从浩太手中接过接力带。

伴随着一阵热烈的欢呼声,浩太跑进了鹤见中继站,脸上透着一丝悲壮的神色,手中紧紧地攥着接力带。

"浩太!浩太!"

隼斗大声呼唤着队友的名字。浩太拼尽最后一丝力气,径直飞奔而来。

接过接力带的瞬间，浩太说出的那句"隼斗，拜托了！"，像是从背后给了隼斗一记助力。回过神来时，隼斗已然冲了出去，飞驰在箱根驿传的最后一段赛程上。

观众的欢呼声瞬间将他淹没，那声音如同从四面八方汹涌而来的浪潮，这是他从未体验过的氛围。

这就是箱根驿传？

隼斗心中涌起一阵近乎战栗的感慨。那强烈的压迫感，实在令人震撼。

在竞技的胜负较量之前，选手们首先要面对的是心理上的巨大挑战——能否承受住大赛的压力而不自乱阵脚。

隼斗眼下正面临着这样的考验。

"隼斗，隼斗，放松肩膀。"刚一跑出赛道，运营管理车上的甲斐便对他喊道，"我们就在你身后，陪你一同奔跑。冷静下来，放轻松跑。"

然而，在最初跑出的1公里路程中，他感觉双脚仿若踏空，这种飘忽不定的感觉让他隐隐有些不安。他在心底默默祈祷，希望内心深处的紧张情绪不会失控。

直到大约跑过2公里后，周围的景致渐渐明晰，此前处于高速区间的心率也缓缓平复，隼斗才终于找回往日的冷静。

他瞧了瞧手表，确认自己的配速。

每公里两分五十五秒的速度，与他和甲斐赛前制定的计划分毫不差。前半程适度把控速度，后半程再全力冲刺，这是他们定下的战术。

转瞬之间，横跨多摩川的六乡桥桥墩映入了隼斗的眼帘。一旦跨过这座作为神奈川县与东京都界河的多摩川上的桥，便踏入东京都地界了。

现在，六乡桥就在眼前。

隼斗的脑海中蓦地闪过小时候与痴迷箱根驿传的外公一同坐在电视

机前观看赛事转播的画面。

外公曾在埼玉县羽生市的蓝染工厂工作，他悉心照料年幼的隼斗，甚至还用自己的退休金资助他上大学。

外公的手艺十分精湛，即使是现在，他仍然会去工厂帮忙指导新人。他一旦下定决心做某事，便会全力以赴，责任感极强。虽然不善言辞，不擅交际，但为人真诚，内心热忱。

外婆始终在背后默默支持着外公。与外公的性格截然不同，她性格开朗，善于交际，对人关怀备至，在邻里间人缘很好。

隼斗的父亲英年早逝，是外公外婆向彼时不知所措的母亲伸出了援手，让他们回到老家，帮她照顾隼斗。

"谢谢你们供我上学。"隼斗离家上大学时，曾这样向外公外婆道谢。

他们只是略带羞涩地笑了笑，轻声说道："照顾好自己。"

当时的隼斗年少气盛，轻松地说："我一定要参加箱根驿传。"

"希望你能成功。"隼斗清楚地记得，当时外公的反应有些犹豫。

明诚学院大学曾是箱根驿传的传统强校，但隼斗入学时，学校已经失去了种子队资格。无论往昔多么辉煌，要在关东学联举办的预选赛中战胜众多强队、脱颖而出，进而获得箱根驿传的参赛资格，绝非易事。作为箱根驿传的忠实观众，外公对此自然了然于心。

去年的预选赛结束后，隼斗曾打电话给外公。

"我们被淘汰了。对不起。"

"人生不如意事十之八九。振作起来，隼斗。"外公淡淡地安慰道。他肯定明白，如果自己大肆地表现出失望，只会让隼斗更加消沉。后来隼斗从母亲那里得知，外公在电视机前观看预选赛时，看到他发挥失常，拖累了整个队伍，心情非常沮丧。

——我一定要参加箱根驿传。

四年前，他曾如此轻率地说出这句话，现在回想起来，只觉得愚蠢

431

至极,羞愧难当。"明年继续努力",这句台词今后也不能再用了。

"对不起。"

隼斗再次低声道歉。他找不到任何话语来表达自己的心情。隼斗对箱根驿传的挑战,本应在那时就画上句号。

获得加入学联队的机会,对当时身陷绝望的隼斗来说,无疑是一线希望。然而,这道希望之光也映照出了他与友介之间的误会,以及围绕教练人选产生的诸多矛盾。

如今,他终于踏上了梦寐以求的箱根驿传赛场,而这场比赛,也成了他和甲斐能否赢得明诚学院大学田径队队友认可的关键之战。

当他跑上六乡桥,朝着通往东京大田区的下坡路段跑去时,狂风骤起。原本从下游吹来的侧风骤然变成了逆风。

六乡桥横跨东京和神奈川两县,这里既是一区选手们开始冲刺的关键地点,也是十区选手们展开决战的战场。选手们将在这里展开激烈的角逐,争夺种子席位乃至最终的冠军。

跑到3公里处时,紧跟在身后的运营管理车上传来了甲斐的声音:"东西大学的选手追上来了。保持住这个速度,不用慌张。真正的较量还在后头呢。"

保持这个速度?难道要放任他超越我吗?

听到甲斐的话,隼斗心中略感不安,但还是选择按照指示维持当前的速度。安愚乐的身影仍未出现在视野中。

直至跑到杂色站入口的信号灯处,隼斗才察觉到局势发生了变化。

隼斗首先留意到,路旁加油助威的人群正高声呼喊着什么。偏巧一阵强风呼啸而过,他没能听清具体内容,不过很快便领会了其中的含义。

一个身影正飞速逼近,出现在他的视野中。

是安愚乐。

他的斜后方,一道钻蓝色的身影正在快速靠近。片刻之后,那身影便移至中心线一侧，与隼斗并肩而行，试图超越。

太快了。

安愚乐的速度远远超出了隼斗的预料，他不禁有些心慌意乱。

隼斗也稍稍加快了脚步，试探对手的虚实。两人并肩奔跑，此时迎面吹来的风向发生了变化，转为侧风。风声呼啸中，清晰地传来安愚乐的跑鞋与地面摩擦所发出的短促而有力的声响。那声音恰似列车疾驰而过时的规律律动，节奏丝毫不差。

安愚乐一言不发，奋力向前奔跑，他锐利的目光始终注视着前方，仿佛没有看到隼斗一般。

隼斗勉强坚持了一段距离，试图跟上他的节奏，这时，他想起了甲斐的忠告：以这样的速度跑完23公里，着实太过冒险。

然而，一旦让安愚乐领先，学联队的排名就会滑落至第五名。他绝不能允许这种情况发生。

隼斗瞬间陷入了迷茫，内心深处那令人不安的紧张感再次涌现……

然而，一番踌躇后，他最终还是决定放慢速度，结束了与对手并肩奔跑的状态。

就这样，他和安愚乐之间的距离渐渐拉开。

此刻，隼斗还无法判断这个决定是否正确。

他跑过了距离起点约6公里处的蒲田人行天桥，穿过了吞川。

安愚乐身材高大，从背后看去，他的跑姿舒展从容，蹬地动作干脆利落，仿佛是在这万众瞩目的舞台上尽情炫耀自己的力量。

在东西大学的一众选手中，安愚乐的万米个人最佳成绩并不算突出。即便如此，平川教练仍选他跑最后一棒，看中的正是他那不甘人后的强大斗志。然而，隼斗心想，安愚乐的速度应该难以持久，之后定会出现反击的机会。

他告诫自己，要耐心等待那一刻的到来。

此刻，安愚乐正奋力追赶前方关东大学的竹光大斗。

433

看到这位人气选手极具侵略性的跑姿，沿途观众情绪高涨，欢呼声一浪高过一浪。整条赛道仿若被狂热氛围所笼罩，弥漫着难以言表的兴奋气息。

三年级的竹光是关东大学的明星选手之一，万米个人最佳成绩在二十七分出头，是名副其实的飞毛腿。他是十区选手中速度最快的，可此刻似乎有所保留。这是战术安排，还是他今天的状态不佳？隼斗无从判断。

如果竹光全力以赴，应该能战胜安愚乐，但他会如何应对安愚乐这股强劲的势头呢？

这将直接关乎隼斗的战术布局。他虽暂时被安愚乐超越，可他处于十区，肩负着比赛的最后一棒，必须寻机反超安愚乐。

我定能超越他。隼斗在心底暗自起誓。

这也是为了友介。

他注意到，经过梅屋敷站入口的信号灯后，竹光开始加速，与安愚乐并排。

隼斗一边密切关注着前方两人的竞争，一边逐步加快自己的节奏，力图跟上他们的步伐。他不能再被甩在后面了。望着前方两人的背影，隼斗开始寻找合适的时机发起冲刺。

3

"好样的！冲啊！"

当东西大学的安愚乐超过学联队的青叶时，畑山的喝彩声响彻了副控制室。

跑过六乡桥后，赛道变成了几乎与地图上的京滨急行线平行的笔直路段。

在跑过4.5公里，经过杂色站入口处的信号灯后，从摩托车拍摄的画面中可以看到，原本阴沉的天空终于放晴，阳光洒落在赛道上，仿佛给它镀上了一层金。

"安愚乐的每公里用时不到两分五十秒。"

听到沿途工作人员传来的这一速报，德重不禁轻呼出声。十区的比赛才刚刚开始，他真能将这个速度保持到终点吗？

一旁的北村若有所思地摩挲着下巴，眼睛一眨不眨地紧盯着显示器。看到安愚乐在比赛刚开始就发起猛攻，北村或许正在以自己的方式预判比赛的走向。

安愚乐和青叶短暂地并排，可很快，安愚乐就提速冲在了前面。

"东西大学的安愚乐取得领先！被视作夺冠热门之一的东西大学，此刻终于展现出了真正的实力！"主持人安原提高音量说道，屏幕上也适时地切入了安愚乐那身钴蓝色队服的特写镜头。

"表情不错。下一个目标是关东大学。加油吧。"畑山兴奋地说着，随后语气一转，略带惋惜地补上一句："学联队已经尽力了，辛苦了。青叶，再见了。"

正如畑山所言，安愚乐与青叶之间的距离迅速拉大。并非青叶速度减慢，而是安愚乐实在太快了。

安愚乐似乎已经瞄准了前方的竹光，把他划入了自己的追赶范围。

作为箱根驿传的人气选手，"坏小子"安愚乐的出色表现引得沿途观众欢声雷动，即使隔着屏幕，也能感受到现场那热烈的气氛。

菜月目不转睛地注视着监视器。比赛正处于胜负的关键节点。

当选手们跑过蒲田的计时点时，经由MESOC系统排列的即时排名便显示在了屏幕右侧。此处距起点约5.9公里。

率先通过的是驹泽大学的片野树，紧随其后的是青山学院大学的西冈龙之介，两人的时间差距仅有二十秒。

当关东大学的竹光和东西大学的安愚乐的成绩先后在屏幕上出现时，副控制室里的工作人员不禁倒吸一口凉气。考虑到剩余的赛程，他们之间的差距可以说极为微小,安愚乐超越目前领先的片野,也不是没有可能。

德重颤抖着,缓缓吐出一口气。这是历史上罕见的激烈角逐。

"安愚乐,加把劲!"畑山站了起来,激动地大声喊道,"有机会逆转!冲到第一!"

畑山的呐喊或许道出了众多观众的心声。

在热烈的氛围中,稍晚于安愚乐,学联队的青叶也通过了计时点。

看到青叶的成绩,德重从之前的兴奋状态中回过神来。

北村看着监视器,也露出惊讶的神色。虽说学联队的青叶已被东西大学的安愚乐超越,但他这1公里的用时,比驹泽大学和青山学院大学的选手还要快,几乎与关东大学的竹光不相上下。

——青叶,再见了。

德重的脑海中浮现出畑山刚才说的话。其实不只是畑山,任何人看到青叶被安愚乐超越,大概都会觉得学联队的凌厉攻势已经到了尽头。实际上,青叶的表现极为出色,只是被安愚乐的耀眼光芒掩盖了。

不久,二十一支队伍全部完成了鹤见中继站的交接,战场正式转移到十区。

这场持续两天的激烈赛事终于临近尾声,道路两旁挤满了渴望见证最终赛果的人们。他们手中挥舞的小旗,如波浪般此起彼伏,闪耀着光芒。

在赛程的最后一段路上,驹泽大学的片野暂时处于领先位置。阳光从左侧斜射而下,洒落在他身上那件承载着驹泽大学传统的紫藤色接力带上。这里距离鹤见中继站大约8公里,马上就要跨越大森警察局前的运河。

"片野的速度没有提上来。"听到工作人员汇报的手动计时数据,北村喃喃自语道。

照这样看来,东西大学或许真的能实现大逆转。安愚乐正一点一点地拉近与前方的竹光的距离。

"摩托车摄影机,给竹光一个特写镜头。"

在菜月的指示下,镜头切换到了竹光身上。即使隔着墨镜,也能看出他脸颊紧绷,嘴唇紧抿,这些细微之处无不透露出他内心的紧张。

看到竹光开始加速,北村又轻声嘀咕道:"哦?他这是要认真起来了吗?战斗开始了。"

"安愚乐选手,你接下来打算如何应对?"畑山模仿着现场解说的口吻,提高了嗓门,但此时没有人发出笑声。

虽然竹光加快了步伐,但安愚乐仍然紧追不舍。两人之间的距离不断缩小,从监视器中看去,他们的身影几乎重叠在一起。然而,安愚乐并未急于超越。

一场激烈的心理较量在两位选手之间悄然展开。他们紧紧相随,跑过大森警察署,继续前行约300米后,穿过了大森桥的十字路口。

安愚乐一直保持着惊人的速度奔跑,照理说此时他应该已感到相当疲惫。或许他还在观望。就在德重这样想着的时候,畑山突然惊呼一声。

"哇!"

安愚乐骤然发力,发起了突袭。

他如闪电般追上了竹光,并瞬间完成了超越。

竹光也奋力加速,但仍然跟不上安愚乐。

"太厉害了!安愚乐真是不简单!"畑山兴奋地拍手叫好。可没过一会儿,他又发出一声惊呼:"不可能吧?诶?"

刚刚被超越的竹光,抓住安愚乐稍有松懈的瞬间,迅速完成了反超。这是一场关乎荣誉与意志的激烈交锋。

镜头切到安愚乐的面部特写。只见他嘴唇微微翕动,似乎说了些什么。他说了什么难听的话吗?就在这时,安愚乐再次从人行道一侧超越了竹光。紧接着——

安愚乐露出了极具挑衅意味的眼神。副控制室里顿时响起了一阵掌声。

"竹光,这下你打算如何应对?"北村问道。"还能再反超回去吗?"

然而——

竹光似乎放弃了追赶,选择紧紧跟在安愚乐身后。

"竹光怕是已经追不上了,胜负已分。安愚乐,真是太帅了!"畑山那语气,仿佛在一场豪赌中赢得盆满钵满。

但事实真的如此吗?

在场的人都陷入沉默,无人响应畑山的话。就连黑石也死死盯着监视器屏幕,一声不吭。屏幕上,安愚乐龇牙咧嘴,表情近乎狰狞。

这画面仿佛是安愚乐一树长跑生涯,乃至整个人生的生动写照——他拼尽全力、争分夺秒的决心与气势,震撼着每一个观者的心。

此时,他们即将跑过10公里标记点。

"安愚乐,不错!鼓足劲儿,冲起来!"

从东西大学的运营管理车内,传来了平川教练因极度激动而语速飞快的声音:"胜负就看你的了!要好好向在天堂的妈妈交代!"

"在天堂的妈妈?"

畑山听到这话,满脸疑惑地抬起头,环顾四周。

没人回应他。

事先已做过安排,在节目中不能提及安愚乐失去母亲,更确切地说,是双亲都已过世这件事。这是安愚乐本人的要求。

平川教练这番话完全是失言。

德重心下暗叫不妙,他万万没想到,平川教练会在这种场合,而且还是在摄像机和麦克风都开着的情况下,说出这样的话。

安愚乐的眼中流露出近乎愤怒的情绪,或许那就是货真价实的愤怒。在德重看来,他奔跑的姿态中仿佛多了一丝悲壮,而他的精神世界,似乎也因此出现了一丝裂痕。

4

德重曾与安愚乐有过一次单独谈话。

那一年,安愚乐以一年级新生的身份入选了箱根驿传的十人参赛名单。同年夏天,德重前往东西大学的暑期集训地进行采访。

安愚乐身形高大,一头棕发,眼神里满是不服输的斗志,活脱脱一副桀骜不驯的乡下少年模样。自从在箱根驿传中崭露头角以来,他便成了媒体关注的焦点。

安愚乐性格直爽,即便面对前辈也毫无惧色,故而得了个"坏小子"的绰号。

他身上那股强大的气场究竟从何而来?

德重前往野尻湖采访集训之际,安愚乐因春季受伤,正脱离大部队进行单独训练。

提前结束训练的安愚乐独自坐在场地角落的长椅上。德重走上前去打了招呼,在他身旁落座,和他一同观看了约一小时队伍的训练。

两人之间几乎没有交流。

安愚乐似乎兴致缺缺,只是接过德重递来的运动饮料,小口抿着。不管德重问什么,他都只是含糊回应几句,几乎不谈及自己的事,正如之前采访过安愚乐的其他记者所说,德重对此并没有感到太过惊讶。

这次采访的转机,出现在德重开始讲述自己的故事之后。

"刚进入大日电视台时,我最初的理想是从事足球比赛的现场直播工作。"德重已经记不清当时为何会提起这个话题,或许是因为在询问安愚乐毕业后的打算时,顺便聊起了自己。

"我人生的转折点是马拉多纳在一九八六年墨西哥世界杯上连过五名后卫打进的那粒球。那是你出生十五年之前的事情。当年,我还是个狂热的足球少年,被马拉多纳的进球深深震撼了。"

事实上,在那次堪称奇迹的盘带过人前几分钟,还有至今仍为人津津乐道的"上帝之手"①,但德重选择暂时不谈这个话题。"那个盘球的画面令我难以忘怀。尽管我习惯用右脚,但还是模仿马拉多纳,只用左脚练习盘带。"

墨西哥世界杯举办时,德重还是新宿区的一名初中一年级学生。

由于比赛开始时间在晚上十一点之后,他强忍着困意,揉着惺忪的睡眼守在电视机前。

后来,德重考入了附近的一所都立高中,随后又考上早稻田大学。在求职之际,他站在了人生的十字路口。

面试时该说些什么呢?

思考这个问题时,首先浮现在脑海的是马拉多纳连过五名后卫的那粒进球。那种震撼的感觉至今仍清晰地印在德重的记忆里。他意识到,能够如此深刻地留在记忆中,证明了电视媒体的力量。

电视通过传递信息,赋予人们梦想,丰富人们的生活。

正如自己曾亲身感受过的那般,德重也期望能为电视观众送去梦想与希望。

这就是德重想进入大日电视台工作的原因。

"一晃二十多年。"

待德重说完,两人沉默了片刻。夕阳西斜,运动场上回荡着选手们的脚步声与呼吸声。

他转头望向安愚乐,发现对方正一脸愤怒地看着队友们训练。

本想用自己的故事作为自我介绍,安愚乐听了应该很不耐烦吧。德

---

① 一九八六年世界杯阿根廷对英格兰一役中,马拉多纳在第五十一分钟用手将球打进英格兰队球门,裁判误判进球有效。赛后马拉多纳称这个进球"一半是上帝之手,一半是马拉多纳的脑袋进的"。

重轻轻叹了口气。

"梦想、希望之类的东西,是别人能够赋予的吗?"

安愚乐出人意料地回应道。接着他又自言自语:"我曾经也想踢足球。"

"你应该去踢的。你速度快,耐力好,肯定能成为出色的足球选手。"

听了德重的话,安愚乐眼中闪过一丝落寞。可那仅仅是一瞬间,旋即他便恢复了平日里那副无所畏惧的神情。

"我没有那个条件。"

"为什么?"

"踢球需要钱,不是吗?"

"钱……"说实话,德重从未考虑过这个问题。踢足球还得花钱吗?

"我家只有我和妹妹。我们是由亲戚抚养长大的。"

突如其来的话语让德重有些不知所措,但安愚乐只是轻描淡写地说:"哦,我父母都不在了。"

"不在了?"

"在一次事故中去世了。"

在箱根驿传正赛前,大日电视台为了获取选手的信息,会请每位选手填写调查问卷,唯独安愚乐不配合。听说工作人员再三请求,他也不肯填写。这件事进一步坐实了他"坏小子"的名号,让采访他的主播和记者都很为难,但安愚乐这么做,原来是有他的理由的。

"我明白了……原来如此……"

德重犹豫了一下,不知道该不该说"请节哀"之类的客套话。两人陷入了凝重的沉默。

过了将近一分钟,德重才再次开口问道:"他们什么时候去世的?"

"我小学三年级的时候。"

"这……一定很不容易吧。"

"不容易？嗯，也许吧。"

德重的问题或许确实有些唐突。安愚乐歪着头，脸上露出一丝嘲讽的笑容。

"悲伤有什么用，还不是得去面对。所以我最讨厌那些一天到晚怨天尤人的家伙。"

听到安愚乐这话，德重不禁抬起头。他明白了安愚乐为什么会被称为"坏小子"。或者更确切地说，他感觉自己窥见了名为"安愚乐"的这个人物的真实本性。

他一方面想了解背后的故事，一方面又觉得不应该再追问下去。

"小时候参加过什么运动吗？"犹豫了片刻，他最终只问了这样一个问题。在当时那种情形下，德重不确定这个问题是否恰当。但他很清楚，安愚乐并不想谈论他的父母。

"在爸妈去世之前，我一直是棒球队的。但好多青少年棒球队都需要家长出力。也许并非所有球队都如此，但对我来说，毕竟爸妈不在了嘛。打棒球得有球棒、手套，有时候比赛还得到外地去，我不想给叔叔他们添麻烦。所以就寻思着改踢足球，可没想到踢足球同样得花钱买足球、球衣和球鞋，最后只好放弃了。"

"初中时你参加了田径队，对吗？"

工作人员调查的资料里有提及。安愚乐保持着东京都初中男子3000米的纪录，这一纪录至今尚未被打破。

"也不是说有多喜欢田径，但起码它很自由。"

"自由？"

安愚乐的话有些出乎他的意料。

"不需要昂贵的装备，只要想跑，随时都能跑。一个人就能搞定。打工的间隙也能跑几圈，不用约人。能不能出成绩，全看自己。跑输了,不过是自己沦为失败者罢了。这一点正合我意。"

跑输了,不过是自己沦为失败者罢了。莫名地,安愚乐的这句话始终萦绕在德重的心头。

"那个……"最后安愚乐补充道,"这件事你能替我保密吗?我不想让别人知道这些。"安愚乐是出于对德重的信任,才把自己的经历和盘托出。

"当然。"

安愚乐刚满二十岁,却仿佛已然参透人生,以一种冷峻的目光审视着这个世界。他虽然总是故作强硬,但内心其实很纯真。

他凭借坚强的意志,战胜了重重磨难。尽管他的想法并非完全正确,但没有人有资格去否定他。

在安愚乐看来,"电视能给人梦想和希望"这种想法,只属于那些受到幸运之神特别眷顾的人。

他用自己的双手编织梦想和希望,并依靠自身实力将其牢牢抓住。他的奔跑,正是他生活态度的真实写照。

"坏小子"有他自己的行事逻辑。

5

隼斗在后方密切注视着两位选手。

安愚乐超越了竹光,随后竹光又反超回去。当安愚乐再度跑到竹光前面时,人群中爆发出了更为热烈的欢呼声。

隼斗察觉到,竹光是故意让安愚乐跑到前面去的。

与已经开始显露疲态的安愚乐相比,竹光的跑步姿势如同电子时钟般,稳健而又规律。

竹光很清楚,离开鹤见中继站时,安愚乐和自己之间的差距究竟有多大。他也明白,安愚乐为了追赶上自己,在前9公里是以怎样惊人的速度奋力奔跑的。

竹光紧紧跟在安愚乐身后，寻找着再次发起冲刺的时机。

就这样，他们穿过京急线铃森站的高架桥，隼斗也紧跟着，抵达了第一个给水点。

双手握着两瓶水飞奔过来的是明诚学院大学三年级的持田研吾，他即将成为校队的下一任队长。"驹泽和青山学院的配速是每公里三分钟。能追上！你一定行！"

隼斗把运动饮料灌进喉咙，对兴奋不已的研吾轻轻点了点头。

就在此时，从前方东西大学的运营管理车上传来一个激动的高喊声。

"胜负就看你的了！要好好向在天堂的妈妈交代！"

平川教练的声音通过扩音器传来，隼斗也听到了。

在天堂的？

他不禁望向与安愚乐并排的东西大学的运营管理车。安愚乐对那句喊声没有任何反应。

也许是错觉……那一刻，安愚乐身上似乎发生了某种变化。

紧接着，竹光猛然发起冲刺，再度超越了安愚乐。在愈发高涨的欢呼声中，他拉开了与安愚乐的距离。作为十区实力最强的选手，竹光此刻正展现出他真正的实力。照此情形，他极有希望超越青山学院大学的选手。

安愚乐必定也在奋力追赶。然而在隼斗看来，他如此轻易地就被超越，恐怕不只是奔跑能力方面的问题。

面对竹光的冲刺，安愚乐竟一反常态，毫无还手之力。一定有什么东西发生了改变。

安愚乐身上到底发生了什么？平川教练那句话究竟是什么意思？

各种念头在隼斗脑海中不断翻涌。

"隼斗，隼斗！"紧跟在他身后的学联队运营管理车上，甲斐冲他喊道，"还剩13公里了。你跑得很好。现在该发力了！一决胜负的时刻到了!"

隼斗逐渐提速,在3公里后越过横跨目黑川的东海桥时,终于追上了安愚乐,紧紧跟在他身后。

此前的赛道相对狭窄,单车道的公路两旁是低矮的建筑、小餐馆和公寓楼。随着逐渐靠近市中心,道路豁然开朗,变成了双向八车道的宽阔大道。通往品川的道路变成了一条长长的缓坡,然后转为下坡。

隼斗往人行道一侧靠去,与安愚乐并肩奔跑着。在沸腾的欢呼声中——

"……你这个混蛋!"

断断续续的咒骂声传到隼斗耳中。"白痴……该死的!"

安愚乐的话语尖锐刺耳,如同飞溅的玻璃碎片,即使被风声裹挟,仍然刺痛了隼斗的耳膜。

转头望向身旁的安愚乐,只见他紧咬牙关,面容扭曲,正拼尽全力地奔跑。

隼斗惊讶地发现,泪水正顺着安愚乐的脸颊滑落。安愚乐用手臂擦了擦。

那是汗水吗?不,分明是眼泪。

此刻,安愚乐心中究竟涌动着怎样的情感?至少可以确定,他已经失去了往日的冷静。显然是被某种特殊情感驱使着,安愚乐才这般拼命奔跑。

隼斗不清楚背后的原因,两人就这样僵持着,并排跑了一段路程。这不仅是硬实力的对决,也是意志力的较量。这场较量一时还看不到尽头。

"别耍我!"

安愚乐再次怒吼道。只能勉强听到他的声音,但无疑是对某人的痛骂。

显然,安愚乐正强压着怒火。他正在咒骂着什么。

然而,奇妙的是,隼斗能感觉到,尽管两人正展开激烈的角逐,但他这份愤怒并非冲着自己。

过了新八山桥的十字路口,眼前是一段平缓的下坡路。摩托车摄影机从隼斗和安愚乐的右前方拍摄他们并肩前行的画面。

我该冲出去吗?

还是继续保持并排的状态?

犹豫仅仅持续了一瞬,他立即做出了决定。

隼斗用力蹬地,如同短距离起跑冲刺一般,全力向前冲去。

一阵强风从身后猛地刮起,呼啸着掠过耳畔,掩盖了周遭的声响。

隼斗没有回头。

即使没有回头,他也知道。

安愚乐跟不上了。

不久,安愚乐跟在身后的感觉也没有了,彻底消失在了这洒满阳光的赛道上。

还差一个人。

距离学联队设定的目标,只差超越最后一个人。

隼斗凝视着前方。

6

"超越了!"

当隼斗终于超过安愚乐时,甲斐简短地喊了一声,握紧了拳头。

"干得好,隼斗前辈!"计图拍手叫好。甲斐从副驾驶座伸出右手,计图回握。此时,学联队的车与东西大学的车交换位置。透过车窗,能看到平川教练愤怒的侧脸,他眼神中满是怒气与不甘。

载着甲斐和计图的运营管理车缓缓地超过了平川的车。

甲斐举起右手示意,然而平川不予理会,只是继续阴沉着脸地盯着前方。

透过风挡玻璃，可以看到隼斗的背影，以及在他前方奔跑的另一名选手。

那是青山学院大学的西冈，他刚刚被关东大学的竹光超越。

"如果隼斗能超越青山学院大学的选手，学联队就能上升到第三名。"

隼斗的速度比西冈更快。

终于接近了甲斐为队伍设定的目标。然而，就在此时。

"刚才这1公里的用时是两分四十五秒。"计图报出手中的秒表读数，语气中带着一丝担忧。隼斗的速度比他们预想的要快得多。"他能坚持到最后吗……"

"有些选手会因紧张而无法发挥出最佳状态，而有些选手反倒能比平时更拼。比赛中心理因素占七成，这可不一定是坏事。"甲斐解释道。

"隼斗，跑得很好。"甲斐接着用麦克风向隼斗喊道，"保持这个状态。下一个目标是身着砖红色队服的选手。"

什么？

计图不禁睁大了眼睛。砖红色是关东大学队服的颜色。现在关东大学的竹光跑在青山学院大学的选手前面。

超越了目光所及的范围，甲斐已经看到了更远的目标。

计图发出了一声惊呼，一个两手握着水瓶的身影闯入了他们的视野。

还差最后一个人。

即便到目前为止一切顺利，隼斗心中的不安仍未彻底消散。预选赛的记忆一直萦绕在他脑海，就像一块怎么也擦不掉的污渍。

他仍然在奔跑，速度非同寻常。

说不定什么时候会突然出现状况，就像那时一样。这种恐惧与队伍目标即将达成的兴奋,在隼斗心中相互交织。

"下一个目标是身着砖红色队服的选手。"甲斐的话,为隼斗注入了勇气。

甲斐拥有坚强的意志、积极的心态,以及卓越的分析能力,作为"指挥官",他从不会信口开河。换言之,超越前方的西冈对隼斗而言并非难事。

然而,甲斐并没有直接道出这一点,应该是考虑到了西冈的感受。单从这一冷静的考量便能看出,甲斐非常了不起。不难理解为什么诸矢会力排众议,选定甲斐作为自己的接班人。

但是,自己真的能够不辜负他的期望吗?

隼斗的心中再次涌起不安。

自己能坚持到最后吗?

就在这时,一个人从路旁向他跑来。此处是最后一个给水站。按原计划,负责此处的给水任务的是明诚学院大学的一位后辈。然而……

"喂,状态如何?"

看到双手紧握着水瓶朝自己跑来的人,隼斗心中顿时涌起了复杂的情绪。

那是友介。

友介飞奔而来,脸上洋溢着腼腆的笑容。

这是甲斐为他准备的惊喜吗?

意识到这一点,一股暖流涌上隼斗的心头。他的视线渐渐模糊,心中积聚的阴霾也随之消散。

"啊,状态好极了!"

隼斗大声回应着,拿起那用红色胶带缠绕的水瓶,大口地喝了起来。肩头的压力顿时消失得一干二净。

"谢谢你,隼斗!"友介大声说道,声音盖过了人群的欢呼声。"谢谢你替我而战。但从现在开始,为自己奔跑吧!这是属于你的箱根驿传。"

我的箱根驿传……

友介的话在隼斗心中回荡,一遍又一遍。

不,隼斗暗自思忖,这是属于我们的箱根驿传。

就在他刚欲开口之时,"加油,隼斗!"伴随着这最后的鼓励,友介的身影渐渐消失在了他的身后。

隼斗的目光再次聚焦到前方那个鲜绿色的身影上。面前的道路在新年阳光的照耀下熠熠生辉。

7

宝石蓝的底色,胸前印着醒目的白色校名。透过摩托车的视角,明诚学院大学的队服以特写镜头清晰地呈现在荧屏之上。

那是承载着传统的队服。

然而,在那之上斜挎着的,却是白底红字、代表学联队的接力带。

纵然如此,这条接力带也闪耀着自豪的光芒,那光彩绝非错觉。

青叶隼斗在与安愚乐的激烈对决中胜出,他那充满气势的奔跑让副控制室的工作人员屏住呼吸,所有人都沉默不语,现场一片寂静。

在德重身旁,北村紧抿着嘴唇,艰难地吐出一口长气,身子也微微发颤。

"太不可思议了,学联队……不,青叶同学。"畑山彻底被震撼住,不禁喃喃自语道。

青叶刚刚从队友那里接过水,甚至没有时间擦去夺眶而出的泪水,就继续拼尽全力奔跑。

那是倾注了灵魂的奔跑。

菜月利用给水站的固定机位捕捉到了他奔跑的身影。

她很清楚,这不会被计入官方纪录,名次也仅仅只是参考。

即便如此，学联队的选手们将接力带传递至此，是不容否认的事实。那条接力带虽与传统无关，但承载着十名选手以及在背后支持他们的伙伴们深深的期盼。

"学联队选手正在接近青山学院大学选手，还有10米。"

现场工作人员的报告，让副控制室里的氛围再次紧张起来。

"摩托车，请从青山学院大学选手的前方拍摄。"听到菜月的指示，摩托车随即跟上，来到西冈的斜前方。

画面切换，安原的解说开始了："青山学院大学的西冈龙之介速度并不慢。然而，从后面追上来的关东学生联合队的青叶隼斗更快！他们之间10米左右的距离不断缩小，现在两人已经并排了！"

"西冈，坚持住！"畑山喊道，"拜托了，一定要坚持住！"

他的语气近乎恳求，但依然无济于事，青叶还是超过去了。

"哇！"他夸张地双手抱头，仰望着天花板，"完了。"

"还有机会逆转。"黑石在一旁插话道。他似乎还想说些什么，但看到青叶逐渐将西冈甩开，便把剩下的话咽了回去。

德重的脑海中浮现出不久前甲斐说过的话。

"下一个目标是身着砖红色队服的选手。"

听到这句话，德重感到脊背一阵发凉。

砖红色队服代表的正是关东大学的竹光。此刻他状态正佳，正朝着领先位置全力冲刺。

德重缓缓闭上双眼，苦涩的回忆悄然涌上心头。

"听说学联队的目标是进入前三名。"采访完学联队的安原回到台里汇报时，嘴角带着嘲讽的笑容。而此刻，他所在的摩托车正与青叶并肩而行。

当时，节目组里没有一个人把学联队的目标当回事。大家连看都不看一眼，笑着将其抛到了一边。不仅如此，许多媒体还转载了东西大学平川教练在媒体上发表的言论，公然质疑学联队的存在，在没有进行像样采访的情况下，跟风批判甲斐。

在铺天盖地的批评声中，在预选赛中被淘汰的十六名年轻勇士团结起来，将希望寄托在他们所坚信的赛道上。

青叶背负着未能参加箱根驿传正赛的选手们的尊严。

这是一场由失败者发起的伟大挑战。而这场挑战尚未结束。

"请切回一号车画面。"

在菜月的指示下，镜头一转，跑在第一的驹泽大学选手片野出现在画面中。此时他正经过田町站前，即将在通往大手町的芝五丁目十字路口向左转弯。

"片野选手目前配速是每公里三分钟。"

现场人员的报告传入德重手中的对讲机。对片野来说，这样的表现较为平庸。二年级的片野作为驹泽大学最后一棒的选手，顶着决赛的巨大压力，肩负着传承名校传统荣誉的重任。

"竹光选手追上来了。"

随着工作人员的汇报，摩托车机位灵活地移动，捕捉竹光特写镜头下的面容。

在名仓教练乘坐的运营管理车的注视下，竹光终于发挥出真正的实力，第一名的位置即将进入他的目标范围。

"关键时刻首位易主，这收视率肯定差不了。北村，可得感谢这些选手们啊。"

北村没有理会黑石的调侃，依旧紧盯着一号车传回的画面，注视着跑在最前面的驹泽大学选手。

片野不会轻易将领先地位拱手相让。尽管在赛道纪录方面，他的成绩比不上竹光，但身为二年级学生，便能在强队中担当最后一棒，其实力不容小觑。

不出所料，片野察觉到身后逼近的竹光，旋即加快步伐，试图拉开差距。

"决战时刻到了。"

北村身体微微前倾，不由自主地喃喃自语。在他前方的座位上，菜月神情严肃，目光紧紧盯着监视器中选手的表情，并不时瞥一眼手边的节目进程表。

宫本打算怎么做？

德重心中暗自思忖，此时，他察觉到空气中弥漫着不安的气息，不禁屏住了呼吸。

"准备进广告。"

听到菜月的话，畑山夸张地做了一个表示吃惊的动作："现在进广告吗？"

"喂，不会出问题吧，宫本。"就连北村也忍不住开了口。然而，随着"三、二、一"的倒计时，画面还是切换到了广告。

整整九十秒。

广告播放期间，副控制室全员紧张地盯着一号车的画面。北村闭上眼睛，仿佛连呼吸都忘却了，一动不动地僵在那里。

若在此时第一名的位置发生更替，将成为重大直播事故，一定会被大肆批判。

"别被他超过，片野！"德重喃喃着，仿佛在虔诚祈祷，"坚持住！坚持住！坚持住！"

广告期间，副控制室的监视器上播放着观众看不到的画面。NEC大楼前。东京女子学园前。当车辆经过芝三丁目的路口时，德重忍不住看了一眼时钟。

"广告结束后，切回一号车画面。"

菜月的声音从对讲机中传来。就在这时，紧跟在片野身后的竹光开始向人行道一侧挪动。

是时候超越了。

三、二、一——

广告结束，恢复直播的一瞬，仿佛能听到副控制室工作人员如释重负的叹息。

"真是太刺激了，让人心脏都受不了了。"黑石用手拍了拍胸口，说道，"你们平时总是做这种像走钢丝一样的事吗？"

"要是总干这种事，有几条命都不够用啊。"北村一边松了口气，一边回应道。

"但这是有史以来最棒的广告！"黑石说，"这样的话，观众肯定谁都不会离开座位。"

一号车的镜头里，驹泽大学的片野微微扬起下巴，似乎呼吸有些困难。而另一边的竹光，保持着分毫不差的稳定配速，两人在体力上的差距一目了然。

终于，竹光加速冲了上去。

"十区进入最终阶段，关东的竹光大斗终于……超越了驹泽的片野树！"一号车上的主持人横尾提高了嗓音。他们刚刚经过芝园桥，正在从首都高速的高架桥下方穿过。

"竹光的速度太快了！"

畑山话音刚落，片野便已开始落后，竹光迅速拉开了与他的距离。

麦克风捕捉到了沿途传来的夹杂着惊叹的欢呼声。在最终赛段的17公里处，比赛接近尾声的时刻，关东大学戏剧性地上演大逆转，夺取了领先地位。

竹光渐渐将片野越甩越远，他的眼中应该只剩大手町的摩天大楼了。

"今年的冠军是关东大学了吧？他们果然很强啊。"总是急于下结论的畑山断言道。

然而，没有人回应他。

这是因为，副控制室里的每个人都已经留意到一号车摄像机所拍摄的画面中，有什么正在发生变化。

阳光洒在通往终点的赛道上。竹光的跑姿无可挑剔,其优美程度在所有参赛选手中数一数二。此时,画面中又出现了一位选手的身影。就在刚刚落到第二名的驹泽大学的片野身后。

"二号车,请拍学联队!"

听到菜月急切的指令,黑石惊讶地把目光投向了监视器。

宝石蓝的身影在画面中跃动。

"不会吧,这怎么可能!关东学生联合队从后面追上来了!"直播中,安原的声调都变了。

"关东学生联合队的青叶隼斗,正要超越驹泽大学的片野树,要跑到前面去了!片野就不能再坚持一下吗?片野瞥了一眼青叶,然而没有加快步伐。相反,青叶——"

主持人安原揪心的语气中带着明显的偏袒。所有人都目不转睛地盯着屏幕。画面中的青叶正试图从道路中线一侧超越片野。

"超过去了!青叶隼斗超过了驹泽大学的片野!他上升到第二位了,他们现在的排名相当于第二名!"

"不可能,怎么会这样!"畑山惊得张大了嘴巴,抬头直愣愣地盯着监视器。

副控制室里弥漫着难以名状的紧张氛围。

"目标是前三名……"德重喃喃自语道。也就是说,他们并不一定就止步于第三名。

"北村,这下问题严重了。真遗憾,"黑石不怀好意地说,"无论如何,这里必须让驹泽大学队反超回来,不惜一切代价赢得这场比赛才行。这样的结果,对节目来说可不好看。"

北村一脸苦涩,沉默不语。德重也无法反驳。然而,驹泽大学队似乎不太可能追上来了。事实上,片野已经跟不上学联队青叶的脚步,差距正越拉越大。

"德重,万一……"北村艰难地咽下一口唾沫,声音发颤,"万一接下来要出大事呢？"

德重紧盯着监视器，沉默片刻后，终于缓缓开口："不是要出，而是已经出了。"

8

诸矢一言不发，紧紧盯着电视画面。他神情紧绷，仿佛又回到了曾被称作"斗将"的时光。

电视镜头捕捉到了隼斗的身影。

他紧紧跟在暂列第二的驹泽大学选手片野身后，正经过增上寺附近。

"超过去，隼斗！"诸矢鼓起全身力气，仿佛自己就坐在运营管理车中，"隼斗！超过去！没错，冲到前面去！"

"隼斗！隼斗！加油！隼斗！"梢子也在一边拍手大喊。

喊声仿佛传入了隼斗耳中，他开始慢慢地向前移动。当他终于追上了片野时，梢子激动地转过身来。

"追上了，孩子他爸！隼斗和他并排了！"

话还没说完，隼斗就开始超越片野。梢子再次高兴地拍起手来。此时的病房仿佛变成了为观赛而特意布置的VIP房间。

"隼斗，这才是你的真正实力。"诸矢在心里默默说道。

你太善良了。你为朋友费心，为后辈费心，为已经毕业的前辈费心，甚至为我费心。你总是把队伍放在第一位，把自己放在第二位。

隼斗，你是一名运动员，所以你本应该优先考虑自己的。

如果你更自私一点，你可能会成为更强大的选手。但是，隼斗，我，我……

那一刻，眼泪从诸矢的面颊上滑落。

"我很欣赏你。青叶隼斗，我真的很喜欢你这个家伙。"诸矢在心中倾诉着。

你虽有些笨拙，却有着强烈的责任感，总是主动揽下那些吃亏的差事。正因为有你这样善良的人相伴，我人生的最后一年才变得无比珍贵，无可替代。

如果可以的话，我真想和你一起并肩战斗，直到最后一刻。

诸矢满含泪水的目光，从正在实况转播的电视屏幕移向病房的窗户，投向窗外远处港口的风景。

去年三月。他身体不适已经持续了一段时间，在春季集训结束后，他决定去医院做检查。

诸矢从小身体就很健康，所以一直对自己的身体素质充满信心，起初他以为只是普通的感冒而已，但经过两轮检查，得到的结论令人震惊。

胰腺癌第四期。病情已经发展到无法手术的程度，他该如何面对这一切呢？

面对抉择，诸矢最终选择了顺其自然。

人终有一死，这是自然规律。人，说到底不过是自然界中微不足道的一部分罢了。

即便忍受抗癌药物治疗带来的痛苦，又能将生命延长多久呢？倒不如尽可能有尊严、有意义地度过剩下的时光。

诸矢将病情告诉了妻子，并让她理解了自己的决定，两人哭了一整晚。第二天，诸矢便开始为后事做准备。

在熟人的协助下，他找到了这家能够俯瞰横须贺港的临终关怀医院，办理了入住手续，并着手整理身边的事务。在这所谓的"临终准备"过程中，最让他头疼的便是寻找继任教练的合适人选。

诸矢首先想到的是那些在高中和大学田径队里担任教练的昔日门生。

事实上，诸矢联系了几位昔日的学生，并暗中考察他们的指导方法。若是前往高中，他便借口是为了选拔新秀；要是到大学，他则佯称是去"侦察敌情"，实则是在仔细观察这些学生作为教练的执教方式。

他们都不错，但诸矢总觉得还缺少点什么。

很难用语言表述清楚，若非要说，或许是能激发灵感、让人豁然开朗的能力，又或者是不墨守成规、敢于打破常规、尝试新事物的勇气。

我已经老了。当下的明诚学院大学需要的是一种打破固有模式的全新价值观，以及足以让周围人信服的领导力。

那一刻，他突然想到了甲斐真人。

事实上，甲斐本应是诸矢最先想到的人选，但毕竟甲斐是一流商社的员工，他不太可能接受这份工作。

不过，诸矢想着，去问问甲斐也好，说不定他能推荐合适的人选。关于谁适合担任教练一职，诸矢想听听甲斐的见解。

正是怀揣着这样的想法，诸矢时隔多年，再次联系了甲斐。

彼时，他才知道甲斐在工作上并不顺利，正处于迷茫之中。当然，甲斐并没有具体谈及公司里究竟发生了什么事。

"嘿，甲斐，你想回队里当教练吗？"

在酒精的作用下，诸矢脱口而出，目光直直地盯着甲斐。正准备端起酒杯的甲斐，手猛地僵在了半空，惊讶地看向诸矢。

他或许以为诸矢在开玩笑，于是说道："教练，您说什么呢？"

甲斐并未把这句话当真，脸上挂着笑容，开口说道："您还没到退休的年纪呢，请继续努力吧。"

然而，诸矢是认真的。"我时日不多了。"

听到这直截了当的一句话，甲斐脸上的笑容瞬间消失了。

一阵尴尬的沉默过后，诸矢察觉到甲斐欲言又止，便毫无保留地向他说明了自己的病情。

甲斐静静地听诸矢说完，仍然没有立刻出声，而是陷入了沉思。从他的反应可以看出，这个消息对甲斐来说无疑是晴天霹雳。另一方面，诸矢的邀请也意味着要他离开丸菱，放弃目前收入颇丰、稳定体面的工作。

诸矢心中暗自思忖，甲斐是会当场拒绝，还是会要求多些时间来考虑呢？

诸矢正等待着他的回复，甲斐就抬起头，说道："请交给我吧。"

甲斐竟当场给出了肯定的答复，这大大出乎了诸矢的意料。或许，这份果断正是他能在竞争残酷的商界中脱颖而出的原因之一。

"你想好了吗，甲斐？"诸矢惊讶地反问。甲斐向他提出了一个条件。

他想设一个"试用期"。

"怎么，你没信心吗？"诸矢不禁问道。甲斐则摇了摇头作为回应。

"我可以当教练。但是，明诚学院大学田径队教练不是想当就能当的。如果让我这样一个离开田径运动多年的人来担任，肯定会出现许多反对的声音。"

甲斐不仅担心队员们的反应，还担心被戏称为"中间层"的校友会的意见。尽管校友会大多数成员都是诸矢的学生，但他们并不会直接向诸矢表达反对意见，而是会将这些意见转嫁给现役队员。如此一来，最终受苦的还是队员们。即便想无视这些意见，但因涉及校友捐赠等事务，处理起来依旧棘手。这便是身为传统名校所特有的烦恼。也就是说，教练的人事任命，必须得到各方的认可才行。

甲斐曾担任过队长，也在处理校友事务方面积累了经验，所以他对此非常清楚。

"给我一年的时间。我将在一年内努力组建队伍，并尝试与校友沟通，以获得他们的理解。"

之后，甲斐向丸菱公司提出申请，通过社会贡献制度暂时离职。他的请求得到了批准，期限为一年。如果在这段时间内未能获得校友会的认可,他便会离开。

"即使这样也无妨。那就交给你了。"

接下来,便有了后来的那些事。

明诚学院大学田径队原本很有希望通过预选赛,晋级箱根驿传正赛。

诸矢原本打算在比赛结束后,便宣布卸任教练一职,继而正式任命甲斐接任,但意想不到的事情发生了——他们在预选赛中被淘汰了。

然而……

正处于失落情绪中的诸矢,脑海中突然闪过一个想法。

根据规则,学联队教练由选手所属大学中综合成绩最好的大学的教练担任。换句话说,就是明诚学院大学的教练。

如果把学联队教练的工作交给甲斐呢?

这或许有些强人所难,但对甲斐来说,带领学联队是一个创造佳绩的机会,同时他也可以借此重返阔别已久的箱根赛场接受历练。如果表现出色,也许就能说服校友会。

"直接去箱根正赛担任教练吗?"

甲斐显得有些犹豫,诸矢以其一如既往的强硬口吻劝说道:"别犹犹豫豫的,就这么定了!"之后,关东学联批准了此次教练的更替。

就这样,甲斐破例成了学联队的教练。

队员们的困惑和毕业生的不满都在意料之中。出乎意料的是,来自东西大学的平川对学联队进行了彻底的否定,并对甲斐本人进行了抨击,媒体也随之将矛头对准了他们。尽管诸矢非常生气,但他明白,口舌之争毫无意义。

甲斐的失误,就等于诸矢的失误。甲斐的正确,就等于诸矢的正确。

"超过去了!青叶隼斗超过了驹泽大学的片野!他上升到第二位了,他们现在的排名相当于第二名!"

解说员兴奋的声音传来，路边人群挥舞着小旗。为期两天的箱根驿传即将步入尾声，现场欢腾热烈的气氛交融在一起。

"他们一定都大吃一惊吧。"诸矢想着，高兴得难以自持。这种畅快淋漓的感觉实在太棒了。

学联队本是一支临时拼凑的队伍，常年徘徊在垫底位置，以往不过是给比赛凑个数、添点热闹的配角罢了。

结果呢？

甲斐和隼斗的努力，让配角变成了主角。

甲斐，干得好！

隼斗，是你让队伍拧成了一股绳！

诸矢在心中默念，内心再次涌起一阵平静而深沉的感动。

"我当初的决定没有错。"诸矢深信不疑。

电视画面中，跑在首位的是关东大学的竹光，而在他身后，出现了隼斗的身影。

他们经过港区役所前，来到御成门，距离终点只剩下5公里。

这是最艰难的路段。

"坚持住！"诸矢对着屏幕上的隼斗，声音颤抖地喊道，"这是最后一程了，隼斗！"

9

关于青叶隼斗，大日电视台手头掌握的资料仅限于一些基本信息。

他毕业于羽生北高中，那是一所教学质量优秀的公立学校，但校田径队并不出名。事实上，青叶在高中时是一名默默无闻的选手，通过普通入学考试进入了私立名校明诚学院大学，并加入了田径队。

青叶大一那年，明诚学院大学队获得了箱根驿传正赛的参赛资格，但他并没有被选入十六人的大名单。同为大一新生的前岛友介是参赛选手之一。前岛在第四棒的表现不尽如人意，尽管不能完全归咎于此，但自那场比赛之后，明诚学院大学便渐渐远离了箱根驿传的舞台。

预选赛之前，德重预测明诚学院大学队能够进入前十名。横向比较各队实力，即便明诚学院大学队轻松晋级正赛，也不会让人感到意外。然而，他们最终仅以十秒之差与正赛失之交臂。

箱根驿传就是如此。你永远不知道会发生什么。

预选赛中，作为队长，青叶没能发挥出原本的实力。

他该有多沮丧啊。

然而，他从失落和绝望的谷底走了出来，此时此刻，正全力奔跑着。尽管学联队遭受诸多负面评价，教练甲斐也受到批评，但十六名队员团结一心，赛程至此，他们能够发挥得如此出色，是谁也没有预料到的。

他们一路奔跑，留不下任何纪录，也获得不了任何排名，只是在奔跑着。

"请摩托车拍摄学联队接力带的特写。"

在菜月的指示下，位于后方的摄影摩托车跟了上来。负责解说的主持人安原坐在解说摩托车上，随着摄影摩托车一同跟了上去。

"学联队和比赛结果根本没有关系，有必要拍特写吗？"黑石说道。

菜月转过身来："这个场面能视而不见吗？"她坚定的语气让黑石一时语塞。

"切到摩托车机位。安原主播，准备好了吧？"菜月向对讲机道。

"只解说跑步的情况可以吗？"安原略微迟疑了一下，回答道。他是在询问是否只需描述青叶隼斗的跑步状态，因为手边几乎没有关于这位选手的资料。

菜月正在思考。感觉像是过了很久，但其实只是一瞬间。现在，她能依靠的人只有一个。

"切回中央演播室。"

辛岛做出回应的同时，直播画面中出现了白色接力带配以红色文字的特写。这正是摩托车所拍摄的内容。

"关东学生联合队的最后一棒、明诚学院大学的青叶隼斗，表现得非常出色。"辛岛的现场解说开始了。

"请镜头横向移动拍摄青叶。"

按照菜月的指示，画面从特写缓缓拉开，展现出青叶的全身镜头。接力带斜挎在他宝石蓝的队服上，随着他的跑动而晃动着。

"青叶隼斗来自埼玉县羽生市。在去年的预选赛中，他的队伍获得了第十一名，以十秒之差与箱根驿传正赛失之交臂。"

辛岛继续说道："青叶一直认为是自己的失误导致队伍被淘汰，对此心有不甘。怀着这份挫败感，他作为关东学生联合队的队长，努力团结队伍。关东学生联合队的十五名队员来自不同的大学。刚组队时，教练甲斐就定下了总成绩进入前三的目标。直到比赛开始，甚至直到现在，可能还没有人把他们定下的目标当真。批评和负面评价接踵而至。队伍内部曾出现意见分歧，队伍甚至一度濒临分裂。但他们没有放弃。他们克服了重重困难，通过相互讨论和鼓励来战胜逆境。青叶曾说：'现在可以自豪地说，我们是一支团结的队伍。虽然没有纪录和排名，但我们收获了无可替代的友谊。'"

北村、黑石，甚至畑山，都在全神贯注地聆听着辛岛的解说。副控制室里一片死寂，唯有那摩托车摄像头正对着青叶，传递着比赛的动态。

"大学毕业后，青叶将回到家乡羽生市，进入一家武州正蓝染公司工作。他的外公繁也是一名蓝染工匠，为了供青叶上大学，甚至拿出了自己的养老积蓄。'现在轮到我回报外公了，'青叶曾说，'我想将传统的武州正蓝染工艺从外公那里继承下来，经由自己的双手，把这份重要的使命传递给下一代。'现在他已经跑过了御成门，这里距离出发点鹤见中继站已有18公里。青叶隼斗,你开始感到吃力了吗?身体有些摇晃。距离终点还有5公里。青叶,这是你全力以赴的最后一次奔跑。一段不会被载入史册的历史即将诞生。"

一直认真倾听的北村站起身来,开始鼓掌。

不负众望啊,辛岛先生。

辛岛不是一个好相处的人,而且与北村常常意见不合。说实话,当初德重决定启用辛岛担任解说时,心里还颇有顾虑。然而现在,德重也情不自禁地为辛岛鼓起掌来,庆幸自己做出了这个选择。他现在终于理解,为什么所有年轻的主持人都渴望与辛岛合作。

辛岛一定意识到了关于学联队的采访资料有所欠缺,故而亲自前往现场,对每一位队员都进行了详尽的采访。或许有人会将此简单归结为资深主持人特有的敏锐嗅觉,然而实际上,这恰恰彰显出他对专业精神的深度践行。正是这种充分的准备挽救了节目。

在《箱根驿传》的历史上,学联队受到这般高度的关注与如此深入的报道,这大概还是头一遭。但德重坚信,这件事本身就极具价值。

或许他们不会获得任何奖牌,但正是这种不求回报的拼搏才让他们如此闪耀。能够将他们奋斗的身影传递给全国观众,德重感到无比自豪。

10

沿着日比谷大街直行,穿过西新桥,向市中心进发。

隼斗奋力追赶着关东大学的竹光,然而两人之间的距离并未缩短。

我该怎么办?

隼斗自问,思索着该在哪里发起冲刺。

然而,身体已经极尽疲劳,双腿不听使唤,步伐难以展开。接近大手町时,他意识到自己即将成就之事的重大意义,沉重的压力扑面而来。

"一切都会好起来的。"在巨大压力几乎要将他击垮之际,他心中默念着,"箱根驿传,梦寐以求的舞台,我正奔跑在上面。"

然而,梦想成真的瞬间,也意味着从梦境回到了现实。

随着每一次向前迈步,现实的重担变得越来越沉重。

我真的能完成这场比赛吗?

正因为以超出预期的速度跑到了这里,隼斗心中的焦虑愈发强烈。毕竟,这样高水平的较量是他此前从未经历过的,内心深处难免藏着恐惧。

跑过西新桥的人行天桥下方,穿过内幸町的十字路口。

右侧可以看到帝国酒店,就快到日比谷的十字路口了。前方大手町一带的高层建筑反射着冬日阳光,相互辉映。

"隼斗,还剩3公里。"此时,甲斐沉稳的声音从麦克风中传来,"感谢你作为队长引领着队伍。"

尽管路边人群的欢呼声愈发高涨,甲斐的话语却如同在隼斗耳边低语一般,直抵他的内心深处。

"从现在开始,隼斗,这是属于你的时刻。尽情奔跑吧!感谢你这四年的辛勤付出。感谢你如此精彩的表现。加油,隼斗!最后3公里,冲啊!"

阳光照耀着赛道。

隼斗面前还剩3公里,他将在如潮的欢呼声中结束自己的田径生涯。这场比赛,十名选手怀着身为跑者的骄傲全力以赴,充分彰显了自身的价值。长达217.1公里、充满跌宕起伏的赛程,此刻即将落下帷幕。

隼斗轻轻举起右手,回应运营管理车中的甲斐。

在马场先门处右转,处于领先地位、身穿砖红色制服的竹光出现在他的视野中。

隼斗将目光定在视野前方的那个身影上。甲斐的话让隼斗心底的紧张缓和下来,帮他再次鼓起了勇气。

"来吧！"隼斗给自己打气，"这是我的箱根驿传，这是属于我的最后一段赛程。"

他加快了步伐，穿过通往东京站的铁路高架桥，跑过锻冶桥路口。

他与竹光之间的差距似乎缩小了一些。然而，从后方观察竹光的状态，其跑姿依然完美，没有丝毫懈怠。

他是个了不起的跑者。

隼斗紧紧盯着对手的背影，心底不禁涌起一股敬畏之情。相信在不久的将来，竹光一定会成为日本田径界的领军人物。作为肩负着关东大学最后一棒重任的三年级选手，即便赛程进入尾声，其脚步依旧从容。能与这样的对手较量，隼斗感到非常荣幸。

在京桥左转，前方便是通往日本桥北端的1公里直道。

隼斗拼尽全力，试图缩小与竹光的距离。然而，已经跑了21公里的身体早已疲惫不堪。每一次脚掌触地，柏油路的冲击感都仿佛让脑袋里的零件迸飞。

在日本桥北端左转后，竹光的身影从视野中消失，隼斗也很快抵达转弯处。转过这个弯，到终点的读卖新闻东京本社就只剩下最后一段直道。

这条直线全长约1公里。隼斗心无旁骛地奔跑着，将外界的声音隔绝在意识之外。

为克服转弯时的离心力，他倾斜身体，脚掌仔细感受着地面的触感，向左转弯穿过十字路口，踏入了那条直道。

隼斗竭尽全力，发起最后的冲刺。

他的心跳加速，几乎喘不过气。

竹光回头看了他一眼，旋即加快步伐，再次拉开距离。其卓越的天赋，在极限状态下展现得淋漓尽致。

一定要追上他。追上！追上他！

然而，终点已近在眼前。终点线上的彩带就在前方。

所有的感官仿佛都已经被吹散，隼斗的视野中只剩下竹光的身影。

他输了。

无法超越。

就在那一刻——

路边观众的欢呼声涌进他的意识之中。

人群的欢呼声、空中直升机螺旋桨的轰鸣声、沐浴在新年阳光中的城市的喧嚣声，还有终点线另一侧队友们的呼喊声。

队员们披上了外套，肩并肩地等待着隼斗。

"隼斗！"

"隼斗前辈！"

"冲啊！"

"最后一搏！"

尽管路边欢声雷动，人群拥挤得水泄不通，但队友们的声音依然清晰地传进了隼斗的耳中。

冲过终点线的那一刻，隼斗情不自禁地发出一声呐喊，随即将双拳高高举向天空。

眼前的景象摇晃起来，天地仿佛都在倒转。隼斗精疲力尽地倒下去，兵吾飞奔过来扶住了他。

兵吾顾不上旁人的目光，哭着说道："成功了！我们成功了！我们成功了！"一边说着一边摇晃着隼斗的肩膀。

天马反复做着握拳庆祝的手势。大地和周人紧紧相拥，激动得又蹦又跳。星也独自仰头望向天空，沉浸在喜悦之中。弹和丈满含热泪，将拳头高高举过头顶。晴和圭介走上前来，先后与隼斗握手。替补队员以及助理教练大沼也围过来，一同沉浸在这喜悦的氛围里。甲斐和计图从运营管理车上下来，快步加入其中，众人肩并肩，围成了一个圆阵。

"这是一场最好的比赛！"甲斐无法克制地流下眼泪，声音略带哽咽地说道。

"这是一支最好的队伍！"兵吾哭着，放声喊道。

"我们获得了无可取代的财富。"甲斐继续说道，"这是一笔无价的财富，永远不会褪色。它必将照亮我们今后的生活。当我们迷失方向的时候，可以回到这里，然后重新出发。谢谢。"

在发言中，甲斐没有用"你们"，而是"我们"。他与队员怀着同样的心情。

"队长！"甲斐呼唤隼斗。隼斗百感交集，一时哽咽得说不出话来。

"真的没想到，竟然能和大家一起迎来这一刻。"过了好一会儿，隼斗才终于开口，"但是，我们真的做到了！"

隼斗的话音刚落，围成一圈的队员们都爆发出呐喊。

"没有名次又怎样！没有纪录又如何！"任凭泪水涌出，隼斗竭尽全力地喊道，"这场比赛，会永远在我们的记忆中闪耀。这个团队是永恒的。关东学生联合队，我们做到了！"

伴随着他们铿锵有力的呼喊，圆阵缓缓散开。

每个人都举起手臂，互相拥抱，分享喜悦。兴奋之情久久不能平静。

隼斗再次回望赛道。

阳光洒落在他的脸颊，十分耀眼。

关东学生联合队荡气回肠的战斗，就这样落下了帷幕。

最终章　片尾字幕

1

北村抿着嘴，长叹一口气："没想到，比赛会变成这样。"

"没错。"德重一时不知该如何表达，只能如此回应。

此时，手持摄像机正将镜头对准学联队围成的圆阵。

他们究竟是如何克服逆境的？

他们究竟是如何突破重重障碍，重新振作起来的？

"竟然会有这样的比赛啊。"畑山发出一声轻叹，感慨道。竹光冲过终点线时，他曾激动得从椅子上一跃而起，尽情欢呼；此刻却重重地坐回椅子，神情有些呆滞。

各个队伍的选手陆续冲过终点线。

紧随学联队之后冲过终点的是驹泽大学的片野。在官方纪录上，驹泽大学位列第二。第三名是青山学院大学，第四名冲线的是东西大学的安愚乐。

此刻，镜头聚焦在刚刚冲过终点线的安愚乐身上。

他紧咬着嘴唇，走向队友们，毫不掩饰自己的情绪。

他们所在的队伍在前半程取得领先，在后半程却被其他队伍超越。这支传统强队的队员们脸上没有一丝笑容，他们似乎无法接受并消化这个现实。平川从运营管理车中走出来，叹息道："唉，没办法了呀。"麦克风捕捉到了这句近乎放弃的话语。

他向安愚乐伸出右手，简短地说了句："辛苦了。"

然而，安愚乐回握了一下，便立刻松开了。他转过头去，避开了平川的目光。

德重感觉到，什么东西破碎了。

前十名的种子席位尘埃落定，大约十五分钟后，所有后续队伍都抵达了终点。箱根驿传终于落下了帷幕。

"畑山君，你觉得怎么样？明年想不想参与这个节目？"冠军采访即将开始时，黑石向畑山发出了邀请，"有你这位名嘴加入，《箱根驿传》一定会比以往更加精彩。"

对于黑石的盛情邀请，畑山思索了一会儿。过了片刻，他轻轻摇了摇头，说道："不，我做不来。"

畑山的反应出乎众人意料，德重不禁转过头，看向畑山的侧脸。"这超出了我的能力所及。这个节目现在的样子就很棒，理应维持现状。要是加入我这样的人，节目就变味了。真心感谢大家，让我欣赏到了一场如此精彩的节目。"

畑山说完，站了起来，深深鞠了一躬，走出了副控制室。

"畑山君，等等！"黑石追了上去。

"我对畑山的看法有所改观。他比黑石更懂行。"北村低声说道。

"广告之后，我们能采访学联队的教练甲斐吗？"菜月提出了这个要求，而这并不在原定的节目流程表上。

但她的要求并未引起任何人的惊讶。在场的每个人都明白，即便没有纪录和排名，也依然存在能够征服观众、触动人心的故事。

关东学生联合队证明了这一点。

如果不将这一点传达出去，那我们又该借节目传达什么呢？

电视作为一种传播媒介，可不只是单纯的记录工具。

2

"真是太棒了,孩子他爸。"

梢子一边擦拭着眼泪,一边回头看着床上的诸矢。

"真的跑得很好,"诸矢努力挤出微微颤抖的声音,"恭喜你,隼斗。谢谢你,甲斐。真的谢谢大家。"

之后,他便没有再说话。

镜头已经切换,但诸矢仍然盯着屏幕看了许久,仿佛还能从画面上看到学联队的圆阵。

"你没有看错人,"梢子微笑着说道,眼眶中闪烁着泪光,"甲斐君真的做到了。这真是一场精彩的比赛。"

"期待明年的箱根驿传……"诸矢望着窗外,轻声说道。

冬日的阳光照耀着海港,几只海鸥横掠过天空。它们总是那样无忧无虑、自由自在,真令人羡慕。

如果有来生,我会变成一只海鸥吗?

诸矢暗自思忖。然而,这个念头刚一浮现,他就改变了主意。不,即使有来生,我仍然想要挑战箱根驿传。

这场比赛非常特别,它独特的魅力和价值无可比拟。此刻,想到这些,诸矢再次回顾了自己的人生。

我将一生都献给了箱根驿传。

这个毕生的选择,我没有做错。

3

箱根驿传正赛结束两周后,明诚学院大学田径部举办了校友大会。

此次校友大会在东京都内的一家酒店举行。按照惯例,大会内容包括宣布田径部的运营管理方针,以及增进校友与现役队员之间的友好交流。不过，据说今年的校友大会还有一项特别的重要议程。

那就是新教练的就任问题。

一些校友对诸矢擅自决定甲斐出任教练一事颇有微词，打算重新讨论该人事安排。

米山空也是其中的核心成员之一。在现役时代，他与甲斐共同经历了明诚学院大学队的黄金时期。

会议一开始，米山就采取了行动。

当新教练甲斐准备上台发言时，坐在前排的米山举手示意："我可以先说几句吗，甲斐？"

"当然可以，请讲。"

米山从甲斐手中接过话筒后，缓缓转身，面向会场内数百名校友，开始了发言。

"我是第八十五届的米山。此次新教练的人事任命是诸矢教练单方面做出的决定，其程序上的妥当性备受质疑。几位前辈找到我，希望我能代表大家发声。借此机会，我想对在座的各位说几句。"

隼斗作为在校生列席会议，坐在会议室靠墙的位置，闻言不禁暗暗提高了警惕。他知道，米山曾抱怨甲斐担任教练太过突然，事先也没有和校友们商量。

米山环视大厅，目光犀利。他继续说道："诸矢教练执教三十八年，所以队里一直没有关于教练人事安排的明文规定。因此，诸矢教练的决策是基于'动物本能'。"

米山本想开个玩笑，但会议室里鸦雀无声，无人回应。当事人诸矢因个人原因缺席此次会议。

"现在甲斐真人已接任教练一职，站在校友会的立场上，我们应当作出正式决议并予以批准。大家怎么看？"

米山抛出这个问题后，校友们中响起了一阵掌声。隼斗与身边的友介默默地交换了一个眼神。

事态或许正朝着对甲斐不利的方向发展。

"谢谢。"得到认可的米山继续说道,"甲斐在学生时代曾引领明诚学院大学队实现连冠,毫无疑问,他是一流的选手。然而,甲斐此后离开了田径界。他既没有活跃在实业团的经历,也没有担任教练的经验。将我们这所具有传统的明诚学院大学田径部交给这样的人,真的妥当吗?起初,我对他持怀疑的态度。"

甲斐静静地听着米山的发言。

"然而,大家也都知道,在一场无法留下正式纪录的比赛中,他带领临时组建的关东学生联合队取得了相当于第二名的成绩。我对甲斐的带队能力极为钦佩。我在此全力支持他接替诸矢老师,担任田径部的新教练。各位意下如何?"

这真是出人意料。

米山本是坚决反对甲斐担任教练的核心人物,此时却在校友们面前公开表示支持甲斐。这无疑是对甲斐成绩的莫大认可。

米山真是个秉持公道的人。隼斗被他的言行深深打动,紧张地等待着在场校友们的反应。

"赞成!"

有人率先站起来鼓掌,紧接着其他人也纷纷起身。掌声经久不息,隼斗和其他在校学生也深受感染,纷纷加入鼓掌的行列中。

"嘿,甲斐,"随后,米山用随和的语气向甲斐说道,"正如你所见,大家对你寄予厚望。我相信今天在座的每一位都会竭尽全力配合你。有什么需要,尽管开口。希望你能带领明诚学院大学田径队,带领我们这支宝石蓝的队伍再次踏上箱根驿传的赛场。"

"加油!""看好你!"全场欢呼声四起,气氛变得异常热烈。

置身其中,隼斗情不自禁地哭了。坐在他左边的计图也在哭。

我们得到了认可。

隼斗和队友们的表现,关东学生联合队的努力,得到了认可。

没有比这更令人感到自豪的了。

隼斗向计图伸出右手说："明年,让我看看你们在箱根驿传上的精彩表现,我可期待着呢!"

"没问题。"

计图用力握住了他的手,隼斗感受到他的力量,也察觉到这位队伍经理似乎变得更加成熟可靠了。

不久,隼斗将离开队伍,结束他的田径生涯。

然而,只要他闭上眼睛,十区的景象就会清晰地浮现在眼前。

那一天,照耀在大手町终点线的阳光,将永远映在隼斗的心中。

4

春天来了。

樱花盛开,寒风变成了温暖的南风,阳光普照大地。然而,这个春意萌动的季节对德重来说是一年中最不安的时期。

每年春季,电视台内部都会对频道节目编排进行调整。

由黑石领导的节目编排中心总是独断专行,随意下令停播一些节目,并推出新的节目。不过,至少目前还没有任何关于改动《箱根驿传》的议题。

这一天,体育部的内部会议结束后,德重和菜月一同前往播音室与辛岛会面。

经过短暂的休整,体育部已经开始着手准备明年的《箱根驿传》了。由谁来担任总主播,引起了诸多议论。作为总制片人,解决这个问题是德重的重要工作之一。

"辛岛先生。"他叫住了辛岛。辛岛正坐在座位上,手里拿着一支笔,看着像是企划书之类的东西。他没有出声,只是抬起眼睛,看向德重和菜月两人。

德重拉过两把椅子，和菜月并排坐下，然后郑重地说道："明年的《箱根驿传》，能请您继续担任总主播吗？"

菜月双手放在膝上，用认真而诚挚的目光注视着辛岛。

然而，辛岛就像压根没听到德重的话似的，不仅毫无回应，脸上的表情也没有丝毫变化。

"今年，多亏了辛岛先生的帮助。"片刻沉寂后，菜月打破了沉默，"非常感谢您去采访学联队。真的非常感谢。总主播的工作，就拜托您了。"

听到菜月恳切的请求，辛岛终于忍不住叹了口气，随后他说道："我说，德重，安愚乐后来怎么样了？"

他的问题出人意料。

"听说安愚乐去了亚洲电产工作。"德重睁大眼睛回答道。

"这我知道。"辛岛有些不悦，"我是问那件事之后他怎么样了。和平川教练之间是不是发生了什么？"

德重和菜月下意识地交换了一下眼神。

辛岛在意的是平川在比赛中说的那句话，当时它已通过电视转播传到了观众耳中。

辛岛就是这样的人。

虽然他的态度直率，但正因为他的善意和对选手的尊重，学联队的队员们才愿意向他敞开心扉，就连性格倔强的诸矢也同意接受他的采访。

"据说得知情况后，平川教练向安愚乐低头道歉了，说很抱歉伤害了他的感情。"德重转述了从后续采访中了解到的情况。

"那安愚乐呢？"

"他原谅了平川教练，顺利毕业了。安愚乐是个很率真的人。"

"原来如此……"辛岛长长地叹了口气，自言自语道，"那就好。"

接下来才是关键问题，德重心想。无论如何，都要说服辛岛。菜月也抱着同样的决心。

"那个，辛岛先生。总主播的事情……"

"等到夏天，前田肯定能回来的。让前田来做吧。我相信他一定很想回来做节目。"

直到去年为止担任总主播的前田，目前仍然在接受癌症治疗。不过德重也听说，他服用的新药起作用了，病情正在好转。

"其实，这件事我已经问过前田先生了，"菜月坐直了身体，"前田先生认为，明年也应该请辛岛先生来主持。所以还请您务必答应。"

辛岛陷入了沉思，转动着手中的笔，沉默不语。周围一片寂静。其他播音员都在听着德重、菜月和辛岛之间的对话。

"辛岛先生，拜托了。"

德重低下头恳求道，辛岛却突然以尖锐急切的口吻发问："下一次也是你们搭档吗？"他目光锐利地注视着他们。

"不行吗？"菜月小心翼翼地问道。

这次直播在电视台内部获得了相当高的评价。菜月对赛况的判断准确到位，节目在策划与呈现上视角公正客观，内容具有很强的说服力，广受好评。

然而，辛岛会如何评价呢？

在来见辛岛之前，德重一直很想知道答案。

辛岛有一套自己的评价标准。这是只有被称作"传奇"的体育主播辛岛才拥有的、极具公信力的评价标准。

"我可没这么说。"辛岛向后靠在椅背上，叹了口气，"今年的《箱根驿传》，该有的看点都有，抓住了比赛的关键点，也深入挖掘了选手们背后的故事，成功引起了观众的共鸣。作为体育节目来说，不是挺好的嘛。"

这正是辛岛式褒奖。或许是有些受宠若惊，菜月目不转睛地看着辛岛，嘴唇微微颤抖，笑着抬手用指尖拭去了眼角的泪水。

辛岛从不说违心的话。这是他发自内心的赞赏。

"那，明年也——"

辛岛打断菜月的话："可别来哭哭啼啼的那一套。"

"辛岛先生您总是这么说，"菜月几乎是带着哭腔抗议道，"您的解说不正是最能打动人心的吗？"

辛岛没有回答。

"我期待着与您再次合作。"德重缓缓站起身，与菜月一同深深鞠了一躬，向辛岛告辞，然后离开了房间。

5

四月，隼斗入职了羽生染织工业，那是一家位于埼玉、离他老家很近的蓝染工厂。

他的外公繁曾在这里工作过很多年。这家公司作为当地优秀企业，在传承武州正蓝染传统工艺的同时，按照接任社长的方针，在前沿染织研究方面也取得了成绩。

虽然公司规模不大，但隼斗认为，其扎根地方、放眼世界的先进企业文化和勇于挑战的精神，与箱根驿传所蕴含的精神是共通的。

友介进入了大型企业中央电机公司，被分配到了相模原工厂。他们保持着联络，相互鼓励。这份在赛场上并肩作战结下的情谊依旧深厚。

在甲斐的带领下，明诚学院大学田径部以即将升入四年级的持田研吾为主将，即将迎接新挑战。

甲斐还发掘了一些很有潜力的新生，队伍的实力持续增强。明年，那宝石蓝的队服一定会在箱根驿传的正赛上大放异彩。

然而……

在五月中旬一个阳光明媚的日子，空气中已然弥漫着初夏的气息，一直在养病的诸矢去世的消息传来。

——期待明年的箱根驿传。

诸矢喃喃自语的愿望终究未能实现，但他的梦想已经托付给了他的学生们。

Original Japanese title: ORETACHI NO HAKONE EKIDEN Vol.1 (Vol.2)
Copyright © 2024 Jun Ikeido
Original Japanese edition first published by Bungeishunju Ltd.
Simplified Chinese translation rights arranged with Office IKEIDO Inc.
through The English Agency (Japan) Ltd.

Illustration by TAJIKAWA Jun

© 中南博集天卷文化传媒有限公司。本书版权受法律保护。未经权利人许可，任何人不得以任何方式使用本书包括正文、插图、封面、版式等任何部分内容，违者将受到法律制裁。

著作权合同登记号：字 18-2025-022

图书在版编目（CIP）数据

我们的箱根驿传 /（日）池井户润著；李思园译. 长沙：湖南文艺出版社，2025. 8. -- ISBN 978-7-5726-1100-1

Ⅰ . I313.45

中国国家版本馆 CIP 数据核字第 2025249YC9 号

上架建议：畅销·日本文学

WOMEN DE XIANGGEN YICHUAN
我们的箱根驿传

著　　　者：	［日］池井户润
译　　　者：	李思园
出 版 人：	陈新文
责任编辑：	夏必玄
监　　制：	吴文娟
策划编辑：	董　卉
特约编辑：	顾笑奕
版权支持：	金　哲
营销编辑：	傅　丽
封面设计：	梁秋晨
版式设计：	潘雪琴
出　　版：	湖南文艺出版社
	（长沙市雨花区东二环一段 508 号　邮编：410014）
网　　址：	www.hnwy.net
印　　刷：	北京中科印刷有限公司
经　　销：	新华书店
开　　本：	875 mm × 1230 mm　1/32
字　　数：	424 千字
印　　张：	15.25
版　　次：	2025 年 8 月第 1 版
印　　次：	2025 年 8 月第 1 次印刷
书　　号：	ISBN 978-7-5726-1100-1
定　　价：	65.00 元

若有质量问题，请致电质量监督电话：010-59096394
团购电话：010-59320018